我的月亮

WO DE YUELIANG

时代出版传媒股份有限公司
安 徽 文 艺 出 版 社

　　王哲珠，中国作协会员，在各文学杂志发表小说一百多万字，有小说被各期刊转载。出版长篇小说《老寨》《长河》《琉璃夏》《尘埃闪烁》，中篇小说集《琴声落地》。长篇小说《长河》获得广东省有为奖——第二届"大沥杯"小说奖。

新生代作家小说 精选大系

我的月亮

王哲珠◎著

WO DE YUELIANG

时代出版传媒股份有限公司
安徽文艺出版社

图书在版编目（ＣＩＰ）数据

我的月亮/王哲珠著. 一合肥：安徽文艺出版社，2020.2（2024.11 重印）

（新生代作家小说精选大系）

ISBN 978-7-5396-6642-6

Ⅰ. ①我⋯ Ⅱ. ①王⋯ Ⅲ. ①长篇小说－中国－当代

Ⅳ. ①I247.5

中国版本图书馆 CIP 数据核字（2019）第 064754 号

出 版 人：姚 巍　　　　　　　　策　 划：朱寒冬　张 堃

责任编辑：宋晓津　　　　　　　　装帧设计：徐　睿

出版发行：安徽文艺出版社　　www.awpub.com

地　　　址：合肥市翡翠路 1118 号　　邮政编码：230071

营 销 部：(0551)63533889

印　　制：三河市兴国印务有限公司

开本：880×1230　1/32　印张：13.5　字数：300 千字

版次：2020 年 2 月第 1 版

印次：2024 年 11 月第 2 次印刷

定价：69.80 元

目

录

上卷

一

　　高灵音准备跨出一只脚，手机响了。

　　这幢楼几十层高，走上楼顶后，高灵音静立了很长时间，她从未以这种角度看过这个城市。这是个新兴城市，已经有了大都市的雏形，并以极快的速度向大都市靠近，有足够拥挤的灯光，城市之上有足够开阔的深黑天空。她慢慢走向高楼边沿，四周有水泥栏杆，但她尽量仰起头脸，不往下望，事实上，她是想飞扬的，而不是往下落，但除了坠落，她还有别的选择吗？这个问题石块般掷向她的脑门，她骤然一惊，坚定地往栏杆上爬，栏杆不算太高，站上去时比想象中更容易。

　　她再一次闭上眼睛，最后一次告诉自己，很简单，只一步，迈出去，一切都结束了。她竭力不去想这一步跨出之后的事情。

　　手机响了，高灵音没想过要接的，一个多星期来，她几乎所有的电话都不接,有时,手机整天响着,她就任它重复歌唱《想和你去吹吹风》,最后习惯成日子里的背景音乐,但这时,她猛地收回即将迈出的脚,向前微倾的身体往后一缩,一阵刺骨的寒意从脚底蹿向头皮,那一瞬间她眼光一垂,瞥见脚下无底的深度,她一阵眩晕,往楼顶板的方向倾,摔倒在栏杆里面,软瘫在楼顶板上大口喘气。

"很想和你再去吹吹风,去吹吹风……"音乐忧伤而淡然地响着,手机在风衣口袋里,边响边振动,高灵音突然想看看是谁,莫名地想接听一下。这个时刻,她想说些什么,接完电话后,再重新爬上栏杆,只要迈一步,所有的事情就都过去了,她咬牙让自己重新鼓起一丝力气。

是陌生号码,应该又是哪个记者。这段时间,高灵音躲病毒般躲着记者,记者们的电话从未停过,有的记者甚至用不同的号码打电话给她,希望她一不小心就接听了,开始几天,她编各种借口,解释,逃避,好言好语,慢慢地,她胡乱应付,再接着,她口气不好了,有几次差点破口大骂,最后,她失去所有兴趣,不再接电话。现在,她突然想接一接,或许怒骂,或许大哭,或许大笑,她无法确定自己会做什么。

接通电话那一瞬,高灵音仍无法确定要干什么,通话出现短暂的沉默,接着,那边有个小女孩试探性地喊:"妈妈……"

高灵音手一颤,拿开手机看了一下屏幕,号码显示的地址是本市。

"妈妈,是你吗?妈妈?"

"你……"高灵音想说"你打错了"。

小女孩声音扬起来:"妈妈?! 我是月亮呀。"

"月亮?"高灵音抬头看天空,天空漆黑一片。

"是我,月亮,妈妈,我是月亮。"

"我……"

"妈妈,你在哪里? 为什么不给我打电话? 为什么这么久不来看我? 我想你……"小女孩开始对她的"妈妈"倾诉,边诉边哭。高灵音插不上话。

高灵音慢慢站起身,握着手机呆呆地听,望着城市远处,她觉得该扔下手机,重新爬上栏杆,立即迈出那一步,结束一切,但她很久没动弹,并发现喘气也变得小心了,像怕惊吓了对方。

小女孩仍在哭,仍在追问高灵音为什么不去看她。

应该结束这荒唐的通话。高灵音想,但她下意识地应了一句:"我忙。"这应该是父母们最理直气壮又最没有诚意的借口。

小女孩抽泣了一会,说:"嗯,妈妈忙,月亮听话,妈妈忙完就来看月亮。"

"忙完就来。"高灵音又下意识地应了一句,然后暗骂自己莫名其妙。

最后,小女孩再三交代高灵音以后要接她电话,绝对不能再换号码,忙完工作就要回家看她。

结束通话后,高灵音跌坐在地,整个人趴在楼顶板上,握着手机,脑子里一片空白。好久,她抬起眼,望了望矮矮的栏杆,受惊般地收回目光,闭上眼睛,垂下头,深睡一般。又过了好久,她慢慢拉起身子,背对栏杆,走向楼梯口,顺着高楼的步梯,一步一步往下走,等她走到楼下,那一夜就快过去了。

二

高灵音在街上晃荡大半天了,还好,这是较偏僻的老街,她戴了宽沿的帽子,长发绑紧塞在帽子里,当然,还加了大墨镜。没被认出,她这大半天挺清静的,但她感觉不到清静,身体和意识始终迷迷糊糊,肌肉骨头似乎以散开的状态在半空飘浮着,她一只手松垮地插在衣袋里,半握着手机,手机偶尔响起时,她拿出来看看号码,再重新放回袋里。

高灵音突然听到锐利的刹车声,紧接着后背感觉到一股巨大的推力,她飞起来,感觉在半空飞了好长一段,着地翻滚了几圈。完全是身体的自我反应,她竟很快坐起,呆愣了几秒,才感觉身上有好几处火辣辣的。她就那么坐着,茫然地发愣。一会儿,她看见一个人朝她走过来,一个大男孩,打扮新潮,和她差不多年纪,在离她两步的地方立住,弯腰细看着她,那一刻,她几乎脱口而出:"怎么不把我撞死?"

"你受伤了? 伤得很严重?"大男孩弯起两根手指,在高灵音肩膀上敲了敲,"看起来没少胳膊没少腿嘛。"高灵音用力抖了下肩,要把他的手抖掉的意思。大男孩似乎有些吃惊,扮了个鬼脸,耸耸肩:"哟,还有点脾气,中气还是十足的嘛,你以为本帅哥想碰你——不过,小妞长得不赖,我倒乐意扶一下。"大男孩朝高灵音伸出手,轻佻地眨眨眼。

高灵音不睬他,轻揉着有些痛的后脑勺。

"头撞坏了吗?——不会想要本帅哥负责下半辈子吧。"

要是一下撞死,倒干脆点。高灵音想着,她以某些电视剧场面为蓝本,想象瞬间失去生命,一点也不可怕,甚至有那么点诗意。

"能自己站起来?"见高灵音久坐不动,大男孩稍敛了油滑的表情,但语气仍吊儿郎当:"伤得重尽管说,对美女,本帅哥还是负责的,也负得起责的。"

高灵音原以为只有几处破皮,试着起身时,才发现一只膝盖被撞肿了,一时无法弯曲。大男孩伸手扯住她的胳膊,半拉半扶着她,问:"腿断了吧?还有别的伤——需要我来个公主抱?"

"你腿才断了。"高灵音愤愤地应着,她宁愿被撞死,也不愿被撞断腿,被撞流血。流血!高灵音尖叫一声,她一只手掌擦破了,流着血珠,两只手肘和膝盖都渗着血痕,她猛地甩开大男孩,大嚷:"走开,走开!"

大男孩先愣了一下,接着也嚷:"鬼叫什么?!也没撞掉哪一块,想赔多少尽管开口,还想要什么误工费、精神损失费吧,尽管来。"

高灵音张开双手,拖着伤腿往后退,浑身发抖。

"你以为我担不起这点事？要不是你这脸蛋还可以，我才不会在这里啰唆这一堆，早丢点钱走了，现在我偏要管。"大男孩嬉笑着，向高灵音走近，指着身后的车，"看好了，那是我的车，记好车牌号，现在我送你去医院，想要多少费用，开口！让美女敲诈敲诈，挺好玩。"他相信，自己那辆车足以镇住很多人，这个城市寥寥的几辆车款，车主都可以掰着指头数出来的。

高灵音没有看车，她在看手上的血，晃着头冲他嚷："别过来，别碰我！"她喊得声嘶力竭，接近疯狂。大男孩站住了，耸耸肩，低低骂："神经病。"

"你走，我不用你管，走。"高灵音拖着伤腿继续往后缩。

"我偏偏不走，看不起我？"大男孩又走近前，步子迈得很大，也走得很快，"这事倒有些好玩，我管定了。"

伴随着一阵尖叫，高灵音退了一阵后，发觉无路可退，腿也痛极了，更可怕的是，这偏僻的街道也开始有路人好奇地围观了，她调整呼吸，让自己的声音稍显正常，对大男孩说："别碰我，给我纸巾就好，我要你车里整盒的纸巾。"

大男孩冷笑："我给你拿纸巾？你指使谁呢，自己过去拿，我顺便带你去医院，医生给你处理——别指望我给你处理伤口。"

"这就是你的负责？鬼话。"高灵音指着他。大男孩转身就走，坐进车里时想了想，不情不愿拿了纸巾回去。

距离两三米的地方，高灵音要求大男孩停止接近，把纸巾盒扔过去。

因为穿了牛仔裤和外套，破皮处只渗出些血珠，高灵音拿纸巾按了按，擦过的纸巾揉成团，用干净的纸巾包好，装进风衣口袋，又用纸巾将伤处层层包好，拉下裤腿衣袖稍稍固定。处理完，她望着大男孩，口气变得很正常："我没事，破皮的地方我自己抹药，膝盖回家擦药酒消肿就好，你可以走了。"

大男孩不走了，偏要送高灵音去医院，要补偿各种费用。高灵音说她不需要，说不稀罕他那几个钱。这话触怒了大男孩，他一度扬起手要打她，但末了放下手，嬉笑着说，就冲高灵音这脸蛋和臭脾气也要负责到底，他可是一个男子汉。说着又要近前。

"我有急事，没空去医院。"高灵音再次尖叫，尖叫后又恳求，让大男孩给她方便，说她讨厌医院，讨厌医生。

大男孩似乎也烦了，耸耸肩，摸出一张金色的纸递过去："我的名片，记得联系我，把你电话给我。讨厌去医院，我可以请医生上门给你医治，我自己也可以上门，送个花呀巧克力的。记住，我叫肖一满。"

为了不让肖一满接触到她，她伸出没受伤的手，两个手指夹住那张金色的名片，缩着身子说："我会打电话的，请你离开。"

三

高灵音回家，拖着伤腿，破皮处用纸巾捂得严严实实。肖一满暗暗跟着，他将车寄放在某家商店门外，在高灵音后面走着，保持不远不近的距离。他随高灵音进了一个小区，跟进了她住的那幢楼，很好，电梯里只有她一人，他看准电梯升到八楼。为了不引起保安怀疑，他甚至有些多此一举地买了水果提在手里，当然，他不可能怕保安，但今天他有事要办，不想惹什么枝节。在楼下待了一会儿，他才进电梯，上了八楼，一梯两户，他在其中一户门外的铁制鞋架上看到高灵音穿的鞋，鞋帮上还有她刚才摔倒时微微磨损的痕迹。

肖一满冲高灵音家的门打个响指，说："锁定了，美女，等我计划。"

高灵音脱了全身的衣服，给伤口擦了药，用纱布层层裹好，再戴上手套，煮了开水，将换掉的衣服泡在开水里，水冷了，继续煮水，继续泡，连泡三次，才将衣服扔进洗衣机。折腾了大半天，倦极，往床上仰脸躺下去时，膝盖的疼痛剧烈起来，她才想到可能伤了骨头，该擦药酒。

擦着药酒，高灵音突然扔了棉签，木呆呆地发愣，她怎么又回来了？昨晚出门时打算永远离开的，为了这个，她做了多少准备，睁着眼熬了多少个夜晚，才爬上那座楼，攀上那道栏杆，只差一步，所有的问题就迎刃而解了。她闭起眼睛，试图想象解脱后那份缥缈的轻松感。

该完成那件事的。高灵音撑着桌子起身,挪到衣柜前,找衣服换上,她得再次爬上那座高楼。那是她选了很久才挑中的地点,可以直上到楼顶天台,天台栏杆不是太高,不用借助其他工具就可以爬上去,高楼后面是另一座高楼的后门,两楼间的小巷很安静,她不会受到太大的打扰,对自己这样平静理性地选择地点,她感到高兴,这说明了她的决心。

瘸着腿走到门口,伸手开门时,她看见手上的纱布,立住了。她想到血,大量的血,在街上四处漫流,血突然有了温度,变得发烫,温度越来越高,沸腾起来,蒸发了,化成红色的烟雾,四散飘飞,红色烟雾由极小的红色颗粒聚集而成,颗粒表面布满尖锐的钩子,碰到什么便钩附住,钻进去……

高灵音在门边蹲下了,抱着头,最后的路突然被堵住。

需要重新找一条路。

蹲得脑门沉重,腿脚麻木时,高灵音慢慢挪回客厅,蜷缩在沙发角。窗边的日光一层一层淡下去,灰色一层一层浓起来,抬了下眼皮,黄昏已临,其间,她想了无数方法,像之前那样,因某些顾虑和原因,一样一样被排除掉,最后,脑里剩下"安眠药"几个字,但也否定了。想收集到足够的药,还得有效果的,需要时间,特别是她,若不小心,去买这种东西将会惹来很多麻烦。她双手在太阳穴处猛拍,又突然停下——进山!

找偏僻的高山,会有人烟绝迹的山脚,躺在那样的地方,除了杂草野花,除了老树泥土,身边不会有别的东西。这次,高灵音的思路很顺,得益于对驴行的爱好,郊区的高山,她爬过好几座,哪里合适,心里大概有个底。如得了极大的鼓励般,她开始收拾背包,找出登山拐杖,因为膝盖的问题,她稍犹豫过,但想想,只要能到山上,怎么样已经没有关系了。

手机在高灵音拉上背包链时响起,她瞥了一眼,呆住了,是那个叫月亮的女孩。高灵音想,没必要接,关我什么事,现在还有什么心情接电话。但她手指一划,接通了电话。

"妈妈,我是月亮。"

声音很急切,很甜,高灵音想着该回什么话。

"妈妈,我都放学好久了,天都黑了。"小女孩说,"妈妈还在工作吗?"

不管怎样,该告诉女孩真相了,自己不是她妈妈,高灵音动了动嘴:"我……"再没有声音,她喉咙被什么塞住了。

"妈妈,今天爸爸又忙。"小女孩顾自说,"今天是明媛阿姨接我的。妈妈,我不想明媛阿姨来接我了,可我要是说不,爸爸会不开心,明媛阿姨要带我去她家,我没去,妈妈,我想在家里等你。"

高灵音想法变了,或许不是告诉她真相的时候。

"妈妈,你在听月亮说话吗?"

"嗯……月亮。"高灵音突然喊出那女孩的名字,自己吓了一跳,口干舌燥。

"妈妈!"小女孩很兴奋。

高灵音害怕女孩那份兴奋,让自己的声音变得淡漠,说:"我要挂电话了。"

"妈妈还要忙工作吗? 爸爸说妈妈好忙,那……再见,妈妈忙工作。"

电话挂断,高灵音的手机长时间扣在耳朵上。她被什么粘扯住了,对急切想做的那件事竟有了几丝犹豫,莫名地觉得安眠药是不错的选择,又安静又干净,或许不用那么着急的,可以缓一步再走。

四

杨宇汉进门换鞋时动作极轻,果然按他交代好的,客厅亮着一盏壁灯,房间门关着,很安静,月亮该是睡着了。他半提起脚走到冰箱前,拿了一个面包,踮脚回客厅,瘫坐在沙发上,倒杯水,大口咬起面包,全身的力量似乎随精力耗尽而消失,四肢轻得几乎失去感觉。每天,这样静静躺靠二十分钟,对杨宇汉来说,是很奢侈的享受,他认定这样可以大补精神。

吃过面包喝过水,杨宇汉闭目养神,房门轻轻开了,一个小小的身影走出来,无声无息,爬上沙发,猛地扑到杨宇汉身上。杨宇汉拥住她:"月亮,还没睡?"

"爸爸,你怎么不害怕?"杨月亮凑近杨宇汉的眼。

"爸爸有绝技,知道月亮要吓人。"杨宇汉笑着,早在女儿打开房门时,他就知道了,假装没有察觉。

杨月亮盯住杨宇汉认真地看,又认真想了想,说:"爸爸教我绝技。"

"月亮长大了就会。"杨宇汉拍拍女儿的肩,"这么晚了,怎么还没睡?忘记爸爸交代的话了?早睡早起精神好。"

"我很早关灯睡了的。"杨月亮辩解,"被子盖得好好的,闭上眼睛,听到爸爸回家我才睁开眼的。"

"爸爸相信月亮,以后月亮闭上眼睛后别想着听爸爸的声音啊。"杨宇汉将女儿抱在膝上,抚抚她的后脑勺,"晚饭吃饱了?"

杨月亮用力点头:"我做了三明治,夹了爸爸早上煎的鸡蛋和火腿,还夹了生菜,在微波炉加热了,用热水冲了牛奶,两个三明治,一碗牛奶,全部吃光,厉害吧。"

"我们月亮肯定厉害。"杨宇汉笑,鼻头涌起一股酸意,说,"月亮倒热水时要小心,用微波炉也要小心。"

"我可小心了,三明治做得可好吃了。"杨月亮从杨宇汉腿上跳下,"我现在给爸爸做两个。"

杨宇汉拉住女儿:"爸爸吃过了,正宏叔叔知道月亮棒,今天又奖励你好多礼物。"

"我要看,我要看。"杨月亮扭着脖子四下望。

杨宇汉开亮大灯,将沙发角的一个袋子亮出,杨月亮欢叫一声扑了过去。

尽管不知是第几次了,杨宇汉还是很惊讶,袋里装着那么多东西,杨月亮一样一样摆开,裙子、毛绒玩具、彩色笔、儿童手表、太阳帽、转笔刀、笔记本。

杨月亮惊叹:"正宏叔叔奖励我这么多礼物,谢谢正宏叔叔。"

父女聊了一会,杨宇汉认真听了杨月亮说的班里的趣事后,杨月亮满意地回房休息了。客厅里重新变得寂静,礼物散摆在沙发上,杨宇汉对着它们发呆,几年了,他仍无法理解老板王正宏为什么这样对自己的女儿杨月亮。

正准备洗澡,王明媛来电话了,杨宇汉声音尽量显得精神,却还是被听出疲累。王明媛问:"又加班到现在?你们老板怎么总这样?身体怎么受得了?"

"习惯了。"杨宇汉说,"身体没事。"

"睡之前泡泡脚吧!上次买的中药包还有吗?我再买?"

"不用,还有很多。"

两人谈了一会儿杨月亮的情况,王明媛说:"月亮还是不愿跟我回家,给她买晚餐也不要,说你早上就做好了,她宁愿一个人待在家里。"

"我早上煎了鸡蛋和火腿。"杨宇汉说,"她大概习惯了,你别在意。"

王明媛笑了:"我在意什么?我是怕月亮……"

杨宇汉沉默了。

王明媛转换话题,说:"听说郊区的龙湖花海很不错,也不远,看哪个周末有空,一起带月亮去看看。"

结束通话后,王明媛将炖好的银耳放进冰箱。中午杨宇汉打电话托她接杨月亮,她就准备了银耳,上班前设定时间炖煮,准备等杨宇汉来接女儿时顺便给他当夜宵的。

杨宇汉将王正宏送给女儿的礼物收进袋子里,又忍不住想,王正宏真奇怪。

五.

杨宇汉刚上班,老板王正宏喊他过去,杨宇汉有些惴惴的,边走向老板办公室,边回想这几天的工作,一直很顺利,也很用心,没什么差错。一般情况,老板这么着急地将人喊进办公室,一定是挑工作的毛病的,且很多时候挑得极苛刻,挑错了也不许员工辩解,他的脾气出了名的坏,是那种莫名其妙、不讲道理的坏。若不是公司运营得很好,工资又确实开得不错,估计早没什么员工了。即使这样,员工的辞职率还是很高,特别是新员工,辞工时多骂骂咧咧的,个别脆弱的还会哭哭啼啼。到最后,公司留下的多是老员工,对老板那一套已经由不习惯到习惯,再到麻木了。

胸口处那点惴惴是习惯反应,杨宇汉早有一套对付老板的办法。老板尽管说,他尽管听,偶尔点点头,敷衍几句。老板说得对的,改;没说对的,仍照自己的意思做。

杨宇汉打开门,王正宏立起身,冲他笑笑,带着一丝急切,杨宇汉瞬间明白老板为什么找他——怎么忘了这个?老板昨天刚给女儿月亮送了一袋礼物。

果然,王正宏开口就问:"月亮喜欢那些礼物吗?"

"很喜欢。"杨宇汉笑着答。他的笑是由衷的,收到礼物,女儿确实高兴,他想起女儿摆列出礼物时的笑容,胸口一动。

"我可是挑了一段时间的。"王正宏长舒了口气,笑了。他很少笑,笑起来有种怪异感,但看多了,杨宇汉看出他的笑带着一股孩子气。

"月亮很开心,让我向正宏叔叔说谢谢。"杨宇汉学女儿的样子,弯了弯腰,提到女儿,就可以忘掉王正宏的老板身份。

收到杨月亮的道谢,王正宏像杨月亮收到礼物一样满足,他搓着手,喃喃着:"那就好,那就好,我就知道月亮会喜欢的。"他期待地盯住杨宇汉,杨宇汉才想起又忘了拍照。有一次,杨月亮兴奋地举着王正宏的礼物,让杨宇汉拍照,第二天,王正宏询问时,杨宇汉顺便说拍了照片,王正宏竟很惊喜,细细看了杨月亮的照片,并让杨宇汉发给他。

从那以后,只要收到王正宏的礼物,杨宇汉就帮女儿拍照,拿给王正宏看,并传给他,王正宏每次都如第一次般地惊喜。但次数多了,杨宇汉有时会忘了拍照。

杨宇汉半避开王正宏的目光,说:"昨天回家太晚,忘了拍照。"他捕捉到王正宏脸上一丝失望,胸口一动,忙补充说,"今天回去就拍。"

"不用不用。"王正宏忙不迭地摆手,"月亮开心就好,她喜欢什么,让她尽管开口。"

客气过太多次,杨宇汉已经不知怎么客气了,似乎说什么都是造作的,王正宏给月亮送礼物的次数太多了。

"对了,还有一件事。"王正宏从办公桌上拿出一本小册子,递给杨宇汉,"一家新开的游乐场,算邻近几个城市最大的,这个周末我带月亮去玩。这是游乐场的宣传册,带回去给月亮先看,周五晚上交代月亮收拾好东西,周六早上我去接她。"

"老板,不能总这样麻烦……"杨宇汉忍不住又客气了,他确实过意不去。

"你放心,聪城也一起,月亮有伴,他能带着月亮玩。"王正宏说。聪城是王正宏的儿子,十五岁了。

"老板,我不是这意思……"

王正宏手机响了,他朝杨宇汉挥挥手,半侧身接电话:"怎么了?门先锁好,让她吃药——不吃也得吃,这种事到现在还来问我。我今晚回家吃饭。"

王正宏结束通话,杨宇汉刚要说什么,他扬扬手,打通另一个电话:"老师您好,我是聪城的家长,聪城在教室吗?麻烦您看一看成吗?没事,就想看看他在不在,谢谢谢谢。"

"老板,不能总这样,月亮她……"

王正宏转过身,满脸不耐烦:"你还在这?就这么定了——你去工作吧,已经误不少时间了。"谈到工作,王正宏的脸恢复了平日的灰冷,他的胳膊在半空做了个切的动作:"最近货多,手脚麻利点,我中午提供的肉量饭量不够?今天加班!"

杨宇汉知道,什么都不用说了,王正宏已恢复正常。

六

高灵音在家里待了一天,膝盖的疼痛感轻了许多,她收拾收拾自己,仍缠了发,扣了帽,架了墨镜,戴上手套,出了门。她开始实施那条较慢的路,收集安眠药。当然,可能没那么容易买,她决定了,只要有安眠效果的就买,凑多了不怕不见效。

高灵音刚走出小区,一辆轿车从大门车阵中缓缓退出,高灵音拦了辆的士,轿车跟上去。

轿车内,肖一满随音乐耸肩晃头,高灵音出大门前一刻,他因为守了太久,刚骂了句粗话,准备离开。这时候,他已经跟上了她的那辆的士,冷笑:"看着吧,这件事我做定了。"对于自己昨晚到现在的坚持,他极为满意,有那么一瞬间,他将自己错以为是扮演过的英雄——太阳战士。太阳战士有极强的耐心与韧性,想做的事没有不成的。"我想做的事,也没有不成的。"肖一满扬头高声说,像身边坐满了人。这事确实挺好玩的,肖一满感觉到了久违的新鲜感。

的士开得慢慢悠悠,肖一满跟得极不耐烦。对他这种飙车一族简直是折磨,要是平日,他不但早超过去了,还要打开车窗,对的士司机爆两句粗口,嘲笑一通的,今天他只能耐住性子。按他的话说,用睡觉的状态在开车。

的士转了几个弯后在药品商场前停下,高灵音下了车。肖一满也停了车,随进药品商场。

高灵音转过一个药品架子时,迎面看见肖一满,她往后退缩几步,咬住尖叫,抑着声怒问:"你怎么在这?"肖一满浅笑,腿微微抖动,吊儿郎当,一切尽在掌控中的样子。

"离我远点。"高灵音说着转身走开。

"我负责完这事,不会再看你一眼!"肖一满的气已经鼓起来,但在爆发的一刻转了念头——这是我的事,她只是他完成这事的条件。这么想着,他变得高兴甚至得意了,气消得干干净净。

高灵音半侧了身退开:"我真没事,你的负责是没有必要的。"

"没必要"几个字惹怒了肖一满,他紧赶几步,凑到高灵音身边:

"我说有必要就有必要,轮不到你开口。"他捉住高灵音的胳膊,说要把她拖到医院,让医院的仪器把她照个遍,哪里有问题修理哪里。

高灵音恐惧得表情扭曲,喉咙压抑的声音也是扭曲的,护着手套,她恳求:"放开我,放开。"

肖一满很满意高灵音的恐惧:"没事,你身子被撞出什么问题我都会负责,市中心医院要是没办法,我送你到省医院,给你请最好的医生。"

"别提医生!"高灵音尖叫,手瞬间抽开,并在药品店服务员和顾客的围观中跑掉。

肖一满追出去,好奇心让他兴奋。他极快地追上高灵音,拦在她面前。很久以后,和高灵音闲话中谈起这次追赶,他笑说是因为他经常带人打群架,把身手练出来了。

"再退我也找得到你,乖乖跟我去医院,你以为我办不到?"肖一满指指自己停在路边的车。

高灵音让自己静了静,说:"我好得差不多了。"为了证明,她走了两小步,尽力挺直腰背,说:"我现在只是来买点药。"

"买药? 多少钱? 我赔,什么休养费、补品费、误工费一起算。"

"不用赔,你给我买药。"高灵音脑门一动,说,"没错,这就是你该负的责任,我要求的责任。"

"买药? 我给你买药?"肖一满指指高灵音,又指指自己,像无法理解这句话。他笑起来,越笑越厉害,像听了一个绝妙的幽默段子。笑了一阵,他仍不知说什么来表达这个要求的不可理喻。

让别人这么指使,特别是个女孩,肖一满不习惯,不,从未有过。从来只有女孩供他指使的,他只要一句话,有时一个眼色,甚至眼色还未使,那些女孩已经行动,乐呵呵地跟着、黏着、跑腿……也许是因为他的车,也许是因为他请客的豪爽、购物的潇洒,也许是他的身段外形,总之,肖一满身边从不缺女孩。这些女孩身材外表俱佳的女孩,大都很热情,当然,主要是对他。为女孩跑腿这类鸡毛类的小事他从来不做,他的绅士不是这样体现的。而现在,高灵音竟让他为她买药!

找不到表示惊讶的话,肖一满耸耸肩:"我没那闲工夫。"转身朝自己的车走去。

"你这种人就是吃饱了撑着,能做成点什么!"高灵音实在烦透了肖一满,也看不惯这种富二代,随口把平日的抱怨扔出去。

肖一满猛地站住,转身,瞪着高灵音,脸面赤涨,他疾走上前,眼露凶光,语调更凶:"你再说一次。"

高灵音没想到他对这话反应这样大,默不作声地走开了。

肖一满攥紧手才没一掌往高灵音脸上甩去,但他仍跟住她,高灵音至少得向他道歉,不然,他这关没那么容易过。手机响了,他扣在耳上,喊:"什么事?"手机那边传来闹声,好几个女孩的声音喊:"一满,就差你了,快点。"

七

高灵音到其他药店继续寻找，进店就奔向与安眠有关的药架，找效果最强的，每买一些装进背包，她就踏实一些，似多了某种保证般。连跑好几家药店，背包里的药愈来愈多，她觉得累了，好像那些药已经开始发挥效果，她拐入附近的一个公园休息。

她在公园里一瘸一拐绕了小半圈，选个偏僻的地方坐下。靠着那丛花，高灵音几乎要睡觉了。她把帽子往下拉，从包里拿出围巾围上，往上拉扯，盖住鼻子以下的地方，很快陷进迷糊里。

她梦见买下的每颗有安眠效果的药都变成一只小手，无数柔软的小手拉着她，托着她，将她引入永恒的黑暗，把她与人世的所有隔开，也失掉所有感觉，无喜无悲，无惧无痛，她以烟的形式化入天地……

风拂来，冷意很坚硬，把高灵音刺痛，她醒了，发现真的晚了，摘下墨镜，日光已经褪尽，黄昏只剩下一个背影，公园的灯亮了。高灵音抹了把脸，发现双手戴了手套，想起手上伤口，想起血，绝望感兜头罩来，她极想号啕一阵，但张了张嘴，发不出声音，哭声早在前段时间耗光了。她坐在越来越沉的灰暗里，不知该回家还是该走进不远处的湖水，她对自己还能清醒过来失望透了。

高灵音将脸埋进膝盖时，手机响起，又是那个叫月亮的女孩。高灵音看着手机屏幕上的号码发呆，觉得事情越闹越大，女孩当真了。

她认为最好的做法是不理睬,反正很快跟自己无关了,时间长了,女孩会忘记这个电话的。

铃声快结束时,高灵音接通了电话——事后,她一直觉得那时的自己是不正常的,无法预料和控制自己的行为。

"妈妈!"女孩声音里的惊喜太明显了,高灵音耳朵一抖。

高灵音嗯了一声,不知算不算应答,想尽量冷却女孩的激情。

"妈妈,下午是爸爸接我的。"女孩说,"他给我做好晚饭又去加班了。妈妈,你也在加班吗?"

"加班。"高灵音机械地说。

"噢。"女孩明显有些失望,但很快期待地问,"现在能跟月亮说话吗?"

高灵音想说自己忙,知道应该说忙,但出口竟这样:"说吧。"

"妈妈,我给你讲一件特别好玩的事。"女孩声调兴奋地上扬,"这个星期,我们班里有好多活动。我们组的小组长尹安报名参加象棋比赛,他老说自己好厉害,是象棋第一高手,可是今天比赛,他每盘都输,输得好惨呀,将军一下子被吃掉啦,尹安一屁股坐在地上哭鼻子,老师怎么拉他也不起来。妈妈,你知道是为什么吗?原来,尹安在家里和爷爷爸爸妈妈舅舅下棋都是赢的,以为自己是世界上最厉害的,今天输了,他就不高兴了,一定要别人让他赢,老师说不可以这样,他就哭个不停,咯咯咯……妈妈,尹安多不害臊呀,哭得鼻涕那么长,我们后来上音乐课,他整节课都还在哭呢——妈妈,好玩吗?"

高灵音清清嗓子,勉强说:"好玩,尹安被宠坏了。"

"妈妈,我没被宠坏,爸爸说我得学会独立。"

"月亮听话。"高灵音脱口而出,然后被自己吓住,她立即转了口气,"好了,我得忙了,先说到这吧。"

"噢。"女孩抢在高灵音挂断电话之前问,"妈妈什么时候来看月亮?"

高灵音呆了呆,干巴巴地说:"忙完再说。"她突然想问问这个女孩的妈妈在哪,她爸爸又在做什么。她怎么关心起这女孩了,她还有余力吗?甚至有资格吗?她双手猛拍一阵太阳穴,收拾背包准备离开。

高灵音在小区门口被肖一满拦住,她开始怀疑这男孩心理有问题。肖一满说:"我给你买药,这跟把你带到医院是一样的。说吧,要买什么药?最好别去什么烂药店,我买进口的好药。"

"你怎么在这?"高灵音警惕起来,"你……"

"电影看多了?以为我跟踪?算你幸运,我一个朋友住在这,刚好碰上,要是没碰上,我才没闲时间找你谈什么买药的事。你住在这?"肖一满随口编话。

"我也有个朋友住在这。"高灵音也随口应道,闪身要走。肖一满伸出胳膊拦住,他几乎跟自己赌气,不信自己办不成这事。

其实,肖一满在这已经等了一下午,他认为已到了自己忍耐的极限。但烦躁过后,他又对自己"超长"时间的耐性很满意,像办成了一件了不得的事。事实上,对于他来说,的确如此。他对这件事的"难度"很满意,他太无聊了,就需要点难度换换口味。

下午,接了朋友的电话,肖一满十几分钟后就赶到市里最高档的海鲜酒店,一桌朋友纷纷起身让座,他手一挥,示意服务员给每人上最好的鲍鱼——除了他自己,他吃腻了。他坐下,全桌人鼓掌,说可以开饭了,大家都想着他,不舍得先吃。这原本是肖一满向来很喜欢的话,今天不知怎的感觉刺耳。

结账时,当然刷肖一满的卡,这是无可争议的,若有人抢付便是看不起他,但今天刷着卡,他莫名地听到另一句潜台词:我们想的是你的卡。他转过身,那群朋友聚在楼梯口,喳喳谈笑着,几个女孩朝他招手,夸张地灿笑,他突然怒火中烧,不知对那群朋友还是对自己,他想跟什么人打一架。

那群朋友提议去唱歌,痛痛快快唱一下午,晚上再去喝酒,他们问肖一满去哪家,一向由他决定,做东。今天,肖一满说:"我不去,有事。"

"有事?"那群朋友惊讶得难以反应,除了喝酒跳舞,肖一满还能有什么事。他们的惊讶再次让肖一满愤怒,他高声说:"不爽,不想去。"说罢,进了车,摔门而去。朋友们释然,不爽,这就对了,肖一满不需要理由。

肖一满开车往高灵音家的小区去。

八

肖一满刚停车,几个兄弟就迎上前,帮他拉车门,半弯腰,讨好地招呼:"满哥,好久不见。"一切像电影里的情节,肖一满享受这样的情节,那几个兄弟也用心演好这样的情节。

习惯性地,仍往江边走去,走进那片小树林,肖一满半靠一棵大树站住,青头凑上前:"满哥,有活要干?"

肖一满点点头:"这活不难,但越快越好。"他想,这活干得快慢展现了他的能力。

"打谁?兄弟们认识的?"

"嗯?"肖一满一时没反应过来。

"哪个又惹满哥不开心?满哥开口,兄弟几个揍他个精神,看以后谁敢不长眼。"乌鱼挤到青头身边,扬着壮实的胳膊。

肖一满才意识到今天完全不一样,他看着这几个兄弟,都伸长了脖子,满脸堆笑地看他,双眼发光。他烦躁起来,转过身,急速地走了几步,他极想把他们大骂一顿,但他第一次克制住了自己,这确实不怪他们。

这几个兄弟肖一满认识好些年了,已经熟到称兄道弟的地步。当然,肖一满是大哥,虽然他年纪最轻,他们几乎不知道彼此的真实姓名,肖一满似乎一开始就是满哥,其他几个人的外号都与颜色有关,什么青头、乌鱼、红虎、紫猴……肖一满和他们约定的地点大多是两个,一个是酒吧,另一个在这江边,去酒吧当然是喝酒和闹事,到江边主要是肖一满布置任务。肖一满他的任务多是打某个人或某一群人,或者得罪肖一满的,或者肖一满看着不爽的。

只要肖一满开口,这几个人没二话的,用他们的话说,兄弟的事,没商量,往前冲就是,何况是满哥的事。但肖一满很清楚这些是屁话,活干完后,他照例会给一笔酒钱,钱数当然是很像样的,他们也知道,尽管去动手,其他事肖一满会搞定。若是手重伤了人,肖一满自有钱去与苦主和解。哪个兄弟受伤了,除了酒钱,肖一满还会添补养费,那补养费足够吃最好的补品。若隔的时间长,他们甚至会主动问肖一满有没有"活"干。这段时间,肖一满很久没给他们"布置任务"了。

肖一满有个怪癖,一边让青头他们去打人,打人后又给被打的人送钱,当然,前提是被打的人赔礼道歉,高高兴兴地接钱。肖一满喜欢别人向他赔礼,越诚恳他越高兴,高兴了就能给更多的钱,但是,他会反复强调,那钱不是赔的,而是补助,是他出于可怜对方而给的。有些人硬气,不要他的钱,他会大怒,让青头他们再次去找麻烦。有些人则高兴得很,受点轻伤,发一笔小财,何乐而不为?他们学会演戏给肖一满看,甚至有不少和肖一满化敌为友的。

肖一满看不顺眼的人不少,所以,青头他们时不时有"活"干。但近半年来,肖一满很安静,除了偶尔找他们喝酒,不再有"活"。他和以前有点不一样,但青头他们不敢多问。

肖一满终于又出面了,看到他的车远远驶来,青头冲几个兄弟笑:"我说呢,怎么可能改掉这一口,看来,他手又痒了。"

看肖一满神色有变,急急走开,青头几个人疑惑地对望,弄不清是否该跟上去,只在原地胡乱地踱步转圈。

肖一满越走越远,拐了一个弯,靠在一棵树上,已经看不清青头他们,四周很静,他感到惊讶,为什么这种事也喊青头他们,习惯了吗?当然,让他们跑腿没什么,问题是,若这样,还算他自己负责的一件事吗?他不知自己什么时候在意起这些了。他往树上擂了一拳,往回走,对青头他们说:"没事,没什么'活'。"

"满哥?"

肖一满看见他们脸上无法掩饰的失望,胸口有滚烫的东西蹿了起来,几乎想破口大骂,但他冷笑了下,摸出一个信封,扔给青头:"去喝点好的。"他们的眼睛亮了。青头嚷:"满哥,这怎么行?"其他几个人纷纷附和:"不成,满哥,这不成。"

"啰唆。"肖一满说。

"满哥,一起去吧。"

"下次,今天我有事。"肖一满往车子走去,边想,妈的,真得亲自去给那个女的买药。

九

高灵音吃着面，桌面摆满今天买到的药，这些都是有利于睡眠的。她下意识地想，这些药量多了真有效吗？她害怕达不到想要的效果，要是没死彻底……她被这个想法吓住，睁着眼发呆，嘴边吊着面条。她伸手扫了一下药盒，不行，得买更多，买更有效的，越多越好，她相信足够的药量有足够的威力将自己带走。

手机响了，打断高灵音的胡思乱想。号码很熟悉，是一家报社的记者，之前已经打过无数次电话，高灵音无聊时删除了太多次通话记录，竟无意中记住了那个号码。不是那个叫月亮的女孩子，她竟有一丝莫名的失望。

记者的电话高灵音当然是不接的，她继续吃面，电话响个不停，她将铃声当成音乐听。《想和你去吹吹风》重复好几次后终于停下，高灵音冲手机冷笑，信息提示音却响了，竟是那记者的。

那记者写："高美女好，我是《南风日报》的记者，姓郑，之前采访过您的，不知您是否贵人多忘事，还记得我吗？"

"最多嘴的郑大记者，我又不是老年痴呆，怎么会忘？"高灵音冲手机哼了一声。

对方像听到她的话，另一条信息追来："高美女，您为什么放弃到省里参赛的机会？实在太可惜了，要知道你进入省赛前几强的希望有多大,省赛前几强将进入全国比赛,到时,一切将会不一样……"

"一切将会不一样……"高灵音喃喃念叨这句话,郑记者还说了很多,她没再看。

是的,高灵音曾以为一切将会不一样,她将人生想象出无数种色彩,无数的可能性在她脑子里绽放,所有的可能性都是闪闪发光的,都一样绚丽,令人满意。想象在她去参加市歌唱比赛时就开始了,那时,她的嗓子在朋友圈中已博得一大群粉丝,但那时的想象还是小心翼翼的,接近于幻想。直到她一路过关斩将,以惊人的顺利和绝对的优势夺得"金钻歌手"歌唱比赛全市第一名,她的想象落到了实处,并渐渐变成计划,怎么在省赛中一路走下去,走进国赛,进了国赛,离成为一名当红歌星还会远吗?

还会远吗?那些天,高灵音喜欢对着镜子里的自己问,然后笑着自答,当然不会远,一切都看得见了。她笑得多么好看,两个酒窝多么柔美,粉丝们说,她的歌声全盛在酒窝里,甜美得让人心发暖发软。

那段时间,高灵音深陷于梦想之中,她想,为什么毒品会让人上瘾?她认为应该是梦想以及梦想来临时所有的一切,才让人有一种无法言说的沉醉。她感谢太阳,感谢空气,感谢自己,感觉命运给予的所有一切,她如何想得到,一觉醒来,命运对她变了一张面孔。

直至今天,高灵音仍无法记起自己那一刻的心绪,连续几天,她都感觉不到脚下的地,找不到方向,甚至抓不住思维,感觉不到身体。

黑硬的绝望感再次扣住她,高灵音啪地放下筷子,疯狂地捶打着桌面,捶得桌上的药盒和手机猛烈震跳。

又有几条信息追着来,高灵音知道不该看的,但她抓过手机,强迫自己打开信息读,以此惩罚自己。那个郑记者问她背后有什么故事,是不是有无奈的苦衷,有什么不为人知的原因,希望能跟她谈谈,详细地谈,若能见上一面当然更好,要是再同意他为她拍一张照片,他将感激不尽。

高灵音知道,郑记者需要她的故事,越离奇越好,越惊人越刺激越好。她想象得出得到真相的他,脸上每一块肌肉夸张的表情和记下真相时颤动的双手……这种想象令她抓狂,她冲手机尖声大叫。

郑记者又追了一条信息:"若高美女有什么难处,不妨直言,说不定我能帮忙想想法子,就是我想不到法子,让朋友们一起想也是可以的,没有过不去的事。"

"这次,真的过不去了。"高灵音对信息冷笑,有气无力地说。

命运对高灵音变脸的那一天,她定制的礼服正好送到。她举起那件软如云朵的浅蓝色长裙,眼睛被长裙上银色的亮片刺伤,那些亮片一会儿像星星般光彩,一会儿像冷笑的眼睛。鬼使神差地,她穿上长裙,放下长发,卷了一本杂志当话筒,站在镜子前,陶醉般地唱起来。一曲唱罢,她缓缓睁眼,看见镜中百合花般的自己,突然,百合花开始病变,腐烂……她盯住镜子,看到面目全非的整个过程,最后晕倒在那堆柔软的丝绸里。

郑记者没再发信息,手机又响,高灵音抓起手机,在扔出去的瞬间看到那个号码,是那个叫月亮的小女孩的,她喘着气,抖着手,接通了电话。

"妈妈,我是月亮。"

高灵音听见清透如晨光的声音。

十

高灵音脑里飞快地打着腹稿,怎么跟小女孩解释,自己不是她妈妈,她打错电话了。小女孩说:"妈妈,你等一下,我先挂断电话,你收一张图片。"没等高灵音答应,女孩挂断电话,不一会儿,一条彩信进来了,高灵音点开,是一张图画,画着一个女人,长发,大眼,笑得很灿烂,站在开满红花的树下。

女孩的电话又来了:"妈妈,你看到了吗?好不好看?"

"嗯。"高灵音想好的解释又吞回去,她极力克制自己,才没开口问女孩,你妈妈到底怎么了?和爸爸发生了什么事?不管孩子了吗?她告诫自己,别多管闲事,她是要离开的人了,管不了,她几乎想断掉通话,但女孩的声音有种魔力,吸引着她听下去。

"妈妈,今天美术课,老师让我们画最想念的一个人,我画了你。"女孩的声音带着笑意,"妈妈,你看像不像?家里的照片都是几年前的，我不知道妈妈现在变什么样了，我自己就跟小时候不太一样了。"

高灵音下意识地回想那幅画，挺苗条的身材，椭圆脸，大大的眼，黑长发，跟自己竟真有几分相似，她不自觉地应了一声："挺像的。"

"真的！"女孩兴奋起来，"老师说我画得漂亮，我说是妈妈长得漂亮。妈妈，我想把这张画送给你，又不知怎么送，爸爸说让他保管，他以后会送，我不想，他老说以后以后，说好久了，妈妈能自己来拿吗？"

高灵音沉默了。

"妈妈？"女孩等久了，又开始喊，"这画你不喜欢吗？"

"你……先替我保管。"高灵音说。她暗暗骂自己，该死，越扯越远了。

"嗯，我帮妈妈保管。"女孩又高兴起来，"妈妈，上星期爸爸带我去看电影，电影里的人打电话都能看到人的，像看电视，要是有这样的电话就好啦，我就能看到妈妈了。"

高灵音咬住嘴唇，想，傻孩子，视频早有了。但她不敢吱声，怕女孩突然想起，提出视频要求。事后，她又懊恼，当时若顺水推舟和女孩视频，说不定这事就解决了，就没有后来的麻烦了，但又想，感觉女孩还很小，听口气有几年没见到妈妈了，哪记得长什么样？说不定到时当真了，更麻烦。

女孩大概还没玩过电脑，丝毫没想到视频，但她惊喜地想到一个好主意，要高灵音拍一张照片发给她，这样她就知道妈妈的样子了。

高灵音吓了一跳,该解释了,她想。但一犹豫,再次错矢了机会,随口说:"我手机里没照片,现在正跟同事谈事情,以后照了再传——我得穿漂亮衣服,拍一张最漂亮的传,你都把我画得这么好看了。"

女孩相信了,让高灵音穿粉红色裙子,和她画的一样颜色,接着,她压低声音问:"妈妈,你也在加班?"

"加班?"高灵音一愣。

"妈妈不是和同事谈事情吗?爸爸就老要加班,他加班时,我就得一个人待家里——妈妈加班,月亮还能不能跟你说话?"

"没事,月亮尽管说,我戴耳机听,不碍事。"高灵音鬼使神差地说。

小女孩果然顾自说起来,她高兴地说还有时间,爸爸在洗澡,还要刮胡子,还要洗衣服。她说昨天学校文艺表演,她跳舞了,还是领舞,可惜爸爸妈妈都没有去看,没有帮她拍照,别的同学家里人都去拍照了,有的是爸爸,有的是妈妈,有的一家人全去了。她的声音稍显低落了,高灵音及时插了句话:"领舞,真了不起,一定跳得很美。"女孩声音又变得昂扬:"老师夸我舞蹈感觉好,没事的,妈妈,老师帮我拍了好多照片,到时都给妈妈看。"

女孩说着说着又回到原先的问题:"妈妈什么时候回家?"

这个问题让高灵音清醒,她支吾了一阵,挂了电话。

很久,杨月亮的手机仍贴在耳朵上,听着断线后的忙音,她喃喃地问出最后一句:"妈妈,你到底在哪里工作?"

杨宇汉在饭厅一角已经站了好一会儿,他走出卫生间时,正好听到女儿对着电话说她去表演,没人帮她拍照,他站住了,不知怎样面对女儿。他背靠着墙,仰起脸,以缓解鼻头的酸痛,他不知道女儿这段时间在跟谁打电话,但他感谢这个人,肯这样耐心接女儿电话,并给女儿一点希望,但他又害怕,怕这点希望变成芽,越长越壮,到最后难以收场,就像他三年前一念之差,给了女儿一颗希望的种子,以致现在无法回头。但他假设过,若再回到从前,他或许仍会将那颗种子捧给女儿。

十一

杨宇汉刚从舞蹈培训中心出来,就看到王明媛立在街对面,微笑着看他,他把摩托车骑到她面前,问:"要去哪?"

"来这里呀。"王明媛说。

"有事?"

"找你。"王明媛看着杨宇汉。

杨宇汉稍稍避开目光,顺便避开话题:"你的车呢?"

"我打的的。开车怎么坐你的摩托车?"王明媛开玩笑,把话题拉回来。

"上车吧。"杨宇汉拍拍摩托车后座,"去哪?"

"先找个地方把车停好,一起走走,这个周末你终于不加班了,月亮上舞蹈班,只需早晚接送,你有自己的时间,我猜得没错吧?"王明媛将杨宇汉往街边引。

杨宇汉说："确实有一天空闲,但我想见一个卖保险的朋友。"

"又要买保险?"王明媛说,"据我所知,你已经买了好几份保险了吧? 什么给月亮买的儿童保险、意外险、教育分红保险,还有你自己的保险,你那样拼命,就为买这些保险?"

杨宇汉说："我也投资不了别的,这是我能想到的后路。"

"后路?"王明媛在路边立下,盯住杨宇汉。

"月亮只有我。"杨宇汉也站住,没头没尾地说。

"想太多了吧。"王明媛说。

杨宇汉又谈起家里的情况,父亲前年去世,母亲身体一向不好,还得帮他大哥带孩子,大哥大嫂生了两个孩子,夫妻俩守着一个小食摊,过得挺艰难,大姐远嫁,也过得一般。

王明媛都知道,没有人比她更了解杨宇汉,但她不明白他为什么又提这些。

"要是有一天,我出了什么事,月亮不知……"杨宇汉没说下去,夸张地清嗓子。

"杨宇汉,你说什么呢!"

"什么事都有万一,我只是怕——也只能为月亮做这些了……"

"好了。"王明媛打断他,"没见过这样杞人忧天的,月亮是玻璃做的? 还是你当不起父亲?"

"我这个父亲是没当好。"杨宇汉眉间竟现出忧伤。

"够了,好好的一天,见什么卖保险的?"王明媛果断地扯住杨宇汉,让他将摩托车掉头,"我们去逛逛,你是人,日子是要过的,不是拼的熬的。"

杨宇汉想了想,说:"前段时间老烦你接月亮,中午请你吃饭吧。"

"这话我听着不舒服。"王明媛夸张地叹气,"什么烦不烦的? 还有,因为接月亮才请我吃饭? 要是没干活,我怕连杯水也喝不上了吧?"

杨宇汉笑笑:"我不是这意思。"

"天生缺幽默细胞。"王明媛摇摇头,"不想去外面吃,平日一个人,外面吃怕了,我想吃家里的饭菜,我们自己做,一起吧。"说到这,王明媛的头微垂下去,两颊边带了一抹笑意。

按王明媛的要求,杨宇汉将摩托车骑向超市。

两人一起逛超市,这是王明媛最热衷的,只要能争取到时间,她就将杨宇汉往超市拉。进了超市,王明媛所有的神经似乎都受了激励,两眼发光,不停地跑向这边,又扑回那边,手指在货架上滑过去,时不时拿下一点什么东西,问:"这个不错吧,嗯,就买这个。"杨宇汉推着购物车跟在后面,王明媛的问话他从来没有答过,王明媛也没有要他答的意思,自顾自将东西扔进购物车。

转了一圈后,购物车满了,杨宇汉会问一句:"这些都要?"王明媛就弯下身,一样一样检查,拿掉很多没必要的东西。

王明媛让杨宇汉带她回家,她开始考虑菜谱,她能随口说出一堆菜谱,说一个问一句:"这菜怎么样?"杨宇汉说:"随便吧。"最后,总是王明媛敲定几种,开始动手。

杨宇汉是帮忙的,他按王明媛的要求,洗菜,切菜,递调料,有时,王明媛花样太多,他会说一句,别太麻烦。王明媛立即反驳,吃饭是大事,也是乐事,怎么是麻烦?

两个人,几样小菜,边吃边聊,一顿饭可以吃很久。饭后王明媛搬出茶叶,杨宇汉煮水洗杯沏茶,茶过几巡,一个下午差不多就过去了。

王明媛喜欢这样的下午,但很难得。她说要等杨宇汉这样一个下午,像等待流星,有时等得无望,不经意时反而有了。

这样的下午是从杨宇汉最艰难的那年开始的。在他最悲伤最艰难的时候,王明媛硬拉他去逛超市,让他跟自己一起做菜,一起吃饭。那时,杨宇汉是不领情的,极抗拒,但王明媛极坚持。杨宇汉或许悲伤得疲倦了,连不领情的力气也没有,就那么被王明媛扯着,迷迷糊糊地逛超市、做饭、吃饭。

不知从哪一天起,杨宇汉自在了,不声不响随王明媛进超市,进厨房,慢慢吃饭,这些极平常的事有着意想不到的安抚力量。

十二

肖一满给高灵音打电话——上次答应给高灵音买药后,她半信半疑把号码给了他——高灵音没接,她以为又是哪个记者。肖一满连打五次,手机差点扔了,他不记得哪个人不接过他的电话。最后,他扔掉了那些安眠药,但车开走一段后,他又倒回去,把药捡进车里。他给高灵音发了个信息:"药买到了,好药。"署名为:负责的肇事者。

高灵音很快来电话:"真买到药了? 效果怎样?"

"笑话,我都买不到好药的话,这个城市就没人买得到了。到哪接货?"肖一满原本想直接去高灵音小区门口,又怕她怀疑。

高灵音说了她家小区附近的一个街口,肖一满的车刚停在路边,就看见她张望着走来,仍是长外套,帽子加墨镜,还戴着手套,他想,这人受伤了不包绷带戴手套干吗。

肖一满开车门,冷笑说:"你怎么老这打扮? 当间谍太幼稚,当小偷又太显眼。"

高灵音没搭话,伸出手:"药呢?"

肖一满扔过一个袋子,高灵音急急翻开,拿出药盒细看了一会,疑惑起来:"全是外文?"

"最好的药,特快寄来的。"

"有效?"

"废话，就怕吃多了醒不来——用法用量自己去网上查。"

高灵音眉眼现出惊喜，冲肖一满点点头："谢谢——对了，我们的事两清了，以后再没什么责任不责任的说法。"

高灵音很快转过街角，肖一满把车退回大路，突然不知要去哪，握着方向盘发愣。昨晚，他推掉一个到度假村打高尔夫的邀请，拒绝了朋友关于按摩浴足的建议，也不想去唱歌，不想到郊外飙车，不想去台球馆，不想凑几个人摸麻将，不想……他不知道自己怎么都不想了，这种状态有一段时间了，甚至有些朋友也察觉了，说他变得怪怪的，不太像他，他极力否认，尽量尽情地玩、疯，但越尽量，越觉得没趣。

他是有工作的，在本市一家四星级酒店当经理，但他这个经理很长时间不露面了，他父亲是那家酒店的老板——当然是背后的，对外公开的老板是他的小舅。他毕业后，小舅将他带到酒店，说："想当什么，随便选，想要哪个房间，随便指。"他一下子没了兴趣，耸耸肩说："随便吧。"小舅便给了他一个经理的名号。

开始一段时间，肖一满是上班的，兴致很高，每天准时到酒店办公室，煞有介事地坐在高档的办公桌后，但他很快发现在酒店里不知做什么。当他把酒店上上下下逛个透——包括厨房和楼顶阳台——尝遍酒店的新菜式，和酒店的女服务员们暧昧个遍后，他觉出了自己的经理当得怪异——工作人员向他点头弯腰，但实际上没人把他放在眼里——他窝了一肚子火，可不能发，没人敢得罪他，表面上对他极尽讨好,他的火变得莫名其妙。后来,连带女孩去酒店都无趣了,他宁愿到其他地方去消费。慢慢地,酒店新进的员工不知道有肖一满这个经理了。

在街上绕了半天,肖一满的车仍找不到方向,他焦躁地拍打着方向盘,弄得车扭拐起来,拍打一阵后,他似乎找到焦躁的根源,就是不能一个人待着,得找个做伴的。他把车靠在一间未开张的酒吧前,摸出手机开始翻找通信录。

最好是个女孩,肖一满将手机联系人慢慢拉过,女孩的名字不少,而且他很清楚,大都是既时髦又长得不错的,更重要的是,他只需一个电话,只要能走开,她们一定会到。肖一满将通信录过了一遍,仍无法决定拨哪个号码。他把那些女孩的名字和她们的面孔搞模糊了,每看一个名字,都得用力想很久,好像都有挺抢眼的脸,挺艳丽的衣服,挺活泼的性格和笑容,都没什么大的区别,他喊哪一个做伴都不会闷,但他突然提不起以前那样的兴趣。

肖一满脑袋靠在方向盘上,努力整理头绪。近一段时间他比较固定交往着的有三个,郑洁、肖兰婷、陈可可,三个女孩相貌身材没什么高下之分,也都热情。他调出郑洁的手机号,想了想,又调出陈可可的,拨出去,接通音响了两声后,他断了通话,重新按了肖兰婷的手机号,仍是响两声断开。

肖一满继续开车,漫无目的地开。其实,陈可可回了电话,问是不是想她了,想在哪见面。肖一满却说是打错了,生生掐断陈可可柔软的撒娇。他最后在联系人里随便找了个朋友,打出去,说:"喊几个人聚聚吧。"

半小时后,好几个人就等在某家酒吧了。

肖一满进门就喝酒,喝得很凶,话很少,几个朋友不停引他说话,他总闷闷的。一个朋友说他有个堂妹,那张脸上过杂志封面的,要介绍给肖一满。

"随便吧。"肖一满倒着酒说。

女孩来了,确实是能让人眼前一亮的,若在平日,肖一满肯定很快离席,要带她去兜兜风的。但今天,他只跟女孩客气几句,就说有事要走了。女孩主动扶住他,说他喝了酒不能开车,她送他。肖一满由她扶着。

两人走到酒吧门口,肖一满立即清醒了,直起身,退开两步,对女孩说自己有事先走,许诺下次请她吃饭,把女孩扔下了。

肖一满在车上睡了一觉,醒来后又开车乱逛,停车时发现在高灵音家的小区门口。

十三

高灵音把安眠药列放于桌面,包括肖一满买的和自己买的,手指从一排药盒上轻轻走过,想象着,这样一盒一盒吃掉,就都结束了,所有的恐惧、绝望和羞耻也都将彻底消失。这么多，一定结束得很彻底，很安静，这是多么容易。她肩背一阵发冷发麻。

高灵音半趴在桌上，就那么呆呆地看着药，这些药给她一种安定感，有了它们，她突然不太着急了，反正随时可以解决一切，她有了掌控权。她哼起曲子，哼了好长一段，才发觉这是洪子健创作的曲子。

洪子健的一切瞬间淹没了她，洪子健的笑容，洪子健的声音，洪子健的身影，与洪子健相关的生活片断……

想起洪子健，高灵音认为自己该愤怒的，该咬牙切齿的，可她刚仰头开骂："洪子健，你这个……"泪下来了，脖子弯软下去。

高灵音是突然间失去洪子健的消息的，没有任何预兆，洪子健消失前几天两人还在河边走了半夜，他带着吉他，一曲一曲地弹，高灵音一曲一曲地配唱，直到把河面唱出晨光。隔天，高灵音有事去了另外一个城市，住了几天，回来后就再也找不到洪子健。他手机停机，租的房子退了，连他一些朋友也找不到了，手机都不接，住的地方高灵音不知道。在这城市里，如果一个人不想让你找到，你最好死掉这份心。高灵音细细回想过，她和洪子健间一切挺好的，回来前两天，还和他通过电话，他似乎有些忙，匆匆结束通话，但这算什么异常呢？

开始几天，高灵音并不在意，洪子健的脑袋早让音符搅乱了，手机欠费、三餐忘吃、衣服乱搭，都是常事，有时甚至为了写首歌，关掉手机和外界搞隔绝。但几天后，高灵音认真找起来，洪子健脑子再迷糊也不会忘了联系她,这是他自己说的,她和音符都是他生命里的精灵。高灵音对洪子健说,听到这句话,她整个人都闪闪发光了。

洪子健的朋友大都找不到,找到的也不知消息,高灵音向自己的朋友打听,她有些朋友,洪子健是见过的。朋友们很奇怪:"高灵音,你什么时候这样紧张过男朋友?或许又到你换灵感的时候了,再找一个就是了。"

高灵音不好生气,男朋友这东西有什么好紧张的?这话确实是她说的。她承认,自己的男朋友确实有点多,有时几个男朋友一块交着,高兴了在一起,不高兴了挥一挥手,不带走一片云彩,当然也不留下一点影子。她对闺密们的解释是,每个男朋友各有不一样的感觉,她把他们想象成各种音调,在他们身上找灵感,这有利于她的歌唱和保持活力,再说,那些男朋友也很潇洒呀,虽说也有个把死缠烂打的,可大都也就图个新鲜快乐,高灵音说,一起开心,有什么大不了的嘛。但是,这些都是遇见洪子健之前的事。

洪子健是高灵音情感中的一个异数,和他在一起不久,她就宣布了一个让闺密们震惊的消息:以后,她是要把洪子健带给爸爸妈妈看的。有朋友拍膝大笑:"高灵音,你让人点死穴了,看你以后还猖狂。"高灵音确实不猖狂了,她离开了以前所有的男朋友,将洪子健带给朋友看,一本正经地介绍。

洪子健一直没找到,朋友们替高灵音生气,骂洪子健不是东西,难为高灵音为他这棵草放弃了整片森林。高灵音没往这方面想,她用让朋友抓狂的表情说:"我知道子健,他不是你们想的那种人。"那时,她担心的是他会不会碰到什么事了。洪子健是个流浪歌手,四处唱歌作曲,居无定所,除了音乐,不知世情险恶,作的新曲多少次被盗用、被骗,她就差点儿替他去公安局报案了。

　　一段时间后,洪子健突然有消息了,给高灵音发了条信息:去医院检查一下,全身检查。

　　高灵音将电话打过去,关机了。

　　高灵音决定先检查,再找高手追踪洪子健的手机。她以前的那些男朋友还是有一两个理科高手的。高灵音的闺密说:"洪子健往你脑里灌水了吧,这种莫名其妙的要求你也听?"

　　高灵音说:"子健可能真有他的道理,他这么一提,我倒想起来了,这段时间是不太舒服。"具体哪里不舒服她没说。她托朋友做了假的身份证,用假身份去检查。她自己的解释是,她在本市已小有名气,不想惹麻烦,某些小报记者实在太八卦了。事后,高灵音才知道自己是隐隐有点什么预感的,但她那时完全忽略掉,更不想承认。

　　检查身体的决定是带着好奇的,高灵音倒想看看洪子健卖的是什么药,检查后他是不是就出现了,她甚至猜测洪子健有健康强迫症,对朋友开玩笑说:"他可能想让我当媳妇了,要我来个婚前检查,用这样特别的方式告诉我。"

"高灵音你不会吧?"朋友尖叫,"你有这想法!你不是嚷嚷进城是追求未来的,你还要成为歌后呢,现在你想为人妇为人母了?"

高灵音也吓了一跳,但她避开这话题,不让自己深想,她已经争得"金钻歌手"大赛市第一名,在这个城市拥有大批年轻的粉丝,王紧张准备两个月后的省赛,当然,也准备着省赛之后的国赛。她已经将自己的路铺陈到十年以后、二十年以后,不,她甚至跟闺密狂妄地玩笑过,八十岁的时候就不唱了,开始写自传。她想象将拥有一个特殊的房间,房间里摆满她的唱片、视频资料、杂志报道、海报……她在自己的一生中慢慢翻着、走着、写着。

朋友大笑,说她又酸又自恋,疯狂程度无人可及。

高灵音却敛了笑,表情怪异,语调也不太正常了:"那样,我就在这个世界留下了证据,有过高灵音这样一个人,还有人把我的歌听进心里。"

高灵音的检查结果出来了,HIV 呈阳性。

再检查,确认检验结果为阳性,结论,她得了艾滋病。

高灵音不记得那几天是怎么过来的,只知道夜里反复做一个梦,那个梦详详细细地演示了她发病到死去的惨状丑状,可又觉得不是梦,她一直处于半睡半醒间,应该是自己的想象,可怕的是这想象即将变成事实。

她疯狂地打电话给洪子健,关机,关机,关机!几天后,停机了。

几个月来,她和以前所有的男友断了联系,只和洪子健在一起。她也冲手机里停机的提示音尖叫:"洪子健,你这个浑蛋。"

高灵音狠拍太阳穴,强迫自己从回忆里抽身,关于唱歌和洪子健都该见鬼去了。她的手伸向药盒,那一瞬,她想起那个叫月亮的女孩,突然想给她打个电话,就算含糊地告别一下也好。

十四

杨月亮的手机无人接听,高灵音连拨几次,无声无息,她莫名地担心起来,这女孩怎么了。按她以前在电话里透露的信息,这个时段她应该在家,或爸爸加班,她一个人待着,或爸爸回家陪她了,也有可能被那个叫明媛的阿姨接到家了。又不是白天上课时间,手机是开着的,她可以接电话的。

很巧,杨月亮今晚正好不是高灵音猜测的任何一种情况,她被王正宏接走了。

王正宏在杨宇汉下班时就来了,六点到杨宇汉家,要把杨月亮接走。杨宇汉奇怪:"不是说好明天周六出发的?"

王正宏不看杨宇汉,轻拍杨月亮的头发:"现在和明天早上有什么区别,今天是周五,今晚正好放松——月亮,想吃什么? 自助,烧烤,火锅? 还是西餐?"

"老板,月亮她还没……"

"好了,你一会儿不是还有事做?"王正宏不耐烦地打断杨宇汉,刚刚下班前,王正宏叫住杨宇汉,交代他饭后再回公司处理一些事。

杨宇汉刚要张嘴,王正宏却冲杨月亮招手:"我先把月亮接过去正好,装两套衣服就成,别的需要什么再买。"

杨宇汉说:"以前加班,月亮也是一个人……"

王正宏手一挥,截断他的话:"你这人就是啰唆,月亮在我邸,你正好专心加班——月亮,我们走啦。"

杨月亮抬头看爸爸,杨宇汉只好点点头,笑笑:"月亮要照顾好自己,不要淘气。"

"王叔叔,爸爸和我们一起去玩行吗?"杨月亮碰碰王正宏的胳膊。

杨宇汉赶紧接口:"爸爸还有工作,你跟王叔叔去吧。"

"月亮,走啦。"王正宏几乎有些急不可待,抱起杨月亮跟杨宇汉告别,转身出门。杨宇汉跟出去,喊:"月亮自己走,六岁啦。"王正宏啪啪啪走下楼梯,对月亮眨眨眼笑:"叔叔抱着下楼多好玩,对不对,月亮。"杨月亮冲杨宇汉扬手再见,杨宇汉握着的手机终没有举起来,每次王正宏带杨月亮出门,不喜欢让她带手机,他似乎烦杨月亮跟爸爸联系,对杨宇汉说:"不就出门一两天? 我们又陪着,有什么好联系的?"

王正宏的妻子肖凌已经迎在门口,小跑过来拉杨月亮的手,揉捏她的脸,冲屋里大喊,把儿子聪城喊出来,直接外出吃饭。王正宏看看妻子,借口拿点东西,回屋喊了保姆:"刘姨,肖凌今天吃药了? 状态还好吧?"得到刘姨的点头,他才放心出门。

　　游乐场里的项目,只要在限定的年龄范围内,王正宏都让儿子王聪城带杨月亮玩一遍,肖凌兴致大发,也要跟着玩,王正宏开始不肯,说她身体太弱。肖凌在他面前用力走几步:"我身子弱? 哪里弱了? 看看这规定,八岁内儿童可玩,我都不成?"王正宏想了想,他的车里有给肖凌带了药的,便点点头。

　　玩得很痛快,吃东西时,王正宏翻着刚刚拍的相片,杨月亮每一张都笑得像个小太阳,他每看一张都要笑一笑,好像要得到更确实的证明,他时不时问问杨月亮:"月亮,好玩吧? 开心吧?"杨月亮每次都以脆响的声音肯定,配以不迭的点头。但吃着东西,她会偶尔发呆,王正宏和肖凌问起,她开始只是摇头,后来怯怯地说想打电话。

　　"打给你爸爸? 我来打。"王正宏摸出手机,"你来听,你爸爸今天还得干点活。"

　　杨月亮说要自己打,王正宏想了想,把手机递给她。杨月亮拿了手机跑开去,王正宏忙让王聪城跟上去看住,他和妻子对视了一眼,说:"月亮都有隐私了呀,小小一个人儿。"这么说着,他涌起一股失落感。

　　杨月亮握着手机想了想,对王聪城说:"聪城哥哥,我还是不打了。"慢吞吞走回来。她想打给妈妈,可又想对这事保密。

　　玩过吃过后,在肖凌的提议下,几个人去购物。肖凌兴致极高,精神状态也很好,直到王正宏买了那个生日蛋糕。

晚饭吃过,几个人点了一个包间喝茶,电视播放着杨月亮心爱的动画片,王正宏说有事出去一下,没多久,他提回一个极精美的蛋糕。蛋糕一进门,肖凌说着的话断了,默不作声地看着蛋糕,王正宏拆开包装盒,杨月亮欢呼起来。肖凌用力盯着王正宏,他毫无察觉,正积极地插彩色蜡烛,还鼓动杨月亮准备关灯吹烛。

"别点了。"肖凌挡住王正宏,说,"蛋糕是坏的,已经变质了。"

房间里静了下来。

"你什么眼色?"肖凌声调不对了,"这种蛋糕怎么能吃?把月亮的肚子吃坏了怎么办?扔了。"

杨月亮立在电灯开关边,疑惑不解。王正宏向王聪城使眼色,说:"月亮,我刚刚看见这茶吧门边有好多特色玩具,让聪城哥哥带你去看,喜欢就买。"

王聪城和杨月亮挑了半天玩具,买了好几个,王正宏和肖凌从茶吧出来了。杨月亮看看他们的手,空空的,蛋糕不在了,也没人提,她咽了咽口水,终不敢问。

游玩返回时,王正宏他们先把杨月亮送到家。回去的路上,他拐向另一条路,肖凌警惕地问:"怎么不回家?要去哪?"王正宏说:"黄医生刚好有空,我们过去喝杯茶吧。"

很奇怪,这次肖凌没反对,静静地跟他去了黄医生的诊所——黄医生是心理医生。进诊所时，王正宏紧走几步，先凑近黄医生，低声说："又不对了，昨晚我买了一个蛋糕，她情绪就不稳定了。"

肖凌随黄医生进了房间，刚坐下，肖凌就说："黄医生，正宏又不对了。"

"因为他买了个蛋糕？"

"你知道昨天是什么日子吗？是聪棋的生日……"肖凌声音被哽咽堵住。

"你又发脾气了，是吗？"黄医生问。

肖凌点点头："黄医生，我实在忍不住，几年了，他那个样子……"

十五

高灵音做好三明治，正吃着，门铃响了，她木木地盯着门。当门铃急切成一连串时，她才反应铃声是与自己有关的，嘴里的东西一咽，哽得喉头发痛，她起身在客厅里慌乱地绕圈，会是谁？她的住处对记者是保密的，一向很小心，就算不小心暴露了小区，也绝不可能暴露楼层和门牌号。脑子里飞速地排除掉记者后，她安心了些。那么是朋友？这一段时间她不怎么接电话，倒有可能，会是哪个？会不会是洪子健……

门铃声催命一样，高灵音边蹭过去开门，边想着怎么解释这段日子的躲避，思考早一点把人打发走的办法。

　　肖一满站在门外,高灵音忘了关门,等他耸耸肩要挤进门才堵住他:"做什么?你怎么知道这里?"

　　"放心,不是抢劫的,你这间破屋,这些破东西我看不上眼。"

　　"这是我的家,出去。"高灵音满脸惊恐,"再不走,我喊人了。"

　　"你喊吧——嗯,喊人太好笑了,你以为演电视呀,有人会来?就算有人来,多少人会理你?还不如报警。"

　　"我报警。"高灵音扑过去拿手机,但按了一个键后停下,猛地扔下手机,说,"警察不能来,我不让别人处理我的事。"

　　肖一满双手一拍:"没错,喊警察做什么?我看不上你的财,看不上你的人,也不是变态,不会伤你。"

　　高灵音还疑惑着,肖一满已经走进屋子,高灵音和他拉开距离:"你别碰我。"

　　"对你?暂时没兴趣,像你这样的备胎我太多了。"肖一满鼻子哼气。

　　"不是这意思,你别碰到我。"高灵音强调。

　　"你是绝世高手?身上带电?"肖一满觉得这女孩有点神经质,挺好玩的,但猛地敛了笑,他看见桌上那排药盒,很奇怪,自己没买那么多呀。他在沙发上坐下,想,来对了。他又惊讶又有些欣喜。

　　高灵音不对头,这是肖一满离开高灵音后突然想到的,他想起高灵音的样子,她一直很奇怪,接过他买的安眠药,听说效果极好,她的手在颤抖,肖一满怪自己太晚才注意到。转身走了几步后,她走回来,犹豫了片刻,问肖一满能不能帮她再买一些,肖一满说:"这又不是巧克力,多了吃死你。"他看到高灵音又一颤,勉强笑着对他说:"我失眠严重,想多吃几个疗程,这种药我又买不到……"

"吃完了再说吧,打一个电话的事。"

高灵音想了想,又支吾着:"我有几个朋友也失眠,我想给他们也带一些。"

肖一满笑了:"敢情你们是失眠者联盟,我凭什么帮他们?你是我负责的一件事的条件……"

高灵音急匆匆走掉了。

她要自杀!肖一满脑子里一闪,手一颤,车子用力扭拐起来,他定定神,重新掌好车,再次理了理思路,结论更清晰了——这女的不想活了。

救人!这个念头是下意识的,因为激动和欣喜,肖一满握方向盘的手微微颤抖,他妈的,这才真像一件事,真正刺激的,从未有过的,花钱也做不到的。他一时无法平复情绪,找了个地方,将车停在路边,慢慢平静,好好想一想这件事,最后清晰成激动人心的几个字:他肖一满要救人。他猛地发动汽车,朝高灵音家的小区飞奔而去。

多年以后,肖一满仍喜欢回忆这个时刻,甚至那可以说是他这辈子第一次有生气,第一次像个人。但又可以说,完全不像个人,对高灵音的寻死,他竟有些惊喜,因为他认定自己将得救。

发现肖一满在看那些药盒,高灵音暗骂自己不小心,她挪过身,慌慌收着药盒,胡乱地说:"我对比一下哪种效果好又没副作用。"

"当然是我买的效果最好。"肖一满盯紧高灵音,"药是我买的,你可别吃太多。"

"我自己会把握,你可以走了。"高灵音打开门,示意肖一满离开。

肖一满坐得更稳一些:"你太没礼貌了吧?我好歹算个客人——要不,你报警,我正好有话对警察说,让他们来保护你。"

高灵音脸变色,声变调:"我好得很,用不着哪个来保护,你太多管闲事了。"

肖一满跳起来:"我这次管的可不是闲事。"他头一点一点的,对自己极满意的样子。

两人对峙许久,肖一满先猛跨几步,作势要去收药盒,说:"这些先由我保管吧。"高灵音扑过去,整个人护住药,要哭的样子。最后,肖一满呵呵笑了:"这事有点难度,我喜欢,我话放在这里了,这事我管到底,办成为止。"

高灵音说他莫名其妙,捕风捉影,疑神疑鬼,让他滚回自己的地盘,说她没什么事需要人插手的。

"口才不错嘛,你的粗口是成语吗?好玩。"肖一满脾气好像变好了,"有没有事你心里明白。"他在沙发上坐下,看着高灵音,下意识地想,一条人命,花钱办不成,靠别人也不成,只能由他自己来。他涌起一种无法抑制的激情。

静默许久,高灵音渐渐平静了,望了一眼安眠药,死都不怕,她还怕什么?这个人还能怎么样呢?她释然了,甚至差点对肖一满的幼稚笑出了声,但最重要的是这些东西,她得趁肖一满玩手机游戏时,暗暗把药收回,肖一满抬了下眼皮,嘴角扯出一丝笑。

肖一满看电视,打游戏,不断接女孩的电话,像待在自己家里。高灵音注意力不在他身上,她时不时看看手机,手机突然变得很安静,没有任何来电。从肖一满进门到现在,她立在客厅角落又打了五六次电话,没人接听。

那个叫月亮的女孩怎么了?高灵音心神不定地想,然后又惊讶不已,她怎么关心起那个女孩了?

十六

杨月亮跟王正宏去玩,王明媛让杨宇汉下班直接去她住处。杨宇汉到的时候,王明媛一桌菜准备好了,杨宇汉正要开口,她挥挥手:"不要给我说什么客气话,忙了一天,好好享受美餐和安静时光吧,你的享受细胞都萎缩了。"

吃过饭,王明媛准备茶具茶叶,仍是杨宇汉最爱的大红袍。杨宇汉接过茶壶,他喜欢喝茶,也喜欢沏茶,其他事情他不讲究,整日匆匆忙忙,沏茶他却要慢慢来,一丝不苟的。每每看到他沏茶喝茶,平心静气,很有些世外高人的样子,王明媛就笑:"你生活里也就这点情趣和精致了。"

杨宇汉沏茶的时候不说话,品茶的时候也不说话,甚至眼微眯,至多向王明媛伸伸手,示意她喝茶,好像他整个人被茶融化了。王明媛也不出声,端着茶杯,学他慢慢感觉茶的味道,或者是长时间看他,不出一声。偶尔,喝过茶,杨宇汉回过神,对自己的失态表示歉意,说自己太闷。

"闷?"王明媛笑,"闷我就不会随你走到现在了,不是一直这样的吗?"

从小就这样,杨宇汉做着什么事情,活泼的王明媛就会变得安静,待在一边,可以半天不出声。杨宇汉年长几岁,王明媛记不清从什么时候起自己变成他的小尾巴的,也许是会走路时就整日跟着他了。杨宇汉先上学,放学了要做作业,王明媛搬个小凳坐在旁边,拿铅笔头划拉,杨宇汉收起作业,她就收起画着一团团乱麻的纸。杨宇汉在田间四处跑,她随着跑,双手拉着老往下滑的裤子,跑得磕磕绊绊。杨宇汉和男孩子弹玻璃球、拍画片,王明媛蹲在一边,睁大眼睛看他们输输赢赢。杨宇汉钓鱼,她也要跟,坐在一旁草丛里,静静盯住水面,盯着盯着眼皮就合上了,往往杨宇汉钓了几条鱼,王明媛就睡了几觉。

王明媛曾开玩笑说,要是把杨宇汉的形象拿掉,她的童年就一片空白了。杨宇汉的脸色一下子变得沉重,王明媛忙转换话题。

　　喝着茶,王明媛起身放了古曲,曲调水一样在房间内漫流,她顺便找了零食,自顾自吃起来。古曲是为杨宇汉准备的,杨宇汉听古曲喝茶的习惯让王明媛觉得他与世隔绝,又觉得他迷人,这个时候,他成了另一个杨宇汉,王明媛弄不明白自己离不开的是烟火里那个杨宇汉还是这一个。零食是为自己准备的,她认为喝茶和零食是黄金搭档,但零食绝对不拿给杨宇汉,因为他是看也不看的。

　　王明媛去拿壶添水时,杨宇汉抬头看她,问:"真打算一直这样吗?"

　　半晌,王明媛终于明白他的意思,没想到他会主动提到这个,她在对面坐下,盯紧了他,像盯紧一个长时间等待又转瞬即逝的机会,她问:"你有什么想法?"

　　杨宇汉却缩回去,避开目光,洗着茶杯,说:"上个星期不是说你妈催你去相亲? 怎么样了?"

　　"你想知道结果?"王明媛追问。

　　"若是还合眼,对方条件又还过得去,就……"

　　"就怎么样?"王明媛朝他半倾上身,"你说话真像我爸我妈,你真这么想?"

　　杨宇汉不出声了。

　　"好,我告诉你。"王明媛赌气说,"对方条件好得很,人品工作长相没的挑,最重要的是对我也挺有好感,只要我点头,十有八九是成的,满意了吧?"

杨宇汉捏茶壶的手抖了一下,王明媛眼睛捉住这点抖动,冷冷一笑。杨宇汉说:"我是怕……"

"我都不怕,你怕什么?你怕得太多了。"

杨宇汉知道王明媛想的和自己不一样,他私底下不知衡量过几次了,王明媛是最合适的人。她身体健康,大方开朗,有稳定的工作,工资不比自己低,最重要的是对月亮好,真心实意地好,若是自己那天出了什么事,月亮身边有王明媛,他没有什么不放心的。但只是合适,特别是为了月亮,他和她两人间却好像总差点什么,差点什么他很明白,自己若贪图了这份"合适",对王明媛公平吗?

杨宇汉觉得该跟王明媛好好谈谈了,最低限度,他得坦白,向王明媛交个底,再由她选择。他说出嘴的话却成了这样:"找个时间一起吃顿饭吧,和月亮,让月亮慢慢习惯。"

王明媛用了很长的时间回味杨宇汉这句话,充分理解这话的意思后,她的笑意止不住绽开,弄得她自己也羞怯了,说:"也不用那么紧张,月亮还小,很多事还不明白。"

杨宇汉不敢看王明媛,他几乎无法正视自己的自私,但又没有勇气对她说真相,就像现在已无法收场对女儿撒下的谎,他久久不出一语。

王明媛沏了杯茶，捧到他手里，柔声说："我没关系的，你不必管我，这是我的事。"

十七

肖一满在高灵音家里已经待了两天两夜，他几乎不敢相信自己这一"壮举"。事实是，他确实做到了，高灵音做什么他就做什么，高灵音吃东西，他打电话叫外卖；高灵音发呆、练声、看电视，他打游戏、接电话、玩电脑；高灵音进洗手间，他说超过半小时就撞门、报警，高灵音又愤怒又无奈；晚上高灵音休息，他要求她不关房门，她断然拒绝，他使出混混本性，说："你锁了也没用，我是开锁高手，还有最先进的针孔摄像头，只要我愿意，它随时可以出现在你无法找到无法预料到的地方，当然，你可以选择报警。"高灵音捏紧双拳发抖，肖一满哈哈大笑："不是死都不怕了，还怕我？还计较这些有的没的？"高灵音双肩颓然垂下，转身默默走开。

肖一满冲她的背影说："放心，我承认你有些姿色，但我不缺你这种样子的，都排长队等我呢。"

高灵音猛转回脸，一字一句："你会有报应的。"

肖一满想大笑，但看着高灵音的样子，不知怎么的笑不出来，只耸耸肩，做出无谓的表情。

高灵音出门，肖一满也跟着出门。这两天，高灵音只出了两次门，一次去菜市场买肉菜,一次进书店买了些声乐书和唱片,每次出门,她都像肖一满第一次碰见时那样,包得像重伤病人,只留下一个鼻子,连下巴和嘴都半遮在超大的围巾里,肖一满笑她,说不管扮酷还是掩饰身份都不是这样的,高灵音没搭话。

肖一满打电话买各种用品,买衣物食物,买笔记本电脑,甚至买了床垫被子枕头,还有一张旋转的圆沙发,让人直接送上楼。高灵音立在一边目瞪口呆,肖一满说:"我是往屋里搬东西,又不是往外搬,你屋里这些东西太破了,实在太委屈我了。"

肖一满将高灵音的客厅改造成自己的房间,高举双手:"这是我的地盘了。"

高灵音给他一个白眼:"你以为演电影呀。"

"演电影?"肖一满顿了顿,"比演电影刺激得多,演电影多幼稚。""幼稚"这两个字肖一满用了很大力气才说出口的,他第一次把这两个字吐出来,像吐出哽在胸口的药片。

肖一满演过电影,还是男一号,好几年前的事了,他硬缠着父亲投拍了一部小制作的电影,动作片,一开始就和导演说好的,他演主角。父亲出钱,导演没话说,好在他外形身高都有明星的样子,演技嘛,动作片要求可以稍低;动作嘛,有好几个武术教练,他很顺利地当上主角,那是个有情有义有身手的大英雄,深入虎穴,勇闯险境,拯救了无数生灵。他演得很过瘾,跟兄弟们吹牛:"妈的,命这样玩才爽,这才是英雄的日子。"

演过之后很长一段时间,他都沉浸在那个角色里,可回到现实,他感觉日子处处不顺意,时时无趣透顶。

电影拍成后,几乎没人注意,父亲投资的钱回收不到一二成,好在父亲原本就打算给他玩玩,让他自己死掉那份心,和朋友谈起,就说当肖一满的培训费了。

再后来,提起那电影他就开骂:"妈的,都是假的!什么英雄?早死光了,这年代当得了什么英雄?"以致他看到那部电影就想反胃,甚至觉得好笑,屏幕上那个他冲镜头指手画脚,脸涨得通红,就成了大英雄。他不许别人提那部电影,他自己更是想也不想,好像做了一个可笑的梦被公之于世,让人们一起指点议论。

高灵音提到电影,肖一满一下子想到那部失败的电影,那个所谓的英雄角色,那次是假的,但这次倒是真的了,但这次演的又是什么角色呢?他沉思起来。高灵音看他发呆,倒觉得奇怪,这时,手机响了。

是杨月亮,高灵音忙握了手机走向阳台。

"月亮,你怎么老不接电话?"高灵音想不到自己这么着急。

"正宏叔叔带我去玩啦。"杨月亮扬声说,"我刚刚回家。他们不让我带手机。可好玩啦!对不起,妈妈,正宏叔叔原本说好星期六早上走的,结果星期五傍晚就来带我玩,那么急,我来不及跟你说,还忘了带手机。"

杨月亮兴致极高地描述这两天游玩的过程,吃了什么好东西,得了什么礼物,拍了哪些照片,她说照片在正宏叔叔相机里,要洗出来,以后给妈妈看……听得出杨月亮确实快乐,她身边很多人关心她,包括那个什么明媛阿姨。

"大家都对月亮很好呀?"

"好。"女孩声音如珠子落盘。

"月亮也很会照顾自己是不是?"

"是。月亮长大了,爸爸说,妈妈喜欢月亮长大。妈妈,是不是?"

高灵音在电话这边点点头,说:"那我就放心了。"

结束通话后,高灵音有种将手机扔下楼,了结一切的冲动。她仰起头,天空深黑,无星,她想,自己该走了。

十八

高灵音看着床头闹钟的指针,闹钟三根指针是荧光的,在暗夜里很明显,秒针转了无数圈。高灵音突然错觉时间是无穷无尽的,等到神经发麻时,终于发现时针指向"2",她掀被起身。这个时间是算好的,肖一满应该睡深了,离明天十一二点他起床还有足够的时间,安眠药到时该完全渗透进她的身体,足以将她带走了吧。

高灵音踮脚出房时,收住了呼吸,按肖一满的要求,安眠药放在客厅桌子下——高灵音原是要自己收的,肖一满不让,他要保管安眠药,高灵音则尖叫抗议,放在客厅桌子下是折中的法子——她已经计划好,收了药进房间再吃,水是早准备好的,一大瓶放在床头。

拿了药直起腰,转身时撞了一个黑影,高灵音刚尖叫半声,手腕就被黑影握住,药瓣里啪啦掉下,高灵音死命地挣脱,另一只手用力捶打,却怎么也挣不掉,听见肖一满冷冷地笑:"练几年后再跟我耍花招吧,我这么多年架不是白打的。"

"这是我家,你滚出去。"高灵音怒骂。

肖一满开了灯,把药踢到一边:"对我玩心思?把我当什么了?"

"你什么也不是。"高灵音又尖叫。

肖一满懒得管她,把药盒全踢到自己床垫边,倒了杯水慢慢喝,冷眼看她。高灵音缩坐在沙发角,胳膊将头圈住,像要用力气和意念让自己消失。肖一满看着她,对这女孩越来越好奇,她就这么着急去死?守了这几天,发现她死守着这念头,但看不出她出了什么事,被男友甩了?不太像,他交往的女孩多了,甩过的女孩不少,也有些黏人的,放不下的,都不是她这样子。家里出了什么事?不太像,这几天,他听过她和她父母通电话,虽然表情怪异,老颠三倒四地交代这交代那,但听得出父母活得不错,还有别的一些通话,综合起来,应该还有两个哥哥,都是小日子过得很滋润的。她自己出了什么事?有点可能。身体的?她动作麻利有力,吃东西不算少,脸色也不算差。惹事了?这可能性最大,要不怎么出门总包成那样?

这些分析让肖一满变得乐观,要真是因为惹了什么事什么人,他认为是最容易处理的,只要他出面摆平,她就解脱了,就算把这人的命救下来了,他也将会感觉到胜利的喜悦。麻烦的是,高灵音怎么也不肯说自己的事,肖一满拐弯抹角地问,她警惕得很,拐弯抹角地应付。肖一满干脆直问:"你在这城市里得罪了什么人?惹了什么麻烦?人和事都是有法子可想的,用得着把自己弄掉?开个口。"

高灵音说:"你才惹了人惹了事,我是遵纪守法的好公民,红灯都不闯的。"

"小学课本背得不错。"肖一满嗤之以鼻。

找不到原因,肖一满就无法子可想,这和以前他想做的事完全不同,力无处出,钱无处使,喊人也插不上手,还极黏人,他不耐烦了。这几天,不断有朋友找他,问他怎么不露面了,难道在干正经事了。语气里满是嘲笑的味道。甚至有人猜测他出国了,问他是不是腻了本土女孩,想到外面换换风景和口味。肖一满大吼,说他去太空耍几天。

肖一满有些忍不住了,他想飙车、打架、喝酒、约女孩、赌钱、浴足……这几天,突然离开所有这一切,在以前,他是难以想象的,他骂高灵音死不开窍,碍了他快活。高灵音说他莫名其妙,让他早点离开自己的地盘。肖一满说,偏不走,他想管的事有管不成的?那还是他肖一满?

有天夜里,肖一满醒过来,一时忘了在高灵音家里,他愣了一会儿,才慢慢想起这几天的事情,突然感到委屈,骂自己脑子进水了,管这闲事做什么? 做不成,还弄得不尴不尬的。从小到大,他不记得哪件事不顺他意的,这也是父母的意思,他刚出生,就给了他这个名字,一满,一切完满。

那时,城市正在大开发,父母在苦过多年之后,迎来这个大转机,运气兜头而下,日子哗哗往前转,肖一满也适时出生,他们决定为他铺垫好一切。他们确实做到了,肖一满成长的路上只要伸手,只要张口,一直到现在,还不用自己的脚走路,因为没必要,父母不单铺了路,还备了车备了油,他需要做什么呢?

后半夜,高灵音一直在沙发上坐着,直到天亮。肖一满烦透了,他差点给高灵音几个拳头,让她开口说话,好让他为完成这件事打开缺口。他几次走近她,但终没敢下手,怕这几拳下去,高灵音会更快地走上绝路,他的事情也就泡汤了。

两人从早上对峙到中午,再到下午,高灵音没吃饭没喝水。肖一满中午叫外卖,天开始黑了,肖一满又叫了晚餐。晚餐后,肖一满开始说话了。

在肖一满问了好半天,高灵音一声不出后,肖一满发作了:"妈的,我欠你的? 不伺候了。"他将圆沙发踢翻,又把笔记本电脑扫落在地,摔门而去。

肖一满刚出门,高灵音飞扑到门前,加了内锁,她得抓紧机会,让肖一满就算报警也来不及。

十九

高灵音以最快的速度把药收好,打开包装盒,一颗颗取出,双手发抖,药片散了一桌。最后,她把药片归总到一起,放在一张说明书上,分量挺足的一小堆。高灵音双手按压着胸口,抑制过于厉害的喘气:"没事,就是睡觉,睡过去后,什么事也没有了,什么都不会发生。"她甚至让自己笑了笑。

高灵音开始写短信,给爸爸妈妈的,给朋友的,还有给杨月亮的,洪子健的脸闪了闪,最终放弃了。她想着,等她把药吃下去后,再把刚才编写好的信息设定在二十四小时后发出,然后躺下,等待永久的安静。

手机响了,高灵音没有放下手里的药,只瞥了一眼手机屏幕,是杨月亮。高灵音侧开脸,该结束了,月亮会好好活下去,她没法再做什么了。

但高灵音最终放下药,拿起手机。

"妈妈……"杨月亮在哭,轻声地哭,很压抑很伤心。

高灵音眼皮一跳,急问:"月亮,怎么了?"

杨月亮开始说话,时不时被抽泣打断,她说爸爸今晚带明媛阿姨到家里吃饭了,明媛阿姨做饭,爸爸在帮忙。她问高灵音:"明媛阿姨是不是不走了？同桌小晨说她爸爸妈妈就是这样的，一个人炒菜，一个人帮忙，他们那样就是家。妈妈，我不要明媛阿姨变成我们家里的人，爸爸妈妈才是家里人。"

"月亮，跟爸爸说过你的想法吗？"高灵音试着想办法。

"不能说。"杨月亮竟很快否定这个建议，"明媛阿姨来了，爸爸很开心，要是我说了，爸爸会难过的，我不想爸爸难过。还有……明媛阿姨对我也好，我也不想让她难过。我就是不想她来家里，她当明媛阿姨就好了。"

高灵音有点心痛，没想到她这点年纪就有这种心思和纠结。

"月亮，你……"高灵音找不到任何言语。

"妈妈，你快点回家吧！你回来了，明媛阿姨就不会变成家里的人，爸爸也会开心，他多么想你，每天晚上看妈妈的照片，我要他讲你以前的事，他讲得细细的、真真的，好像昨天刚刚发生过。妈妈，你不想爸爸吗？"

这问题又把高灵音逼到角落，她支吾了半天，转开话题："你现在打电话，爸爸他们不知道？"

杨月亮毕竟小，很快被高灵音的话题带着走，压了压声音，神秘地说："妈妈，这是我的秘密，爸爸还不知道我找到你了。不是我不说，我说了他也不信的，他老说妈妈的号码没用了，没法跟我们联系，说等我长大了，就知道是怎么回事。以前我小，相信了，现在我才不信，我不是找到妈妈了吗？现在，爸爸和明媛阿姨在客厅喝茶，我在房间里，他们以为我睡着了呢。"

"月亮很聪明，你做得对，先别把我们打电话的事告诉爸爸。"高灵音没意识到自己被杨月亮带走了，说，"以后再给他惊喜。"

"好的。"杨月亮兴奋地答，但随即绕回去，"妈妈，你到底什么时候回家？不要月亮了吗？你在那边做什么工作？为什么要去那么远？妈妈，能不能回来在这里找工作？我问过正宏叔叔了，他说他公司好忙，还要多请一些人去工作的。妈妈，你想去正宏叔叔的公司工作吗？"

高灵音几乎后悔接这个电话了，若没接，她或许已经睡过去了，可她又庆幸自己接了。她想了想，胡乱应付："嗯，工作是大事，不是说改就改的，我再好好想想。"

终于结束通话，高灵音对着药呆坐了一会，慢慢把药收进一个小瓶子里。她决定，再等等，想个办法，看有没有可能处理好跟杨月亮的事。她几乎不太敢想象，月亮如果突然找不到她会怎么样。门有响动，高灵音刚来得及把药放进衣袋，门开了，肖一满进来，扫视着房间。

"你怎么进来的？"高灵音推他，"出去，这儿不欢迎你。"

"药在哪？"肖一满大叫，扳着高灵音的肩摇晃，"拿出来！"

高灵音冷笑："吃下去了，全部。"背过身不睬他。肖一满弯下腰，把高灵音扛起来："那么，去医院洗胃吧。"

"别碰我,别碰……"高灵音喊得几乎有些凄厉,"我没吃药。"

二十

饭菜上桌到现在,杨月亮没怎么说话,也没怎么吃。王明媛夹菜给她,她说谢谢,杨宇汉问她好不好吃,她点点头,问她怎么不吃,她说菜好多,她又不饿。杨宇汉和王明媛对视一眼,明白孩子的心思。王明媛想方设法逗她说话,她没怎么应,显得有些木呆。王明媛讲她最喜欢的故事,她勉强动动嘴角,弄出似笑非笑的表情。杨宇汉问:"月亮,怎么了?"

杨月亮忙不迭地摇头,认真咀嚼起来,但杨宇汉和王明媛分明看见孩子眼里闪着泪花,拼命抑制着,却努力冲他们挤出一丝笑意。杨宇汉饭菜吞不下去了,他差点让女儿痛快地哭出来。王明媛用眼神制止了他。

饭后,杨月亮很快进洗手间洗澡,王明媛将零食摆在桌面上,等她一出来就说:"月亮,我们去看电影,《快乐的大脚》,你最喜欢的类型,这些零食全部带去。"杨月亮最钟情的电影和零食,王明媛下午来的时候就安排好了。

杨月亮现出为难的神情,看看爸爸,又看看王明媛,支吾:"我、我今天老跪着画画,好累,想休息。"

"月亮,看电影,吃零食,很轻松的呀。"杨宇汉说,"你画画累了,正好放松一下,听说《快乐的大脚》很好看,连聪城哥哥都很喜欢,他没跟你说过那只可爱的企鹅吗?"

"说过的。"杨月亮点点头,不时撩起眼皮看看桌上的零食和电影票,但犹豫了一会儿,说,"我还是累,爸爸,我可以去睡觉吗?"

后来,杨月亮跟高灵音说,她其实很想去看《快乐的大脚》,但爸爸、明媛阿姨和她三个人去是不好的,电视里面说,一家人才会这样去看电影,她想等妈妈回家再一起去看,到时要买很多零食。

杨宇汉眉毛往下拢。王明媛忙笑着:"月亮想睡觉,好,你先好好休息,别太累了,下次明媛阿姨重新买票,会有更好看的电影。"

杨月亮进房睡觉,背后牵扯着杨宇汉和王明媛的目光。

喝了两泡茶,王明媛起身要走,杨宇汉送她出门。送到楼下时,王明媛突然说:"当初,我家要是没那么快搬进城,会不会……"她含住话,抬起头,夜空黑蒙蒙的。

杨宇汉站住了,看着王明媛,她没看他,他正要出口的话又咽了回去。

杨宇汉和王明媛从小是邻居,王明媛当杨宇汉的尾巴当了十来年。王明媛上初中,杨宇汉上高中那年,王明媛一家从市郊搬进城里,她家在城里有个有出息的舅舅。临走前,王明媛将舅舅带给她的几本精美笔记本送给杨宇汉,还买了一堆信纸、信封、邮票,要杨宇汉经常给她写信。

他们间的通信没有断过,谈各自的学校、学习情况、生活中各种小事。王明媛还谈城市的新奇和变化,她说那里是另一个世界,希望杨宇汉以后去闯一闯。后来,杨宇汉去别的城市上技工学校,他也谈城市了,只是他和王明媛谈得不太一样,他有些担忧,认为城市又精彩又险恶,想在城里自如地走没那么容易。再后来,杨宇汉到王明媛所在的城市打工,王明媛却已离开,到另一座城市念大学,二人信件来往仍很频繁,但通信的内容又有了变化。就是杨宇汉后来遇到了妻子,信仍通着,只是杨宇汉信里的内容大都是关于妻子的。

王明媛大学毕业后,回到这座城市,有了一份让人艳羡的稳定工作,杨宇汉和妻子的关系固定了,他和王明媛再没有通信,因为已经在同一座城市,也早有了手机。两人是联系的,杨宇汉把王明媛介绍给妻子,甚至托妻子给王明媛介绍过相亲对象。

王明媛曾有过这样的意思,说自己在杨宇汉最重要的时间缺席了,所以两条路错开了。她甚至对两人的路做过另外一种假设,假如两人一直在市郊做邻居,毕业后一起进城找工作,假如王明媛大学在本城念书,大学时期和杨宇汉在同一座城……

现在,她又要开始假设了,杨宇汉不接话。他知道,其实完全没有关系的,就是两人没有任何错开,每天见面,现在,两人间的路也不会有丝毫改变,因为那是他的选择。可眼前该怎么选择,杨宇汉没底了。

站了许久,王明媛仍没有走的意思,杨宇汉想了想,说:"月亮还是转不过弯。"

"以后别再管这个了,我看不得月亮那样。"王明媛说,"现在这样就挺好。"

"耽误你了,我不想……"

王明媛直直地看着杨宇汉,把他的话盯回去:"你怎么能说这种话?也不怕我恶心。我要的是这个?小看我王明媛了。"

杨宇汉仍忍不住加了一句:"明媛,你这样的条件,其实……"他说得很艰难,话断掉了。

王明媛冷笑起来:"杨宇汉,知道你俗,没想到俗到这种地步。"说完挥挥手,大步离开。

杨宇汉看王明媛的背影慢慢化进夜色,觉得自己该退一退了,本想给月亮一个家,但那似乎不是月亮想要的。

二十一

为了证明自己没吃药,高灵音掏出药瓶。肖一满一把抢走,扔下她。药举在肖一满手里,高灵音边尖声大叫边跳着脚抢。肖一满让她再喊大声一点,把楼上楼下的人都喊进这房子,他好公布这瓶安眠药,说不定会有个把好心的帮他看住她。高灵音噤了声,低声恳求肖一满把药还给她,她蹲下身,抱着胳膊,害怕至极的样子。

"药还我,你拿了有什么用?"

"我当然没用,但我不信办不成这事,你这算挑战我。"

"我没你那么无聊!"高灵音声音又尖厉了。

肖一满捏了拳头,但片刻后,他的拳头慢慢松开,说:"我这次无聊得挺有意思,你还能站在这和我吵架,我再晚一两个小时,只怕你要上天入地了。"

"好吧,我谢谢你。"高灵音渐渐冷静,"这事你算管过了,但从现在开始,麻烦你别再管这事了。"

肖一满冷笑。

高灵音伸长手要拿药。

"让我半途而废?"肖一满手转了一下,药瓶放进外套里袋,两条胳膊抱在胸前,不给高灵音半点机会。

"我暂时不会想那件事了。"高灵音变得诚恳,"我还有事情要做。"

"什么叫暂时?什么事情能让你改变心意?我倒想听听,应该比较新鲜吧。"肖一满朝高灵音倾着上半身。

高灵音不出声,两人又开始了对峙,其间肖一满喝了两瓶可乐。第二瓶可乐喝光时,他把空瓶子往客厅角落一扔,骂:"烦死了,你鬼上身了?拖都拖不住的?"

肖一满坐下,尽力调整呼吸:"说实话,你到底有什么事?要什么?开个口吧,目前为止,还很少有我办不成的事。"

　　不知天高地厚的富二代。高灵音下意识里鄙夷地想,但没心思去嘲讽他,她累极了,倦倦地说:"我本来什么都有,现在什么都没有了;原来天高海阔,现在没法转身也没法往前走。我还能怎么样?"

　　"什么都没有也可以变成什么都有。"肖一满笑了,高灵音若想得到什么东西,这倒是最好办的,他双手一拍,"别啰唆了,你开口就是。"

　　高灵音又陷入沉默。

　　肖一满压制住焦躁,他发现这事发脾气毫无作用,开始照自己的猜测,耐住性子引导高灵音:"你男朋友跟别人了? 我再给你介绍一个,质量绝对有保证,帅气又多金的,靠山也还成。被人骗财? 多少? 给我账号,我现在就可以打给你。要工作也容易,我名下就有几家店,卖服装的,卖精品的,卖化妆品的,看你这样子,都算合适。别担心,不会让你做店员,当个小主管吧! 如果还不够,划一家店给你经营,我们分成……"

　　"不稀罕,我都不稀罕。"高灵音半抱住头,极厌烦的样子。

　　肖一满唰地起身,推开椅子:"你以为你是我姑奶奶?"

　　"我不是你什么人,你走——药留下。"

　　肖一满突然压低声音:"你不是得了绝症吧?"

　　"你才得了绝症。"好像为了证明身体没问题,高灵音起身跺着脚嚷。

　　肖一满打量她一番,摇摇头又点点头:"看起来也不像,凶得像母老虎。那十有八九是脑子被下药了,估计得叫心理医生,给你找全市最好的心理医生吧,我现在就打电话。"

"够了!"高灵音断喝,"叫了也该给你看! 你以为这样就有用? 你真能这样日日夜夜跟着我? 好吧,就让你跟,看你有能耐耗几天,反正这是我家,我吃着住着就是。"

"鬼才在这耗,还是报警这办法简单。"肖一满冷笑,摸出手机。

高灵音这次没显出紧张,她似乎也抓到他的弱点,说:"没错,我是不喜欢看到警察,不喜欢他们来碍我的事,但他们防得了一时,防得了长久吗? 再说,若是让警察插手,这件事对你来讲还有什么意思? 你所谓的什么正经事就是按 110 报告警察? 太好笑了吧。你以为藏药有用? 我想死还有别的方法。"

肖一满陷入长时间的沉默,最后他看了看高灵音,高灵音直视他,他起身,往外走,骂:"你想死就去死吧,最好死彻底点。"

开门的瞬间,肖一满立住了,盯住门板上的痕迹,极淡,但他还是看出来,很大的三个字:洪子健。极潦草,几个字上面还横七竖八地画了道道,他伸出手,手指在那三个字上慢慢抹过。

高灵音本已背转身,等他出门,但感觉半天没动静,她转过身,看见他往屋里退,他说:"噢,你这件事我管定了。"

二十二

高灵音和肖一满再次陷入僵持之中。高灵音除了时不时向肖一满要药,时而发脾气时而恳求,除了出门买东西显得神神秘秘,有时手机响了,盯一眼手机屏幕后不接电话,任张学友把《想和你去吹吹风》唱了一遍又一遍,她的日子很正常,准点吃饭睡觉,像为了故意气肖一满,她吃得很香,睡得很安心。但她偶尔会冲肖一满微笑,说:"我想通了,不会再想那件事,你成功了,可以走了。"

肖一满只是看她一眼,冷笑一声,重新投入电脑游戏里。

肖一满在这屋里待得厌烦透顶,他时不时骂:"妈的,都变成超级宅男了,没脸出门见人了。"他不记得什么时候在屋里待过这么长时间,这在以前是无法想象的。他一向没法静待,从上学时期开始,他隔一段时间就得逃课一两天,到外面串一串,跟学校老师请假说生病,用得最多的借口是肚子疼和头痛。母亲不但不敢反对,还帮着跟老师撒谎,请假条都由她签名,然后带肖一满四处玩一天,不然,肖一满会闹得家中不得安宁。上初中时,肖一满连借口都懒得找了,直接逃课,学校电话打到家里,母亲遮遮掩掩,只好一再地替肖一满道歉。这时,肖一满已经不要她带出去玩,自己凑几个同学,加上一些退学的社会青年,满城乱跑。毕业后,他更待不住,总想往外走,不停地找新鲜的去处、新鲜的活动、新鲜的女孩,他不能停,停下就说不出地慌。

这几天,兄弟们和女孩们不停打电话,肖一满无法解释也懒得找借口,说以后再谈。有次被问急了,他脱口而出:"有事,我现在有事做。"这话一出口,他突然很得意。

高灵音装出来的安静很快露馅了,她显得越来越心神不宁,向肖一满拿药的次数越来越多,再三保证不会吃,只想放着。她甚至对肖一满说了实话:"有那些药在手里,我安心些,算是一条退路。"肖一满冷笑:"那是绝路。"药藏得更隐蔽。一天下午,高灵音又提出要安眠药,肖一满干脆说被一个兄弟带走了,中午送外卖的那个人是他兄弟,他给钱时把药塞出去了。他摊开双掌,用下巴向自己的床和背包示意:"你搜吧,我保证不拦。"

高灵音变得无着无落,肖一满发现只有一个电话让她安静,看手机屏幕出现某个号码,她就接,边喊着月亮,边往阳台或房间里走。肖一满想,月亮,挺有意思的名号,哪方神圣?每次和那个月亮通过话,高灵音就有一段时间显得满足,不提药的事。

那晚,高灵音和月亮的通话时间特别长,肖一满不耐烦了,自顾自啃着牛肉干看外国大片。

月亮告诉高灵音,爸爸又加班了,她讲了班里很多趣事,甚至还念了自己的一篇日记。高灵音听得有滋有味,她突然很想了解月亮生活的每一个细节,对她说的每句话都有兴趣。近一个小时后,高灵音一再催促,说她太晚休息,影响第二天上课,杨月亮终于不舍地说了再见。按断通话前,她再次问那句话:"妈妈,你什么时候来看我呀?"杨月亮声音带了哭的前兆。高灵音稍稍犹豫,杨月亮哭泣声响了,一哭就收不住:"妈妈,妈妈……"

高灵音慌乱了,无力地安慰:"别哭,月亮,别哭。"

这是高灵音急中生智想出的法子,她说:"月亮好好学习,等你考一百分了,我就去会看你。"高灵音记得,小时候要贵一点的玩具,爸爸妈妈就是这么哄她的,可考一百分似乎是很难的事,她一直没办到,这借口应该可以拖挺长一段时间了。

"真的?"杨月亮猛地住了哭,"妈妈,我考一百分,你一定要来。"

"语文、数学都要一百分。"高灵音发觉自己说快了,但已经收不回,忙补充,"如果英语口语有考试,也要一百分。"她暗暗安慰自己,几个科目都考一百分没那么容易,记得小时候她一直没办到,那些好玩具很难到手。

"妈妈,我一定做到。"结束通话时,杨月亮的声音变得极开朗。高灵音则开始惴惴不安,但一时也想不出什么方法,最后模模糊糊安慰自己,走一步算一步,只能先这样了。

肖一满梦见一个黑影在身边绕来绕去,惊醒了,果然有个影子,跪在他床边乱搜,是高灵音,她不相信肖一满把药交给朋友了。肖一满假装睡死,甚至侧身向里,让高灵音搜个够。

第二天早上,他咬着面包,笑:"我身上还没搜呢,要不要也像昨晚那样,来个地毯式搜查? 我也不反对拿这个当借口占我点便宜。"说着高展双臂。高灵音脸灰灰的,不搭话。肖一满耸耸肩,转身面对门的方向,门板上有那几个潦草的被画花的字:洪子健。当然,隔这么远,字的笔画极淡,他看不到,但他感觉得到,已经清晰地刻在脑里。他终于忍不住,指着门问:"洪子健是谁? 哪个地方的人?"

高灵音的反应比肖一满想象的强烈,她像被火烫了,跳起身喊:"不是人!"并冲过去,十指在门上用力抓挠,好像她的指甲比小刀锋利。

"妈的,什么深仇大恨!"肖一满低声骂,又冷笑,仇越大越有意思,里面的故事该很长吧,他喃喃着,"洪子健,说不定你终于得靠我了。"

二十三

认识洪子健是在一次朋友聚会上,高灵音经常参加那样的聚会,喝啤酒、吃零食、聊八卦、打闹、唱歌。在那样的聚会上,有些人聚的次数多了,成了熟人好友,有些人流水般来来去去,也没什么人在乎。那次聚会上,洪子健原是不在的。

大家正热闹时,话题转到唱歌上。与唱歌相关的,高灵音当然掌握了话语权,她好一通畅谈。一个朋友突然说要叫个人来,应战高灵音,说那个人的音乐素养不比高灵音差。高灵音好奇心大开,催促朋友即刻叫来,她要看看对方有几斤几两。朋友说,那是个极特别的人,一般这种聚会是瞧不上眼的,从头发丝到脚趾都是傲。

"名字名字!"几个人朋友大叫,好像要人肉搜索。

"洪子健。"

有人表示没必要喊他,说别来了破坏气氛,这种人又酸又板。

朋友说:"人家有傲的资本,弹吉他一绝,又会作曲,曲风特别好,确实是个人才,最主要的是敢作敢当敢放下,他的故事长了。"

"别啰唆了,喊来喊来。"在场的朋友闹起来,"看看是何方神圣。"

朋友给洪子健打电话,拨通号码时,拿一根手指竖在嘴边,说洪子健最反感这样吵吵嚷嚷凑一起,要是听到这边闹得太厉害就不肯来了。大家冷笑,说洪子健酸文假醋,算什么东西?但更想见他了。有几个心里气不过,决定等他来了给他好看,杀杀他的气焰。

电话那边,洪子健果然说不参加,他没空。朋友各种好话,各种讽刺,那边似乎无动于衷,没有被说动的迹象。后来,朋友说:"这边也有玩音乐的,玩得不比你差,至少唱歌比你好,有胆子放马过来。"洪子健果然松了口,说那走一走吧。

放下电话,朋友耸耸肩:"这小子,骨头又臭又硬,但音乐是他的死穴。"其他人的气已经涌到喉口,说洪子健到了就等着一顿臭骂吧,有必要的话,几个男生出手,把这小子揍清醒了再谈别的,各种各样的跃跃欲试。但当洪子健走进包间时,所有跃跃欲试都安静了。

洪子健人就像安静本身,他背着吉他,朝所有人微微笑着。那微笑让人觉得又安宁又缥缈，和这个吵闹的环境格格不入，但所有人都认为他就该那样笑。他周身笼罩着说不清的气息，这种气息变成属于他的世界，他走到哪里，这个世界就跟到哪里，这使他充满神秘感，和其他人像隔着什么。这些感觉都过于飘忽，事后，朋友们无法描述，谈到他时，那些想要压压他气焰，给他几下精神拳的男人说他不是这个世界的人，简单点说不是人，没必要较真的。女人表情则暧昧了，嘻嘻笑，这男人帅呀，高、挺、棱角分明，身材和五官都没法挑的，可惜是小说里那种帅，太冷太远。高灵音则觉得他像一首歌，只有曲调没有歌词的那种，又忧伤又清澈。

洪子健进入包间那一刻，高灵音就一直看着他，她莫名地相信他从自己身上也能感觉到音乐。果然，他很快看见她，包间里灯光昏黄，她仍能确定他的目光落在自己身上时欣喜地一亮。其他人不知不觉地安静下去，变得斯文，后来，他们摇头晃脑，说和洪子健这人待着太累，不许那个朋友再招惹他参加聚会，让人不自在，那个朋友说洪子健自己早没兴趣了。

朋友把高灵音推出去："洪子健，这个是音乐才女，尤其是嗓子好，肯定是未来的歌后。"

洪子健静静看着高灵音。

有人开口，带了挑战的意思："听说洪子健你吉他了得，还会作曲，弄一曲新歌来听听。"

　　洪子健不推托，抱好吉他，摆了姿势，顾自弹起来。时而安静时而热烈，包间里极静，曲子味道很特别。曲子弹完，他抬头看看高灵音，像问她听清了没。没等高灵音反应，他就从大衣袋里掏出一个小本子，翻开其中一页，递给高灵音："我写的新歌，歌词也写好了，你唱，我伴奏。"

　　高灵音未及答话，洪子健已经开始弹前奏，其他人相互挤挤眼，洪子健先出招了。高灵音极快地扫了一眼歌谱，望着洪子健，赌气般张嘴就唱，她看见洪子健的目光又亮了。

　　一曲完了，包间里静了片刻才响起掌声，伴随着夸张的口哨声。他们表示洪子健和高灵音的配合天衣无缝，接着纷纷议论洪子健这首新歌，极美，让人背后发凉，胸口发酸，让洪子健赶快卖出去，保证大红。

　　洪子健淡淡地说："不会有人要。"

　　大家沉默了一下。有人接口说实话："可能真是没人要，这种发凉发酸的感觉让人害怕，人家听歌就图个轻松。"

　　自那天开始，高灵音再没有和其他男朋友联系，都快刀斩乱麻地断了，朋友问，她说自己也不知为什么，反正就是觉得他们没意思了。她和洪子健联系着，没有向朋友们透露。

二十四

洪子健为高灵音写了一首歌,洪子健吉他伴奏,高灵音唱,从那时开始,他们每次见面,只要环境允许,都要合作一遍。高灵音很喜欢那首歌,说以后唱出来了,要将这歌作为专辑的主打歌,每一场演唱会第一首歌都唱这首,告诉所有听歌的人,这歌唱的是高灵音,高灵音就在这歌里,说不定很久很久以后,还有人唱起这首歌,就知道曾有个人叫高灵音。她说,谢谢洪子健。

洪子健淡淡地笑,说其实该说感谢的是他,这两年,他一直想为某个人写一首歌,但找不到那个人,也便找不到那种曲调,那种孤独很难说清楚。洪子健只在高灵音面前说孤独,其他朋友若知道也许会笑,他们认为孤独就是洪子健的胎记,没法根治的,他是那种在孤独中一直寻找孤独的人,要不,他也不会走这样一条怪异的路了。

洪子健成绩可上名牌大学,却选了一个中等偏上的学校,原因是喜欢学校所在的城市——新兴城市,有活力,人多,但自由、包容,各人管各人的,干什么都没人指手画脚,父母气极,骂他脑子坏了,又不是选投资环境。洪子健指出还有一个原因,是这家学校学习氛围不会太浓,他可以自由自在地玩音乐。这个原因气得母亲没法出声。毕业后,父母利用家里还不错的人脉关系,为他在家乡小镇找了一份固定的工作,不算太忙碌也不算太清闲,收入中上,最好过日子的那种。父母打算好了,家里有两套房子,新的给洪子健,他只负责找个好女孩,结婚生子,日子就算完满。若洪子健能在那单位升上去,大展宏图,那便是上天意外的奖赏,他们梦里也会带了笑的。但洪子健很快变成他们的噩梦,上班第一天就跟领导辞职,当时,身上背了一把吉他。

他要唱歌,流浪,想唱什么就唱什么,想去哪就去哪。

母亲隔天病倒了,父亲要拿棍子敲他,他朝父母弯下腰,说:"我的日子该我选。"他去找大哥:"大哥,你有两个孩子,爸妈不用担心洪家无后了,谢谢你帮我完成任务。"他去找大姐:"大姐,姐夫不错,你过得也好,爸妈也有外孙了,俗世中应该是算圆满的,我放心了。"

洪子健一个城市一个城市地跑,背着吉他,以唱歌为生,或在街头,或在酒吧,或在某种宣传舞台上,但从来只唱喜欢的歌,若有人硬要规定曲目,他抱了吉他就跑。他几乎从不认真地交什么朋友,怕会被打扰,怕有人要"关心"他,对他来说,任何类型的关心都是羁绊。最后,洪子健来到现在的这座城市。

洪子健还是喜欢这座城市,喧闹熙攘的表面下,各管各的,自在,在这里更能找到音乐灵感。这是当年洪子健念大学时选择的城市。

洪子健没想到会感到孤独,之前他只怕没有孤独。他说也许流浪太久了,他想找一个人。一个什么样的人,他没有概念,但相信只要碰到,他就会知道,不管是男还是女。说到这,他目光灼灼地看着高灵音。高灵音胸口一阵涌动,但对那句"不管是男还是女"很不满意。后来,她总要跟洪子健开玩笑,说:"我要是男的你会怎么办?你到底把我当什么呀!"

没想到洪子健老实回答:"一开始是没把你当女的,更别说女朋友了,只是因为音乐。"

高灵音用力掐他,掐着掐着却笑起来了。

听说了洪子健的经历,高灵音很久没说话,只是看着他,目光异样。洪子健半侧开脸,说:"我只是喜欢这样过日子。"

"了不得。"高灵音说,"够性格,够浪漫,你这样的理想主义者是珍稀动物了。"

洪子健摇头:"不是你想象的那样,没什么浪不浪漫和厉不厉害,就是一种过日子的方式,我的选择而已。"

"与众不同。"

洪子健淡然一笑:"世上人这么多,本来就该有极多的选择,极多样的日子。只是人们大都习惯过所谓的'好日子',我选的这种就变得'不好'和奇怪了。不是我与众不同,是死脑筋的人比较多。"

"至少很自由。"沉默了半晌,高灵音说。

"要看从哪个方面说了,表面是很自由,实际还背负着沉重的内疚。"洪子健若有所思地拨拉着吉他弦,"本来这是我的人生,我的选择应该跟别人无关,但我还是觉得对不起父母,说到底我也是死脑筋中的一个。"

"怎么能这样说？"

"灵音，有一天我也会离开你，什么时候我说不准，但你有歌，你不会害怕的。"

二十五

去阳台晾衣服前，杨宇汉朝房间喊了一声，让杨月亮休息。晾过衣服，杨月亮房间的灯还亮着，杨宇汉又催一次，杨月亮含糊应了一句。杨宇汉看了一会儿新闻，杨月亮房间的灯仍未灭，走进她房间里，杨月亮趴在书桌上学习。

"今天作业这么多？还没做完？"

"早做完啦，晚饭前完成了。"杨月亮仰起脸，挥着笔说。

"那还做什么？还不休息？"

"我在学习。爸爸，你先睡，我再学一会儿。"

"这么晚了还学，刚一年级就这样，以后还了得？快休息，明天还要早起。"杨宇汉动手要帮女儿收课本。

杨月亮胳膊压住课本："我不累，我要考一百分，全部一百分。"

"爸爸不要求你考一百分，月亮用心学了就好，在学校要过得开心。再说，我们月亮一向考得不错呀。"

"我要考一百分。"杨月亮固执地守着课本。

杨宇汉顿了顿，看看书桌一角的手机，沉默了半晌，让步了："那再让你学二十分钟,二十分钟后一定要休息。"

那些天,杨宇汉因为女儿晚睡,早上打算迟点喊她,希望她多休息几分钟。杨月亮却自己设了小闹钟,比往常更早醒来,刷牙前先坐在床上读一会儿课文。

一个多星期后,杨月亮在给高灵音的电话中兴奋地报告,她语文考了一百分,英语课堂上老师口语测试,也得了一百分。

高灵音吓了一跳。

杨月亮接着有些沮丧地说:"数学只有九十八分,有一道题不小心做错了。"

高灵音稍松一口气,说:"没关系的,九十八分已经很好了,月亮真厉害。"

"妈妈,下次我会全部考一百分的。"杨月亮又提起兴致,"我很快就要见到妈妈了。"

高灵音慌乱了,匆匆结束通话,胡乱地想,现在的孩子考一百分那么容易?她记得以前一百分是很难攀上的高度,班里很少人能做到。她走进客厅,显得呆立不安。肖一满眼睛离开电脑游戏,斜视她,他知道又是那个叫月亮的电话,对方听起来不像男朋友,不像女闺密,也不像家里人,倒像个孩子,是她什么人?高灵音看看肖一满,突然问:"我答应了一个孩子的事情,现在又做不到,怎么办?"

果然是个孩子。

　　肖一满笑了："孩子嘛,不就是哄来哄去的? 有什么好当真的? 到时找个理由骗过去就是。"他觉得高灵音小题大做了,可能就是这种小题大做,让她把一些事情想严重了,才老惦着要走绝路。

　　高灵音不住摇头："怎么能骗? 孩子会伤心的,以后我还怎么跟孩子说话? 都是我嘴快,一时应了,也没想清楚。"高灵音懊恼不已。

　　"说得那么严重,跟孩子说的话当什么真?"肖一满觉得高灵音死脑筋,但他很快高兴起来,"你还操心着这件事,这是好兆头,说明还舍不得走,还有挂心的事,所以,最好把你那个愚蠢的念头收起来——我也好早早离开这破屋。"

　　高灵音陷入沉思,我真舍不得走? 她被这念头吓了一跳,不,一定得走,不走还能怎么样? 半晌,她对肖一满说:"是的,我还有挂心的事,已经打消那个念头,你可以放心走了。"

　　肖一满看看她,哼哼地笑:"鬼才相信,当我是三岁小孩?"

　　几天后,杨月亮又来电话,说她数学小测试也一百分。高灵音问什么是小测试,杨月亮老实解释,小测试是老师课堂上出题目测试,不是正规的单元考。

　　"那能算吗?"高灵音故意拉长声音。

　　电话那边静了一会儿后,杨月亮说:"妈妈,下次单元测试我争取考一百分,我能做到的,到时妈妈就来看我呀。"

　　高灵音觉得不能再陷下去了,她想得到为了一百分,杨月亮在怎样努力。近期，好几次很晚还接到杨月亮的电话，说刚休息，藏在被窝里打电话。高灵音用了近乎无赖的方法，说："月亮不能骄傲，就算下次考一百分了，能保证以后都考一百分吗？"

说完这话，高灵音狠狠咬嘴唇，她知道自己过分了。

杨月亮在那边沉默了，但后来还是说话了："好吧，月亮听妈妈的话，妈妈不要忘记月亮。"高灵音听到女孩隐忍着的悲伤，揉按着太阳穴发呆。

杨宇汉站在房门外，耳朵贴在门上，默默听着女儿隐隐的说话声。

二十六

杨宇汉决定了，尽量不和王明媛谈过于私人的话，最好和她慢慢客气起来。但那个周末带杨月亮去学舞蹈后，他还是接了王明媛的电话，说自己有空，并照王明媛的提议，到她家去找她，买了她喜欢的水果干片和巧克力。

喝着茶，杨宇汉忍不住又提起月亮，提到当年撒下的谎，忧心忡忡地说，这个谎撒大了，现在不知道怎么收场。关于这个问题，杨宇汉和王明媛其实已经谈过多次，但从未想出最好的办法，就这么一直拖着。

王明媛看了看杨宇汉，手放在杨宇汉手背上，用掌心的柔软温度安慰他。杨宇汉一惊，暗责自己又糊涂了，跟她说这些做什么？他手用了力，想抽走，王明媛手掌也乒了力，抓紧了他的手指，杨宇汉无措了。王明媛不看他，缓缓说："别自责这个了，当时的情况，还能怎么办？若没你那个谎，怎么安慰得了月亮？"

"还能怎么办？"杨宇汉下意识地问，然后问题悬在那儿。几年过去，对当时那段日子杨宇汉脑子里仍一片空白，只记得妻子的面容越来越模糊，他已经失去所有主张，四周的世界一层一层地模糊下去，哗啦碎成片，四散飘飞。他感觉脚下空了，要倒下去的时候，王明媛的手死命揪住他，他就靠那只手的一点力量和温度撑着，摇摇晃晃的。

那段时间，王明媛就是这样将手放在他手背上，不说什么话，只是陪着。后来，杨宇汉才知道不单单是陪伴，她还得一边照顾三岁的杨月亮，在杨宇汉清醒之前，小心翼翼地不让杨月亮知道发生了什么事。她安排了一个好友，在她顾不上的时候看顾杨月亮，每天晚上亲自陪杨月亮入睡，给杨月亮讲故事，将爸爸的失常和妈妈的突然缺席编成故事。

有时，杨宇汉突然清醒，慌乱地问："月亮呢？月亮在哪？"

"月亮在幼儿园，我送去的，早上不是跟你说过了？"王明媛扫心地提醒杨宇汉，"下午我会接她回家。你是男人呀，拜托别这样子。"

那段时间，王明媛的母亲刚好来看她，对她这样做很有意见，质问她到底要干什么。王明媛反问回去："这个时候我该做什么？"母亲说："这是没法子的事，也不是你该管的事，你算他什么人？你把他当什么人了？他又把你当什么了？"王明媛不睬母亲，母亲赌气回去，她也没多留，让母亲眼不见为净，为了不让母亲多说，甚至总按断与母亲的通话。但事后，她会时不时想起母亲的话："你算他什么人？你把他当什么人了？他又把你当什么了？"

王明媛不知自己是杨宇汉的什么，在他身边，为他做一切都是自然而然的。那段特殊的日子，爱说话口才又好的她话极少，那样的时候，什么话都是无力的，若随便开口，甚至有种站着说话不腰疼的意味。她只是伴在他身边，正儿八经地跟他商量一日三餐，什么菜正当时，猪身上牛身上哪块肉哪块骨头好，肉菜怎样搭配怎样蒸煮营养好，口味又新奇，怎么做出月亮喜欢又有利于月亮长身体的饭菜。大多数时候是王明媛在安排，杨宇汉莫名其妙地看着她，似乎她说的是一种完全陌生的语言。王明媛也不在意他听没听进去，煞有介事地安排一番后，就拉杨宇汉去超市、逛市场，买每样东西都极用心，再三比较，征求杨宇汉的意见，有时，一圈市场逛下来，大半天就过去了。

回家又是一番忙，要杨宇汉帮忙，杨宇汉立在一边发呆，她让干什么就干什么，王明媛不停地使唤他，要他择菜洗菜，让他拿盘拿碗，使唤他煮开水抹桌子。饭菜终于上桌了，还是没完，王明媛要杨宇汉尝每一样菜，说说对每样菜的感觉。杨宇汉无心配合，她便郑重其事地研究菜的口感……诸如此类的生活小事，王明媛都投了十二分的精力，很久以后，说起这些，王明媛笑自己好像外星人，第一次接触地球人的生活，对日子里的烟烟火火热情喷发，无法自拔。

事实上,是为了杨宇汉。那段日子,他深陷灰暗,王阴媛尽力把他拉回日子里。她认定,只要回到最平凡的日子,就走得下去,平凡日子其实是最结实坚韧的生命纽带,它在,人就还活着。

杨宇汉活过来了。

活过来的杨宇汉抱起了女儿,女儿问起妈妈,看着女儿的眼睛,杨宇汉撒了那个谎。这几年,他一直在不断地圆谎,那个谎言像滚雪球一样越滚越大,越滚越有硬度,到了他不敢直视的地步。

二十七

傍晚六点半,高灵音接到杨月亮的电话,杨月亮说:"妈妈,老师要跟你讲话。"高灵音还未反应过来,就听到一个陌生女人的声音:"你是杨月亮的妈妈?"

"我……"

"你们这家长怎么当的? 现在都几点了,还不过来接孩子,其他孩子早走光啦,我们这里也早该下班了。"

"对不起,对不起。"高灵音傻傻地答,"麻烦老师了。"

"也不单是因为麻烦,这么晚了,你们还把孩子留在这,孩子一个人待着,很难受的。"

"对不起,临时有点事,忙晕了。"高灵音编着谎,照她的感觉,父母应该都是这个理由。

"快来把月亮接回去吧。"老师缓了缓口气说。

"我、我一时还走不开,等一会儿她爸爸去接。"

高灵音听到老师静了一会儿,大概是生气到无语吧。一会儿,老师闷闷地说:"你们怎么这样当父母的……"她把电话递给杨月亮。

"妈妈,爸爸刚才说出门碰到一点事,没法很快赶回来。明媛阿姨又出差了,老师让我打电话给你。妈妈,你不生气吧?"

"不生气,月亮做作业,等爸爸去接你——你现在在学校?"

"我在寄餐园,学校早关门啦——妈妈放心,月亮勇敢,不怕一个人。"

结束通话后,高灵音扔下做了一半的三明治,握着手机发呆,肖一满说:"既然那样放不下心,过去看看不就得了? 我来做做好事吧,车就在地下停车场,动作快点,我可是难得有兴趣做好事。"

高灵音瞪他:"你知道什么?"

结束通话后,杨月亮低头看书,不敢看老师的表情。老师端了杯水放在她手边,默默走开了,走到隔间,打电话给杨宇汉,又没接,这是今晚第五次了,老师烦躁得几乎要扔掉手机。很多时候,杨月亮总是整个寄餐园最晚被接走的一个。

中午学校有饭吃,杨宇汉不用操心,麻烦的是下午放学那段时间。四点放学后,学校要求学生尽快回家,家长要准时来接;没法准时接的,多将孩子托在学校附近的私人寄餐园,让孩子做作业,吃些点心,父母可以晚些接孩子。杨宇汉将杨月亮托在寄餐园,但一般六点前,寄餐园的孩子会全部被接走。有时,杨宇汉这个时间都赶不上,他公司离学校又远,若加上堵车,就会拖得更晚,因此,他经常请王明媛去接。

寄餐园的老师终于听到杨宇汉的声音,未进门就"月亮月亮"地喊,急匆匆的样子,杨月亮蹿出去扑向他。寄餐园老师让杨月亮进教室收拾学习用品,将杨宇汉引到隔壁教室,杨宇汉不停道歉。寄餐园的老师说:"你最应该道歉的是月亮。你看,整个寄餐园只剩月亮一个人了,孩子怎么想?就算你没法准时,也该让其他人来接。"

"老师,一直帮忙接月亮的朋友刚好出差了,所以……"

"怎么推给朋友?月亮的妈妈是怎么回事?刚才打电话给她?她也不来。"

"月亮的妈妈?"杨宇汉一惊,恍然回神,"老师,麻烦您以后打电话给我,别打给月亮她妈妈。"

"打给你你接了吗?"老师生气了,"怎么不能打给月亮的妈妈?我倒要问问,她怎么当母亲的?也不管孩子。不是我多嘴,你们大人间的事,不能牵扯到孩子,赌气赌到孩子身上。你要是赶不及,她妈妈来接是天经地义的,反倒总叫你什么朋友接。"

杨宇汉又道歉,解释说路上太闹,没听到电话,表示以后会尽量准时。老师突然说,月亮很懂事,太懂事了。

"月亮,对不起,今天爸爸确实……"

"没事的,爸爸,月亮勇敢。"杨月亮拍拍杨宇汉的手背,小大人一样又严肃又认真。

杨宇汉猛侧过脸,揉捏眼皮,呆了一阵,他回过脸:"月亮,爸爸有话对你说。"

"爸爸说。"杨月亮仰起脸,朝他灿烂地笑着。

杨宇汉不想说了,他笑笑,用其他话支吾过去。

吃过饭,洗过澡,杨月亮进房休息了,杨宇汉重新决定跟女儿谈谈,关于她妈妈的事。他走到房门前,立住,他听见杨月亮又在打电话,还是跟她的那个"妈妈"。他木在门前,半晌后,慢慢退开,退到客厅沙发,坐下,抱头,对自己的决定再次犹豫了。

杨宇汉想到王明媛,想跟她说一说,只是说一说。他掏出手机,找出通话记录,通话记录里最多的是王明媛。拨出去,刚接通,杨宇汉按断了通话,他发现自己又犯糊涂了,已经打算好了,尽量和王明媛慢慢走远,过于私人的话最好不谈。

刚想将手机收起,就有来电,是王明媛,问:"你打电话给我? 怎么只响一声? 我正想给你电话。"

"怕你忙公事。"

"借口也太差了,晚上有什么好忙的? 什么事?"

"没事,你上次买的一套茶具忘在我家了。"

"噢,降价的东西,我不用,你用吧。"

王明媛还等他说什么,杨宇汉不说了,要结束通话的意思,王明媛忙问:"月亮好吗?"

"挺好的。"

二十八

杨宇汉永远无法理解当他跟王明媛描述与妻子相遇的情形时王明媛的感受,在那场描述里,他羞怯、欣喜,叙述得极详细,根本没注意到王明媛的表情。从头到尾,都是杨宇汉在说,王明媛几乎都在沉默,这是他们间极少出现的现象。末了,王明媛笑了笑,跟杨宇汉说恭喜,杨宇汉竟向她道谢,丝毫未发现王明媛笑容的勉强和目光的怪异。整个过程,王明媛含胸缩肩,忍受着胸口撕裂般的疼痛,并且,她要不止一次地忍受,因为杨宇汉不止一次地对她讲述那段相遇,每一次都像第一次,又甜蜜又激动。王明媛不敢直视他的脸,怕会控制不住在上面拍几巴掌或打几拳。

杨宇汉说刚遇见妻子时像遇见一种味道,他之前一直寻找着又说不出来的味道,妻子出现那瞬间,他恍然,原来是这种味道。说这活时他半眯了眼,呼吸拉长了,好像妻子就在眼前。

那天,杨宇汉去镇上看同学,其实是想打探消息。自毕业以后,他还没找到合适的工作,在家里无所事事地待了两三个月,想进城又一时没什么门路。同学在城里有亲戚，还没毕业已经找好下家，前几天，杨宇汉听说他回来，约好今天见个面，想打听一下城里的情形，看有没有什么门路。这同学和杨宇汉关系很好，几个月前答应在城里帮忙留意的。杨宇汉现在的工作也是通过那同学七拐八弯找到的，王正宏的朋友是那个同学亲戚的朋友，那时王正宏公司在发展期，需要人，杨宇汉正好碰上了。

那个同学原本安排杨宇汉去他家吃午饭的，没想到家里来了一堆亲戚，同学说有亲戚正好，热闹。可杨宇汉不自在，他骗同学说自己在镇上也有亲戚，要去亲戚家吃，反正也该去走走的，约定午后去公园碰头，再叫上镇上两个同学，边喝茶边谈。杨宇汉在镇上确实有亲戚，但那是关系极淡漠的远房亲戚，他不想去，在街上逛了逛，中午时走进一家面店。

面店很热闹，杨宇汉四下望了很久，慢慢走着找空桌，当走到窗边，他看到了妻子——当然，那时她对于他还是个陌生女孩——他站在那，显得有点傻，端面的服务员从身边走过，大声提醒他可以拼桌。杨宇汉像突然知道这事实，望住妻子桌对面的空位，朝服务员感激地点头。

杨宇汉朝桌子走过去，在充满面香菜香肉香的面馆里，清清楚楚地感觉到她的味道，让人欣喜的熟悉。他用目光询问她，她微笑着点点头。杨宇汉在桌对面坐下，很久以后，才意识到自己那时太失礼，根本不懂得怎样与女孩相处。他老看着她，既直接又呆傻，以至于她不停地喝水，将目光垂在杯里，最后还是忍不住笑了，问他是不是有什么事。

幸好面端上来了，杨宇汉莫名其妙地说："我到镇上看同学。"

她点点头。

隔了一会儿，杨宇汉又说了自己是哪个乡哪个村的人。

她又点点头。

杨宇汉开始努力吃面，他本来还想说自己名字，有可能的话再趁机问问她的名字，但全问不出口。等他再抬起脸，她不吃了，碗里还有一些面，但她拿纸轻轻擦着嘴。她朝杨宇汉点点头："我吃好了，先走啦。"

杨宇汉未来得及应话，她走到柜台前付钱，走出店去。后来，她成为杨宇汉的妻子，笑问杨宇汉是不是那时就有了贼心。杨宇汉老实点头，妻子笑，说杨宇汉太笨，也不懂得讨女孩欢心，若聪明的男孩，有那份心的话，会抢上前为她付面钱的。杨宇汉也笑了，说，确实笨，一紧张，什么也想不到。

当时，他就那么看着她走远，呆呆地想，以后还能见到她吗？她是哪里人？

"她不算太漂亮，但很美。"杨宇汉对王明媛描述时说，"反正我不会再忘掉。"王明媛几乎无法相信这话是杨宇汉说的，她的印象里，他不可能会说这种话。

她走到街上去，很快看不见了，杨宇汉猛回过神，付了面钱，追到街上去，她的影子看不见了。他准着自行车在街上懊恼地走，胡乱地逛，心存侥幸，希望能再碰见她。但没有，和同学约定的时间很快到了，他只能往公园走。

"没想到我又碰见她，我们还在一起了。"杨宇汉扬起双眉，对王明媛说，"这可能就是天意，我们该成一家人。"说到天意，杨宇汉的笑容灿烂了，好像他和妻子的关系有着极大的渊源。

王明媛背过脸，长时间不出声。

二十九

在高灵音的房子里，肖一满除了面对电脑打游戏，最多的就是看那块门板，准确地说，应该是门板上那几个潦草模糊的字：洪子健。高灵音认定肖一满有窥探癖，这么长时间赖在这里不走，表面用救下自己、完成一件正事做堂皇的理由，实际是想窥探些什么。发现门板上那几个被画花的字，他那么高兴，就那几个字，他头脑里肯定想象过无数版本了吧。

这个猜测让高灵音变得极小心，在晚上密藏好身份证、表格之类的个人资料。打电话也变得格外注意，手机基本不离身，特别是那个郑记者，仍不死心，时不时一个电话或几条信息，并告诉她，一些小报已经对她这段时间的沉寂做了各种猜想。关于高灵音打算退出省赛的消息，目前为止还只有他一个人知道，因为他是口风很紧的人，极会保密，但时间长了，难保不会泄露出去，到时，肯定有更多的人找她，倒不如先跟他透露内情，若她真有什么难言之隐，他帮她想办法，找最好的借口，将她的麻烦降到最低。郑记者口气诚恳，但高灵音听出了威胁。

"我有什么麻烦？这是我自己的事，我想参加就参加，不想就不参加，像买衣服一样，喜欢就买，不喜欢就拉倒，什么内情不内情的？"高灵音有些气冲冲。

"高小姐，您走到这个位置，已经不单是您自己的事了。"

高灵音挂断了电话，她后悔极了，暗骂自己糊涂，那天心绪杂乱，随口透露了不会再参赛的想法，才惹出这些麻烦，她还指望着走之前安静一段时间的。

肖一满注意了高灵音和郑记者的通话，从高灵音的语气和表情推断，对方不是普通朋友，他极自然地联系到洪子健。高灵音吃饭时，肖一满又提起洪子健，高灵音照例是不答的，但态度上已改变了策略，从以前的激动变成漠然，想以此扑灭肖一满的好奇心。

肖一满反而奇怪，他这么追问，高灵音不好奇他对洪子健的关心？没猜测过他们也许有关系？

与洪子健的纠葛，几乎成了肖一满青春时期最不愿提及的秘密。

　　大学时,肖一满和洪子健同校、同班。当然,以肖一满的成绩,他不可能考上那所大学——虽然学校不算什么名校,但在省里还是有点口碑的——但他很顺利地进去了。高三的时候,肖一满每隔一段时间离校串一串的惯例仍在。他开着车在城里四处乱窜时,他父母也开始奔走了,等他高考一结束,已经替他铺好进这所大学的通途。他们很实际,这所大学不算好不算坏,容易走动,正好让肖一满混个文凭,又在本城,离家近,父母随时看得到他,他碰到什么他们能顾得上。肖一满是满意这种安排的,老地方,他熟门熟路,照样可以随时开车去潇洒,他的兄弟朋友都在这里,已经有一块地盘了。下意识里,他是害怕到陌生地方待着的。当然,这点他绝不承认,甚至不让自己知道。

　　进大学不久,肖一满也很快有了自己的地盘,以班级为中心,向年级扩散。肖一满发现钱到哪都很好使,当然,加上他的蛮横,以不讲道理赢得的“有性格”的名声,当个“老大”不难,同学们对肖一满笑,让他三分几乎是理所当然的,但洪子健偏偏在这个理所当然之外。本来,他的外表就让肖一满不顺眼了,把自己弄得像个电影男主角,肖一满不敢承认首次对自己的外表有那么点不自信。

　　洪子健整天背着吉他,旁若无人地来来去去,时不时掏一个小本子记点什么,沉浸在自己的世界里,对女生们崇拜的目光毫无察觉,或者说不愿察觉,一句话,在他的王国里,他就是国王。肖一满好几次想找他的碴,可当他漠然地看肖一满一眼时,肖一满就莫名地觉得没趣,甚至惭愧。

肖一满一直在找机会。

肖一满将机会安排在自己生日这天，很巧合，正好是周末，父母请了礼仪公司，一个星期前就拿出生日会的方案，他亲自点头通过。一切就绪，肖一满邀请了班里所有同学，当然大家都答应参加，连在外面勤工俭学的也请了假——肖一满以几倍的价格补助误工费，到生日会的人都会领到贵重礼品，绝不让送礼物的同学吃亏——除了洪子健。

"不去。"洪子健说。

连借口都没有，肖一满脖颈燃起一圈热气，热气往上爬，弄得眉梢眼皮发痛，但他耐着性子说："我是请你，班里的同学都要去。"

"我不去。"洪子健说，"别人去是别人的事。"说完低头拨弄吉他弦。

"你看不起我。"肖一满压低声音，咬着牙说。

洪子健抬起脸，奇怪地看看肖一满，说："我没空看不起你，不习惯而已，这种聚会尤其不习惯。"

肖一满想过找人打洪子健一顿的，对看不顺眼的人，他经常用这一招，总是很有效。但不知为什么，对洪子健，他最终打消了这个念头，他甚至有点担心，用了这一招，洪子健会更看不起自己。

大学的那几年里，洪子健变成肖一满的心结。他发现不单是看不习惯洪子健，自己竟有些怕他，后来，甚至发现自己羡慕他，这让肖一满抓狂。毕业后,他以为洪子健从自己生活里滚出去了,但仍时不时会想起他。

三十

洪子健现在在哪?他或许能改变高灵音。这个想法是突然冒出来的,肖一满不明白自己之前怎么没想到,既然高灵音和洪子健有关系,还到了画伤他名字的地步,洪子健对她来说肯定是很特别的存在。肖一满甚至大胆想象,高灵音想走绝路的念头与洪子健有很大关系,找到洪子健,或许就能解开高灵音的心结,这件事才会彻底解决。他双手猛地一击,啪地一响,吓了高灵音一跳,看她瞪过来,他耸耸肩,鬼鬼地笑,低声说:"要找到你死穴了。"

但这个洪子健是不是当年和自己同班的那个洪子健?肖一满胡乱想着,他不知道自己希望是,还是希望不是。反正得弄清楚,他甩甩头,好像这样能理清头绪。

关于洪子健,高灵音肯定知道点什么线索,他开始有意无意地探问,想引高灵音说点有用的。高灵音一下子看透他的意思,倒干脆:"鬼才知道他,也许死了,也许蒸发了。"说完,进了房间,将门重重摔上。

还是得靠自己,只要他人在这个城市里,肖一满就有把握将他找出来。现在麻烦的是自己走不开,他看看高灵音关紧的房间门,烦躁地踱起步。他比以往任何时候都想离开这屋子,他认定自己再捂下去就要发霉了,父母也对他这一段时间夜不归宿警惕了,他们不停追问。虽然以前他夜不归宿是常事,但连续这么长时间还是第一次。更重要的是,他想去找洪子健。这个念头一出现,就变得无比强烈,几乎有些等不及了,而且想亲自去找。

傍晚,肖一满打电话叫外卖时想到办法,他嘲笑自己手机不离身,竟忘了它。他冲过去敲高灵音的门,喊她吃晚饭,高灵音闷闷地说不想吃,让他离得越远越好。肖一满继续敲门,只是换成了脚,他举了一个硕大的鸡腿一边啃着,一边用脚踢着门,不紧不慢的,极有耐心的,高灵音终于开了门,满脸崩溃的表情。肖一满微笑:"吃饭啦。"

吃过饭,肖一满说他要出门,可能没那么快回来。

高灵音放下筷子,满脸欣喜:"真的? 好,你去吧,不用再回来了。"

肖一满晃晃门钥匙,冷笑:"我随时回来,就算你换了锁头,我几分钟就能搞定,你已经见识过了——不用翻白眼,以后我会经常出门,而且时间不短。等等,先别急着高兴,关于这个,我得跟你约法三章。"

高灵音扭了下脖子:"笑话,我是你什么人? 你是我什么人? 你凭什么对我约法三章?"

"我这人做事不凭什么,凭我高兴。"肖一满胳膊一砍,"给我好好听着,我出门后,你每隔两个小时给我一个电话,不管我有没有接听。"

高灵音跳起来:"你神经……"

　　肖一满手指一点："坐下，你这条命是我的，如果你不打，我就会给你打电话，你若不接，我很快会赶回来，说不定会带上几个朋友帮忙。就算我赶不及，我也会让我兄弟替我来，或报警，说不定还能叫上一两个相识的记者，让他们报道一下，动员社会力量帮助你。"

　　"喊什么记者？哪个记者吃饱了没事做，管这种烂事？"高灵音脸色变了。

　　肖一满发现她似乎很害怕记者，比害怕警察更甚，笑着说："对噢，记者确实不错，报警说不定还得录口供什么的，到时我还得跑警局，麻烦。记者是我朋友，让他们来不难。再说，虽说是烂事，但毕竟与人命有关，关于自杀的事，记者总是有兴趣的。"

　　"谁总记得打电话？我忙得很，没法记这种无聊的事。"高灵音懊恼地捧住脸。

　　肖一满笑："容易，你设个提醒闹钟。"

　　刚出门，肖一满就开始展胳膊展腿，畅快地大笑一阵，嘲笑自己之前怎么没想到这个办法，但细想，这办法似乎有漏洞。前一段时间高灵音情绪极不稳定，若他走开，她可以逃得远远的，两个小时一次电话不难。现在他敢用这办法，是看到高灵音情绪稳定不少，似乎不像前一阵子那样急于走了，甚至还挂心着一个叫月亮的人。他相信她现在不像之前那样冲动，不会随便做傻事。

　　痛痛快快开了一会儿车，肖一满发现失去了目标。前些天，他总打算着,等这件事结束了他就要聚会、喝酒、唱歌、按摩、玩耍,但现在他完全没有兴趣,他开了很长一段路,似乎才恍然,他要找洪子健,没错,找洪子健。先找自己以前同班那个,看和高灵音门板上写的是不是同一个,若不是,再继续找其他叫洪子健的,高灵音这个名字可以当作明显的线索。不行就让兄弟们帮忙找,就让他们拿高灵音的名字和叫洪子健的人对号入座。

胡乱逛了几圈,肖一满毫无头绪,突然觉得自己很愚蠢,他把车靠在路边,趴在方向盘上发起呆。半晌,他启动汽车,往自己念过的大学开去。

在大学门前绕了一个来回后,肖一满将车停在学校对面小超市前,他立在车门边,远远看着校门。若在以前,他会想方设法进学校的,现在,他突然怯了,学校陌生了,似乎完全与自己无关,他几乎怀疑自己是否在里面上过学。

以前所谓的地盘、名气、兄弟都散了,毕业那天一到,所有东西就化为乌有。簇拥在肖一满身边的同学各奔东西,一头扎进各自的日子里。有几个本城的,因为毕业时肖一满利用父母的关系,在工作上帮了他们一把,至今逢年过节他们还会联系,或上门坐坐,或请他出去吃一顿,但现在肖一满觉得没趣了。

肖一满涌起一种忧伤的情绪,这于他是陌生的,他很不习惯。肖一满钻进车里,逃一样地离开大学门口,他突然意识到,洪子健不单是为高灵音找的,也是为自己找的。他从没忘记过洪子健,洪子健连出现的时刻也是最特别的,让他又惊讶又莫名其妙。

三十一

肖一满的生命里,最特别的时刻是见证了两次死亡。

大伯病了,极严重的病,倒下去再没能起身,所有的人都震惊得失去言语。大伯身体一向很好,注重保养,春夏秋冬各个季节吃着不同的营养品,赚钱之余也不忘进行高尔夫球之类健康的户外活动,还有各种泡温泉、中药浴足,这病连大伯一直随着的名医也摇头不解。亲戚们将所有猜测过了一遍后,暗中得出一个结论——命中注定。肖一满记得,当时听到这个结论时,天不怕地不怕、誓当第一浑蛋的他后背突然一阵发麻。

父母带肖一满去看大伯。

自大伯病后,父亲一直忧心忡忡,大伯办着的一个公司里有他不少股份。大伯很有经济头脑,在城市兴起中稳准狠地抓住各种机遇,公司已经发展出很像样的规模。这次大伯倒下,父亲实在不放心大伯那两个吊儿郎当的儿子,预测不用多久,公司就会走下坡路。

父亲一路念叨,母亲突然插了一句话:"担心这个做什么?命没了什么都没了,活得好好的比什么都强。"

父亲一下子不说话了,一路沉默至医院。肖一满的记忆里,这是母亲对父亲极少见的反驳，也是父亲极少见的默认。

看见大伯最初一瞬，肖一满不敢靠近床前，对着被子下发皱缩小的人形发呆。大伯两个儿子都比肖一满大好几岁，当年父亲母亲生了几个姐姐后才等到他，所以不单是父母和姐姐，大伯也是极疼他的。大伯眼皮颤抖着撑开，慢慢伸出的手也在颤抖着，喘息般呼唤他，像在向他求救。肖一满走过去，但双手僵在身体两侧，不敢伸向大伯，无论如何，他不想承认这就是大伯，曾意气风发的大伯。

大伯的生意做得很大，豪车别墅不在话下，听母亲暗中说，他黄金的存储量也是惊人的，更别说好几个正在出租的铺面和一个蓬勃的公司。一直以来，大伯都是典型的成功人士。在他五十五岁的寿宴上，曾兴奋地宣布，一个大师给他把了命，算定他能活到九一好几。肖一满还清晰地记得，那一次，大伯假装沮丧地摇头，说："还不到一百，不算长命啊。"母亲及时接了一句："包括这么多年的闰月，旱超过一百岁啦。"大伯顿时笑声震天。

肖一满在床前坐下，照父亲的吩咐给大伯端了一杯水，插了吸管让他吸。吸了点水，大伯精神了点，要母亲扶他。母亲拿枕头垫住他的肩背，让大伯斜躺着，大伯说感觉好些了，还念叨起以后的打算，公司要再发展，产品要打响，他还要去哪里走走，还看中哪片小区的房子，他说一阵喘一阵。护士警告了，病床边围着的亲戚也劝他好好休息，身体恢复了再说。肖一满看到大伯的目光猛地暗淡下去，身子往下滑,手却努力地要举起,病床边的人慌慌地对视,嘴里只管乱喊医生。医生进来,亲戚们哗地散开,医生看了一会儿,默默退开,对亲戚们说,听听病人还想交代什么。

没人对这话做出反应,大伯拼了命地举着手,拼了命地喘着一句话:"我不想死,我,还有很多……不想死……"

大伯的手垂下去,摔在床上,眼睛睁开,嘴半张。

大伯去了,不甘心不瞑目。那两天,肖一满有史以来第一次失眠了,大伯去世前举起的手和那句"我不想死"在脑里循环回放。他人生中首次想到生命长短这种问题,他能活几岁? 能善终吗? 或者碰到什么意外,像大伯一样……他半夜外出,找朋友高声唱歌、喝酒,以忘掉这些胡思乱想的纠缠。

凑巧的是,没过多久,肖一满又经历了一次死亡,这次经历意外地让他安静下来。

舅舅告诉母亲,城里住得好好的外婆突然硬闹着要回乡下,说是要为自己缝寿衣,安排后事。她虽然一天吃得比一天少,但精神很不错,舅舅以为老人家胡思乱想是正常的,但外婆不停念叨,甚至想自己去坐车,说到时若死在外面,就合不上眼了。舅舅问母亲怎么办,母亲当下拍板,带老人家回去。

母亲随后带了肖一满回乡下娘家,他们到的时候,外婆坐在院子里边晒太阳边等他们。肖一满下意识地想:开玩笑,这就是要死的人?

"一满。"外婆伸手拉住他,手上的力度和温度令肖一满再次吃惊,外婆说她要走了,让肖一满以后成器点,别总让父母操心。

肖一满看看母亲,母亲也满脸疑惑。

肖一满和母亲扶了外婆,在屋里慢慢走,外婆一一展示缝好的寿衣,寿衣竟是大红的,像电视上古代的嫁衣,还配套了鞋子、袜子,一律手工的。肖一满暗想,还真高大上,纯手工,限量版。外婆稍有遗憾地说时间太紧,精力又有限,没法亲自缝,只能喊四乡八寨的婶子嫂子帮忙,她自己则当总指挥。她将肖一满他们带进另一个房间,肖一满挽着外婆的手缩了一下,差点转身跑掉,一个棺材放在房间中央。肖一满的母亲似乎也吓到了,脚步迟疑着。外婆以极大的热情,几乎是扑过去的,说:"这是我寿棺,十年前买的,每年刷油两次,比铁还硬。"她曲起手指,敲了敲棺材,果然发出铁的脆响。肖一满心口一揪,他凛然望着外婆:她想象过睡在这里面吗?看她的表情,肯定想象过不止一次。

看过所有的准备,外婆坐下,开始向母亲和舅舅交代各种事,大的小的,夹杂着各种经验和劝告。母亲不让她乱说,外婆笑了,笑母亲也算一把年纪了,还这么糊涂,还有什么看不开的。她很高兴女儿和儿子最后能陪她一两天。那时,肖一满很肯定外婆是老糊涂了,这样能走能站能坐,也没病,怎么就要走了?

隔天,肖一满的父亲到了,舅妈也带着孩子来了。午饭后,外婆洗了个澡,喝了杯水,到床上半靠着躺下,将所有人召到床前,挨个看了一遍,微笑着:"我这一辈子有交代了。"说完,缓缓闭上眼。

母亲愣了一会儿,轻晃外婆,外婆不动。舅舅喊她,她没应。舅妈晃晃舅舅的胳膊,舅舅手指慢慢伸到外婆鼻子下,僵在那里。

外婆走了。

安然得让肖一满无法接受。

安葬过外婆,回城路上,大伯的去世和外婆的去世不住地交错闪现,莫名其妙的是,他突然想起洪子健,并忍不住猜测,他最后的时刻会是什么样的,像他那样的人。

三十二

寻找洪子健的过程中,肖一满救下高灵音的决心越来越坚定,似乎不单是要做成一件事,但为了什么,他心里模模糊糊的,只感觉得到这个念头越来越强烈。这几天,肖一满几乎每天出门,高灵音的状态看起来很稳定,也乐于他每天离开一段时间,很准时地给他电话。除了偶尔回家走走,免得父母追问太急,其他时间肖一满都在找洪子健,自己找,也让兄弟们找。他交代,先找叫洪子健的,对照他给的毕业照里的那个——这几年可能有些变化,也注意观察——对不上,再拿高灵音的名字试探,看他有没有反应。

肖一满想把大伯和外婆的去世的事讲给高灵音听,他自己也弄不明白,怎么会想到把这种事告诉高灵音,在他看来,她还是陌生人,至多算认识吧。但他发现自己那么想找个人讲一讲,只是找不到那样一个人。他没有那样的朋友,跟父母说也会很奇怪,高灵音这个人却自然而然地浮现。最后,肖一满给自己的解释是,高灵音是他碰到的最特殊的人,她一直奔向死亡,把那看成解脱,所以他会想给她讲讲死。

那天,肖一满回来,身后跟了个饭店服务员。高灵音呆呆地看着服务员进门,打开双手提着的大叠盒,一样一样往桌子上摆菜,最后,放了一瓶葡萄酒,冲肖一满和高灵音点点头,退出门外。

"坐下吧。"肖一满指指满桌的菜,"边说边谈。"

高灵音看住肖一满:"你又有什么花样?"

"无趣,你看不出来吗?吃饭。"肖一满竭力显得轻松,"虽说你这屋又窄又破,但我也住了一些日子,请顿饭算了,没见你吃过一顿像样的,实在看不下去。"

高灵音耸耸肩,进厨房拿碗,碗刚消毒过,拿在手里还是烫的,肖一满用手指敲敲碗,说:"你把碗当鸡翅烤了?"他发现高灵音有个习惯,喜欢将东西不停地消毒,消毒柜每天要开两三次,桌椅地板什么的每天要用消毒液擦。

高灵音不说话,在每盘菜边放了公筷。

"洁癖。"肖一满哼了一句。

吃饭了,肖一满好几次想开口讲大伯和外婆的事,但总觉得不对头,饭菜吃着吃着扯到死上去了,再有一个,他实在不习惯这样对人说话。吃了好一会,他放下碗,倒了点葡萄酒,问高灵音:"你到底想要什么,有什么难处,老放不下那个该死的念头?"

高灵音连喝几口葡萄酒,沉吟半晌,冷笑:"我想要的多了。"

"说说?"

高灵音又喝酒。

肖一满喊:"喂,你以为这酒是你那些粗茶?贵着呢,多吃点菜吧。"

高灵音放下酒杯,盯住肖一满的眼睛:"你知道我为什么来这个城市吗?"

"还用说,肯定是挣钱,外地来这个城市的,百分之九十九的人想在这里捞一把,捞大捞小看各人的本事和运气了。"

"只对了一点点。"高灵音苦笑,"你听了一定觉得好笑,我来是为了梦想。"高灵音说她极爱音乐,歌唱得很好,在老家那个小镇算是小有名气的。父母都是公务员,有两个哥哥,都是镇上有名的生意人。她刚毕业,家里人就在镇政府给她铺了一条路,让她好好上班,好好嫁人,好好过日子。他们让高灵音听话,她就是闭着眼睛也能舒舒坦坦过日子,但高灵音不要,她要音乐,她要唱歌。

这座城市年轻,有活力,有足够大的舞台,有各种各样的口味和目光,高灵音认为这里足够她伸展,有她需要的舞台。她召集了一个家庭会,说出了自己的决定,最后加一句:"我要去寻找梦想,没什么比这个更重要的。"父母很茫然,两位哥哥不能理解,但最终同意了她的决定。她从小就任性惯了的,家里人几乎已经不习惯对她说不,两位哥哥还为她准备了丰足的资费,父母在镇上的那座小楼永远等着她。那时,她认定自己幸运得浑身发光。

"谁说我不幸运呢?"高灵音端起酒杯对肖一满举了举,"我一来到这里,就很快找到一家不错的酒吧唱歌,很快有那么多人喜欢我,吸引了很多粉丝。"

肖一满插嘴:"什么酒吧呀!我都没听过你,肯定不是超级酒吧。"

高灵音继续说:"这次'金钻歌手'歌唱比赛,我还夺得了市第一名,很快要去参加省赛。这是一个很权威的比赛,观众基础极好,我要是在省赛中有好成绩,进了国家级比赛,离梦想就近了很多,可是……"

肖一满本想说他根本不看好什么歌唱比赛,也从不关心,不认为那有什么特别的,但他忘了说风凉话,急着追问:"可是怎么了?你不赶紧准备参加省赛?"

高灵音合了嘴,肖一满还想再问,高灵音手机响了,她看了一眼手机屏幕,接通电话,慢慢走向阳台,肖一满知道,又是那个月亮。

杨月亮很着急:"妈妈,我听见爸爸和明媛阿姨要搬家,你不知道吧?"

"搬多远?"

"可能要去离我们学校近的地方。"

"好啊,这样你上学就方便了。"高灵音替女孩高兴。

"可是,妈妈,我们不住原来那个地方了,你回来找不到我怎么办?"

高灵音愣了一下,随即说:"傻月亮,到时你把新地址告诉我不就成了?"

"对呀。"杨月亮恍然,"我怎么忘啦?着急傻啦!可是妈妈,你和爸爸怎么了?爸爸也找不到你,他不跟你说话吗?怎么没把搬家的事告诉你,只告诉明媛阿姨?我看见爸爸床头有妈妈照片的。妈妈,你快回来。"

高灵音胡乱应付了杨月亮,胡乱结束通话。她又慌了,月亮这孩子发现越来越多的问题,她不知接下去会怎样。回到饭桌边后,她一直若有所思的样子,很难再回过神。

"后来怎么样了?"肖一满追问刚才的问题。

高灵音夹了菜塞进嘴,耸耸肩,表示不想说了,她对自己刚才的倾诉有点奇怪。后来,她认为会跟肖一满说什么梦想,主要是因为他够陌生,够没心没肺。

三十三

这天,杨宇汉准时下班,刚接了杨月亮回家,王明媛后脚就来了,提了很多肉菜和水果,说要做一顿好吃的请月亮。杨宇汉支吾着:"不用了,我买了菜,自己做点吃的就成。"

"你的意思是要赶我走?"王明媛晃晃两手,"我可是带了东西的,这些东西够做两顿好的,况且,已经到这里。月亮,这还有你喜欢的蛋糕和巧克力,快来接,阿姨手都提酸了。"

杨月亮抬脸望杨宇汉,杨宇汉点点头,她才去接蛋糕和巧克力,但她不是很高兴。正如她跟高灵音说的,她是喜欢明媛阿姨的,但喜欢明媛阿姨只做明媛阿姨,不想阿姨老这样到家里吃饭,阿姨又要和爸爸一起做饭了。

杨月亮想给高灵音打电话了。

王明媛径直把东西提进厨房,杨宇汉还立在门边,似乎不知该如何反应。王明媛回头看了他一眼,喊:"还站着做什么! 快来帮忙,不早了,月亮该饿了。"她发现杨宇汉近来客气了,有意疏远她,她知道为什么,但不说,只是更经常地联系杨宇汉,更经常地来找他。

吃过饭,杨月亮进房间做作业,杨宇汉和王明媛在客厅喝茶,两人一时有些沉默,王明媛直接问杨宇汉:"你最近有事?"

"能有什么事?"杨宇汉避重就轻。

　　王明媛的目光不饶人，杨宇汉被盯得有点难受，真想起一件事，说："要说有事还是月亮的事，每天太晚去接，寄餐园总剩她一个，公司离学校又远。"

　　"我去接啊，我下班比你早，出差只是偶尔的事。"

　　"也不能总让你去接，不像话。"杨宇汉脱口而出。

　　王明媛睁大眼睛瞪着杨宇汉："怎么不像话了？我接得不好？我很多时候去接月亮是晚了点，但还不是你总要拖到没办法才给我电话？以后可以早一点的。"

　　"不是这意思，我是说……"

　　"以后干脆由我固定接月亮，你下班晚，还三天两头加班，等你哪天不加班了，给我电话，再由你去接。"

　　"不不不。"杨宇汉连连晃头，王明媛用力忍住才没发火。

　　"那就等你三更半夜再把月亮接回家吧。"王明媛口气不好了。

　　"我、我本来可以先把月亮接到公司的，让她先做作业。"

　　"那怎么没有？行得通还等到现在？"

　　杨宇汉不说话了，确实试过，确实行不通。之前加班的时候，杨宇汉曾先跑到幼儿园——幼儿园离杨宇汉公司近——先将杨月亮接到公司。杨月亮很乖巧，自己待在一个角落，静静地画画、耍玩具、捏橡皮泥、剪纸，她总能找到很多事做，一点也不烦人，杨宇汉可以只顾工作——但王正宏来了，看见杨月亮，像变了个人，买一堆糖和玩具，哄月亮玩，要带月亮回家，说跟儿子聪城玩。杨宇汉推也推不得，推多了王正宏还要变脸。每次把杨月亮接到公司，几乎都被王正宏带回家，第二天又由王正宏夫妇送到幼儿园。发展到后来，王正宏甚至让杨宇汉安心上班加班，说放学时他妻子直接把杨月亮接去他家，早上直接送幼儿园。

　　杨宇汉觉得这样下去不成，他不再将杨月亮接到公司，王正宏追问，说家里没别人，他又晚下班，杨月亮怎么办？杨宇汉想了想，骗王正宏说他正在处对象，两人关系比较稳定了，对方工作清闲，她帮忙接送月亮，照顾月亮。王正宏快快地说："接月亮来公司也是好的嘛，她乖得很。"杨宇汉只是笑着感谢老板，他没想到随口编的话还惹了麻烦，后来，王正宏追问过杨宇汉那个对象怎么样了，他周末带杨月亮出去玩，套月亮的话，得知有一个明媛阿姨经常去接月亮。杨宇汉支支吾吾，王正宏说："若还找不到人照顾月亮，我们帮忙吧。"杨宇汉忙摆手。

　　"所以没办法的，就勉强让我去接吧。"王明媛说。

　　"所以我一直在想办法。"杨宇汉拍拍头，"倒忘了最要紧的事，这几天都在想，最好的办法是搬家，搬到学校附近，越近越好。我有个同事，也住在学校附近，他的女儿上六年级了，上学放学都是自己走的。到时烦那孩子跟月亮一起走，先带月亮回家，我跟同事通过气了，现在月亮一天天长大，等熟悉一段时间，就可以让她自己回家。"

王明媛默了很久："你真是想得周到,放心吗?"

杨宇汉说:"所以房子要找离学校很近的,我本来想找个时间跟你说的,你帮忙找找看,打听一下。"

杨月亮房门开了,说想喝水,王明媛搬来水果机,让杨月亮等一等,她榨一杯水果汁。水果是洗好的,王明媛一边切成块放进榨汁机,一边对杨宇汉说:"想在学校附近租房子? 有点难找,而且比这边贵很多。"

"也没办法,方便嘛。学校附近是难找,我自己留意过的,没什么头绪,也没时间细找,所以想让你帮忙。"

王明媛对这座城市,特别是学校那一片比杨宇汉熟得多,人脉也广得多,更重要的是她有些亲戚是城里的老居民,在这城市有根基,有各种路子。当初,杨月亮能进那个不错的公办学校,王明媛是出了大力气的。

"真是不好意思,又要麻烦你。"

王明媛把果汁递给杨月亮,让她坐在沙发上边看电视边喝,自己把另一杯果汁端到杨宇汉身边时,压低声音说:"别扯这些让人恶心的话,亏你说得出口。"

好像为了弥补,杨宇汉给王明媛端了杯茶。

王明媛说:"我去问问,要多大的,像这边这么大的?"

"我和月亮够住就好,不用这么大的。"

他们都没注意到一边的杨月亮睁大了眼睛发呆。

王明媛走后，杨月亮刷牙睡觉前，突然问杨宇汉："爸爸，你和妈妈怎么了？"

杨宇汉躲开目光，摸摸女儿的额头，说："爸爸和妈妈很好呀。"这话鱼骨一样哽得他喉头发痛。

三十四

"妈妈，你什么时候来看我？"已经很晚了，杨月亮还来电话。

"月亮，这么晚了你还没睡？明天还要上学呢。"高灵音不知不觉说起小时候母亲对她说的话，用着母亲的腔调。

"我睡了的，很努力很努力地睡，还是睡不着。"杨月亮很委屈。

"你安静地躺着，一会儿就睡着了。"

"嗯。"杨月亮应道，但她很快又将话题绕回原点，"妈妈，你什么时候回家？你是不是不要月亮了？"

"月亮又说傻话了。"高灵音忙安慰，但说了这一句后，她不知该再说什么，还重复以前那个借口吗？她自己都出不了口了。

"月亮，很晚了，先睡觉，明天上课才有精神。"高灵音尽量转移孩子的注意力。

"妈妈，我没办法老考一百分，也不知道以后还要考多少次试。聪城哥哥说，要从小学考到中学再考到大学，还有人要念研究生念博士，都要考试的,我没考完你是不是不回来?"杨月亮处于哭泣边缘。

"月亮,别哭,别哭。"高灵音慌了,"我取消这个规定,你认真学就好,不用你考一百分,我也会去看你……"

高灵音咬住舌头,已经来不及,话说出去了,杨月亮兴奋了:"真的? 妈妈说的是真的? 那妈妈什么时候回来?"

"再、再说吧……"高灵音支吾了,"月亮先睡觉。"

杨月亮仍不愿结束通话,说要讲一件好玩的事。高灵音听说是好玩的事,与刚才的话题无关,松了口气,也想让杨月亮转移注意力,便鼓励杨月亮讲。

杨月亮兴高采烈地讲述了起来:班里一个调皮鬼怎样画一个鬼脸,趁同学不注意,贴在另一个调皮鬼背上,说是要报仇,因为以前被他贴过乌龟。刚好老师提问了被贴的同学,他走到黑板前答题,全班同学笑趴啦。下课后两人被老师批评了一顿,谁知道查作业时,两人又没有写作业。老师把他们的家长都请到学校啦。

"妈妈,两个调皮鬼都哭鼻子啦。平时他们老是欺负同学,老是捣乱,谁说也不听的,这回他们可害怕了。"

"月亮不能学他们,要不,也该被老师请家长了。"

"我要是调皮也会被请家长?"杨月亮突然问。

"那当然。"高灵音说,"你要是捣蛋,家长也会被请到学校,到时月亮就丢人啦。"

"噢。"杨月亮应得若有所思,直到高灵音说晚安,她的声音仍若有所思的。

几天后,高灵音在白天接到杨月亮的电话,她很奇怪,这个时段不是上课时间? 月亮病了? 高灵音心口跳了一下,接通电话,劈头问:"月亮,怎么了?"

"妈妈,老师要跟你说话。"

高灵音未来得及回神,一个女士的声音问:"您好,是杨月亮的妈妈吧? 我是她的班主任。"

高灵音支吾着,额头上冒出微汗。

"您现在有时间吗? 若走得开,请您到学校来一趟,我们交流一下月亮的情况。"

"月亮怎么了?"高灵音急了,她差点想让老师将手机给杨月亮,直接跟她说。

"请您到学校就是想交流一下情况。"

"她出了什么事?"高灵音固执地问。

"是这样的,月亮弄坏了一个同学的水壶,那个水壶是进口的,价格比较高,那位同学一定要月亮赔偿。还有,月亮是故意弄坏那个水壶的。"

高灵音沉默了。

"现在争取过来吧,一年级(4)班,在第一幢一楼,一进学校就看得到。"

"老师,麻烦您打电话给月亮的爸爸,我暂时去不了……"

"原先是想打电话给她爸爸,开学报名还有交校服费时只看到他,但月亮点名要找你,说爸爸工作太忙,每天都忙,走不开。"

"老师,我确实走不开,麻烦您了,先让月亮跟那位同学道歉,再联系一下月亮的爸爸……"

"您是月亮的妈妈。"老师插话,"我想跟您交流您女儿的情况。"

"老师,"高灵音咬咬牙说,"我和月亮她爸爸现在分开住。"

轮到老师沉默了。

"对不起,老师,我在外地,确实赶不过去。"高灵音恳切地解释。

高灵音听见杨月亮在那边说:"老师,我妈妈离这里好远,她得坐飞机坐火车,能不能让她过几天来?"

高灵音揉着太阳穴。

老师的声音压低了,对高灵音说:"月亮一向很认真,也很乖巧,这次突然这样,是很反常的。还有,这几天月亮状态不对,好像总有什么心事,你们大人的事不能影响孩子,得关心一下。"

"老师,麻烦您联系月亮的爸爸,对不起。"高灵音挂断了电话,脑子里嗡嗡作响。

三十五

晚上,高灵音一直在等杨月亮的电话,一整天,她都坐立不安。肖一满中午回来时带了午饭,她握着筷子发愣。肖一满敲敲桌面,问:"丢钱了还是丢魂了?"高灵音勉强吃了几口,握着手机进进出出,找不到事做的样子。肖一满又追问:"老家着火了? 爸妈财产被拐了?"高灵音无心和他抬杠,她突然有种怪异的感觉,当妈妈原来是这样的,这让她又震惊又甜蜜。

终于到傍晚,高灵音好几次按了电话号码又退出,月亮会不会还在寄餐园? 会不会刚好在吃饭? 她爸爸会不会在身边? 她那个明媛阿姨是不是也在?

杨月亮终于来了电话,语气忐忑。

高灵音无法控制语气:"月亮,到底怎么回事? 水壶的事,你不是故意的,对吧?"

"我……妈妈,我是故意的……"声音低得几乎听不见。

高灵音深呼吸几次,冷静地问:"怎么回事?"

杨月亮支吾。

"说说吧。"

再三追问下,杨月亮坦白。

原来是杨月亮的一个主意,她和同桌陈艺可约好了,弄坏陈艺可那个很贵的水壶,到时,杨月亮用自己积攒的压岁钱赔她。暗地里,两人还是好朋友,但表面上,陈艺可假装很生气,硬要杨月亮赔水壶。水壶太贵,老师一定会请家长的,杨月亮就把妈妈的手机号给老师,让老师把妈妈请到学校。两个女孩相信,老师请,妈妈一定会来的。为了杨月亮见到妈妈,陈艺可很义气地牺牲了心爱的水壶,亲手拿给杨月亮,鼓励不敢动手的杨月亮用力一点,她那个水壶质量可好了。

有一瞬间,高灵音胸口被塞住了,喘不过气。

"妈妈,对不起,我骗了你。"

"你骗老师,骗妈妈,还调皮。"高灵音刹不住了,"我不喜欢撒谎的孩子!"事后,她老想不明白自己怎么完全变成一个家长了。

"妈妈……"杨月亮哭了,极伤心,声音极大,高灵音吓了一跳,意识到自己过分了,不住地呼唤她,但月亮已控制不住了,所有的委屈泄洪般倾泻而出,哭声变成号啕,高灵音的呼吸淹没在她的号啕里,又微弱又无奈。她听到一个男人的声音,喊着月亮,不断地安慰,应该是杨月亮的爸爸了。

杨月亮瘫倒在爸爸怀里:"妈妈不喜欢我了,妈妈不喜欢我了……"手机掉了。

"月亮别伤心,我跟妈妈说。"无奈之下,杨宇汉说。杨月亮的哭声果然低了。

杨宇汉拿了手机,走到隔壁房间,高灵音听见杨宇汉的声音。

"您好,我是月亮的爸爸。"这样开头之后,杨宇汉一时不知接着说什么。

高灵音刚刚从杨月亮的哭声中回过神,脱口而出:"月亮的妈妈到底在哪? 你们怎么了? 月亮一直把我这个陌生人当妈妈。"

"真对不起,是我的错。"杨宇汉语调沉下去。

"我也有错,糊里糊涂接了月亮的电话,她把我误认为妈妈,我也没纠正,越来越说不出口,现在弄成这样。其实是我先骗了月亮,我没资格怪她撒谎的。"

"应该谢谢你的。"杨宇汉说,"这几年,月亮一直在打电话找她妈妈。我给的号码老是无人接听,后来变成空号了,她追问,我就编各种借口骗她。她以为自己记错了电话号码,就往原来号码相邻的号码试,一天换一个数字。我以为试久了,她会放弃,再慢慢长大,就会忘记,没想到这孩子特别固执,一直打,持续了几年。一些人听到打错了就断了通话,一些人让她别乱按号码,还有一些人骂了她,只有你接了她的电话,还一直接听。月亮是真把你当妈妈了。"

"月亮的妈妈呢?"高灵音急问,"她真不要孩子了?"

杨宇汉吞咽几次,将哽住的喉头清通,说:"早就不在了。"

"怎么回事?"高灵音急问,但她认为对整件事理解了大半。

"几年前,我爱人突然得了急病。那时月亮刚三岁,我爱人怕传染,也怕吓着孩子,让我瞒着月亮。她在医院住了半个月,月亮托人照看,我跟她说妈妈有很急的工作,到很远的地方出差。月亮很听话,一直在等她妈妈回来。半个月后,我爱人去世了,我实在没法跟月亮开口——那时脑子里也很乱,就撒了谎,说她妈妈得留在很远的地方工作,要很久才会回家,说不定得等月亮长大了。月亮相信了,我以为孩子小,长大后就会忘记,到时再告诉她真相,没想到月亮一直找她妈妈,从没忘过。现在,我再也无法跟月亮交代。"

高灵音觉得自己和电话那头的男人一样,陷入了困境,同样留下无法圆的谎,都不知道该怎么收尾。

"对不起。"除了这句话,高灵音不知能说什么。

"总之得谢谢你,也打扰你了,这段时间,月亮很开心,以后我会让她别打电话给你,不会再麻烦……"

"这是我和月亮的事。"高灵音忙说,"把手机给月亮,说妈妈原谅她了,要跟她说话。"这句话就这么出来了,高灵音咬住舌头,"妈妈"两个字在舌尖打旋,又奇妙又令人害怕。

"你是说——"

"先暂时把这个谎撒下去,再看看有什么办法。"

杨月亮接过手机,抽泣得厉害:"妈妈,月亮错了,妈妈是不是不理我了? 妈妈会不会不要我?"

"月亮,妈妈原谅你。"高灵音再次颤声说出"妈妈"两个字,下意识地想,这下无法后退,无法抽身了。

"妈妈!"杨月亮欢呼。

"月亮以后不能那样了。"

杨月亮脆声连应。

"等妈妈可以去看你的时候,一定会去看你的。"高灵音说,"妈妈"两个字变成圆形糖块,在嘴里打转,有着复杂得说不清的味道,一丝丝渗透进身上的肌肤、骨肉、血管。

三十六

这天上班不久,王正宏把杨宇汉找去,先拿出两个绒娃娃,说是他妻子肖凌逛商场时给杨月亮带的。杨宇汉刚要开口,王正宏手一挥:"别说客气话,这是我们给月亮的,你别烦人。叫你来是想告诉你,让月亮准备好,明天周末刚好是聪城的生日,我们出去玩,月亮一起去。"

"月亮星期天得学舞蹈。"杨宇汉不想老让月亮跟王正宏一家出门,觉得过意不去,杨月亮也确实得学舞蹈,因为跟王正宏一家出游,杨月亮之前已经落下不少舞蹈课。但杨宇汉更多是觉得奇怪,王正宏一家对杨月亮好,但好得出了格,像这样王正宏要带杨月亮出门玩,表面跟杨宇汉商量,其实只是通知一声,不管杨宇汉什么理由,王正宏是通通不听的。

果然,王正宏说:"学舞蹈是兴趣,什么时候都可以,明天就是星期五了,让月亮先完成作业。"

"月亮她……"

"好了，你先去忙吧。"王正宏转身做自己的事了。

杨宇汉性子沉静，不管别人闲事。但关于老板王正宏，他的疑惑越来越深，忍不住想弄清他到底是个什么人，或有过什么事。

几年前，杨宇汉妻子重病入院，因为听说病得很重，王正宏到医院探望，也没事先交代，到了医院才打电话给杨宇汉，问在哪幢楼哪个病房。杨宇汉说刚好去幼儿园接女儿，得将女儿托给朋友后才能去医院，现在大姐在医院帮忙看着。

"你女儿？你有女儿？"王正宏的声音让杨宇汉疑惑。

"是，三岁了。"

"你女儿在哪个幼儿园？我现在过去。"王正宏的反应让杨宇汉吃惊。

"我接到她了，快到家了，回家给她弄点吃的，晚些我一个朋友会来照顾她。"

王正宏挂了电话，半个多小时后，他出现在杨宇汉家门口，两手提满东西。杨宇汉疑惑他为什么找得到自己家，王正宏边进门边说公司的资料有，他不看杨宇汉，直接走向在客厅看电视的杨月亮，在孩子面前蹲下身，表情怪异地看着她。杨月亮扭头疑惑地看爸爸，杨宇汉点头示意她："这是王叔叔。"

"王叔叔。"杨月亮脆声喊。

"哎！"王正宏喉头带了哽咽，声音颤抖，他倾身向杨月亮，双手捧住她的脸，孩子吓呆了，杨宇汉也呆了。

王正宏用胳膊揽住杨月亮："月亮以后可怎么办？你妈妈……"

杨宇汉赶在他说出下半句之前扑过去，并把他扯开，一直扯进厨房。进了厨房，他和王正宏都木了，员工和老板大眼瞪小眼。王正宏先回神，有了怒意，说："你吓着月亮了。"他往厨房外探头看杨月亮，表情又瞬间变得柔软。

杨宇汉放开揪住老板胳膊的手，说："月亮妈妈生病的事，我没告诉月亮，她太小，别吓着了她。"

王正宏连连点头："没错，不能告诉她，月亮这么小。"

若不是杨宇汉反复强调有至交好友帮忙照顾月亮，王正宏当时就要把杨月亮接回家。那段日子，他经常去杨宇汉家，给杨月亮带好吃的好玩的。杨宇汉说什么他也不怎么理睬，好像他的到来跟杨宇汉是完全无关的。

杨宇汉的妻子下葬后第二天傍晚，王正宏来到杨宇汉家，连他妻子肖凌也一块来了，他们一进门就直扑向杨月亮。王正宏缓缓蹲下，将杨月亮拉到面前，唤了一声："月亮……"便说不下去，流泪了。

肖凌将木愣愣的杨月亮紧拥在怀里。

当时，妻子刚刚离开，杨宇汉整个人处于失重状态，没有注意到王正宏的眼睛。后来，王明媛无意中谈起，说太惊讶了，他老板真是那样重感情——她当时正好在杨宇汉家,而王正宏夫妇将她当成杨宇汉的亲戚,也未注意她。杨宇汉突然回想起来,王正宏的眼泪震动了他,那流下的泪变成慢镜头,不断在他脑里回放,他弄不明白是怎么回事。在他眼里,不,在公司所有人眼里,王正宏是极冷静的人,冷静到无情,笑意都很少的。

从那以后,王正宏就经常给杨月亮带礼物,有时他自己买,有时是他妻子肖凌买,还有他们托朋友买的,并经常将杨月亮接去玩。

杨宇汉疑惑,但无从了解,王正宏在公司里一是一,二是二,工资不低也不拖欠,但从来冷脸冷语。关于他的私事,没有人知道,他也不许任何人问工作以外的事,就是杨月亮的事,也不许杨宇汉向同事透露半句。他是一个神秘的人,公司的员工各种猜测,每一个版本都不一样,但最后都因为证据不足而放弃。

杨宇汉不是喜欢探人根底的人,但王正宏实在太奇怪,又关系到女儿,他很难不疑惑,不去猜测。

三十七

因为水壶的事,杨宇汉被请到学校,班主任无法理解作为妈妈的高灵音。杨宇汉不敢解释太多,只是不停承认自己失责。杨月亮却站出来,说是自己的错,爸爸妈妈都很好。她小小的人,立在那,有一种勇士的姿态。老师无话可说,将她揽到身边,拍着她的肩膀,好一会儿,说:"月亮,那可是一只漂亮的水壶,以后别弄坏。还有别的东西,都不要弄坏了。"

因为水壶的事,那几天,杨月亮打电话给高灵音,总显得怯怯的,忍不住想说什么又不敢说的样子。倒是高灵音不停鼓励她讲,主动挑话题,让她讲同学的趣事,把她引向轻松的话题。她很容易哄,高灵音一提,她就讲个不停,边讲边笑,但好几次,结束通话时,又忍不住说:"妈妈,你什么时候……"但她及时咬住话。

这天,杨月亮很晚还来电话:"妈妈,我睡不着,我好好地躺在被窝里,好好地闭上眼睛,可是好久还睡不着,数羊都数到五百只了。"

"那怎么办呢?你打电话给我会更睡不着。"高灵音也犯愁了,这段时间,她极理解睡不着的感觉。有时,她确实无法入睡,想从肖一满那里拿一颗安眠药,肖一满不给,说她想积少成多。

"对了,妈妈,"杨月亮情绪昂扬起来,"爸爸说,以前我不肯睡觉,你就给我讲故事。那些故事书现在还在我书架上,那时我很小,可我还有点记得,那时候趴在妈妈的大腿上听故事,一会儿就睡着了。妈妈,你现在能给我讲个故事吗?"

"故事?"高灵音沉吟了,她两个哥哥的孩子睡前也爱听故事,她还胡编乱造地讲过一些,记得有个故事,叫《有彩色眼珠的孩子》,哥哥的孩子都极喜欢。这故事是小学时老师讲给她听的,那时,她二年级的语文老师很爱讲故事,在她教的那一年里讲了无数故事,到现在,高灵音只记得这一个。

"好,月亮,我给你讲个故事,叫《有彩色眼珠的孩子》。"

"妈妈快讲。"

"你拿着手机累吗?手机老贴在耳边不好,有没有耳麦?"

"有的,正宏叔叔送我一个好漂亮的,声音又好,听多久都不累。"

"有一个很特别的地方,那里的孩子一出生就没有妈妈,他们得自己去寻找妈妈。孩子们都不知道妈妈长什么样,可是只要找到了,碰见了,就一定会互相认出来,只有自己找到妈妈的孩子才能长大。别的孩子会走路的时候就出发了,沿着脚下的路一直往前走。

"有一个孩子很特别,眼珠子是彩色的,好像彩虹落进他的眼睛里,漂亮极了。可是别的孩子都害怕他,因为他跟别人不一样,有人说他不是人,是怪物,所有的孩子都不跟他玩,害怕看到他的眼睛。可他又特别喜欢跟别人说话,说话的时候一定要看着对方的眼睛。很多人被吓坏了,觉得他那双眼睛有魔力,会看到人的心里面,他一走向别人,别人就跑开,看也不看他,他很伤心。后来,他再也不走向别人,老是一个人待着,玩小花小草。他能用小花小草编成好多可爱的玩意儿,他把那些玩意儿摆在周围,不那么难受了。

"有彩色眼珠的孩子也会走路了,他和别的孩子一样,出发寻找妈妈。一大群孩子一起出发,其他孩子都和伙伴凑在一起走,有说有笑,可别的孩子都离他远远的,他只好走在路的最边沿,手里玩着草茎。

那些草茎很快被编成可爱的小鸟或小鱼,他把编好的小玩意儿放在路边草丛里,说:'这就是你的家,好好待在这,小草小花太阳白云都是你们的朋友。'等有彩色眼珠的孩子走远,别的孩子就偷偷把那些小玩意儿拿去,举在手里,对别的孩子说是自己编的。所有的孩子都喜欢那些小玩意,可没人想到有彩色眼珠的孩子。

"走着走着,路变窄了,路边坑坑洼洼的,还蔓生着长长的草,有的还带了刺,越来越难走。孩子们得牵着手互相依靠才不会摔倒,他们两个两个地拉着手,后面的孩子踩着前面孩子的脚印,走得顺利多了。可是有彩色眼珠的孩子没有伙伴,他被人挤在路边,手背和脸被长草的刺割出一个个小口,但他咬着牙,走得又勇敢又稳当。

"那段难走的路好长,可走过去后,路又变宽了,路面也平坦了,路上出现了一些妈妈。有的孩子惊叫一声,朝其中一个妈妈扑过去,妈妈拉住他的手,他找到妈妈啦!找到妈妈的孩子发生了神奇的变化,一下子长高长壮了。

"长高长壮的孩子向其他孩子挥手告别,拉着妈妈,拐进路边的树林,很快不见了。他们会到另一个更神奇的世界去,在那个世界实现他们的愿望。

"剩下的孩子羡慕地看着长大的孩子离开,他们继续走,继续寻找妈妈。越来越多的孩子找到了妈妈,路上走着的孩子越来越少了。有彩色眼珠的孩子没看见自己的妈妈,仍沿路边走着,和其他孩子隔得远远的。"

高灵音停下了,杨月亮急着问:"有彩色眼珠的孩子找到妈妈了吗?"

"月亮,你该睡觉了,明天妈——我再给你讲。"

"嗯,好的。妈妈,我喜欢有彩色眼珠的孩子,我会跟他做朋友的。"

三十八

肖一满开了车在城里四处逛,好几天了,没有洪子健一点消息。帮忙的兄弟们已经找到好几个洪子健,除了兄弟们辨认,还暗中拍了照片,让肖一满亲自认过,没有一个靠谱的。洪子健应该早离开这座城市了,包括他认识的那个和高灵音认识的那个。肖一满一时有些迷茫,交代兄弟们继续找,自己也找,但没什么方向。

朋友们的各种吃喝玩乐的邀请失掉了吸引力,肖一满只是开车,让车一直走着,能直走便直走,碰到障碍便拐弯,他就这么来到河边。看到河边的灯,他停了车,下车慢慢走。

河边本来是这座城市较偏僻的一处,但这两年城市发展往河边急速爬蔓,以河的名义搞的项目一个接一个,拿河当诱惑力开发的小区一个比一个大。河两边围了水泥栏杆,嵌了灯,修了绿化带,散步的人多得像逛街。肖一满靠在水泥栏杆上,河对岸水泥栏杆上的灯连成彩色的灯带,从对岸看,这边肯定也有一条灯带,两条灯带间的河面闪着深色的光,在这个热闹的城市显出难得的安静。肖一满走了很长一段路,四下望,水泥栏杆没有尽头,似乎整条河都被包围了,找不到缺口去接触河水。

肖一满很久没到河边了,前些年,特别是念大学时,他是经常来的。那时,河边处在开发初始状态,河边没有水泥栏杆也没有绿化带,人可以直接走到河边,若不是河边的草太高,泥太软,甚至可以捧一把水洗脸。肖一满总是和兄弟来,和同学来,当然不是散步,主要是喝茶、尝小炒、吃烧烤。河边搭了很多茶座,茶座以木板或竹子为底座,往河面延伸出去,搭了简易的台子,坐在台子上,脚下是河水,在城市弄一点造作的诗意,吸引了大量生意。肖一满他们来的时候,往往不要茶只要啤酒,闹至半夜。

大三那年一个周末晚上,肖一满和兄弟们又约在这里。那天的晚餐肖一满随父母在一个亲戚家吃的,吃过饭,他无聊透顶。亲戚家两个孩子都只比他小几岁,本该合得来的,可那个男孩一吃过饭就进房间,扎进高深的物理题里。据说其学霸位置几年来无人能取代,这样的人和肖一满能有什么话说?那个女孩长得倒挺耐看的,虽然刚上高中,气质已经成形。肖一满曾想走近她,对她说些漂亮话,弄些小玩意儿送给她。可她一见他就闪人,看他的眼光又警惕又轻蔑,好像他是异形怪种,若不是亲戚家女儿,他早就开骂了。这种情形下,肖一满只能玩手机游戏,很快也腻了,他跟父母说了一声就走了,先到河边等晚上的约会。

在河边也是闷,离约定的时间还早,肖一满不知做什么,他没法散步,打电话烦,看风景没兴趣,在茶座也坐不住——一句话,他不习惯单独待着。他决定往河下游走走,说不定能碰上一两个顺眼的女孩。

越往下游走越安静,甚至有些荒凉,上游有已经开发的或正在开发的小区,河边都搭了茶座,下游河边大片土地还未动工,没有茶座。河边草长得高高的,人影越来越少,最后干脆绝了人迹,城市的灯光远了,只剩下暗淡的月光。肖一满正想往回走,突然听到隐隐的吉他声,他不太确定,往前再走一段,吉他声一层层清晰了,还伴着低低的吟唱,好奇使他顺着声音去,脚步不自觉放得很轻。

是洪子健。在离那个人几米远的地方,肖一满站住了,虽然四周暗蒙蒙,那个身影还是极容易被认出,还有那把吉他,加上他的声音。洪子健坐在草丛边,面对河水,弹着忧伤柔缓的曲子,低沉地轻唱。肖一满一时不知要做什么,愤怒燃成火,炙烤着他的肩背和后脑,洪子健竟这样自在,一个人在这鬼都不来的地方,他凭什么?肖一满想冲上去质问一通或打他几拳,但最终退开了,退得小心又仓皇,他莫名地感觉到拳头的无力。

走回茶座,肖一满开始打电话,兄弟们纷纷提前赶来。肖一满大声说话,安排兄弟们点小吃,评论女服务员,放肆地哄笑,让自己的兴致高高的,但他会突然停下,变得闷声不语。那晚,他们点了极多的小炒和烧烤,跟女孩开出格的玩笑,肖一满还让人从自己车的后备厢里拿了两瓶好酒。酒喝光,东西吃光,大家都迷迷糊糊,他却格外清醒,这晚上,他让别人喝得多,自己却很少喝。

借口上厕所,肖一满往下游走去,走了好长一段路后,他又听到吉他声。洪子健竟然还在,还是那个姿势,弹着该死的曲子,唱着该死的歌,都是肖一满没听过的,他唾了一口,酒劲上来了,想吐,忙掉头往回走。肖一满越走越大步,最后奔跑起来,他突然很难受,说不出的,极少见的难受。

那晚,肖一满去他舅舅的酒店住,带了一个女孩,但他把女孩扔在房间,自己去了另一间房,继续喝酒,大醉到天明。

肖一满往下游走,找到印象里当时洪子健坐的地方,在水泥栏杆之外,草更高了,但河边热闹了,人来人往。他在水泥栏杆上捶了一下,洪子健本就不该待在这,这里早没他的地方了。这么想以后,肖一满并没有好受一点。

肖一满发现可以独自静静站一段时间了,他对自己疑惑不解,更奇怪的是,他突然想,洪子健死的时候会是什么样子的?接近大伯那一类?不可能。接近外婆那一类的?似乎也不是。他努力想象着,脑子似乎被揪住了,失去方向和出口。毫无征兆的,他的念头拐了个弯,自己死的时候会是怎么样的?

肖一满身子一颤,从水泥栏杆边弹开,好像水泥栏杆带了电。他急急离开河边,朝自己的车走去,他应该尽快把车开进热闹的大街,城市的声音、灯光、车和人会尽快让他忘掉这个该死的念头。这个念头和由此引起的感觉让他感到耻辱,他和兄弟们打群架的时候,他飙车的时候,他惹事的时候,什么时候怕死过了?

那个死和这个死一样吗?又一个该死的念头。肖一满扑进车里,急急启动汽车,双手控制不住地发抖。

三十九

"妈妈,我作业做好了,睡在被窝里了,你给我讲昨天的故事。"今晚,杨月亮挺早就来电话,直入主题,要听故事,"有彩色眼珠的孩子找到妈妈了吗?"

"还没有。找到妈妈的孩子越来越多,路上的孩子变得那么少,他们又累又伤心,在路边找地方休息,摘一些嫩草叶和花瓣吃,准备补充体力后继续走。后来,另一批孩子跟上来了,他们也只剩下一小部分,很多孩子已经找到妈妈走了。

"休息时,又从路边树林里走出好几位妈妈,好几个孩子欢呼着扑上去。和有彩色眼珠的孩子同一批的孩子都找到了妈妈,只有他没找到。有孩子说他是个怪人,没有妈妈的,笑他永远不会长大了;还有孩子说他的妈妈可能死掉了,让他别再找了,不如回到原采的地方,永远做一个孩子。有彩色眼珠的孩子又生气又伤心,他扔下其他孩子,一个人先走了。

"有彩色眼珠的孩子走着走着,四周变得静极了,只有草和花在风里跳舞的声音。他往后望,一个孩子也没有了,因为他们都被妈妈领走了。有彩色眼珠的孩子坐在路上,大哭起来,他哭得那么伤心,流出彩色的眼泪,眼泪滴到地上,开出彩色的花,开了一大片,把他围在里面。花香笼罩着他,花儿轻轻摇晃,抚着他的身子,像在安慰他,可他仍然很伤心,没法停止哭泣,他觉得全世界都不要他了。

"不知哭了多久,飞来一只小鸟,小鸟是蓝色的,全身发着亮光,好像是蓝色水晶做的,它轻轻落在有彩色眼珠的孩子肩上。有彩色眼珠的孩子停止哭泣,呆呆地看着蓝色的鸟,想,这只小鸟真好,不怕我,也不讨厌我,可是,我要找的是妈妈。他抽着鼻子,又要哭了。

"'你不找妈妈了吗?'小鸟问。

"'不找了,我再也不找了。'有彩色眼珠的孩子赌气说。

"小鸟追问:'你真的不找了吗?'

"有彩色眼珠的孩子犹豫了,支支吾吾地说:'可是找不到,我找了好久。'

"'你这样坐着,还哭,永远也找不到的。'小鸟说,'你不想找就算了,回到原来的地方吧,永远做一个孩子,永远没办法长大,妈妈也永远看不见你。'小鸟说完,拍拍翅膀要走。

"有彩色眼珠的孩子站起身,喊住小鸟:'我当然要找妈妈,我只是休息一下。你能告诉我,妈妈在哪里吗?'

"'我也不知道。'小鸟摇摇头,'我要是知道,说不定就把她带来了,可那样就不算你找到的,你自己去找吧。'

"小鸟说完,拍拍翅膀飞走了。有彩色眼珠的孩子擦擦脸上的眼泪,又往前走了,身后留下一大片花朵。这时,路变得又宽又平坦,路边有美丽的草和花,但路上只有他一个人,他就走在路中央,蹦跳着走,发现变得多么自由。"

高灵音停住了,郑记者已经连续好几个电话进来,她没有心情再讲下去。

"妈妈,有彩色眼珠的孩子找到妈妈了吗?"杨月亮催着,"我要听。"

"月亮,今晚就讲到这,你先休息,明天接着讲。"

"妈妈……"杨月亮有些不舍。

"我慢慢讲,月亮才总有故事听,因为我白天忙,没时间看新故事。"

"好,妈妈慢慢讲。"

结束和杨月亮的通话后,高灵音很快回拨了郑记者的电话。她蓄着一股气,想好好骂他一顿的,这段日子,被他扰得不胜其烦,但电话接通后,却不知怎样开口了。

"高小姐,我有话说。"郑记者怕高灵音又切断通话,急急说,"以冠军身份晋级省赛是多少人求之不得的,你为什么放弃?若要放弃,当初为什么……"

"郑记者,我有这点自由,请尊重我,这就是我的解释。"高灵音准备结束通话。

"我找到了你家所在的小区。"郑记者急促地说。

高灵音愣住,声音坚硬起来:"什么意思,郑记者?"

"离省赛的时间越来越近了。"郑记者的语气舒缓了些,"市的季军、亚军都在积极准备,媒体也做了跟踪报道,可你这个冠军却如石沉大海。现在很多人在找你,我虽然知道你大概住哪个小区,可没透露过一句,都是为你着想。可这样拖不了多久,随着省赛临近,找不到你,对你的猜测和疑惑肯定会越来越复杂,到时若有人胡编乱造些报道放出来抢眼球,你就吃大亏了。"

高灵音不出声,郑记者静静等,留时间让她好好想想,他认定自己终于撬开了一道缝。

高灵音没法好好想,她只是发抖、恐慌,那个郑记者找到小区了?很快会找到家门口来。到时,什么都知道了。知道又怎么样?她给自己打气,死都不怕了,还怕别人知道?她在意什么名声吗?不,若让他们知道,就不会让她选择怎么离开——她庆幸当时用了假身份证去检查——他们会把她关起来,到时她连选退路的自由也没有,只能任命运扯着走。绝对不能!她咬紧牙关,咬得牙龈发痛。

高灵音长时间沉默,失去了反应能力。

郑记者仍在等着,他有足够的耐心给高灵音一些时间。她反应越激烈,他越期待,说明她背后的故事越丰饶,他相信,将会有一篇轰动全城的报道,成为他事业上绚烂的一笔。

为了等待这样的绚烂,郑记者足足守了十年。他到这座城市十多年了,当年他进入城市摸爬好几年后,成为一名记者,他以为从此道路将无限宽展长远,没想到坐了十年冷板凳,纹丝不动。日子混得温温暾暾,他需要一块有分量的石子,在自己生活的水面投出动静,有足够大的水花和声音。

当然,郑记者试过很多方法,也有不少机会接触些有分量的东西。那些东西只要从笔下出来,真实地落在纸上,就足够变成大石,震出大声响,但他很小心,知道很多东西不能碰,碰了说不定石块就掷到自己头上来了。

高灵音这事不一样。"金钻歌手"大赛市冠军突然宣布退赛,并且只有自己知道,够分量够独家,这事又属于娱乐,人人喜欢的八卦,说到底不痛不痒,多么好的机会。另有一个很重要的,他暗中调查过,高灵音在这个城市没有任何背景,简简单单的外来人口,尽可由他大展拳脚。他相信,属于自己的机会来了。

高灵音仍无措地发着呆。

"高小姐,我们见个面吧,什么都能好好说的。没事,你先想一想,想好了再给我电话,不,我给你电话。"郑记者结束了通话,现在,他变得很从容。

四十

结束与郑记者的通话,高灵音就出门了,仍从头到脚裹紧自己,扣了帽,风衣竖了领,加了围巾,下巴缩进围巾,墨镜换成茶色平镜。她从小区后面的地下停车场出口走出,侧着身,出了小区疾走,直到上了的士,才稍稍松展肩背,但仍一直观察着车窗外。

高灵音被逼到角落了,她又想起那些安眠药,但药早不知去向。当然也不敢再想高楼,念头一触碰坚硬的高楼,便是血溅开的画面,令人发狂。她记起之前想过的法子,找一个地方,隐蔽、安静、远离人迹,在那样的地方离开,不会有人知道,血将渗入泥土,就算被找到,血也早由草和花过滤,重新变得干净。念头走到这,高灵音就微笑了,她开始包裹自己,换了运动鞋准备出门,得先找好这样一条后路,有了这条后路,她相信自己将不再惧怕,她嘲笑自己愚蠢,这时才又想起这个。记得前段日子,有一次她和杨月亮长时间通话后,走进客厅,肖一满静静看着她,突然问:"有个能这样长时间通话的人,还想走那条路?"当时,她很惊讶,没法想象这样的话是从这个纨绔子弟嘴里说出来的,她看看肖一满,他确实是认真的样子,她侧过脸不出声。她无法回答,除了那条路,还有别的路? 没有了。那一夜,高灵音再次睁眼到天明,反复地想该怎么重新收集安眠药。

想起杨月亮,忧伤夜色般蔓延至胸口,高灵音合上风衣,抱紧胳膊,尽量将忧伤囚住,这个时候不能想杨月亮。她努力集中精神,凭印象记着以前想过的那个合适的地方,刚才上车时,她让司机只管往郊外开。

提包里手机响了,一直响,司机侧脸看看她,转回头,这种和男友赌气的女孩他见多了。高灵音半眯着眼,那个合适的去处在脑里翻腾,除了这个,她什么也无法注意到。

电话是肖一满打的。

肖一满傍晚时回了家,并留在家里吃晚饭。母亲得知他将在家里吃晚饭,立即重新去买菜,让保姆张姨调整了菜单,并打电话让肖一满的父亲回来。做饭期间,她不住地在厨房和客厅间进进出出,几次向肖一满确认,他确实会在家里晚饭——肖一满随时扔下一桌饭菜出门是常见的。

肖一满在客厅看电视,不耐烦地应:"我不是说了? 还啰唆什么?"

母亲灿笑,高声念着菜谱,念一样看一看他,他挥手:"随便,随便。"母亲点头,转身去厨房帮忙。

"这有瓶药,对腰酸有特效。"母亲转身的瞬间,肖一满拿了瓶药,放在茶桌上,母亲回过脸,表情呆愣,肖一满指指药,耸耸肩,"朋友旅游带的,试试吧。"

"给我的?"母亲扑到桌边,捧起那瓶药,声调扬得像出笼的鸟,"你给我带的药?"

肖一满盯着电视屏幕,很不耐烦的样子:"都说了朋友带的,反正我也没用。"

母亲哎哎应着,揣了药进房间。父亲进门时,她不等他喝口水,把他拉入房,捧出那瓶药,压着微抖的声音:"一满给我带的药,说对我的腰酸有特效。"

父亲看母亲,又看药:"一满带的? 给你带的?"

母亲点头,笑意从眉梢掉到嘴角。

父亲在房间绕转了一圈,立住在母亲面前:"一满记挂你的腰痛病?"又摇摇头,喃喃自语,"怎么可能?"

晚饭时,肖一满嚼着菜,随口说:"血压高少喝点吧,最好一天一量,药按时吃。"说完这话,他端碗大口扒饭,挡住大半张脸和表情,羞怯弄得他六神无主。

父亲筷子上的一块肉直直掉回盘里,他和肖一满的母亲对视一眼,从彼此眼里看到疑惑与忧色。母亲小心翼翼地问:"一满,你怎么了?"

肖一满放下碗,粗着声音说:"我想在外面住就在外面住,我早有决定权了吧?"

"我不是说这个。"母亲说,"你在外面碰上什么事了?"

父亲放下筷子说:"一满,有什么事你说,我想办法,但还是少惹点事吧。"

肖一满暗骂自己给母亲送了药,又急着关心父亲的血压,弄得他们疑神疑鬼,他烦躁地说:"能有什么事?"

他的烦躁很正常,倒让父亲母亲放心。但接下去几天,父亲母亲仍不断探讨肖一满怎么会突然关心起他们,还就这事问了肖一满两个姐姐。二姐说是肖一满偶尔兴起,因为别的什么事都耍腻了,没兴趣了,偶尔"关心"别人玩玩。大姐让父亲千万别把这事告诉亲戚朋友,丢人。最后,她说,也许老天开眼,对父母网开一面,让肖一满自己学着懂一点事了。

父亲母亲最后认定的结果是,肖一满长大了!

其实,还是发生了一点事情的。从江边回来后,肖一满总甩不掉关于死的念头。他忍不住想象洪子健的死,想象自己的死,最后,这想象水一般漫延到家人身上。周围的世界突然裂开、变得异样的同时,他又窥见裂缝里有很多东西。

晚饭后,肖一满记起许久未给高灵音打电话,高灵音也没按时来电话。他走到阳台,拨了高灵音的手机,一直到铃声结束,无人接听。

肖一满再拨,仍无人接听,一连三次。他慌了,怪自己被高灵音这段时间的安静迷惑了。这两天,她偶尔没遵守当初的规定,漏打了一两个电话,他也没放在心上,以为她的冲动慢慢冷了,那个念头也将慢慢淡掉。

肖一满和父亲母亲匆匆打了声招呼,匆匆离开家。

四十一

森林公园。念头一闪,高灵音兴奋地喊:"师傅,就去森林公园。"

司机先是点点头,接着疑惑起来,时不时侧脸看一眼高灵音,她仍抱紧胳膊,表情游离。

"这么晚了,去森林公园还看得到什么?"司机试探着引话题。

"我不要看什么。"高灵音脱口而应,"越晚越好,白天有游人,麻烦。"

车速一下子缓了,此时,车已离开闹市区,外面的路变得安静,黑暗更浓,这一切增加了司机的不祥感,他又问:"那做什么还去森林公园? 还是一个人。"

这个问题和司机的语气引起高灵音的注意,她看看司机的表情,忙笑着,语气尽量轻松愉悦:"我去找朋友呀。我一个朋友是森林公园的管理员,还是个小主管,在公园里有宿舍,环境和空气好得没法说。我偶尔来蹭蹭她的地盘。对了,我进森林公园都不用门票呢……"

高灵音意识到自己说太多了，有辩解的嫌疑，忙住了嘴。

"也怪，这么晚来看朋友。"司机说，"这么偏僻的地方。"

"这种地方就要晚上来呀。"高灵音扬声说，"要不，我怎么赶得上明天早上的日出？五点到山顶看日出，那种美，震撼，可以拍出超美的照片。看完日出，在森林公园里好好玩一天，那才痛快。"高灵音把自己弄得兴高采烈的。

司机表情正常了，也不多问了，这女孩用这样的方式和男朋友赌气，倒会自己寻开心。

下车时，高灵音装出盛情的样子，邀请司机同去看日出，说公园里有旅店，专门接待看日出的游客，司机摇头。离开的士时，高灵音惊得后背一阵发凉，她脚步越来越慌，尽快地离开那个曾怀疑过什么的司机。若她身边有人，定会听见她的手机在响，虽然声音很弱，但有好几次，持续时间很长，高灵音没听到，她的目光扎在面前深黑的森林里，意识随着目光迷糊在黑暗深处。

肖一满在高灵音家客厅，一次次拨打高灵音的手机号，手机通着，无人接听。他破口大骂，边骂边在高灵音家里蹿来蹿去，像寻找一个细小东西似的查看各个角落。

关门出来，肖一满毫无目标，突然发现高灵音对他来说空白一片，虽然知道她是唱歌的，得过市冠军，但对于她可能去的地方，可能会有的思路，他没有半丝线索。他差点就拨110报警了，但高灵音那句话响起——"那样有意思吗?"没错,有什么意思? 让警察介入,他算什么? 他见过她对警察的害怕,相信不单单是怕麻烦,肯定还有别的原因,他想深入这原因,再说,他的那些兄弟会比警察更快更积极。

肖一满开始打电话,召集兄弟。

高灵音进了森林公园,很熟悉地找到正确的方向。她和朋友来过好几次森林公园,大概知道哪个地方能上山,哪一座山高点。她选了最偏僻的山,森林公园后半角的山人迹罕至,那些高山后面是荒山,那里有她最好的后路。

高灵音打开手提包,拿出橡皮手套戴好,包上护膝、护肘,围巾重新裹紧脸,她不能让半寸皮肤露在外面,不能有半寸皮肤被擦破。

高灵音往山上爬,虽然已经有大概的思路,她仍得确定好这条路,以保证随时可以退到这里,安静又快速地离开一切。

肖一满和兄弟们约在一家酒吧见。他将高灵音的照片——对着她家挂的照片翻拍的——传到兄弟们手机上,让他们对照相片找。相片几乎都是化了妆的艺术照,或修过的海报型照片,肖一满让大家对仔细点,告诉他们,原人长衣长裤,长发卷起,帽子眼镜,包得像拍谍战片似的。肖一满交代,找到了,先看好人,别惊动她,立即给他电话。

兄弟们两三个凑一伙散开去找了,他们对高灵音产生了浓厚的兴趣,什么女孩让肖一满这么紧张? 他身边的女孩一群一群的,只有女孩往上扑的份,他还不一定有兴趣伸手拉住。他们细看高灵音的照片,是长得不错,但肖一满身边不缺少长这样的,也不算多特别。

大概是碰上了个对眼的吧。只能这样猜测。

肖一满又提供了些可能的地点,都很奇怪,什么高楼楼顶、药店、河边,大概不是什么好事。

这一推测让人头皮发麻,肖一满默不作声地加大了车的油门。

肖一满开车在街上转了两圈,心烦意乱地将车停在超市门口,继续给高灵音打电话。

四周静极,高灵音听到手机声了。看见屏幕上肖一满的名字,她心下一惊,想起忘记跟他联系了,已经隔了这么久,不知他会不会真的报警了。但她仍没接手机,她未想好适当的借口,在这里,她似乎勇气倍增,就算肖一满真的报了警,她也不怕,退路就在面前。

肖一满重拨,不断重拨。

高灵音接了,她想到了勉强的借口:到朋友家参加一个生日聚会,朋友们太兴奋,唱歌又跳舞,她忘了打电话,也没听到手机铃声,刚刚打开手包拿口红,才听到手机响的。现在关在朋友的房间里,才没被闹声打扰。

肖一满这边沉默半晌,他牙咬得发痛,才咬住满嘴粗话。

"你那朋友在哪?"他终于闷着声,一字一咬地问。

"这可是我朋友家,你没权力来闹的。"

"什么时候回?"

"聚会的事,我怎么说得清？朋友的生日,我怎么好意思扫她的兴？等大家尽兴,也就散了,我就回去。"

"警告你,每隔两个小时来一次电话。"

结束通话前,高灵音问："对了,你没报警吧？"

"报警了我还打你电话做什么？"

"也没、没叫什么记者吧？"

"我跟你说,如果两个小时后没电话,我保证有一群记者围在你家门前。"

高灵音说："我会给你电话的。"

肖一满当然不相信高灵音在朋友家聚会,但她的声音让他放心,应该一时没什么事,他决定继续找。

四十二

高灵音顺便在山上看了日出,下山之前,她给肖一满打了电话,肖一满没接,大概睡沉了。高灵音想象他昨晚找了一夜,现在睡得像大醉的样子,忍不住哈哈笑起来,但随即变成微笑,有种说不清的感动。肖一满的出现是她生命里的一个异数,不管带了什么样的目的,总有些暖意。

肖一满中午又回了一次高灵音的家,她仍未回。他踢翻了一张椅子,摔了一个杯子,随即看到她早上打来的电话记录,回拨,过了很久,高灵音才接,声音含含糊糊,说一直闹到早上,睡觉前给过他电话的,她还想睡,说完挂断了电话。

晚饭后,肖一满回来时,高灵音在家了,蜷在沙发上打电话,听得出通话对方又是那个叫杨月亮的。高灵音看了他一眼,直了直身子,想离开客厅——之前,她和杨月亮通话,都半避着肖一满的,或在阳台,或走进房间,肖一满只能隐隐听到些只言片语——但最终重新蜷好身子,安心打电话,声调也没放低。

进门看见高灵音那一瞬,肖一满想扑过去掐住她脖子的,甚至想甩她几个巴掌。但高灵音当着他的面打电话,这种信任很特别,另外,有一种奇怪的感觉弄得他有些无措。看见高灵音,想大骂狠揍她的同时,又禁不住强烈的欣喜,像眼看着极艰苦的工作走到崩溃边缘忽然来了个大反转,失而复得。这体验很新鲜。他在客厅里转来转去,以消化复杂的情绪,最初的愤怒过后,变得又兴奋又惊异。为了平静自己,肖一满坐下来玩电脑游戏。

"妈妈。"这几天,杨月亮的电话极准时,等着高灵音的故事,"我们开始故事吧。"

"好吧! 上次我们讲到哪啦?"

"蓝色的小鸟来了又飞走了,有彩色眼珠的孩子又往前走了。"

"有彩色眼珠的孩子又往前走了,不知走了多久,经过一段又宽敞又美丽的路,他来到一片无边无际的草原。草原上没有路,虽然很美,可走进去,一不小心就迷路了。有彩色眼珠的孩子只能紧紧盯着面前,走得小心翼翼,他都不敢停下来休息,因为他太累啦,怕一停下就会睡着了,一睡着就会失去方向。"

肖一满停止打游戏,疑惑地听着高灵音的电话。

高灵音继续说:

"以前,还可以去找泉水、溪水、河水,因为有路,能找回原来的方向,现在没办法了,他只能笔直地往前走,渴了就喝草叶上的露水。可露水那么少,有彩色眼珠的孩子经常渴得嘴唇干裂,喉咙像着了火。

"有一天,有彩色眼珠的孩子终于累倒了,他趴在地上,抬起头望望前面,全是绿色的草,望不见尽头,也没有方向。他身后的草被踩歪了,可只一会儿,草又直起身,他要是再趴一会,闭一闭眼睛,就连来的方向也不知道了。可他实在没有爬起来的力气,他流泪了,眼泪滴到地上,周围又开出了彩色的花朵。

"突然,半空出现了一个声音:'孩子,走不下去了吗?'

"有彩色眼珠的孩子四处望,不知声音是从哪里发出的,那个声音说:'不用找啦,我是微风,你看不见我摸不着我的。'

"有彩色眼珠的孩子果然感觉到耳边有微微的凉意,他委屈地点点头:'我真的累极了,再也走不动了。为什么别人都找到了妈妈,我的妈妈那么难找?'

"'现在,我可以将你的消息带给你妈妈,让她来找你,这样你就容

易多了。因为我是风,去过所有的地方。'

　　"虽然看不见风,有彩色眼珠的孩子还是睁大了眼睛。

　　"'不过,有一个条件,你要得到点什么,总得付出代价。'

　　"'什么代价?'

　　"'你得把名字告诉我。'风说,'用名字换你不用再那么辛苦,快一点找到妈妈。'

　　"有彩色眼珠的孩子很奇怪:'名字? 我的名字?'

　　"风回答:'是的,你是有名字的。每个找妈妈的孩子都有名字,出生时妈妈给孩子起的,留在孩子身上,变成记号。当孩子找到妈妈时,妈妈就认一认那个记号。你把袖子捋起来,捋到肩上去。'

　　"有彩色眼珠的孩子捋起袖子,果然看见肩臂上有几个字:彩虹娃。他兴奋地摸着那几个字:'这是我名字? 妈妈给我起的? 真好听。'

　　"微风说:'是的,彩虹娃,如果你想要我帮忙,得用这个名字交换。和我交换后,你就失去了名字,变成一个没有名字的孩子,肩臂上不会有字,你也永远不记得这个名字。'"

　　肖一满慢慢走向高灵音,神情入迷:"你在讲故事?"

　　高灵音在嘴边竖起一根手指,示意肖一满安静。

　　"妈妈,彩虹娃丢掉名字了吗?"杨月亮着急地催促。

　　"'不,我绝不换,这是妈妈给我的名字。'彩虹娃抬起头直摇,'我

不做没有名字的孩子,从此以后,我就叫彩虹娃了。'

"微风说:'可是,你会很辛苦。'

"彩虹娃慢慢站起来:'我要自己找妈妈,能找到的。'

"'那你只能一直走下去,我也不知道会走到什么时候。'微风说,'准备好了吗,彩虹娃?'

"彩虹娃往前慢慢开始迈步。

"微风绕着他,带来一阵阵凉爽,跟了他好长一段路,可彩虹娃没有改变主意,微风说:'你是个了不起的孩子,我告诉你一个认路的方法,知道每天太阳在你什么方向升起吗?'

"'我面前。'

"'没错,朝着太阳升起的地方走,你不会迷路的。'

"彩虹娃高兴地转了个圈:'谢谢微风姐姐! 我怎么没想到? 我可以睡觉了,睡醒了朝太阳升起的地方走就没错。'

"很久很久以后,彩虹娃走过的那条路长出彩色的花,像一条彩色的带子。那是因为彩虹娃一路走过,一路流着汗水,有汗水的地方就开出了美丽的花。"

高灵音停下了,喝了口水。

"妈妈,彩虹娃走到什么时候啊?"

"反正今晚是走不完了,月亮,到休息时间啦。"

杨月亮不舍地道了晚安,高灵音结束通话,不看发着呆的肖一满,自顾自进了房间。肖一满确定了,和高灵音通话的月亮是个孩子,她在给孩子讲故事,连续好几个晚上了。谁的孩子?亲戚的?似乎不太像。她自己的?肖一满的想象杂乱而泛滥了,联系着她那个固执的念头,又想到洪子健,牵来扯去地猜,猜测出一个情节丰富的故事。

与此同时,杨宇汉立在杨月亮的房门口,半天捋不清自己的情绪。

四十四

杨宇汉还是给王明媛打了电话,约她周末见面。到时杨月亮去学舞蹈,杨宇汉的意思是去茶馆喝杯茶,聊一聊就好——他不想让王明媛来家里,更不想去王明媛那里。

"去什么茶馆?"王明媛一口否定,"又贵又不好,你这个铁公鸡什么时候大方了?到我那里吧,有刚从我哥那里捞来的好茶。"

杨宇汉硬邦邦地说不去王明媛家,王明媛差点发脾气,想了想,说:"好,我这里庙太小,接待不了您这位。到你那边吧,我带茶过去。"

杨宇汉没回声。

王明媛在他拒绝之前说:"反正我现在过去。"说完挂断了电话。杨宇汉只能回家,他摩托骑得犹犹豫豫的,到家的时候,王明媛已经立在门口了。

跟王明媛通过电话后,杨宇汉就后悔了,他暗暗自责忘了与自己的约定。

杨宇汉说完事情以后，王明媛很长时间没有声音，持续着沏茶的动作。

杨宇汉弄不清自己了，怎么又跑来跟王明媛说，几乎成了下意识的习惯。每当走到交叉道或眼前一片迷茫时，他就想起王明媛，他甚至想到"依赖性"这样的词，他慌起来，后悔与王明媛的见面。

如果说碰到妻子之前，杨宇汉对王明媛的感觉是模糊的——初中两人被同学开玩笑，杨宇汉以为两人也许真是同学嘲笑的早恋关系；高中两人通信时，杨宇汉以为他们算未说破的恋人关系了——碰见妻子之后，杨宇汉突然觉得一切明朗了。他对妻子那种感觉是从未有过的，似乎第一次感觉得到血的流动，第一次对自己的情绪无法掌控，并终于明白自己与王明媛之间远不是那么回事，一切都是误会，他自己对自己的误会。

他第一个把妻子的事告诉王明媛，王明媛明明白白跟杨宇汉说，她不是误会，一向就很清楚自己的想法。杨宇汉害怕了，他竟遗憾王明媛不是男的，他的人生若有了妻子为爱人，又有王明媛这样的兄弟，该完满许多。

王明媛是明朗的、硬挺的，面对她，若不是王明媛曾有过的努力与表白，杨宇汉可以毫无顾忌，无限地敞开并依赖。他多么希望，王明媛有一天会跑来向他介绍一个人，就像他向她介绍自己的妻子，他想象过，那样的时刻来时，他将多么心安理得，一切将豁然开朗。

妻子不一样,从杨宇汉碰见她那一刻开始,世界就不是原来的世界,突然多出好几维。从未有过的感觉与情绪向他兜头罩去,他懂得要猜测,变得患得患失,妻子可以让他上一刻欣喜若狂,下一刻绝望透顶,但只要看见妻子的眼睛,所有的折磨在杨宇汉那里变得值得。他曾想过跟王明媛描述这些,但语言无力,王明媛的表情也让他不敢太往深处说,只要说到妻子,她的目光就有了坚硬锐利的质感,像要把杨宇汉刺伤。

有了妻子后,杨宇汉想跟王明媛说的话和事情少了,就算偶尔有,也有种种原因隐而不言,对王明媛,他客气了。

杨月亮出生后,王明媛几乎不再跟杨宇汉联系,偶尔联系,谈的也是杨月亮,杨宇汉认定她已经死心,他反而安心了。只有一句话,杨宇汉听着还是有点怪,听说杨宇汉的妻子给女儿取名月亮时,王明媛说:"是不一样,我就想不到这个。我不是想月亮的人,总想着地上的事,不会来虚的,也许这样才吃亏吧。"

妻子给女儿取名月亮时,杨宇汉也惊奇,但他极喜欢。那时,妻子怀孕七个月,杨宇汉带她回了趟老家。那天晚上,站在老家寨门外,月色如玉,杨宇汉的妻子仰脸承着月光,微眯眼,说:"我们的女儿就叫月亮吧。"——老家最有经验的产婆先看过了,说百分之百是女孩。

"月亮?"杨宇汉一时回不过神。

"月亮美得又安静又温婉,古诗古画里最多了。希望我们的女儿会美得像从古诗古画里走出来的,又是独一无二的。"

杨宇汉看着表情迷离的妻子,再次深陷于妻子无法言说的气质中。妻子这种气质总让他产生隔离生活的恍惚,这种恍惚令他着迷,因为它,凡常的日子似乎绽出一圈蒙蒙的光晕。他说:"好,就叫月亮,又好听又特别。"

良久,妻子又加了一句:"月亮虽然有时圆有时缺,可是总是在,就算云太厚或雨天看不见,我们也知道月亮好好地在那。我们的月亮也要好好的。"妻子低下头,挽住杨宇汉的胳膊。

"月亮肯定会好好的。"杨宇汉仰起脸,学妻子的样子承接月光。

杨宇汉和妻子结婚三年后才怀上,但不到两个月,流产了。隔了两年才又怀上这个孩子。

杨月亮出生后,杨宇汉和妻子想再要一个孩子的,但一直没有,妻子去世前两天还提到这个遗憾。杨宇汉拉着妻子的手,描述她身体恢复后再要的一个孩子,将有怎样的眉目,他们一家四口将有怎样的生活场景,怎样长远的日子。两天后,妻子临终,只留给杨宇汉一句话:"守好月亮,让她好好的。"

对月亮撒那个谎,杨宇汉认为是对女儿最好的守护,但这个谎让他的守护越来越艰难,甚至开始怀疑自己的守护能力。

"我不知该怎样收场了,不知怎么跟月亮交代,不知怎样让月亮解开这个心结。"杨宇汉又忍不住说,不知对自己说还是对王明媛说。

妻子去世后,杨宇汉的生命缺了一个角,他发现王明媛不知什么时候已经站在那个缺角里,让他惊讶的是他竟感觉很合适。

这一次,王明媛没接杨宇汉的话,她顾自喝着茶,几杯茶后,摇摇头,没想到有这样的事。

很久,王明媛突然又说:"这么说来,月亮已经有妈妈了。"

杨宇汉想说什么,王明媛的手机响了。

是王明媛的母亲,她朋友给王明媛介绍了个人,就在这座城市,条件很好,要王明媛今晚收拾整齐去相亲。王明媛起身走到门边,压低声音,烦躁地发牢骚,习惯性地想挂断电话。母亲这次却发狠了:"别啰唆些有的没的,你声音这么鬼鬼祟祟做什么——又跟杨宇汉在一起!"母亲声音尖起来,王明媛下意识地捂了下手机。

母亲甩了句话:"你不去?好,我把人直接带到你住处。"

半个小时后,王明媛给母亲打电话:"我去,说个地点。"

四十五

"月亮,到家了吗?"估摸着杨月亮放学后到家需要的时间,杨宇汉给女儿打电话。

"早到家了,连绮姐姐一直送我到家门口。爸爸放心,我门关得好好的,有人敲门会先看猫眼,不认识的人一定不给开门,还会给爸爸打电话。"杨月亮照杨宇汉平时的交代,一一复述给他听。

杨宇汉的笑容一层层绽开，女儿比实际年龄懂事和乖巧，大半时间自己照顾自己。他笑着笑着，鼻头笑出酸痛。他庆幸搬了家，现在住学校附近，方便多了。

"爸爸今天的工作很多。"杨宇汉说，"又要晚一点回家。"

"好，我自己吃泡面。"杨月亮握着手机去饭厅翻找，说，"还有半箱面呢，都是我最喜欢的红烧排骨味。我会煮开水泡，不会碰煤气灶的。爸爸放心。"

"月亮很厉害，爸爸回去给你带夜宵。"

"爸爸自己晚餐也吃饱点。"

结束通话，杨宇汉拿出钱包，翻开，对着一张三人合影，喃喃地对妻子说："听见了吗？这是我们的月亮……"他啪地合上钱包，不敢再说下去，六岁的月亮得这样照料自己，这样过分地善解人意，这就是他的守护？

杨宇汉揉着太阳穴，再次陷入矛盾中。他长期加班的一个原因是公司确实业务繁忙，王正宏管理也严格，但很大程度上也是他自愿的。若他不对王正宏撒谎，说有个对象全心全意照顾着月亮，并为了让月亮开心，愿等孩子长大再谈两人的事——王明媛确实表示过这个意思——王正宏不会总让他加班。只要他跟王正宏稍稍提到女儿需要照顾，他若想再加班，月亮肯定会经常被王正宏带回家。他不断谎称杨月亮被照顾得很好，不断地争取加班——凭良心说，王正宏给的加班费是丰厚的,他是奔着那些加班费去的。

妻子去世后,说不清的恐慌感蒸腾成云雾,扣罩在他头顶,如影随形。他总莫名地觉得自己会突然离去,杨月亮会变得无依无靠,给月亮留下足够的物质财富似乎变成最现实最直接的保障。他开始拼命挣钱、存钱,同时买了几份保险。王明媛说这是心病,他说这是他能想到的唯一办法,当他不在的时候,这些能让月亮活下去,至少过得不那么狼狈。

正胡思乱想着,手机响了,是陌生号码,一听,竟是王明媛的母亲,口气怪异,和以前的王阿姨完全不一样。小时候,杨宇汉一家和王明媛一家走动很勤,王明媛喜欢待在杨宇汉家里,经常在他家吃饭,母亲喊也不回,王明媛的母亲便不断送东西到杨宇汉家,她家条件一向比较好。小时候,王明媛的母亲是极疼爱杨宇汉的,常摸着他的头说,希望有个像他这样的儿子,懂事勤劳——她经常被王明媛两个哥哥气得捂胸口。

杨宇汉几乎连王阿姨这几个字也不敢冒昧喊出口了。王明媛的母亲硬邦邦地让杨宇汉安排个时间,她想和他见个面,有话要说。

"你到底怎么想的?"一见面,王明媛的母亲就直冲冲地问。

杨宇汉给她端了一杯茶,避开她的表情。王明媛的母亲更直接:"你知道我问的是什么,对明媛,你到底怎么想的? 有没有具体安排?"

除了喝茶,杨宇汉不知说什么。

"说实话,明媛和你走得这么近,我是不同意的。你是有过家的人,哪个母亲都希望自己的女儿有个完满的家,你要说我自私也好。"

杨宇汉完全理解她,他静静地看着她,让她继续说下去。

"但对你明媛老存着一份心思,我阻拦也阻拦不了,也只好认了,这个我想你一定也明白的。可你到底是什么心思,有没有想过给明媛一个交代? 有没有想过两个人以后的事?"

杨宇汉找不到任何言语,他在王明媛母亲面前垂下头,他一直以为自己做人算堂堂正正,突然发觉实际自己是个浑蛋,连自己都不敢承认的。

"你是男人,打算一直这样拖泥带水?"

杨宇汉拼命灌茶。这段时间,他是想好好整理这段关系的。他在努力退出,但不明白怎么又对王明媛说了女儿的事,在努力扯开两人间勾缠的同时,他又系上了新的线,让王明媛和他分拒最重要的东西。

除了点点头,杨宇汉从头到尾没一句话。走之前,王明媛的母亲说:"明媛已经去相亲了,就定在今天早上,以后,你们各自顾各自的日子。"

王明媛到的时候,母亲介绍的那个男人已经等在咖啡馆,看见王明媛,他起身迎上来,微笑着将她让进包厢,顺带自我介绍,刘铮。刘铮,长相端正,带点斯文,显得挺有修养,身材高矮胖瘦都合适,加上母亲说的那份工作,一个很不错的男人。王明媛很快得出结论,与这样的男人见面,是忍不住要微笑的。她下意识地在脑里搜索,可以把他介绍给自己哪个未婚的姐妹。她自己终于忍不住笑了,对那个男人说了句让他莫名其妙的话,她说:"我觉得自己像媒婆。"

喝着茶,王明媛一直很活跃,甚至有些面对闺密般的疯疯癫癫。这段日子,有什么东西一直闷着她,她想放松一下,但她突然发现男人看自己的目光里有些东西,忙敛了自己的玩性,严肃起来,对他说了一通话,将自己的意思清晰地摆上桌面。

她对这个男人说她其实有对象了,处了很久的,一直处得很好。出于某些原因,母亲不大同意,但她自己是决定了的。今天出来是无奈,但也算与他交个朋友,她甚至提了好几个姐妹,说都挺适合他的,至少比自己适合得多。

王明媛在刘铮回神之前走出咖啡馆,出了门,给杨宇汉打电话,连打几个,杨宇汉没接,王明媛就不停地打。杨宇汉终于接了,王明媛劈头就说:"耍这一招,好玩吗?"

"刚刚在忙。"杨宇汉语调无波无澜。

"好,你忙吧。"王明媛断了通话。

傍晚下班时,杨宇汉走出公司就看见王明媛从车里出来,堵住他。

四十六

王明媛要杨宇汉一起出去吃个饭,杨宇汉说他晚餐吃过了。王明媛提议去喝茶,杨宇汉说想回家喝。王明媛再退一步,让他到她车里坐坐,她有话说,杨宇汉假装没意识到她的退步,表示想早点回,杨月亮一人在家里。

"那你走吧。"王明媛挥挥手,自己转身走掉。

杨宇汉到楼下时,看见王明媛的车。王明媛下了车,不声不响跟在杨宇汉后面,杨宇汉立住,说:"太晚了,改天有空再来喝茶吧。"把语气弄得公事公办的样子。

"你装什么装?"王明媛说,"恶心。"自顾自先往楼上走去,杨宇汉只能跟在她后面。

立在门外,杨宇汉放低了声音:"月亮这个时候可能睡着了,刚睡。"

"我妈找你了?"王明媛说,"你先别急着摇头什么的,她告诉我了,意思是要我死心,好好过日子什么的。我今天想告诉你,我妈说什么是她的事,我的事我自己处理,你没必要受影响。"

杨宇汉说:"我是个成人,自有主张,不会听别人说什么,也不会受什么影响。"

"果真这样?"王明媛猛凑近杨宇汉,目光抓住他的目光,他身子缩了一缩,王明媛冷笑一声,"这么说,这两天的幼稚举动就是你所谓的主张了?"

"当然。"杨宇汉稳了稳声调,"其实早就开始了,你不会不知道。"

王明媛愣了愣，很长时间默不作声。

"你该有自己的日子。"杨宇汉咬咬牙说，"我也有我的日子。"

王明媛烦躁地扬了下胳膊："别说这些没用的，我讨厌这种虚飘飘的话，你只要告诉我，你真想好了？ 关于把我安排在日子外的决定？"

杨宇汉点点头。

"你哑巴呀？"王明媛突然扬高声。

"是的。"杨宇汉突然开口，无比坚定。

王明媛颤抖起来，从四肢到嘴巴，发出咯咯的声响，她还想再说什么，杨宇汉冲她深深弯下腰："明媛，对不起。"

王明媛的颤抖猛地止住，瞪大眼睛盯着杨宇汉，只僵持了一瞬，转身就走。

听着王明媛拖拖沓沓的脚步声，杨宇汉感觉力气被一点点拖走，他靠门站了半天，慢慢开门。灯都关了，杨宇汉开了盏壁灯，轻着脚步走近杨月亮房间，杨月亮又在打电话，仍是打给她"妈妈"。大概因为杨宇汉不在家，杨月亮声音很响，不像平时只有喳喳喳的声音，这次杨宇汉清晰听见"妈妈""寻找""彩虹娃"这样的词语。

杨宇汉默默退开，他知道，那个"妈妈"又在给月亮讲故事了，这事月亮没有清晰地告诉过他，但从孩子平日忍不住漏出来的只言片语中，他猜测得到。他再一次不知怎么整理自己的情绪，月亮已经完全认定那个"妈妈"，而且那个"妈妈"也有耐心每晚给月亮讲故事，这对月亮来说,是多大的守护!但这事如何收场?谎言已经变得错综复杂,织成密网,将他缚住了。

昨晚,他洗澡出来,杨月亮守在客厅,把手机递给他,再次提那个要求:"爸爸,你给妈妈打电话,你为什么那么久不跟妈妈说话?"自上次"水壶事件",杨宇汉和高灵音通过电话后,杨月亮就不断要求爸爸妈妈通话。有时,杨宇汉不得不撒谎,说自己白天和妈妈通过电话了,午休时说了好长的电话,杨月亮也鬼灵精怪,亲自和高灵音对证,高灵音一不留神说漏嘴,杨月亮就追问杨宇汉,弄得杨宇汉只好暗中和高灵音通了一次电话,两人事先对好口径,这样蒙了杨月亮一段时间。最近,她似乎又察觉到什么,几次要杨宇汉当着她的面和高灵音通话,现在,杨宇汉再次面对这问题:"爸爸,你让妈妈快点回家吧,为什么她不能在这里找工作,我们老师说,这是一个了不起的城市,好多外地人都来这里找工作、找理想。你告诉妈妈,回到这里也找得到理想的,我说的妈妈不相信,她说我不懂。"

"月亮,很多事不是你想得那样简单。"杨宇汉按着女儿的肩,有些支支吾吾,"我会跟妈妈商量的,你先去休息。"

"爸爸,你是不是生妈妈气了?老不跟她通电话。"杨月亮要哭了。

"傻孩子。"杨宇汉让自己笑,尽量显得轻松,"爸爸每天中午与你妈妈通电话。"

"以前也通话吗?"

　　杨宇汉微笑着点点头,他没想到会再次被女儿的问题绕住,杨月亮立即问:"那以前爸爸为什么不把妈妈的电话告诉月亮,不让我和妈妈打电话? 我猜了好久才猜到妈妈的电话。"

　　杨宇汉愣住了。

　　杨月亮看定他。

　　"你、你太小,怕你闹,妈妈没法安心工作,想等月亮长大……"

　　"爸爸……"

　　"爸爸好累,今天干了很多工作。"杨宇汉截住女儿的话,装出极为疲累的样子。果然,乖巧的杨月亮不敢再说了,担心地看着半垂了头的爸爸,含住一堆问题,疑疑惑惑地走进房间。望着她的背影,杨宇汉想,她会怎样去问高灵音呢?

　　事实上,自上次"水壶事件",高灵音说过那句不再理她的话后,她不敢再随便问高灵音什么,怕妈妈真的不再回家。

　　今天早上,杨宇汉让自己显得极匆忙,避开杨月亮的眼睛,不给她留问问题的间隙。晚上,他本可以再早一点回的,但他故意拖延了时间,他仍没有想到面对女儿那些问题的办法。

　　杨宇汉捧了一杯茶,在沙发上愣坐,面前桌子上摆着妻子的照片,他对妻子说:"我还能拖多久? 怎么办?"妻子微笑着看他,似乎相信他终会有办法的,相信他会好好守着他们的月亮,一切交给他了。杨宇汉放下茶杯,猛地抱住脑袋,他想号啕一阵,但用力咳,声音仍出不来,只在胸口一涌一涌的,涌得他坐不安稳。

该死。他握拳敲了下脑袋,又想起王明媛,差点习惯性地想打电话给她。

四十七

晚饭后,高灵音就一直暗中观察肖一满,他不出门,高灵音听见他在电话里拒绝了几个朋友的邀请,说他今晚有事。可他就那么待在客厅,也不玩电脑游戏,坐一会儿,又关掉电视,喝水,上厕所,翻高灵音的娱乐杂志,无所事事的样子,但高灵音发现,他也在暗中观察自己。她终于耸耸肩,说:"要做什么就去做吧,这破屋可不适合你这高大上的人,我今晚不会出去了,每两个小时会给你电话。"

肖一满鼻子哧了一声:"我怕这个? 你以为我守你? 我不会用这么笨的办法。"

"最好不是。"高灵音随他去,她认为肖一满本来就不是正常人,谁也料不到他下一步想做什么。

杨月亮的电话响起时,高灵音突然明白到肖一满在等什么。她看着他,有一瞬间忘了回答杨月亮的话,她本想朝肖一满扮鬼脸,嘲笑他一番,但不知怎的半侧开脸,不让他意识到自己的发现。

肖一满的确在等高灵音那个故事,但他自己没有意识到。当他取消出门的计划时,他给自己的理由是,出门除了喝酒飙车,就是吵闹泡女孩,无聊透顶。他关上电脑游戏,觉得所有的游戏都玩腻了,甚至有一种被游戏玩的愤怒感。当高灵音的手机响起,她喊了句"月亮"时,肖一满哧哧冷笑:"又要讲故事了,真幼稚。"但他莫名地想起小时候,那时自己似乎也很爱故事,父亲母亲买了各种小型录音机、碟机,各种故事的录音片、CD 碟片,放给他听。母亲自己没给他讲过,她说不会讲,讲不好。

　　高灵音开始讲那个故事了,肖一满端了杯茶,想,有彩色眼珠的孩子? 戴美瞳的吗? 多可笑。他在客厅一角坐下,慢慢喝着茶,捕捉那个故事的每个细节。很久以后,他才意识到当时高灵音故意提高了声音。

　　"彩虹娃在草地上一直走,朝着太阳升起的方向。开始,他记着日出日落的次数,后来,日子一多,他忘了,所以不知在草地上走了多少日子。一天早上,一觉醒来,突然望见草地的尽头,他终于走出草地,来到一条真正的路上。

　　"这条路太惹人喜爱了,路两边种满了树,挡住了炎热的阳光,挡出一条林荫道,路面上的光斑跳个不停,好像一群精灵,彩虹娃一路走去,这群阳光的精灵一路陪着他。路两边的树上不是开满花朵就是长满果子,蜜蜂蝴蝶一群一群的,绕着他飞舞。看见彩虹娃,蜜蜂和蝴蝶都很高兴,他们说除了彩虹娃,还没有一个孩子能走到这里,所以除了彩虹娃,没有孩子知道有这样一个好地方。他们邀请彩虹娃住下来,这里的果子和蜂蜜永远吃不完,让彩虹娃用树木和花瓣建一座小房子,好好享受这里的一切。这么多好东西,这么美的地方,还从来没有人享受过,实在太可惜。

"彩虹娃多么想留下来,他实在太累了,两只脚板起了茧子,双脚一点力气也没有,脖子撑不直了。他看见地上厚厚的一层花瓣,相信只要躺下去,就能睡上一年半载,他又饿又渴,真希望坐下来不停地吃。

"彩虹娃想起了妈妈,很快摇摇头,说他得继续往前走。蜜蜂问:'你知道妈妈在哪里吗?'彩虹娃摇头。蝴蝶问:'你知道得多久才能找到妈妈吗?'彩虹娃还是摇摇头。蜜蜂和蝴蝶说:'那多累啊,这样一个好地方,错过了多可惜。'彩虹娃说:'是很可惜。不过,我要找妈妈。'最后,蜜蜂和蝴蝶建议彩虹娃先休息一阵,等体力恢复了再走,彩虹娃犹豫了一下,还是摇头:'我不能停,停下来可能就不想再动了,不知会拖到什么时候。'他向蜜蜂和蝴蝶告别,飞快地跑起来。很奇怪,跑起来的时候,反而没想象中那么累了。

"跑到那条惹人喜欢的林荫道尽头,路又变得狭窄崎岖。彩虹娃的速度变慢了,四周再也没有树没有花,只有光秃秃的泥土山和石头山。太阳热辣辣的,地上的石块和泥块老绊着脚步,彩虹娃不断地摔跤,摔得全身发痛,好多地方磨破了皮,他又觉得支持不住了。这天,他实在太累,摔倒在路边一块大石头旁,怎么也爬不起来,手掌磨破了,石头上染了血迹。这时,不远处的泥山说话了,说可以给彩虹娃让道,让彩虹娃不用再走这么崎岖的路,绕那么远,直接穿过去,不但能更快一点找到妈妈,山那边还有一片美丽的树林,树下有厚厚的落叶,走在上面,软软的,晚上睡觉盖在身上暖暖的,可舒服了。

"'我需要付出什么代价?'彩虹娃问,他已经懂得,不可能平白无故得到这么多好处,他也不想要白白得到什么东西。

"'你一点也不用麻烦。'泥土山说,'只要把你眼睛里的色彩送给我,我身上没有一根草,没有一朵花,需要你的色彩让我变得有生机。'

"'把色彩送给你,我就不是彩虹娃了。'

"泥土山说:'把眼里的色彩送给我,你就跟别人一样了,别人再不会把你当怪物,你就会有朋友,不用再孤单单一个人了,这对你来说是一件好事啊。'

"彩虹娃说:'我现在不害怕一个人,不管别人怎么看我了,也不想跟别人一样,我是彩虹娃,有彩色眼珠才是我。对不起,泥山伯伯,我不能把色彩送给你,我自己走过这段路吧。'彩虹娃撑着石块,颤抖着站起来。

"泥山叹了口气,又遗憾又感慨,说:'彩虹娃果然与众不同。'

"彩虹娃走之前,拼命揉自己的眼睛,揉出了眼泪,把眼泪送给泥山。泥山把彩虹娃的眼泪洒在山上,山上一朵一朵地开出花来。泥山很感动,想为彩虹娃让路,彩虹娃挥挥手,他已经走出去很远,大声说:"没事,我能走过去的。'"

讲到这,高灵音停了,肖一满直起腰身,差点开口让她继续,他听见高灵音说:"月亮,今晚就到这,休息时间到了。"

肖一满走过去,问高灵音:"你有个孩子?"他冲高灵音的手机仰仰下巴。

"我倒是希望有。"

"那不是你孩子?"肖一满再次看高灵音的手机,"鬼才相信。"

"你又没有孩子,怎么知道就是?"高灵音白了他一眼。

肖一满高声说:"我当然没有。可没有孩子就猜不出……"他猛地断了话,呆愣起来,像电视里被突然点了穴,那天晚上接下去的时间,他一直心不在焉。

高灵音的手机响了,是她母亲,她握了手机往房间走去,完全没注意到肖一满。

四十八

近段时间,高灵音想尽办法应付家里人,特别是母亲的电话。报名参加初赛时,她是没跟家里说的,怕父亲母亲太操心,母亲原本就时不时一个电话,问吃问住问交朋友,若知道了,不知又要怎么探问和紧张了。等初赛顺利通过,她又一路顺畅下去,直走进市前五强时,她才给了家里人消息。既是让他们高兴，也有让他们放心的意思，说自己在这城市虽然算不上多么成功，至少也暂时站住脚了，市前五强这个荣誉，足够她在这座城市挑选心仪的酒吧唱歌，足够她要求高一点的出场费了。

没想到这个消息让家里人再也无法平静，他们尽最大的努力将这消息散遍高灵音出生的小镇。家里和所有亲朋好友锁定这个城市的电视台，关注她冠军争夺战的每一场比赛。每天给她追几个电话，关于怎样准备，怎样保护喉咙，怎样调整心理状态，怎样注意台风，怎样安排服装，怎样选歌曲……无所不及，高灵音被弄得烦躁，说家里人一下子变成她的导师，一下子变成保姆。当然，还有最重要的，两个哥哥给她汇钱，让她安排服装和饰品，母亲特意交代，其中有一部分是买滋补品的，并特意指定了几种营养品。

如果说之前只是烦，在她拿到医院那张检查单，决定退赛，准备走绝路时，家里人的电话则让她害怕。母亲每天一个电话，追问省赛的准备情况，高灵音经常不接电话，借口说自己忙，母亲万分理解，让高灵音好好准备，说，忙就不接，有空了再接，她反正没事，多打几次，她没接便发信息。面对这样密集的关心，高灵音只有流冷汗的份。

接电话就得敷衍，高灵音虚报备赛的进展，甚至得在手机里唱歌给母亲听，让母亲先把关——据说母亲当年是在乡宣传队唱歌的——发比赛的服装和饰品照片给母亲看，母亲一边提意见，一边在小镇找了一堆花里胡哨的衣服寄给高灵音，让她挑选。

每一次敷衍完母亲，高灵音都像完成了一件极有难度的任务，可以换得一两天的清静，若她拒绝接听一两个电话，可以将这清静延长三四天。但最近，随着省赛的日子越来越接近，母亲的电话也越来越频繁，一天比一天显得紧张。

电话一接通，母亲的话劈头盖脸："这几天还准备着？状态还好吧？喉咙情况怎么样？寄去的燕窝和银耳记得炖了吃，别懒，回家放进炖锅，睡前半小时吃刚刚好，一点也不麻烦的。"

"好，好，好。"高灵音回答着，几乎是机械性的，其实她一句也没听进去，但母亲接下来一句话让她猛然清醒，头皮发麻。

"你大哥过几天有空，会去看看你。老这样打电话交代还是不放心。"

高灵音脑子里嗡嗡发响。

"你住在哪？具体地址发个信息来，你大哥也好去找。"

"不要。"高灵音忙尖叫道，"不要来。"

母亲吓了一跳。

"你们把我当什么？我还是小孩吗？我不会自己安排吗？"

母亲知道高灵音任性，但这次她很坚定："不是小孩大人的事，这次是大事。你大哥刚好能抽出时间，到时说不定我也一起去看看。"

"不要来。"高灵音再次尖叫，"我有我的生活，不用你们安排，你们来了能做什么？替我唱歌？只会烦我。"高灵音跺着脚，接近于失态。

母亲有些吃惊，忙解释："我们不是去管你，是真能帮上你的忙。也是你运气好。前段时间，你大哥请一个大城市来的老板吃饭，无意中聊起你的事，那个大老板说认识一个有名的歌唱家，关系还算可以，你大哥立即拜托那个老板，帮忙请那个歌唱家给你指点一二，那老板答应了。昨晚来消息了，歌唱家点头了，可以听你唱一两首歌，当场指点！"母亲激动得发喘，话有些断断续续，"过两天你大哥过去，把你带到歌唱家那里，这两天你好好准备一下。"

"谁让你们多事！"高灵音爆发了，高声大嚷。

母亲先是莫名其妙，接着变了语调："灵音，你到底怎么了？"

"谁让你们管我的事！"高灵音继续喊叫。

"灵音？"

高灵音扣了手机，大口喘着气，她抬头，看见肖一满立在房门边，静静看着她，她转开身，隐了自己的表情。

肖一满问："碰到麻烦了？你还有什么麻烦好怕的？"

高灵音猛地起身，朝他扑过去，她想给他一巴掌，但到他面前，力气却变成眼泪，她喃喃地说："我该怎么办？"

高灵音跟肖一满讲了自己退赛而家里人拼命安排的事，将为难摆在他在前，现在不知怎么做。

肖一满说："你有大半的事没有说，我怎么知道怎么办？"他指的是高灵音为什么突然退赛，为什么总想走绝路。

"我现在只需要一个借口。"高灵音说，"家里人都安排好了，我大哥就要来了，我该怎么把这事推过去。"

肖一满垂头稍稍想了一会儿，双手一拍："哈，这还不容易？就说市里极重视你们前三强，市电视台已经为你们请了高水平的老师，现在正在日夜训练。这时候不能分神，更不方便去拜访别的老师，那是对现在老师的不信任，是不礼貌的，严重点，说不定给人留下坏印象，影响接下来的省赛。"

高灵音不得不承认，这个借口很不错，特别是对她家里人。她立即给母亲打了电话，将这个借口原原本本搬给母亲，母亲果然很快被说服，说："那就暂时先别找其他人，再等一段时间。"但她对高灵音刚才的激烈反应很奇怪，高灵音胡乱解释是这几天有点累，不等母亲再问什么，匆匆结束通话。

"接下来准备怎么办？"肖一满问，"这能拖多久？"

高灵音揉着太阳穴，没回答肖一满，这也是她正问着自己的问题。她被如丝如缕的恐慌感缠住，她突然发现，自己安排后路的时候，想得太简单了，忘了自己的世界里不只有自己，还纠扯着太多东西，她对那条所谓的后路怀疑起来。

四十九

肖一满系统地查了高灵音的资料。这个城市的电视台和各种报纸曾给她留出不少空间与时间,引起过不少不大不小的话题,有一段时间,她甚至是这个城市娱乐新闻的主角,这就可以理解她出门为什么总把自己裹起来。肖一满不看电视更不看报纸,也不关心娱乐新闻,对高灵音在这个城市的走红一无所知。所有的资料综合起来,高灵音在音乐路上的第一步算很精彩了,这个城市不小,这个城市的冠军也算有点分量和前程,据查到的资料,不久之后有更重要的省赛,省赛若夺得名次将有可能为全国所知。这样的关头,高灵音心心念念的却是绝路,肖一满好奇得坐立不安,这个女孩碰上什么事?应该是突然间碰到的。他的想象纷纷扬扬了。

歌唱比赛有内幕?不像,她已经得了冠军,电视报纸的评价高得有些煽情,什么天赐的声音,什么清澈中带情意,柔软而结实。与生活条件有关?更不像,高灵音穿衣打扮算不上什么世界名牌,但国内一些小名牌还是不少的。租住的这房子虽在他看来是旧房子,但他也明白,这样的地段,这样的小区,这样的小套房,不是普通工薪阶层租得起的。最后,所有的猜测归向洪子健,他的名字被刻在门上,又被划花,他的名字一被提起,高灵音就变得异常。

只有从洪子健入手了。肖一满更加勤快地寻找,为了高灵音,说到底是为自己。然而，很长一段时间内，毫无收获，肖一满开始怀疑这种寻找的效果，这样的城市里，想找一个人，有时转身就碰上，有时就算隔着一个街区，也可能老死见不了面。就在这时，他收到了关于洪子健的消息。

肖一满的兄弟送来的消息，从一个酒吧打探到的，说那个洪子健也是唱歌的，也总抱着把吉他，和肖一满提供的信息很相近。肖一满立即去了那个酒吧。

肖一满毕业照里那个洪子健模糊而稚嫩，经理认出来了，他对在酒吧待过的洪子健印象极深，他喝着肖一满请的好酒，像讲故事般讲了洪子健的事。

一天，洪子健背了吉他走进酒吧，点了一杯酒，喝了几口后，顾自弹着吉他唱起来，好像就在自家房间里。开始，没人理他，等他唱完，酒吧里全静了，接着有掌声，极热烈的掌声。洪子健起身，对顾客们说："我有资格在这里唱歌吧。"顾客们哗哗地鼓掌，男的吹口哨，女的尖叫，让他唱下去。酒店经理说，那时他还是副经理，随当时的经理走到洪子健身边，问他是不是来真的。洪子健点头，说想找个地方唱歌，看中这个地方了，先试试手。他的话和口气都有点狂，经理皱了皱眉，但还是答应了，因为他看到洪子健有煽动顾客的能力，这点狂狂的样子，某些顾客会喜欢，美其名为性格，再说，他确实唱得不错。

洪子健留在酒吧唱歌了，但他只唱自己选的歌，不接受顾客点歌，也不接受酒吧的安排。不少男顾客不喜欢他，说他装，弄得好像全世界只有他是男人，但女顾客极喜欢他，为了他，可以带大堆姐妹来，可以硬留住男朋友。酒吧经理很生气，但毫无办法。

但有一次，他终于把女顾客也得罪了。

那天，酒吧刚开门，就来了一个女顾客，洪子健正自弹自唱着自己写的一首新歌，女顾客听得噤了声直了眼僵了五官。洪子健一曲终了，她结结巴巴请他再唱一首他自己的歌，并报出了一个极具诱惑力的小费数目，还要了一瓶高档酒。经理挥着两条胳膊，一条胳膊让服务生上酒，一条胳膊让洪子健唱歌。酒上了，洪子健不唱歌，也不看那沓厚厚的小费，对女顾客提了个要求，要她说说对他刚才唱的那首歌的感觉和理解。

"好听啊。"女顾客说，"我着迷了，比喝酒还醉。"

"具体点，你自己的感觉和理解，别说空话。"洪子健说。

女顾客支吾了半天，含含糊糊说了几句。

洪子健说："我还是随便唱首流行歌吧，你没资格听我写的歌，刚才那首歌让你听浪费了。"

酒店经理企图在洪子健脸上看到搞怪的表情，表示他在开玩笑，以及时挽救女顾客的情绪，但洪子健一本正经的。

洪子健被炒了。

酒店经理对肖一满耸耸肩："一个不太正常的人。他在这工资不错的,唱唱歌而已,摆什么谱?"

肖一满说:"这应该就是了,和我同过班的那个洪子健,这是他会做的事。"

"过分。"酒店经理说,"想想那顾客该怎么想? 天下只有他会唱歌?"

肖一满开始想象自己若是那个顾客会怎样,肯定忍不了,打洪子健一顿吗? 他想象不下去,打了洪子健又怎样? 有什么意思? 他想起洪子健的目光,会让他对自己的拳头产生羞耻感。肖一满猛倒下一口酒,起身离开酒吧,离开那些念头。

酒店经理不知洪子健离开后去了哪里,线索断了,但还是得了点有用的消息。据酒店经理透露,当时洪子健要在酒吧工作,需要暂住证,他去办了,派出所一定有点什么线索。

到派出所找线索,肖一满下意识地想到父亲,他拐了个弯,车往家里的方向开,几乎是习惯性的。

母亲立即让父亲回家,说肖一满在家里吃午饭。饭桌上,肖一满提到要去派出所查个人,母亲停止咀嚼,问:"一满,怎么了?"

"就是查个人。"肖一满不耐烦多说。

"好,哪个区的派出所? 我去打个招呼。"父亲说。就像以前为肖一满搞定所有事情,他不多问什么,也不再惊讶,理所当然,小菜一碟的样子。

肖一满突然恨起父母。一向都是这样,他闯了什么事,父亲就去"搞定";他想要什么,母亲就顺从并掏钱,他们不骂不劝不讲甚至也不多问。他突然发现,自己迷迷糊糊长到这样的岁数,什么也没得到,什么也没弄清楚。他被废了,父亲母亲联合他将他自己废掉。这个念头弄得肖一满头皮一麻,身子晃了一下。

肖一满扔下筷子,疾步走出家门,开车呼啸而去。

五十

高灵音刚出门,肖一满就反锁了门,开始了搜查,从昨晚开始他就在计划,因此快速而不匆忙,有条有理,从他认为的最可能有收获的角落开始。他算好了,高灵音是去买菜——这段时间都这样,她买菜之类的日常活动,肖一满不再跟那么紧,算是给她一点自由——菜市场需要十分钟的车程,来回的时间加上她买菜的时间,够了。

搜到高灵音房间角落那个架子,肖一满细心了,这个架子东西很多很杂,有层薄薄的灰尘,看起来很久没碰了,应该都是些旧物。在肖一满看来,洪子健肯定被高灵音当成某种旧物了,不想再碰的那一类。

搜了几层,没什么发现,他细细翻找架子上那些书和大大小小的纸板盒,在一个纸盒里面发现一些没标明内容的唱片和几张照片,肖一满拍了下大腿,找到了。几张照片都是高灵音和洪子健的合影,这个洪子健就是当年自己班里那一个,虽然脸面的线条锐利了,成熟了,但眉眼的神情没变,特别是抱吉他的样子,半仰着头,肖一满一眼就认定了。

很久以后,高灵音拿着那些照片和一些信件,托给肖一满,在她走的时候,放在她身上,让照片随她去,她庆幸地说:"幸亏留下这些。"这年头已经不流行洗照片了,但她当时不知怎么的就想留下来,夹在书里,偶尔看一看,也许,那时已经预感到这种时候了。

这是后来的事了,此时,高灵音让照片蒙在灰里,是准备让它们在时间里消逝的。

肖一满把照片放回去,所有东西摆回原位,回到客厅,沏一杯茶,坐下,慢慢喝,他几乎可以确定自己的猜测了。高灵音走绝路的念头与洪子健有关,至少有百分之九十多的概率,他突然有种说不清的得意和兴奋。果然是这样,洪子健,你做下的事,也不过是这样。

肖一满找到洪子健了,走到他面前,述说高灵音怎样一次又一次想走绝路,因为他洪子健的关系。他看着洪子健垂下头,放开吉他,双手抱住头,不知所措。肖一满指住他:"洪子健,你就做这样的事,跟我差不多吧,噢,不,我怎么敢跟你比? 你这个高大上的人,无形中能要去人命。"他等着洪子健软下梗直的脖子,用唱歌的喉咙哭泣。

洪子健没有,他立在肖一满面前,不回答任何问题,只淡淡地问:"我怎么样跟你有什么相干?我低了你就高了吗?"洪子健的声音和目光没有丝毫改变。

肖一满张口,找不到声音,也找不到思维。

"事情发生的时候你在哪?你看见一切了吗?了解一切?你该转身,看看你自己,老盯着我做什么。"洪子健目光割得人生疼。

肖一满转身,身后空空如也,他不知自己要找什么,再回过头,洪子健已经走远了,背着他的吉他,腰背和以前一样又孤独又傲慢。肖一满开口想喊,那个背影模糊了,肖一满突然发现,自己其实是想来告诉洪子健,自己救下了被他逼得走绝路的高灵音,替他守住了一条人命。那个背影还在远处,肖一满若追上去还来得及,但他没动,就是追上去,他也开不了口了。

肖一满手歪了歪,茶水溅到手背上,生疼,他回过神,发现自己被暗灰色的兴奋笼罩,而洪子健一眼看穿了这种兴奋,这让他无法释怀。

无论如何,不能让高灵音死,就算有可能碰到洪子健,也绝不让洪子健知道,肖一满半举着手,不知向谁保证着。就在那一瞬,他突然发觉洪子健这个名字不让他那么难受和尴尬了,他发现这小子说得有点道理,他怎么样跟自己什么相干?没错,他不明白自己从大学时代到现在,思维为什么从未转到这个点上。

高灵音回来,肖一满拿出自己当年的班级毕业照放在她面前,指着洪子健:"认认这个人。"

高灵音看了一眼,猛凑近前细看,又猛地丢开照片,快速调整五官表情:"看哪个? 除了你,都不认识。"

"我说了,洪子健。"肖一满点着那个人头,"我大学的同班同学,名字和你门上那个一模一样,我在想,说不定是同一个人。"

"就算是又怎么样,反正我不认识——你说门上那个名字? 真够好奇的,我租下这套房子的时候就有了,去问上一个租房人吧。"高灵音将东西提进厨房,在里面放水洗菜,水龙头扭得极大,水声哗哗一片。

肖一满跟进厨房,关了水龙头,看住高灵音:"说说吧,关于洪子健的事。"

"无聊。"高灵音重开水龙头,"让我编故事给你听? 听故事听上瘾了?"

肖一满再次关掉水龙头,说:"你连那条路都敢走,有什么不能提的? 放心,我不是什么高尚的人,但也没兴趣做一个大嘴巴,说出的话到我就断了传播路径。"

高灵音侧身,从肖一满身边挤过:"拜托,我能安排自己的日子,你能不能好好考虑从这房子搬走? 救下我这样的人不算你的功德,你做这样的事也不算什么正经事,你最该做的是回到自己的生活中去。"

"你这样的人?"肖一满揪住这句话,"你是什么样的人?"

高灵音猛转过身,手机响了,她张大的嘴巴合上。肖一满弯腰看了一下,是月亮,他把手机递给高灵音:"这回可以讲故事了。"

高灵音接了手机,窝到沙发角,一副准备长谈的样子。

肖一满仍在想洪子健,他又看见洪子健朝他走来,说:"你看见一切了吗? 你能确定什么?"把肖一满问住了似的,他能确定什么,看样子,高灵音是决心把故事烂在肚子里了。

肖一满说:"你怎么样跟我什么相干?"

洪子健笑了笑:"总算清醒了。"他转身要走,但突然回转身,看着肖一满,加了一句,"到底谁做过那样的事?"说完疾步走了。

"谁做过那样的事?"肖一满反问,"洪子健,你回来说清楚。"

洪子健不见了,肖一满发现刚才那个洪子健是自己,他问自己,这话是什么意思? 隐隐有什么东西在脑子里涌动,但肖一满下意识地压制住那些涌动,转移注意力,去听高灵音给杨月亮讲的故事。

五十一

"彩虹娃又走了很久,现在,他不觉得那么累了,因为走了这么长时间,他变得越来越有力量。他也不那么孤单了,因为他习惯了一个人。他边走边欣赏路上的风景,发现天上的云时时在变化,有趣得很;路边草虽然都是绿色的,但各有各的样子;叶子的形状细看都很可爱;

太阳升起和落下时,周围的颜色是有变化的,很好玩。彩虹娃还学会边走边唱歌,他编了好多歌,早晨的歌,黄昏的歌,晴天的歌,雨天的歌……

"这天,彩虹娃正走过一片山,远远地听见有人喊自己,循着声音走过去,发现山脚下有个洞,洞口被一棵树半掩着,声音从洞里出来。一个人走了那么久,竟然发现有人还在喊自己,彩虹娃激动了,拨开树叶走进洞里。

"彩虹娃吓呆了,他看见一个人——噢,不知能不能叫作人,应该是个奇怪的东西,身体和人一模一样,脑袋上长着浓密的蓝色头发,脸上只有一只眼睛,那么大,就在脸正中间,没有嘴巴鼻子,脑袋两边也没有耳朵。看见彩虹娃,他欢呼了一声,声音从那只眼睛里发出来。彩虹娃被吓得转身就跑,那个怪人大声喊他,他头都没回。怪人的声音真大,彩虹娃一直跑,他一直喊,声音那么清楚,好像粘在彩虹娃的背上。后来,那个怪人说:'彩虹娃,你为什么害怕我?我又没伤害你,因为我和别人不一样吗?'

"彩虹娃站住了。

"怪人又说:'我是长得跟别人不一样,这就那么可怕吗?我看你们跟我不一样,也觉得你们是怪人呢。'

"彩虹娃转过身,怪人说得对。

"'彩虹娃,因为你眼睛是彩色的,别人不也把你当成怪物?'怪人

又说,声音很委屈,'现在你又把我当成怪物了。'

"彩虹娃慢慢往回走,回到山洞,怪人站在洞里等他,他发现怪人其实不可怕,大大的眼睛也是蓝色的,加上蓝色的头发,好看得很。怪人问:'为什么你跟别人一样,看到我跟你不一样就害怕,就不喜欢我?'

"彩虹娃惭愧地低下头:'我也不知道为什么。'

"怪人的眼睛笑起来,眯成了一道缝,伸出手:'彩虹娃,你好,我叫大眼。'

"'你怎么知道我的名字?'彩虹娃很奇怪,'我第一次来这儿,第一次遇见你。'

"'微风告诉我的。前段时间她从这里经过,跟我说你会来,可以跟你做朋友,说你跟别人不一样,是一个特别的人。'

"彩虹娃羞愧得耳朵也发红了。

"大眼把彩虹娃带进另一个小洞,彩虹娃看见一大堆食物,用新鲜的水果、坚果、蜂蜜、花瓣做成的糕点还有用豆子做成的零食,他的肚子咕咕叫起来,不停地吞口水,他很久没有正正经经吃过东西了。

"大眼说这些东西全部给彩虹娃吃。他喜欢制作各种食物,每天到山里收集食材,想方设法做成食物,但这些食物从来没有人吃,只能坏掉,坏掉了大眼就丢掉,重新找食材,重新做。他一直在等待一个人,肯把他当朋友的,帮他吃掉这些东西。

"'我是多么想吃东西,做梦都梦见在吃,可是我没有嘴巴。'大眼忧伤极了,'我永远不知道食物的味道,也没有朋友帮忙吃掉这些,我只能眼睁睁看着它们坏掉。'

"大眼恳求彩虹娃吃掉这些食物,并告诉他是什么味道,以后,他会根据彩虹娃的话,想象食物的味道,做出更好吃的东西。他还决定,在彩虹娃找到妈妈那天,要为他做出最好吃、最好看的食物。

"彩虹娃觉得大眼很可怜,他真想大口吞食那些东西,可觉得那样不尊重这些食物,于是慢慢咀嚼,用心品尝,尽力把味道描述给大眼听,每听一句,大眼的蓝眼睛就亮莹莹的。

"彩虹娃在大眼的山洞里住了好几天,每天帮他品尝不同的食物。彩虹娃多么想留下来,但他急着找妈妈,只能跟大眼告别。大眼变得快乐了,他不仅有了朋友,还知道了食物的味道。他说,根据彩虹娃的描述,他完全可以想象出来。

"告别大眼,彩虹娃又上路了。"

高灵音说今晚故事讲到这,杨月亮不愿结束通话,突然说:"妈妈,我在外面。"

"在外面?"

"我和爸爸,还有明媛阿姨出来玩,短途旅行。"

高灵音知道杨月亮的意思,她不能劝杨月亮好好玩,好好跟那个明媛阿姨相处,也不能假装不高兴,更不能表现得无所谓,她尽量转移话题："噢,对啊,今天是周末呀,月亮要放松一下。那个地方漂亮吗?现在月亮在外面玩吗? 周围这么静,去旅行这么早就休息了?"

"明媛阿姨要带我去游乐园,我说今天走得太累,要先睡觉了。"杨月亮说,"妈妈,我是不想去。"

"月亮不喜欢游乐园?"

"喜欢的。"

高灵音再次沉默,不知不觉间,她又被杨月亮的话题带走了。

"妈妈,我不想让爸爸和明媛阿姨不高兴的,我不是故意这样的。"

"月亮,爸爸现在在哪里?"

"可能和明媛阿姨在酒店大厅说话。我不去游乐场,他们也不出门。"

高灵音想了好一会儿,问:"明媛阿姨经常照顾月亮吗?"

"明媛阿姨对月亮很好,放学经常去接我,为我做好吃的,买礼物给我,还帮我辅导功课,可是——妈妈,爸爸每天给你打电话吗? 为什么我没听过你给爸爸打电话?"

"打,打了的,月亮没听到,那时月亮在上课。"高灵音支吾半天。

"妈妈,你什么时候回家?"杨月亮怯怯地问,自上次"水壶事件"后,杨月亮不敢随便向高灵音提这话,今晚,她又开始说了,高灵音再次慌乱起来。

"是这样的,我……"她语无伦次了。这时,她听见杨月亮那边有敲门声,伴着呼唤的声音,接着有人和杨月亮说话,她猜测是杨宇汉回来了,忙匆匆结束通话:"月亮,妈妈刚好有事忙,改天再跟月亮谈。"不管杨月亮还想说什么,断了通话。

结束通话后,高灵音半天回不过神,接下去怎么办?不知道。刚才又对杨月亮自称妈妈了,怎么回事?不知道。

五十二

杨宇汉下班时,又看见王明媛,不等杨宇汉开口,她说:"一起喝杯茶,别啰唆,到外面喝。我刚才把月亮接到你家了,给她准备了晚餐,告诉她你得加班,再委屈她一晚。她不是经常这样吗?"

"什么事现在说吧。"

"没必要这样,这点时间都不给我,过分了,也造作了。"

杨宇汉上了王明媛的车。

"什么事?"服务员刚摆好茶具走开,杨宇汉就问,公事公办的样子。王明媛不说话,看他,静静的,他偏开目光,也不出声,静静的。

"一起出去走走吧。"王明媛终于开口,"这个周末,带上月亮,到天澈湖逛一逛。"

杨宇汉洗着茶具,没作声。

"我不甘心这样,也办不到就这样走开。"王明媛说。

杨宇汉暗中呼了口长长的气,说:"周末我加班,月亮也要学舞蹈,都没时间。"

"你的假请了,月亮的舞蹈老师那里我也打了招呼。"王明媛说,"我找了你老板。"

王明媛站在王正宏面前半天,王正宏仍弄不清她的意思,王明媛扔掉所有借口和拐弯抹角,说:"我是杨宇汉的对象,已经几年了,两人一直这么拖着,我想和他好好处一处,但他总加班,又不愿向你请假,所以我厚着脸皮来了。"

王正宏问:"就是你一直在照顾月亮?"

"是。"王明媛点点头,她想起王正宏对杨月亮特殊的疼爱,说,"这次也想带月亮一起出去,三个人相处的时间很少,平日老是碰不上。"

"需要几天假?"王正宏说,"下次让杨宇汉自己来,一个大男人。"

"你找了王正宏?"杨宇汉半天找不到合适的言语,说出这半句废话。

"明天晚上先收拾两套衣服,后天早上我去接你们。地方不远,我自己开车去,吃的东西我来准备。"

"明媛,我想我们没必要……"

"宇汉,这可以说是我一个心愿吧。其实,很久以前就有了,但一直没机会,现在,你要把与我有关的日子抹掉了,我怕真没机会了。"王明媛伸手触碰了下杨宇汉的手背。在杨宇汉最灰暗的日子里,她无数次把手放在这手背上,让这冰冷的手背慢慢温暖,现在,这手背像被火灼到似的缩回去。她咬咬唇,说:"就算陪我再走一走吧。"

"明媛,你知道我为什么退开。"杨宇汉已经避无可避,只能面对王明媛,"这对你不公平,是我的错,拖到现在。"他突然莫名其妙地想,王明媛就这样,什么都能明着来,妻子不会这样。

王明媛苦笑:"公不公平不是你说的,我自能衡量,我需要你恩赐什么吗?"

"明媛,这样去走一趟没有意义。"

"意义? 你的意义是什么? 我不像你,真够冷静的,没想到什么意义不意义的,我就是想这么做。也不是什么原则性问题,你用得着这样畏畏缩缩?"

杨宇汉给王明媛端了杯茶,自己也喝茶。

"没必要这样推来推去的,这样推反而奇怪了,也小气了。"

"明媛,我不值——我现在只想照顾好月亮,她长大成人我就满意了。"

"这有矛盾吗?"

杨宇汉继续喝茶。

"宇汉哥。"王明媛突然喊。杨宇汉端杯的手抖了一下,半天抬不起脸。小时候王明媛就这样称呼他,随在他身后,宇汉哥宇汉哥地喊,大多数情况下,他不怎么应声,但她喊一声,他会转一下头,等等她,或看看她有什么事情。杨宇汉咬住牙,不让自己表现出任何反应。

包厢内沉默了很长时间。

等王明媛再开口,语调正常了,她说杨宇汉这个做父亲的很久没有带杨月亮出门了,反而是王正宏总陪月亮游玩。记得月亮读幼儿园的时候自己就答应过她,等她上一年级,成为一名学生时,要带她好好玩一次,那次,杨宇汉也在旁边。

杨宇汉承认自己完全忘掉这件事了。

王明媛甚至提到,这次她想试着跟月亮沟通一下,让她明白,如果她不愿意,明媛阿姨永远是明媛阿姨,让她放心。

事情说到这份上,杨宇汉不知还有什么话可说。回到家,他又跟杨月亮撒谎了,说刚好有假期,想带她出去玩。杨月亮欢呼。杨宇汉又说,明媛阿姨听说了,也想去,她刚好有车,我们坐她的车。杨月亮敛了笑,有点闷闷的,但没说不去。后来,她告诉高灵音,爸爸从来没出门玩过,她想让爸爸去玩,不想爸爸难过,才跟着去的。高灵音难以想象,这个六岁的孩子怎样处理心里这一堆纠结。

杨月亮先去房间休息,杨宇汉和王明媛在酒店露台闲坐,杨宇汉把注意力集中于酒店四周的夜景。王明媛说:"这样走走其实不错,以后隔一段时间找个地方走一次吧,开始月亮可能不习惯,但事情总会过去,她会慢慢好起来的。"

杨宇汉摇头："明媛，以后，你该顾你的日子。"

"我的日子该怎样，你倒替我安排了。"王明媛冷笑，"你既这样，我就直说了吧，我再怎么也不算死皮赖脸的人，你要是真没一点意思，我不会这样死跟。照电影里的话说，因为看见一缝光，所以拼了命想留住，这是我的性子——你按住胸口，问问自己，真没半点意思?"

杨宇汉沉默，他没有勇气照王明媛说的，按住胸口问问自己。

"宇汉哥，你是对我漏了一缝光的。"王明媛声音沙哑，伸出手想触碰杨宇汉的手，杨宇汉缩回手，抓住面前的杯子，像抓住什么支撑。

"我心里有底的，月亮她妈妈在的时候，我是绝了念头的。"王明媛又说，"现在，我认为是有权利试试的，我的心里是过得去的。"

王明媛说得没错，自杨宇汉娶了妻子，她就将自己放在杨宇汉朋友的位置上，又小心又客气。

杨宇汉无法否认，妻子去世后，某些东西变了，也无法否定，听见王明媛那句"宇汉哥"时，他难以安坐。

但是不能，月亮喜欢的是明媛阿姨，可让王明媛一直做月亮的阿姨，他将是一个浑蛋，不，这几年，他已经成了浑蛋。杨宇汉双手按住太阳穴，无力抬脸面对王明媛。

五十三

"妈妈，彩虹娃到底能不能找到妈妈?"杨月亮黄昏时给高灵音打电话,开口便问。

"月亮,怎么这时候打电话,你不是和爸爸在外面玩?"

"我们在吃饭,我先吃饱了,到酒店小花园玩,爸爸和明媛阿姨还在吃饭。妈妈,今天是星期天,你不用工作吧?跟我说说话吧,彩虹娃为什么老找不到妈妈?他妈妈知道他在哪吗?"

故事的确已经走到结局了,高灵音想了想,将故事的结局改变了,她开始讲。

"彩虹娃离开他的大眼朋友后,又走了很长的路,过了一条河,翻过好几座小山。在他翻过几座小山后,发现面前竟有一座很高很高的山,他抬头望不见山顶,山陡极了,他觉得是不可能爬上去的。彩虹娃坐在山下愁眉不展,哭起来,哭得累极了,他睡着了,做了个梦,梦见妈妈就在这座高山后面,如果不翻过去,就永远见不着妈妈。他惊醒了,逼自己站起来,老那么躺着发愁哭泣是永远也找不到办法的。

"彩虹娃绕着山走来走去,突然发现山有一侧比较缓,爬上去容易一些,他想也没想,抓着山上的石块就往上爬。当他爬得双手双脚磨破了皮,痛得抓不住石块,身体往下滑时,发现从山上垂下一条树藤,有几根手指那么粗,彩虹娃抓着这树藤往上爬。

"翻过那座高山时,彩虹娃呆了,趴在地上半天说不出话。面前是一片美丽的平原,平原上有花草树木,一条小河弯来弯去,牛羊慢悠悠地吃草,最重要的是有小木屋,远处山坡上趴着好些小木屋——彩虹娃哭起来,他来到有人有动物的地方了。

"这时,有人看见彩虹娃,朝他走过来,彩虹娃有点害怕,怕人家把他赶走,他实在走不动了,想歇一歇。他想往后退,可身体累得动不了,几个人围住他,朝他伸出手,有人扶着他的头,让他去小木屋里休息,他们就是住在小木屋里的人。有人看见他的眼睛,惊叫起来:'你就是彩虹娃吧?'彩虹娃来不及回答就晕过去了。"

"彩虹娃的妈妈呢?"杨月亮追问。

"等彩虹娃醒过来,发现自己在小木屋里,躺在软软的床上,屋里围了好多人,看见他醒了,纷纷端来食物和牛奶。彩虹娃很奇怪,这里的人们都认识他,木屋的主人笑着解释,他的事他们都知道,虽然他是一个人在走,可微风把他的事告诉了所有人,还有,他们认识彩虹娃的妈妈。

"'妈妈!'彩虹娃坐起来,'我的妈妈在哪里?'

"'你妈妈原本在这里,但前段时间她走了。她留下话,说相信你能够走到这里,让我们告诉你,在这里等她。'

"'我妈妈去哪里了?'终于听到妈妈的消息,彩虹娃高兴得哭了,可听到妈妈走了,又伤心得哭了,'妈妈为什么要走?'

"没有知道彩虹娃的妈妈去了哪里,要去多久,他们只告诉彩虹娃,妈妈也有妈妈的事要做。"

"彩虹娃的妈妈为什么要走?"杨月亮急问着,哭起来,"她不要彩虹娃了吗?"

"怎么会不要?你没听见,彩虹娃的妈妈相信他会经过千辛万苦找到这个地方,让他等她呢。"高灵音忙说。

"可是彩虹娃没有找到妈妈。"杨月亮越来越伤心。

"我要告诉你一个奇迹。彩虹娃身体恢复后出门散步,走到河边,看见自己的倒影,发现自己已经长大了。他和别的孩子不一样,就算没有找到妈妈,他也长大了,这更加厉害。"高灵音安慰着。

"他没找到妈妈。"杨月亮固执地重复。

"彩虹娃现在已经不再孤单了,他在那个小村里生活得很好。"高灵音救场似的说,"村里所有人都跟他做朋友,都很喜欢他彩色的眼睛,而且,不久以后,他还搭起了自己的小屋,他完全成为一个大人了。他自己也没有沮丧,相信有一天一定能等到妈妈。"

"妈妈,你快回家,你再不回来,家就没啦。"杨月亮号啕起来,止也止不住。

中午午饭前,杨月亮又要求杨宇汉打电话给高灵音,理由很充足,今天是周末,又是中午,妈妈有时间听电话,她盯着杨宇汉,意思很清楚,她要看着他打这个电话,看着她的爸爸妈妈是和好如初的。

杨宇汉为难得额角发红,他看看王明媛,她假装用心看菜单,握着菜单的手微微颤抖,她也是无措的。

杨宇汉正含糊着,服务员正好过来,他忙着交代这交代那,又忙忙地去拿杯子倒果汁,好像无法抽身。午饭后,他表现得极疲累的样子,说要休息。杨月亮生着闷气,整个下午游玩时都不怎么开口,什么也提不起兴趣的样子,杨宇汉也不敢引她说什么话。

杨月亮还在哭,哭得高灵音胸口抽痛,说什么她都听不进去。

"妈妈现在真的不能回去,因为还有别的孩子需要妈妈。"高灵音脱口而出,"他们的爸爸妈妈都不在,我要是走了,他们怎么办?"

杨月亮猛地住了哭:"为什么?别的孩子?"

高灵音意识到自己情急之下乱说话了,但已无法收回,只有飞速转着脑子,硬编下去:"嗯,是这样的,月亮也知道,农村有很多人到大城市打工了,可他们的孩子没法跟到大城市,只能留在农村。这些农村都很偏僻,在很远的大山里,什么也没有,他们过得不好,爸爸妈妈又不在。妈妈就留在这里,照顾他们,让他们好好长大,以后才可以到大城市找爸爸妈妈。"

杨月亮认真了:"原来是这样,妈妈现在在农村吗?怎么照顾他们?当他们的妈妈吗?那些孩子也跟我一样大吗?"

"月亮,妈妈现在手头还有工作要干,以后再跟月亮说成吗?"杨月亮信以为真,高灵音慌了。

"妈妈……"

"你说,妈妈这时能不能走?"高灵音问。

杨月亮不说话了。

"月亮,今天先说到这。"高灵音急急结束通话。结束通话后,高灵音意识到自己的谎撒大了,陷入更大的困扰中。她发现刚才的借口其实是受电视影响,完全是电视剧里常见的情节,不知不觉地入戏了。

五十四

结束通话后,高灵音在屋里乱窜,好像入了陌生人家门又找不到出口,她抓着乱发,半天找不到能安坐的角落。肖一满一直看着她,等她把身体摔坐在沙发上,走上前,笑着说:"按我的分析,你刚才应该在电话里撒了一个谎,不小的谎。"

这几天,高灵音和杨月亮通电话已经不回避肖一满了。

高灵音抱住头,开始抓乱发。

"不跟我说说?"肖一满在桌对面坐下。

高灵音抬起脸,盯着肖一满,似乎在衡量他了解内情的资格,最终,她坐下,向肖一满坦白了那个谎言。她不时解释起因是杨月亮一直催她回去,但这是不可能做到的,才逼出她这个谎言。

"在照顾山村的留守儿童?"肖一满拍了下双手,"哈,你以为你是乡村支教老师? 一定是《感动中国》看多了,山寨版的谎言。"

"乡村支教?"高灵音惊叫,"对啊,怎么没想到,就是这个! 在乡村支教,所以回不去,要一连好几年,这是个稍站得住脚的理由。"

"话说回来。"肖一满向高灵音倾着身子,"这个月亮到底是你什么人？真是你孩子？要真是的话，又为什么回去看她是不可能的？说实话，我看什么电影电视都没这么好奇过。"

高灵音不理睬肖一满，陷入沉思，肖一满也不再追问。他突然变得有耐心，高灵音这段时间一些电话不回避他，今天又说了这么多，可以了，其他的慢慢来。他某个兄弟说他变了，很少出门玩了，还问他对什么事变得这样上心。他神秘地笑笑，说这事越来越有趣，越来越有挑战了，他喜欢。

肖一满烧水沏茶。在高灵音这里住了一段时间，爱喝可乐的他也慢慢喝一点茶，高灵音喝的多是什么美容茶、润喉茶，他则带来些名茶，竟渐渐喝出点味来。

"得把借口编完整一点。"高灵音喃喃着，像对肖一满说，又像自言自语，"谎已经撒了，得像样点，月亮是个鬼灵精，没有准备的话，说不定哪天就让她问倒了。"

"编借口？"肖一满给高灵音端了杯茶，"这事我来，电影我都编过，借口算什么？"

喝过两杯茶，肖一满手指一点，说："灵感来了。"

"你原本在城市生活得好好的，有一天，在电视上看到一则新闻。在很远很远的大山里，有几间东倒西歪的破屋子，那是一间学校，里面有几十个孩子，他们住在学校里，爸爸妈妈都进城打工了。他们想读书，但除了一个老校长，学校里的老师总是换，有时连老师都没有，所有的课只能由老校长上。一个独自旅行的人发现了这个学校,给电视台打了电话,被报道出来,外面的人们才知道有这个地方。看到这则消息,你和月亮的爸爸商量了几天,准备到那个学校当老师,照顾那些孩子,直到有新的老师接替你。没想到一留下就走不了了,新老师还是待不久,你不忍心走,孩子们也舍不得你,于是,直到现在……"

"天啊,不愧是编过电影的。"高灵音惊叹,"这谎编得太高尚了吧。"她双手捂住两颊,不知是手心还是脸,烫极了。

"你装的不就是这样的角色吗?"肖一满嘲笑着。

高灵音脸色突然变了,垂下眼皮。

"用不用随你吧,反正我没要版权。"肖一满耸耸肩。

高灵音从杂乱的情绪里挣脱出来,她想,应该和杨宇汉通个电话。这时,手机响了,竟刚好是杨宇汉,高灵音吓了一跳,望望肖一满,没头没尾地说,其实生活比电视剧还夸张。肖一满点点下巴,示意她注意手机。

杨宇汉答应过女儿,今晚一定要和高灵音通电话,明天早上他会给她看通话记录。杨月亮带着这个承诺,高兴地逛了很长时间的街,买了不少玩具和书。

杨月亮先去休息,王明媛和杨宇汉仍到酒店露台闲坐,杨宇汉不断划拉着手机屏幕,王明媛说:"你真要打电话?"

杨宇汉点头,就算不答应月亮,这电话原先也想打的:"想问问对方能不能帮忙,跟月亮说我们平时是通着电话的,统一一下通话的时间,编些简单的通话内容,对这问题,月亮最近追问得越来越紧了。"

"这只会让谎言走得越来越远。"王明媛说。

"现在已经退无可退。"杨宇汉找出那个号码,按下去。

"你确定吗?"王明媛在最后一刻说,"再这样下去,你将无法收尾。"

手机接通了,高灵音说:"我正想打电话给你。"

高灵音让杨宇汉先说,杨宇汉反而犹豫了,高灵音也不出声,耐心地等着。

"这段时间,太谢谢你了。"大半天,杨宇汉憋出这样一句。

"这是我和月亮之间的事,没什么谢不谢的。你打电话给我,有事吧?"

"跟你说这些是过分了,如果你不同意,就当我没说。"杨宇汉支吾着,"请你,帮、帮忙,以后跟月亮说我们是每天通电话的,若有可能的话,偶尔在月亮面前打个电话,她总追问,我实在没办法……"

"哈。"高灵音笑起来,"我们今天要说的一样啊,都想要对口径。这样还不够,月亮的问题多得很,而且会越来越多,对于'妈妈'为什么不能回去的问题,不可能总这么敷衍着的。"

"这个,暂时没法。"杨宇汉含含糊糊的,高灵音可以清晰地想象出他一副愁眉不展的表情。

　　高灵音细说了肖一满编的那个借口,整个过程,杨宇汉表情一愣一愣的,偶尔点头,噢噢地应着,弄得一边的王明媛满脸疑惑。

　　"这个借口估计可以拖一段不短的时间,你觉得怎样?"高灵音以这话作总结。

　　"谢谢,谢谢。"杨宇汉冲电话那头点头弯腰,"麻烦你了。"除了这样,他不知作何反应。

　　结束通话后,杨宇汉把高灵音的借口告诉王明媛,说:"确实是能说服月亮的。"

　　"这样一来,真的退无可退了。"王明媛说。

　　杨宇汉呼了口气:"只能先这样,等月亮长大一点再想办法吧。"

五十五

　　郑记者拿笔,开始落纸整理,整理了半天,纸上只有这样的信息:

　　高灵音,顺利夺得"金钻歌手"歌唱比赛市冠军,直接晋级省赛。极具特色的声音赢得好评,在本市内有大量粉丝,极有望在省赛取得好成绩,晋级国家比赛,极有希望成为一名歌唱新星。但她突然在公众视线中消失了,拒绝接受所有采访,宣称退出比赛(在一次电话中无意透露,可能是情急之下漏了嘴,但应该是最真实的消息。目前为止,媒体方面只有我一人知道)。就在刚才,称其退出比赛的原因是要到大山里支教!

郑记者在最后一句话下面画了线，表示震惊和不理解。从市冠军到进山支教之间，留下一大段空白，郑记者的思路集中在这一段空白上。这个转变之中，高灵音究竟经历了什么，有什么样的心灵触动，他认为，这是可以大做文章的地方，如果真实地填充了这一部分空白，将会是一篇多么有分量的稿子，他相信这稿子的分量将得以稳住他，让他在这个城市变得更有力量，更有支撑，他甚至考虑过即将诞生的重磅稿子改编成精彩的电影剧本，将会有……后面的想象纷扬起来，他差点收不住。

对于高灵音，郑记者是暗中了解过的，他在"高灵音"几个字旁边加了一段注释：高灵音，没有特别的背景，从一个小镇来，是无数到这城市追梦的年轻人中的一个。家庭正常，取得市歌唱冠军之前没有特殊经历。因此，对于她突然退赛，宣称将去支教，郑记者根本无法想象出任何原因。他拿出手机，忍了忍，没再拨高灵音的号码，通过话后，她已经连续几次按断他的电话。

临睡前，高灵音接到郑记者的电话，一下子想起他几天前的"约定"，紧张起来，她不敢不接，怕他真找到这屋子，那时，她将退无可退。

果然，电话一通，郑记者就问："高小姐，你考虑得怎么样了？"

"没有那么快。"高灵音含糊应着。

"离省赛越来越近了，没多少时间了。"郑记者说，"高小姐，我可以请你喝杯茶,随便聊聊吗?你定个时间地点?"

"再说吧。"高灵音准备断掉通话。

"高小姐,确实没时间了。很多人在打听你的消息,但我一直替你保密着,领导也一直催我要稿子,我怕要顶不住压力。"郑记者急急追上这句话。

"关我什么事?我的事又关你们什么事?"高灵音差点脱口而出,她烦透了,但终于忍住了。

"高小姐,不如现在见面吧,我到你家小区门口接你,这个时段人比较少。"

"够了,没什么好见的!"高灵音再控制不住自己,"比赛我确认退出了,因为我要去支教,从今以后不是什么学员,没什么好报道的,省省心吧。"

"支教?"郑记者没反应过来。

"支教听不懂?我要去大山里当老师,乡村老师,够清楚了吧。"说完这句话,高灵音断掉通话,郑记者再怎么打,她也不接了。

结束通话后最初几分钟,高灵音沉浸在烦躁的情绪中,几乎想把电话打回去,对那个郑记者再大骂一顿。郑记者再来电话,她猛地按断,怕一冲动接了,骂人的话会冲口而出。

高灵音懊恼不已,莫名其妙地又撒了一个谎,那个郑记者会相信吗?去支教?!自己都没法相信,更别说那个什么记者。

　　为什么不信？都觉得不可能，为什么不能是真的？去支教，为什么不行？这个念头闪现时，高灵音毫无准备，她冲自己念叨了几次，才稍稍清醒，再一次对自己重复："对啊，我可以去支教，为什么不行？反正已经这样了，还考虑什么？"

　　高灵音绕床急速转圈，像要好好消化这个念头。是的，她可以不用撒谎的，这是一条多么好的后路。离开这座必须躲躲闪闪的城市，反正那条灿烂的路已经与她无关，又能得一个去处，不必再费心找理由应付家人朋友，连她到森林公园找定的那条退路也不需要了，在那偏僻的大山里，她将会有多么清静的去处，随时随地。

　　在那遥远的大山，没有人知道她的来处，她的过去将变成一片空白，她将拥抱最大的自由。那里到处都有她的退路，到了最后的关头，她会往山里走，只有风和云的山，走到最高处，倾身投下，不会有任何人知道，她的事情将永远埋葬，她将永远清净。

　　这条后路简直是完美。

　　高灵音微笑了，自上次从医院出来后第一次真正微笑，她不让自己的思路沾染唱歌、梦想、未来这样的词，那是她应该小心避开的雷区。这个时候起，她决定尽量不东想西想地为难自己。

　　高灵音坐下，细细计划起来，明天先去换手机，换那种信号最好、电池最耐用又耐摔的，那种适应大山的手机。在那里，她不能断了和杨月亮的通话，当她到了那里，她照顾其他孩子的话再不是谎言，对了,像素应该高一点,到时,可以拍下山里人和景,发给杨月亮。充电宝多买几个,好一点的,说不定那种地方还没有通电,到时去一趟镇子之类充电应该不容易。高灵音照电视里看到的情况,想象了各种难题,再想各种应对办法。

高灵音开始收拾东西,先准备好,想走的时候随时出发,边收拾边写下需要重新备的东西,衣服、各种必备品、常用药……

半夜,她收拾了一个结实的包裹,记了满满一张纸,都是要准备的东西。她倒了杯水,对着包裹慢慢喝,一种前所未有的轻松和充实感丝绵般包裹了她。

放下杯子准备睡觉时,她突然发觉自己忽略了最重要的问题,具体去哪里,找一座像肖一满说的那种学校?虽然她知道那样的学校很多,但总不能随便去找吧?当然,用心找不会太困难,但找到了总不能没头没脑闯进去,说自己要支教,也许会被怀疑,会有想不到的各种细碎麻烦。高灵音猜想会有些什么手续,她记得在报纸上看过一些消息,号召大学生去山区支教什么的,若有某个部门的一张什么纸,盖了印的,可能就容易得多,正规得多。一想到跟什么部门打交道,高灵音就头晕并丧失信心,但她立即想到肖一满。

五十六

高灵音半夜把肖一满摇醒,蒙蒙眬眬间,他举起手扫过去,高灵音躲闪了一下,冷笑:"什么都用拳头解决,习惯都带到梦里了。"肖一满胳膊扫了个空,歪了歪,稍清醒了,烦躁起来:"搞什么鬼?"

"你清醒再说。"

"着火了? 地震了? 见鬼了?"肖一满揉着眼睛,伸着懒腰。

"你不是要帮我?"

"我一直在帮你。"肖一满拍拍床垫,"都沦落到这地步了,从小到大,我什么时候受过这种委屈? 是不是打算告诉我,你已经放弃那个该死的念头,我算大功告成了?"

高灵音点点头:"看来确实清醒了——现在真有件事要你帮忙了,还别说,这事我没有一个朋友帮得上,确实只能找你。"

"说吧,这样拐弯抹角烦不烦?"肖一满得意起来。

高灵音起身,立着说,比画着手,详述她的打算,好像不这样不足以宣泄她的激情。

"你入戏太深了。"高灵音说完,肖一满长长打了个呵欠,说,"别再烦我了。"倒头便睡。

"没半句玩笑。"高灵音又去摇肖一满,"不是说这城市很少有你办不到的事?"

肖一满侧身睡。

高灵音进房间拖出包裹,丢在肖一满身边:"我都收拾好了,这两天再添买些东西。这件事你要能帮我办了,我随时能走——你办不了直说,我另想办法。"

肖一满一跃而起:"当真? 你确定现在不是自己在梦游? 不是发烧烧坏脑子?"

"实话说吧,我都是想走绝路的人了,还有什么不能试不敢试的? 我发现这其实挺新鲜的,反正路都不要了,这个城市我也不想待了,又不能回家,不如试试这个,还能弥补一个谎言。"

肖一满在黑暗里凑近高灵音,寻找她的目光,高灵音直视他,肖一满想了一会,说:"是有那么点道理,看来是用过脑子的。"

"先别评论,你能不能帮吧。"

"废话,这还用怀疑吗?"肖一满哼了一声,"不过,先让我睡觉吧,天塌了也别叫我。"他倒下去,但后半夜他再没有睡着。

肖一满开车回家时,城市里的晨光又轻又薄,他时而开得飞快,时而开得缓慢,高灵音说:"这事越快越好,你有这个本事的吧?"他转方向盘的手急了。出门时,他说即刻去办这事,门在身后关上时,他想到的第一个人是父亲,立即懊恼起来,在楼下站了很久,和自己赌着气。

和政府部门打交道的事,只能让父亲插手,自己没有办法,那些兄弟更与这个不沾边,这是肖一满不得不承认的。从小到大都这样,他闯祸,父亲摆平,包括他那些因为他而进看守所的兄弟,都是通过父亲的关系捞出来的,他一向认为理所应当,并引以为豪。不知从什么时候开始，他不喜欢这样了，并愈演愈烈，变成一种羞耻感。

肖一满在离家很近的超市门口停下车，趴在方向盘上，胸口蒸腾着无以名状的怒气和莫名其妙的委屈。

重新开车时，肖一满已经找到充足的理由，这次不是要父亲去摆平什么，也不是走后门求什么事。这次是给别人方便，说不定解决了某些难题，那些鸟不生蛋的地方，有关部门肯定抓不到人去，高灵音这样送上门的，算是给他们一个惊喜，一份礼物。

听肖一满说完这件事，父亲有一刻钟没反应过来，肖一满烦躁地催问："有没有办法？"

"这个要什么办法？这种事抓都抓不到人的。"父亲忙说，"谁要求这种工作？这种事随便转转都找得到。"

"一个同学，想要张什么盖章的纸，有个组织，有个名号，去得理所应当。这年头，做好事也是要证明的，那些部门的路是随便开给人走的吗？没人管你什么事，所以这种事也得求人。"肖一满突然对所谓"部门"变得怒气冲冲，就像他喝酒时对一些兄弟说的，有些"为人民服务"的部门根本目的就是刁难人，把人当猴子一样耍。

几天后，父亲有了消息，拿来一张像模像样的公文，把高灵音的大学毕业证也还回来，说已经复印一份，和身份证一起存档。父亲给了个地名，表示这边已经和当地有关管理部门沟通好了，这个城市有一个挂钩扶持的贫困县，那里大山连连，有不少学校需要支教老师，就算短时的志愿者也是要的,给了各种优惠政策,仍然很难招到人。像高灵音这样主动要去,还要求去最偏僻的山里,加上有一技之长的志愿者,那些部门不知有多欢迎,甚至提到要招一两个记者报道一下。

"千万别。"肖一满对父亲说,"别把好好一件事弄恶心了。"

对那个地方,高灵音很满意,这几天,东西都准备得差不多了,她向肖一满道了谢,要他搬走,说她得退房。

跟母亲七拐八弯绕了一通后,高灵音终于提到那件事,然后她咬住唇,准备迎接一切,手机那边极短暂的沉默后,传来母亲的尖叫:"灵音! 灵音你怎么了?"

"妈,我想好了,过两天就去,你跟爸和大哥二哥说一声。"

"你放弃比赛! 去农村当老师! 灵音,发生什么事了?"母亲的喊叫声带着喘。

高灵音听见父亲的声音,要母亲好好说。高灵音还没说,就听见大哥的声音:"让她回家。"手机那边全家人的意见以极快的速度统一起来,让高灵音回家,一切等回家后再说。

"我车票定好了。"高灵音说。

"我去找你,现在,地址给我。"大哥说,"灵音,任性不是拿这种事开玩笑的。"

"不是任性,这事我想好了,就是做点想做的事而已,像唱歌一样。"

"灵音,你碰到什么事了? 跟大哥说,跟爸妈说。"

那一瞬,高灵音的鼻头嘴角颤抖起来,她的委屈和悲伤差点决堤,差点将所有恐惧和绝望摆在家人面前,但她拿枕头咬住嘴,把哽咽吐进棉花里,说:"怎么这样啊? 这件事有那么坏吗? 我想趁还有时间,去走一走,试一试,你们不是说了,没想过要我赚钱的?"

"这是赚钱的问题吗?"大哥声调扬高了。

"那就让我做愿意做的事——你不用来,来了也找不到我,让爸妈别担心,我到了会给他们电话。"高灵音说完,断了通话,她的哭泣已经忍不住了。

后来,母亲又来电话,高灵音没接,她想象得到,只要接通,那边肯定只有哭声,她接了哥哥一个电话,说:"要是能的话,再给我点钱吧,听说那地方的孩子苦,我想带点见面礼。"

第二天,高灵音的账号就多了一笔不少的钱。

■ 下卷

一

　　高灵音跟在村支书身后,不知第几次地想问还有多远,终没问出口。村支书看起来有六十多岁,挑着两袋东西,没有停下歇歇的意思,举袖子擦汗时仍继续稳步向前。她不好意思问,怕一问就露出自己的焦急和无用来。

　　从村支书那个坐落于山腰的村子下山后,顺山脚走了很长一段路,终于慢慢爬上另一座山。高灵音觉得爬了大半天,前面仍是山路,又狭窄又崎岖,像绕在山里的一条没有尽头的绳子。她不时地抬头望向远处,远处被树和山挡住了,没有看到屋顶房角之类的,也就是说,没有征兆表示学校要到了,她有一点后悔刚才没采纳村支书的建议。

　　村支书在村子山下路口迎接高灵音,弄得她很不好意思。村支书说上面好几天前就通知他了,有个支教老师要来,是个大学生,还有音乐专长，迎接是应该的，他们这个村离学校是最近的，就由他出面，他很高兴，学校又有新老师了。他看了看高灵音，说没想到她这样的城市年轻人肯来这里，是山里孩子的福气。高灵音尴尬地赔笑，她几乎不敢想自己到这儿的原因。

在村支书家吃了午饭，两人就出发了，出发之前，村支书说，路不算太远，但没法骑车，又难走，问高灵音要不要喊个人，帮她提行李。高灵音忙不迭地摇头，说自己经常出门驴行，背点行李走路没问题的。

"出门带驴子？"村支书大惑不解。

高灵音忍不住笑："就是四处走路、爬山，锻炼身体，有时去冒险，都背着大包行李。"

村支书点头："那我就放心了。"他自己准备了两大袋东西，一袋是花生，一袋是旧衣服。花生是自家种的，带去给学校的校长和孩子，村支书说校长是他的一个堂兄。旧衣服是村支书孙子和孙子的同学穿过的，孙子跟父母在城里生活，他们回老家就带一些旧衣物和学习用品，让村支书送到学校去发，这些东西在城里没人要，在这里成了宝贝。

半路，村支书几次要高灵音把她手上一个袋子加到他的担子里，高灵音不肯，说没帮忙提东西已经很不好意思，她负责自己的行李很轻松。

现在，高灵音才知道太高看自己了，她有两袋行李，背着一个巨大的旅行袋,手上另提一个大包,脖子上挂着小背包。从村子下山,走一段路后爬上另一座山,刚爬了一小段,她就累了,呼吸吃力,双脚沉重。她发现这与以前的驴行完全不同,驴行是在玩,心情放松,恨不得路难走一点才刺激,才有冒险的感觉,一路上又与队友时不时说说话,开开玩笑,所以不觉得累。今天是赶路,她一直想着那个目的地,着急让行走难熬了,再一个,她的装束在这里成为负担。

村支书几次建议高灵音,把脖子上绕的丝巾解开,脱掉手套,会凉快、轻松很多,他指指天空说:"现在日光不烈,晒不黑的。"高灵音只是笑笑,默认村支书所认为的理由,赤涨着脸说自己不热,一点也不。实际上,她全身裹得严严实实,不仅限制了动作,连呼吸都像被缚住了,后背前胸全是黏热的汗水,牵扯着衣服,难受极了,但这难受让她有点高兴。这是活该的。她暗暗骂着自己,竟有说不出的轻松。

大概是一路太闷,村支书有一句没一句地找话题,问高灵音怎么选到这个地方,这个县是省十大贫困县中最穷的,这个学校又是县里最偏僻、最差的。他说:"就是要锻炼,也没人选这里的——当然,你能来是学校的福气。"

"不是锻炼,是真想来这儿。"高灵音说。

村支书暗暗笑了笑,他是不相信的,但是他感谢她。他说自己的儿子以前也在这个学校上学,那时,他在县城里做着一点小生意,妻子去帮忙,顾不了家,父母又年老多病,儿子是做校长的堂兄一手带出来的,后来考上大学,现在在城里一家公司里上班,听说是不小的公司。村支书说了儿子所在的城市,正是高灵音来的城市,谈到城市,村支书兴奋起来,开始就城市问这问那的。

"到了。"拐过一个弯时,村支书突然转头对高灵音说。

高灵音愣了一下,抬起头,望见山腰不远处几间平房,暗灰色,房子前有块平地,竹篱笆围着,平地一头竖着根长竹竿——后来,高灵音知道是旗杆,邻近村的人轮流砍新竹子换,每年换一次。

"这就是学校。"村支书点点下巴。

高灵音无话,她不知该做何评价,比想象中更零落、更偏僻。

脚下的小路直通篱笆门,门边立着两个老人,一男一女,看见高灵音他们,忙迎上来,灰黑的皱纹笑得横七竖八,口里喊着:"欢迎,欢迎,高老师。"边赶过来接高灵音的行李。

高灵音任他们拉着扯着朝平房走去,努力适应高老师这个称呼。

男的是校长,女的是他妻子。

校长向高灵音介绍,他姓何,妻子姓刘,他是校长,包上学校的数学课和体育课,妻子上语文课和音乐课,也包给孩子们煮饭。校长很高兴地说,高灵音可以给孩子们上正规的音乐课,可以上美术课,还可以加上一科英语。

一间平房的门边探着两个孩子的脑袋,校长的妻子刘老师刚扬手招呼,他们就呼地跑出来,飞快地拐到平房后面去了,高灵音刚来得及看清一个是男孩，一个是女孩。刘老师笑笑："孩子怕生呢。"

　　四间半平房，校长一路介绍迳去，第一间屋是厨房兼饭堂，并堆放柴火、食物之类的东西。第二间隔成两半，前半是校长和刘老师的办公室兼教学用品、教学用书存放室，后半是他们的卧室。第三间是低年级教室，第四间是高年级教室，两间教室也都隔成两半，前一半当教室，后一半当孩子们的宿舍，宿舍里密集地列放着木板铺。这四间平房都有个共同点，破旧灰黑，有种令人不安的倾斜感。最后那间房只有前面平房的一半大，像那四间平旁的尾巴，却很新的样子，显然刚刚重新粉刷过，校长把高灵音带到那间房前，说："这是高老师的办公室。"

　　高灵音有些意外，房子虽小，可很干净，里面一床一桌一椅一小书架，整整齐齐。校长说这房是刚刚走的一个老师修整的，原本是间泥屋，是他的办公室兼卧室，他走之前，自己出了钱，喊了两个泥水匠，修了屋顶，补了破墙，给墙面抹了水泥和白灰，他说自己在这房里被寒风漏雨和老鼠所苦，走之前希望弄好，留给后面来的老师。

二

　　刘老师准备晚饭，高灵音要帮忙，她再三推辞，高灵音估计她是看到自己戴的手套了，支吾着说："刘老师，我不是怕脏……"说完觉得这个解释很可笑。刘老师果然笑了："你刚从城里来，我明白。对了，你帮忙剥花生吧,我明天用盐炒了,留着孩子们早上配粥吃。"

剥着花生壳,高灵音和刘老师有一句没一句地聊着。高灵音问:"刘老师,你和校长在这学校待多久了?"

"快四十年了。"刘老师择着菜说。

高灵音很惊讶,她下意识地环顾了下四周,无法想象刘老师和校长在这样的地方过了四十年岁月。对于她的惊讶,刘老师似乎见怪不怪,她笑了笑,说:"最开始,连这几间平房都没有的,都是泥巴屋子,三十年前才建了这四间平房。后来,屋子不够,又加砌了一间泥屋,就是你现在的办公室。"

高灵音说想听听他们不平凡的一辈子,刘老师哈哈笑起来:"我们有什么不平凡? 大半辈子都在这,再平凡不过了,一句话就说完啦。"

在高灵音的探问下,刘老师那一句话就能说完的大半辈子慢慢有了内容。

这片区域是偏得几乎让人忘记的地方,邻近几个村散落在周围的山腰或山脚。附近极少有成块的平地,只在这座山找到这块像样点的平地,而且接近几个村子的中心点,于是建了这所学校。何校长和刘老师都是邻近的村民,何校长高中毕业后,本要参加高考的,因为母亲成分不好,没有资格考试,便在家干了一段时间农活,后来学校的老教师生病去世,乡里让他顶了职。他本想教一段时间就另找出路的,可一年年拖下去,极少有新老师补上,偶尔来一两个也很快走了,他脱不了身。刘老师的弟弟原先在这学校上学,有一次,下大雨,她来接弟弟,遇见何校长。那次雨极大,刘老师也走不了,便留下吃饭,和何校长聊得很好。以后,她经常到学校接弟弟,每次都和校长聊得很好,有时还给校长带点瓜呀菜呀的。再以后,学校缺老师,何校长问她愿不愿意来,以前几次闲聊中,他已经了解,刘老师是初中毕业的,上学时成绩还不错,平时还爱四处借书看。

刘老师来了,和何校长一起撑起这间学校。

刘老师坦白,和何校长结婚后,两人不止一次想离开,另找出路,过另外的日子,但没有一次走得成。

"实在走不得。"刘老师叹气,"这些孩子怎么办?"

拖的时间越长越走不了。慢慢地,自己两个孩子大了,走的念头淡下来,后来大女儿进城打工,儿子进城念书后留在城里,两人再没有提想走的话。现在,大女儿嫁人了,夫妻都留在城里,儿子也在城里娶妻生子,打拼得不算差。他们放心了,留不留下已经不是问题,原以为这件事不会再困扰他们,但年龄已经大了。

前几年他们都该退休的,可一直没老师接替他们,听说上面派过几次人,何校长和刘老师没见着人,人家就算辞去公职也不愿来。刘老师说:"只能先拖着,等到拖不动的那天再说吧。"

一直到晚饭上桌,高灵音没再问什么。

晚饭有两盘肉,一盘红烧肉、半只鸡,都是村支书带上山的,还有一盘豆干、一盘青菜、一碟炒花生。高灵音下意识地想,若她没有来,他们就没有肉吃吧。校长让着菜,说:"今天星期六,刚好没什么东西了,明天再到乡里的集市上买。还好我堂弟带了这点东西凑数,条件差些,高老师委屈了。"

高灵音看见今天那两个孩子站在桌边,直着脖子,目光盯住两盘肉。她想起自己塞得满满的旅行袋,忙去打开,提出一袋东西,盐焗鸡腿、鸡翅、牛肉干、火腿肠、酱香猪肉块,要分给孩子们吃。

刘老师忙拦住:"留你自己吃,你刚到这,会不习惯这里的伙食,这些备着吧。"

"就是买来大家吃的,我吃腻了,喜欢吃青菜。"高灵音把东西往外倒,哗地倒了一桌子,两个孩子眼睛直了。

刘老师拿了一个鸡翅,拆开了,切成两半,分给两个孩子,把其他的收好,说:"你有心了,那些留给孩子们吧,星期一大家回校一块分。"她看看两个孩子,两个孩子嘴里塞着肉,不停地点头。

两个孩子都八九岁的样子,男孩叫陈六月,女孩叫刘小竹。高灵音问起,刘老师说他们是长住生,周末也不回家,和他们夫妇一起过。高灵音想问为什么不回家,看刘老师的神情不太好,就暂时压下问题,想以后有的是时间,再慢慢了解。

吃饭的过程中,高灵音又拆了一根火腿肠,给两个孩子分了。刘小竹笑了笑,按刘老师教的,向高灵音道谢。陈六月却不出一声,刘老师没让他说什么,只是往他碗里夹了一块红烧肉。

饭后,高灵音想帮忙洗碗,刘老师看着她戴手套的手,她忙拿出塑胶手套,说:"戴上这个没问题的。"刘老师说:"几个碗而已,我洗就好。"硬不让高灵音插手。

高灵音走出厨房,才八点多,一片漆黑,静得像在世界之外。若在以前,她会疯掉,但现在觉得这种静这种黑刚刚好。站了一会儿,感觉后面有动静,转过身,两个孩子扒住教室门框盯着她,她朝他们招招手。刘小竹慢慢走近前,高灵音逗她说话:"你还没喊老师呢。"刘小竹怯怯地喊了声:"高老师。"陈六月却不动,只是看她,她拉了刘小竹向小男孩子走过去,问:"六月,鸡翅膀好吃吗?"陈六月往后退,转身跑进教室后半间。

刘小竹说:"高老师,六月不说话。"

高灵音正想问问怎么回事,是不爱说话还是不会说话,何校长和刘老师来了,请她去办公室喝茶。

何校长问高灵音想教什么,高灵音胆怯起来,说自己没什么教学经验,但懂点音乐,大概可以教孩子们唱唱歌。

校长很高兴,又说高灵音谦虚了,希望也还能教教语文,能再教一点英语更好。他说:"我们老了,脑子里的东西太旧了,高老师能给孩子们带点新东西。"

三

"妈妈,你那边怎么样? 我要看照片。"电话刚通,杨月亮就说。自高灵音告诉她自己在山里支教,杨月亮就对她待的地方充满好奇。

"昨天不是传几张照片给月亮了吗?"

"都是山和树,没有旅游的地方那么漂亮,可有点像,那个地方很穷吗? 那里的孩子都见不到爸爸妈妈吗?"

高灵音想起自己仍照着驴行时的习惯,拍的都是山顶景色,加上清澈的天空,确实有些接近旅游点。杨月亮无法将贫穷和这样的地方联系在一起,也无法想象这里的学校是怎么样的,那些照片拍的是这里,又似乎和这个地方毫不相关。高灵音突然对以前那些驴行怀疑起来,她和朋友们曾为走过那么多地方而骄傲,认为了解了很多东西,眼界拓宽了,认识加深了,实际上或许像她拍的这些风景片一样,只截取了最表面、最没有特点、最无关紧要的东西,他们从来没有像她这次一样,深入走进某个地方,走进某种生活。

高灵音让杨月亮等一等,当即拍了自己的破旧的办公桌和桌上黄色的灯光,传给杨月亮。

杨月亮还要她自己的照片,其实这要求杨月亮提过无数次,但她拖延敷衍,找各种借口,现已无法再推托。她答应杨月亮,明天站在学校门口,拍一张照给她。

"爸爸在吗?"高灵音说,"让爸爸听电话。"

"在的——爸爸,听妈妈电话。"

杨月亮将手机塞到杨宇汉手里,借口说要喝水,走开了,杨宇汉简直无法接受女儿的乖巧,女儿一这样,他就被自己编织的谎言网住,惊慌失措。高灵音让杨宇汉发妻子的照片给她:"月亮催着要看我的照片,再拖就说不过去了,我参考一下照片。以前月亮翻拍过你们三人的合影给我,看影子和我不算差太远,但很模糊。你发张清晰点的单人照来,我收拾一下,拍成远镜头,也许能混过去。"

"这……成吗?"杨宇汉觉得太为难高灵音了。

"月亮她妈妈是长发,看着挺苗条,长圆脸。我也是长发,也不胖,脸形差不多,头发放下,就有很强的相似度。加上隔了这几年,跟月亮说人是会变化的,我再戴一个眼镜,应该能蒙过去。"

第二天,杨月亮收到两张妈妈的照片,细看良久,不管对妈妈或对那间学校都疑惑不解,说妈妈人拍得太小,戴了眼镜有点不一样,但又高兴地称赞妈妈更漂亮了,还和以前一样年轻。对那几间平房,她很长时间无法将它们和学校联系在一起,难以想象那几间破房子里是怎样的学校生活。高灵音说:"以后月亮会慢慢明白的。"

当时,杨宇汉也没别的办法,答应晚一点给高灵音照片。他忍不住问高灵音:"真决定待在那间学校?没必要为了……"

"不是为了什么。"高灵音说,"是我自己的决定,其实是挺有意思的经历和冒险。"

杨宇汉沉默。

高灵音说:"说到底,我还要谢谢月亮,给了我这个灵感,也给了我这条路。"

杨宇汉不明白这话,高灵音很快跳过话题:"对了,想让你帮个忙。"

"尽管说。"因为能做点什么,杨宇汉无法掩饰地高兴。

"帮我买一些学习资料,小学的,各个科目都要。我对教书完全摸不着头脑,这里资料又奇缺,现有的一些也已经很旧。我知道很多辅导书写清了什么重点、难点,把知识点都归纳好了,还有练习题之类的。都帮我找一些吧。"

"没问题,明天我就买了寄出去,一会儿你发个地址给我。"

手机回到杨月亮手上,她的声音变得雀跃,调皮地问:"妈妈,你和爸爸说什么呀?说秘密了吗?我可以知道吗?"

"要爸爸做一件事,这件事月亮也得帮忙。选最好的资料书给我,明天问问你们老师,我一会再传我们这边课本的照片,请你的老师看看,这个版本应该买什么资料好些。"

"没问题啦。"杨月亮扬声喊,"我要告诉老师,我妈妈也是老师。"

高灵音的脸忍不住一热,很快结束了通话。

通话一结束,四周骤然静下,高灵音在暗黄色的灯光下摊开课本。

她突然一阵恍惚,对自己所处的环境疑惑不解,她怎么到这儿的? 这是个什么世界? 她将做什么? 把书里的东西教给一些不懂世界的孩子? 书里有什么? 怎么教?

高灵音望向窗外,窗外的黑浓得绵厚均匀,漫天漫地,这黑像烟,不知从黄昏哪个角落涌出,一层层叠加,成了现在这样子。高灵音起身走到门口,往远处望,山和树成了有层次的黑色影子,天则黑得深远,稍有点发亮,不知什么虫子的叫声窸窸窣窣,粉末般撒满黑色的空间。

高灵音感觉自己已经退到尘世之外,落进另一个世界。她突然想,若离开之后,会有这样一个空间可去,还怕什么离开? 会有这样的幸运吗? 有资格拥有这样的幸运吗? 她后背一阵发冷,双肩缩起来,她这样的人值得上天给这样一个机会吗?

可若不是她的路出现那样的拐点,她还会珍视这样的世界吗? 或许像刚从这里离开的老师说的,这是一个沉重的世界。刘老师跟高灵音说过,刚走的老师姓陈,还很年轻,是镇上的人,毕业后被分配到这里,坚持了三年,好几次想调走没成功,后来,他放弃了这个工作。他有同学在城里打工,帮他介绍了份不错的工作,临走之前,学生们哭了,他也哭了,弯腰向校长和刘老师道歉:"对不起,我只个普通人,承担不起这里的沉重。"

"他已经尽力了。"刘老师叹道,"他到这里第二年,父亲就生了重病,两个姐姐家境一般,只能借钱,家里欠了不少债。他父亲病还没好,他原本谈得很好的对象又走了,进城打工,很快在城里有了新男朋友。"

高灵音回头望望那位陈老师留下的办公室,想象着他在这里的纠结。她突然想,上天对她够宽容了,她到这里,刚刚好。她转身进办公室,翻开课本。

四

高灵音从容易的入手,先了解一年级的课本,字和课文看起来都极容易,但怎么把这些东西给学生,让他们也觉得很容易,她脑子里一片空白。她翻到拼音部分,一个音一个音地读,读着读着竟乱了,每个音都变得不确定。她决定先看数学,数学主要是些例题,该清晰一些。一年级有大部分在讲十以内的加减!这部分内容上大半个学期,怎么上?怎么用这几个数字填满那么多节课?高灵音额角冒冷汗了,她找出陈老师留下的旧教参,一头扎进去。

高灵音发现自己沉入这件事了,因为毫无头绪,心理负担很重,甚至有些诚惶诚恐,但说不清的愉悦感抽丝剥茧般缠绕出来。

熟悉了课本的内容后,高灵音闭上眼,开始回想之前和杨月亮的通话。之前,在电话里,高灵音让杨月亮复述她老师上过的一节课,尽可能详细地叙述老师整个教学过程。其间,高灵音不停追问,以确认某些细节。她说:"月亮,你就把我当成学生,给我讲课。"她计划好了,如果到星期一还没法形成教学思路,先参照杨月亮说的这节课来上。她拿起笔,记下杨月亮讲的那节课的模式,并尝试着带进课本里的内容。

即使这样她仍遇到很多困难,很多细节一落到实处,就变得含糊不清。高灵音刚试着开口就露怯了,她习惯地拿出笔记本电脑,开了电脑才记起这里没有网络,她合上电脑,发呆。

"高老师。"高灵音听见极低的呼唤声,小心翼翼的。刘小竹立在门外,半个脑袋伸进办公室,怯怯的。高灵音微笑着招招手,她一只脚怯怯地迈进办公室,另一半身子仍待在外面。

"进来,读课文给我听,老师看你读得怎么样。"高灵音暗暗吃惊,没想到自己这么快就进入角色。

刘小竹咬了唇笑,半垂着头蹭进办公室,接过高灵音的课本,认真地朗读起来。高灵音抚着她的胳膊,这个孩子似乎特别黏人,从她来到这儿,就喜欢悄悄跟着她,暗暗望着她。这孩子的父母呢?她也这么黏着父母吗?

据刘老师说,因为路远,学校里几十个学生星期一至星期五在学校住宿,自带一个星期的米面,再带些腌制咸菜、花生、豆子之类的配饭,家里条件稍好一点的,爷爷奶奶会多送点腊肠和鸡蛋。周末两天学生们都回家,只有陈六月和刘小竹几乎长期住学校,高灵音还未来得及细问什么。

"你星期六星期天也住在学校?"高灵音试探着问。

"有时会回家,很久回一次。"看得出刘小竹很愿意和高灵音说这些,她抬起脸,睁大眼睛看着高灵音,说,"爷爷身体不好,细婶生的堂弟才三岁,又生了妹妹,才五个月,细婶还要绣花挣钱,奶奶要带堂弟和堂妹。我回去,屋子太挤了,细叔细婶说我住在学校好,又有地方睡,又能认字。"

"家里只有爷爷奶奶?"高灵音忍不住继续问,刘小竹的态度让她顾忌小很多。

"爸爸没了。"刘小竹声音低下去,抠着手指头,"村里人说我四岁时就没了爸爸。奶奶说我爸爸不该没的,原本好好地在城里打工,月月寄钱回家的,不知生了什么病,回家躺了几个月,去世了。我不太记得。"

高灵音拉了另一把椅子让刘小竹坐,轻拍她的肩,不知说什么,刘小竹仍在讲述:"高老师,我奶奶说我爸爸以前在城里工资可高了,干一个月的活就当养一头大肥猪,那时,他给我买很多好东西。"她伸手拉出脖颈上的红线,那根发黑的红线上穿了一颗金珠,她骄傲地托起珠子,向高灵音展示:"这就是爸爸买给我的,金子呀。奶奶说会保佑我的,珠子在我身上,爸爸就会看着我。"

刘小竹脸上发出光芒,高灵音忍不住掂起那颗珠子,她相信这珠子拥有的力量。关于刘小竹的妈妈,她极好奇,却不敢再追问下去。

但刘小竹自己说了。

"我不知道妈妈在哪里。"刘小竹的脖子弯软下去,"爸爸去世后,妈妈就不见了。她要去哪没告诉奶奶,也没告诉我,什么人也不告诉,村里有人见过她在城里打工,可她不回家。现在,没人知道她在哪了。"

高灵音半拥住刘小竹,除了这样,她不知道自己能做什么。

"高老师,刘老师说你是从城里来的,懂得好多东西。能不能告诉我,为什么妈妈出门了就不回家? 城里一定很好吧? 她忘记我了吗?"刘小竹盯住高灵音,像要从她的脸上盯出答案来。

高灵音偏了偏目光,无法作答。

"六月。"刘小竹突然低声喊了一声,高灵音侧过脸,只来得及看到从窗边闪开的影子,她往窗口探出去,唤,"六月,进来呀。"只听啪啪跑开的脚步声。高灵音到门口去探看,陈六月的影子早融在黑暗里。

"六月一直这样吗?"高灵音问。她对陈六月的好奇比刘小竹更甚,这小男孩总是一副怕人的样子,稍被注意到就躲闪,但又很想走近她,因为她陌生吗? 不太像,也没见和别人说话,就算和刘小竹在一起,也总是刘小竹在说。

刘小竹点头:"六月就是这样的,他不说话的。"

是的,从到这里到现在,高灵音没见过陈六月开口,她问:"因为我来了他不说话,还是以前也不喜欢说话?"

"六月不说话的。"刘小竹又说,"跟谁也不说。"

"他上次说话是什么时候?"

刘小竹摇头。

"是他不想说还是不会说?"高灵音小声问。

"我不知道。我不记得六月有没有说过话。"

高灵音不知如何继续这话题,静了一会儿,刘小竹突然说:"高老师,六月是不跟别人说话,可他是好孩子。你叫他他没回来,他不是没礼貌,六月就是这样的。"

"老师知道。"高灵音拍拍刘小竹的脑勺,她想,陈六月的家又怎么了?刘小竹会知道一些吧,但她没再开口问,不想将这样的话题持续下去,今晚够沉重了。

五

踏进教室的时候,高灵音被一片目光抓住,与此同时,她反复默背的开场语丢失了,脑子里一片空白。她不明白自己为什么这样慌,只是十几个孩子,而且昨天下午他们回到学校时,校长和刘老师已经为他们介绍过,昨晚还和他们一起在厨房里吃饭,饭后还聊过天。

都算熟悉的面孔了,高灵音安慰自己,冲那片眼睛微笑了一下。

那片眼睛里全是亮色的微笑,随着高灵音的走动而流转,加上他们尽量坐得挺直的腰身，衣着脏旧却显得昂扬的样子，这一切都鼓励了高灵音，她胸口一动，开始一点点拾回丢失掉的语言。

高灵音开始上课了，讲解、带读、板书、提问。孩子们睁大眼睛听讲，扬声朗读，高举着手回答，稍显夸张的热情再次给了她自信，她的语调不知不觉也变得昂扬了。刘老师说得没错，孩子们喜欢她，这个被确认的事实令高灵音几乎有回到舞台上被注目的感觉。

昨晚，高灵音专门找了刘老师，说她没把握，担心没法上好课，没法把书里的东西变成孩子们能接受的东西。刘老师先让她坐，再让她喝水，微笑着点头："新老师都这样。我年轻时第一次上课比你还紧张，不知在镜子前对自己讲了多少次，站在讲台上手心冒汗，声音干哑，一节课讲完后都不知自己说了些什么。"接着又摇头，"没什么好担心的，孩子们喜欢你，你在校门口迎他们的时候肯定感觉到了。你不知道孩子们多希望你来，陈老师走的时候，他们哭得厉害，好几天没精神。我和老何骗他们说会有新老师的，可大半年没消息，我们已经不抱希望了，没想到你来了。再说，你这么漂亮，孩子们高兴得很，我和老何是老东西，他们都看烦啦，哈哈哈……"

高灵音已经完全脱离之前准备的思路，被临时的状态推着走。她感觉自己讲得很凌乱，可学生们很有兴致，正是他们的兴致让她的思路慢慢变得顺畅，讲解渐渐清晰了。

课后，高灵音翻着那些老旧的书本，恍惚起来，书里的方块字和数字一个一个立体了,变成石块般的硬物,她一块块地扔出去,学生一个一个捡拾、收集。某一天,学生们就将它们铺在脚下,铺一块往前走一步,一路铺出去,直往城市的方向走,看谁铺得更远,就表示走得更远,将这里的山水和村庄扔得更彻底。

刚在这过了两天,高灵音已经强烈地感觉到,几乎所有人的愿望都是走出去,好好读书,离开这里,走进大城市。那么多壮年人走出云走进城了,他们告诉自己的孩子,走出去很苦,要多学点东西,争取以后更有资格出去,不用吃那么多苦,可以在城市里待住。连校长和刘老师也是这个意思,他们以教过的学生走得出去,并能在外面落脚而自豪,拿他们给现在的学生当榜样。

高灵音凝望着远处安静的群山,她知道那群山之间有不少村落,那些村落大多已经走过长长的岁月,很多人一辈子在那里生活。那曾是一种生活常态,有着心安理得的日子,为什么现在变得不可忍受?这是她想不明白的,她觉得自己也没有资格想这个,她从小生活在小镇里,衣食无忧,一帆风顺到不用去了解,不用去思想,若不是那个拐点,她永远不会去注意她生活之外的生活状态,永远不会把心放在这里,几乎在一瞬间,她完全改变了生活状态,她时不时一阵恍惚,难以完全明白自己的生命发生了什么。

刘小竹又来找她了,她发现这个女孩极少一个人待着。她到这里的几天,找一切机会跟她待着,要不就是找同学,周末同学们回家了,便跟陈六月在一起。

"高老师。"刘小竹虽然主动,仍很羞涩,半侧了身蹭进办公室,专注地看着高灵音。高灵音微笑着打量这个瘦小的女孩,她发现,这里的孩子都黑黑的,衣服头发又脏又乱,但细看发现其实长得都不差,五官很有灵气,眼睛清澈至极,若稍微收拾一下,比城里孩子耐看。

"老师,放学后我做了作业,还去摘了野菜。"刘小竹自己挑话题讲,"作业我们都会做,我们还捡了很多干柴,刘老师说耐烧。"

"小竹很棒。"高灵音轻拍她的肩膀。刘小竹粲笑起来,往门外探出脑袋,招了招手,立即有几个同学拥到办公室门口,怯怯地看着高灵音。她忍不住笑,原来刘小竹是来打前锋的,她朝门口点点头,学生们一个接一个蹭进办公室。她从门口望出去,六月远远站着,盯着这边,感觉到她的目光,立即转身跑开。

当刘小竹问出那个问题时,高灵音才发觉这些孩子是策划好前来探问她的。

"高老师会在这里待多久?会不会走?"刘小竹问,问完后紧紧抿住嘴,抿得一脸紧张。周围的孩子瞬间静成一圈,目光围住高灵音。

"我不知道。"高灵音猛地想起自己风一般随时会消失的生命,未意识到学生们的情绪,等她回过神,那圈目光正在失措地对视。

"高老师也不要我们了?"很久之后,刘小竹才又问,声音低得几乎听不见。

"不是不要……"高灵音忙从自己的情绪里抽出来。

"那个阿姨说这个地方是没人要的,我们也是没人要的。"刘小竹莫名其妙地说。

对话因为刘老师喊吃饭而结束,晚上,高灵音将刘小竹叫到办公室,问起饭前的话题,刘小竹提起之前离开的陈老师。

"一个星期六,有个阿姨来找陈老师,他们关在办公室里说话,说了很久,后来两人吵架了,我和六月躲在外面听。那个阿姨说这个地方是没人要的,这里的孩子也是没人要的,说我们的爸爸妈妈都把我们扔了,陈老师在这里是不对头的,没必要的,说陈老师把日子弄坏了,让陈老师走,一起去城里打工。还说了好多的,校长和刘老师发现我和六月,不让我们听。那个阿姨走后,陈老师就把自己关在这个办公室里,窗也关了,很久不出门,那天晚上没吃饭,校长和刘老师也不让我和六月去喊他。高老师,陈老师很好的,那个阿姨为什么那样骂他?"

"小竹以后就会明白的。"高灵音只能这样含糊也敷衍。

"高老师,我们是没人要的吗?为什么不要我们?我们很听话的,读书很用功的,还会干活,能干很多很多的活。"刘小竹话里蓄了哭腔。

"不是这样的。"高灵音逃避刘小竹的目光。

"我婶婶和村里人说过了,我是没人要的,连妈妈都一直不回家,也没有写信,也没有打电话。"

六

那天下午放学后,高灵音正在查作业,外面一阵喧闹,刘小竹飞奔进门,表情怪异地说:"高老师,有人找你。"高灵音胸口一震,不会是哥哥找到这儿了吧? 不太可能,她从未透露过这里的地址。她定了定神,确认没有人具体知道她在这,才拉着刘小竹走出去。刘小竹的手极冰凉,这是后来高灵音才意识到的。

看到来人,高灵音半天出不了声。

是肖一满,被学生们团团围住,整套的登山服,登山帽,背着极大的背包,挂了精致的登山拐杖。难怪学生们这样好奇了,这副打扮估计他们只在电视里见过,后来有学生对高灵音说肖一满像超人。校长和刘老师也在,肖一满正跟他们说什么。

高灵音脑门有些发晕,肖一满到这里守她的命? 他还没忘记所谓的"做成一件事"? 这富二代真无聊匮执到这种程度?

看见高灵音,肖一满拍着手走过来,摸出一包奶糖扔给她:"让他们把这个分了吧,那个校长和老师不敢接,大概以为我是什么坏分子或间谍之类的,怕我把这群孩子拐跑。"高灵音先跟校长和刘老师说明:"这是我朋友,喜欢旅游,经过这里,知道我在这,顺便过来看看。"校长忽地绽开一脸笑,点点头,孩子们欢呼着分发奶糖。

肖一满转身递给带路的老人一些钱,说:"谢谢啦。"

学生们被校长喊开了。肖一满跟高灵音进了办公室，放下背包，活动着肩膀，说："那些学生不洗澡的吗？天，身上味道那么重，衣服都看不出颜色和款式的。"

高灵音不说话。

"你就在这办公？睡这片破木板？真像拍电视剧，大小姐跑到这种地方做贡献了，明年《感动中国》一定有你。"肖一满看看四周，不住地摇头，"这也叫学校？就这几间破房子，打喷嚏都不能用力吧，会把这房掀了。"

高灵音等他自己说明来意。

肖一满坐在唯一一张有靠背的椅子上，伸手展脚的："这什么破地方呀！登山吧，山没形没状，不够高，不够陡，还有那么条小路通到这里，一点也不刺激，入不了我们专业登山人的眼。要说有路吧，摩托车上不来，害得我在县城买的摩托车只能寄放在山下村民家，背着一堆东西上山。这破地方导航都导不到的，弄得我还得去请向导。向导是个老头，路上又没什么好风景，闷死了。"

"你来这做什么？"高灵音终于忍不住问。

"旅游，这种地方可是容易爆冷门的，真正的驴行，有意思。"肖一满拍拍办公桌，还有这样一个落脚点，总比山神庙强点。

"要旅游，你有的是地方去，来这里做什么？"

"我到哪旅游不用你批准吧？"肖一满又是习惯性的耸肩动作，"这是你的地盘? 看来,你在这待得不错,才几天,就摆出主人的样子了。"

"我的事我自己决定,不用你来管我,也请你不要再来打扰我,我们各走各的。"

"你太看重自己了吧?"肖一满鼻子哼一声,冷笑,"我就是想来玩玩,这样的旅游形式还是第一次,还是挺新鲜的。我名山大川玩腻了,险地高山刺激过了,换个口味不行吗?"

晚饭走进厨房时,肖一满低声对高灵音说:"我今天带了油和猪肉来的——听那向导老人说在这里这些是最好的东西——我可不是来吃白食的。"他指了指桌上,果然两张桌上都有一大盆焖五花肉和一大盘酱油蒸排骨。

那顿饭,厨房里显得特别静。按不成文的规矩,低年级的学生围在桌边,高年级的学生夹了菜后各自找地吃,或蹲在门边,或坐在门槛上,或到门外去吃,平时总是边吃边嘻嘻哈哈。高灵音以为是因为那天不同寻常的肉量的关系,后来才知道竟完全是因为自己。

饭后,肖一满又搜出一大包巧克力,分给学生们。因为包装上都是英文,学生们拿到手后有点茫然,肖一满说:"是糖,味道不错。"学生们于是看校长,校长点点头,学生们才纷纷拆糖。但有些学生不吃,揣进袋里,高灵音问为什么不吃,他们说留给爸爸妈妈过年回家分着吃。肖一满一副不可思议的表情:"这糖不能留那么久。纯巧克力,会融化,我带到这里已经变软了,以后再给你们带些。"

收拾完碗筷离开时,校长凑到高灵音身边,说那种巧克力块肯定很贵,他城里的儿子带回来过几块,跟这个有点类似,价钱很惊人,让高灵音的朋友破费了。最后,校长很委婉地提了建议,意思是希望肖一满别再发糖了,孩子们最缺的不是这个。他说,若送的是学习用品或一些书——旧书也是好的——说不定更好。后来,高灵音把这个意思转达给肖一满。

发过糖后,因为学生们兴奋,肖一满似乎也处于兴奋状态中,他饶有兴致地在高灵音房间喝了茶,泡的当然是他带的好茶,高灵音问起住的问题,他拍拍背包,笑:"我可是野外生存高手,会没有准备?"

肖一满带了帐篷,他在学校左侧的树林里选中一块较平敞的地,作为帐篷安置处,开着一个手提移动电灯,那片小树林立即亮出一大圈范围。高灵音原本就是驴行爱好者,对肖一满的帐篷很感兴趣,专门去看了,发现那个地点确实不错,帐篷四周围绕了树,不密不疏,从树叶缝间能看到星星,那片平地背靠一道缓坡,很挡风。她后悔自己没想到这点,早知道也可以带个帐篷,偶尔过过瘾。

从肖一满的帐篷回来,办公室边蹿出一个身影,吓了高灵音一大跳,是刘小竹。高灵音责问她怎么还没休息,刘小竹在黑暗里小声问:"高老师,那个叔叔会带你走吗? 老师会跟叔叔走吗?"

高灵音突然想起这孩子白天的表情和冰冷的手,她笑了:"傻瓜,他是老师的朋友,玩两天就走。放心,那个叔叔和陈老师的阿姨不一样。快去睡觉。"

高灵音立在黑暗里,听着刘小竹雀跃而去的脚步声,突然喃喃:"他当然不会带我走,连命都不会留我。"她没想到,第二天早餐,刘老师也来问她是不是要走,一脸担心的表情,她的话里,校长也有这种担心,让她来探问。再接着,下课时,很多孩子也问这个问题。得到她的否认后,那天的午餐便洋溢着欢乐的气氛。

高灵音刚开了办公室门,刘小竹又跑来了,急急地说:"高老师,六月偷偷跑了,好像往树林里叔叔搭的布房子去了。"

高灵音往帐篷那边奔去,刘小竹急忙跟在后面,小声又紧张地解释:"老师,六月从不这样的,他以前没有偷跑过。"

七

"这四周的村子专门出产老人孩子吗?年轻人半个鬼影都见不到。"在周围的山和村寨间游走一天后,肖一满回到学校,不停地唠叨,说,"五十岁的人在那些村里就能当小伙子大姑娘,真正的小伙子和大姑娘都进城了,大多去了我们住的城市,难怪城里那么挤。"

"所以,这些孩子都得住在这。"高灵音说。

"都说进城挣钱了。"肖一满耸肩,指指那列平房,"也不知怎么挣的,挣着什么钱了,这些娃还是这德行,吃不好穿不好。村里倒有几间新屋,可也只是几片水泥墙而已。"

"是啊,到底挣着什么了? 他们拼死拼活的。"高灵音语气变得很怪,"那座城市还不是这类拼死拼活的人造起来的? 城市发展得真好,像电视里说的,飞速发展,可流汗出苦力的人还是口袋空空,发展得到的那些东西哪去了? 还不是进了你这样人家的口袋?"说完这些话,高灵音后退几步,半侧开脸,准备着肖一满发脾气骂人,甚至打人。

没听见肖一满的动静,高灵音抬脸,他竟半垂着头,高级运动鞋的鞋尖在地上用力挖着,像要在地上掘出一个洞。高灵音觉得自己没说错,但语气有些过头,毕竟这不是肖一满能控制的,他又处在那样的环境。说实话,这段时间的相处,他这人不算坏透,只是被家里娇惯坏了,但自己不也一向任性吗? 她软了语气:"算了,谈这个做什么? 我们也操心不了这种大事,发牢骚又有什么用?"

"这段时间,你变得愤世嫉俗了。"肖一满嘲笑,"越来越高大上了。"

高灵音不睬他,说:"要喝茶的话,办公室热水瓶有水。"

"热水瓶的水怎么泡茶?"

"只有这个条件,办公室没法煮水。就是有电水壶也没用,经常停电的,你爱喝不喝。"高灵音学肖一满的样子,耸耸肩。

"这种地方,也只有你这样的人才来这,没法退……"肖一满住了嘴,意识到说错了话,他感觉高灵音那个念头似乎越来越淡了,还云提做什么?

"没事,你说得很对,我到这里就是个巧合,不是我多高尚,想来这做什么贡献。我是退无可退才会到这,我不会骗自己——"没想到高灵音也会嘴下饶人了。

肖一满问:"你准备这么待下去?"

高灵音不直接回答,说:"我发现自己来对了,好像重新过日子了。一操心上课的事,再看看这些孩子,一些东西不会老去想,也算另一种冒险吧。像你说的,日子换个样有意思。"高灵音嘻嘻笑起来,以制造点轻松气氛,她不习惯和肖一满这样沉重地对话。

肖一满在帐篷里住了两天,白天到四周转转,晚上回帐篷,在学校吃晚餐,从山下带了米、油和肉。第三天早上,他准备离开,说四周山不像山,水不像水,没什么特别的好景,爬山又爬不过瘾,完全不适合旅游。他把那个手提电灯留给高灵音。这两天晚上,晚饭后,高灵音把其中一间教室的桌子并在一起,手提电灯放在中间,让孩子在四周绕成一圈做作业。孩子们很兴奋,说亮得像白天。教室里的灯泡实在太暗,肖一满说回到城里会再寄几个来,每间屋子里放一个。

高灵音忙摇头:"别,灯是不错,可这里的电供不起,也没法交那么多电费,何况不是天天有电的。"

"你猪脑子呀,这电灯是电源电池两用的,这两天见我插电了吗?都用着电池哪。"

"你才是猪脑子。"高灵音冷笑,"一次几节电池?我看过了,八节,还是高功率的充电型电池,这里用得起吗?"

"不就是电池吗? 我回到城里给你寄一堆,全充满电,用完了寄回城,我让兄弟们再充电再寄。"

"寄? 不用邮费的? 当然,邮费对你不是问题,我可没法老跑到镇上寄这些电池。你不如拉根电线上山,并保证供电。噢,最有效最长久的是在附近建个小型发电站。"

后来,高灵音有些后悔开这种玩笑,肖一满确实变了,他竟耐烦去考虑这样的事了,不该打击他嘲笑他的。当时她只是觉得肖一满很多想法不现实,就那么脱口而出。

"妈的,照个电也这么多麻烦。"肖一满骂。

"这里的麻烦多了。"高灵音说。

肖一满不出声,他再次感到钱的无力,疑惑再次笼罩了他,他从小到大的观念近期被接二连三颠覆,他需要好好整理思绪。

离开之前,肖一满一直在翻找背包,看有什么东西是适合学生的,可以留下。他边翻边叨叨,意思是城里很多没用的东西到这会变成宝贝的,他甚至天真地设想,家里那些发霉丢掉的东西若带到这,会派上多大用途。高灵音极理解他那种心情,她忽然想起小时候,看了一部海上求生电影之后,接着很长一段时间内,她喝水就想到那部电影,想,若海上那几个人有这么一壶淡水会多开心。吃面包会想,海上那几个人要是有这样一盘面包可以撑多久? 她设想自己用零花钱买了一堆矿泉水和食物,坐飞机到天空扔给他们。长大后才意识到若飞机找得到他们,哪里用得着空投东西?

背包里尽是些电脑、相机、望远镜之类的东西,吃的都发光了,现金没带多少,全是银行卡,没什么能发的东西了,肖一满有点失望。刘小竹得了他从背包角落搜出的一张明信片,兴奋极了,高举着朝窗外直晃。高灵音和肖一满才发现陈六月躲在窗外,见他们望出去,转身就跑,高灵音喊也喊不回来。

肖一满说:"这孩子谁啊? 前天晚上摸到我帐篷那边,见了我就跑,我开始还以为是小偷。"

"叔叔,六月不是小偷。"刘小竹连忙分辩,"叔叔是从城里来的,六月想看看,还有,叔叔的布房子好玩,六月想摸摸。"

"那就看嘛,摸个够嘛,干吗又跑了?"

"六月害怕。"刘小竹说。

"有什么好怕的?"肖一满整理着刘海,"我这张脸上电视上海报不用修图的,他太没眼光啦。"

刘小竹被说得一愣一愣的。

下山之前,高灵音让肖一满回去后买些辅导书、作文书、儿童故事书之类的寄来。肖一满笑:"好玩,我还是第一次买书,书店那种地方对我也算新鲜地了。买什么? 开书单吧。"

高灵音还要了不少学习用品、彩色纸、橡皮泥之类的,她突然发现自己有些"专业"了，也发现让肖一满带东西竟有些理所当然。

八

　　手机刚接通，杨月亮就接听了："妈妈，你的电话怎么老打不通?"

　　"我这里信号不好，我打给你得往高点的地方走，以后月亮打不通别着急，一定是我手机没信号了。"

　　"为什么以前打给妈妈很容易? 以前信号就好吗?"杨月亮问，"这一个多星期就老打不了。"

　　高灵音愣了一下，发现又掉进自己谎言的陷阱里了，她想了想，只能用另外一个谎言来圆："是这样的，这附近一座山上原来有个信号塔，学校虽然很偏僻，可信号好。上个星期刮了大风，把信号塔吹坏了，信号就变差了。"

　　和杨月亮说话之前，照例和杨宇汉先谈几句，以在杨月亮面前呈现美好的家庭图景，每次这样"做戏"之后，杨宇汉都要走进房间，默不作声地待上半天。今天，杨宇汉是真有话要说，他找了不少合适的书，已经到邮局寄发了，另一个，他还准备了两斤茶叶，专门给高灵音的。他支吾着表示想不到别的好东西，只有茶，这茶不算贵，但是是他老家一个叔伯手炒的，他每年订好些，喝起来不比茶店的贵茶差，样子一般，但没有什么添加剂的。

　　"谢谢。"高灵音说，"我很喜欢喝茶，但以后不月麻烦寄了，我自己也备茶叶的。"

杨宇汉也想说谢谢,极想,不是客气,但杨月亮在一边,他只微笑着说:"这些茶叶你先喝,完了我再寄。"

杨月亮接了手机,先脆叫一声"妈妈",这段时间,她的声音像沾染了阳光,高灵音听得出灿烂和暖意。这段时间,轮到高灵音讲述了,杨月亮不断追问这边孩子的情况,高灵音发了那几间平房的照片,包括房内的教室和住宿的样子,杨月亮越看越好奇,这个世界和她所处的那个相差太大了。

高灵音向杨月亮复述过这里一天的活动,描述过学校的条件和环境,讲过这里特别的三餐和夜晚,后来便一个学生一个学生地讲。

杨月亮搜出一堆东西,学习用品、看过的书、玩具、零食、衣物,拍照传给高灵音看,说要寄给山里的学生,那些东西大部分是王正宏送的,她一个人要不了这么多。杨月亮的语气里有些羞愧,似乎山里孩子原本该有的东西是被她用掉的。高灵音夸奖她,她的东西对这里的学生很重要,大家很喜欢。

可是,这里的同学更需要的还不单是这个。高灵音这段时间突然间明白很多,她对杨月亮说,他们还需要朋友,需要知道城市。这句话出口时,她脑里涌现出一个灵感。

杨月亮大概意识到这种需要在自己能力范围之外,不知怎么开口。

"月亮,这个要你帮忙了。"高灵音为灵感突现兴奋不已,"这件事你来做。"

高灵音让杨月亮跟刘小竹和陈六月通信,教他们用写信的方式交朋友,互相介绍自己周围的世界。她认定,这样的方式,不管是杨月亮还是刘小竹和陈六月,都将收获良多。后来,一次闲谈中,她跟肖一满自我夸奖过,说自己有成为教育家的潜力。第二天早上,高灵音把这个建议告诉校长和刘老师,他们都极赞成。当然,她也介绍了杨月亮,说是一个亲戚的孩子,母亲去世,自己当她的干妈。

听到高灵音的建议,杨月亮当晚就要写信,她有很多话要说。高灵音答应拍刘小竹和陈六月的相片给她。

听说将有一位城里朋友,刘小竹一时转不过神,问:"可以吗?那个同学会和我做朋友?"

"为什么不会?"

刘小竹低头不语。

"那位同学很羡慕你们晚上看得到那么多星星,她只有假期去旅游时才有机会看到,有时只能从电视里看。羡慕你们会自己做很多事情,那些事情她连试一试的机会都没有。羡慕你们全班同学能一起睡觉,她回家就一个人待着,一个人吃饭,一个人做作业,一个人睡觉,连个说话的人都没有。

"小竹,你得负责把这边美丽的山和树告诉那位同学,把班里的事学校的事讲给她听,她会有很多问题的,你统统要写在信里。"

"我、我怕认的字不多……"刘小竹羞怯地笑着。

"我在这,你怕什么?再说,还有字典,你想知道什么字,查了就会。那个同学才上一年级,认的字也少,可能很多字还得用拼音代替。"

高灵音答应准备信封、邮票,负责给他们寄信。她让刘小竹喊来陈六月,叫她跟陈六月好好说,不要怕,不要跑。

好长时间,才看见陈六月跟在刘小竹后面,畏畏缩缩地走来。高灵音立在门口微笑,不敢迎上去,动作幅度尽量小,怕又吓跑了他。走到门口,陈六月扒住门框不动了,高灵音说:"进办公室吧,我有话要交代,还要让你们看看那朋友的照片。"

刘小竹蹦进门,硬将陈六月也扯进门。陈六月缩在办公桌边,高灵音任他站在那,打开手机里杨月亮的照片,让刘小竹拿着手机,和陈六月一块看。两人凝视着杨月亮那张照片,好一会儿,刘小竹抬起脸,小声说:"这个妹妹真好看,她的衣服也好漂亮呀。"

"她叫月亮,以后就是你们的朋友了。"

"月亮……名字真好玩。"刘小竹说。

"月亮从小生活在城里,她知道城里很多事情,你们想知道什么都可以问她的。"高灵音说,她发现陈六月极快地抬起眼皮,瞥了她一眼,忙接着说,"就算月亮不知道,她也会问她爸爸和老师。"刘小竹说得没错,陈六月想知道城里的事,她提到这种通信的种种好处,显然吸引了陈六月。她一阵欣喜,看见一道缝隙了,相信由这道缝会慢慢看见很多东西,再试着一步一步走近这个小男孩。

关于通信的事,高灵音交代杨月亮不要跟刘小竹、陈六月提到妈妈,不用让他们知道自己是她妈妈,理由是,刘小竹和陈六月都看不到妈妈,提了他们也许会伤心。杨月亮很干脆地答应了。

又是一个谎。高灵音无奈地想。

九

母亲来电话,高灵音刚接通就听到母亲的哭声,哭得极厉害,近于号啕。高灵音胸口一抖,但她突然决定什么也不说,让母亲哭个够,以后自己还有那样的一天,当那一天到来的时候,母亲如何承受得住?不如先让母亲哭,若母亲对她失望透顶,那一天到的时候,或许会好过一点。高灵音想着说些什么,叫母亲更加心寒,让她慢慢习惯,但母亲的哭声让她心烦意乱,一句话也想不起来。

母亲带着哭问她在哪,高灵音咬咬牙说:"在我想待的地方,你们过你们的,老找我做什么?我在哪里都好,你们那边日子还不是一样过?会被我影响吗?"说完这话,她后背透凉,没想到自己能这样出口。

母亲哭得更厉害,父亲接过手机,开始大骂。高灵音脑子一片昏乱,无法听清父亲骂了些什么,从小到大,从未听过父亲以这样的口气说她骂她,她心中涌起莫名的委屈。她咬着牙忍了一会,竟有些轻松,骂得好,该这样的,这样混账的女儿,有一天就算消失了,也不必太心痛的。但父亲骂着骂着带了哽咽,她的心又揪起来,揪成坚硬的一团。

父亲切断了通话,高灵音听着手机里的忙音,疲倦得要虚脱了。她扔了手机,将脸埋在胳膊圈里,想象已经逃避了一切。

手机再次响起,又是母亲的号码,高灵音弄不清自己想不想接,一直犹豫至铃声结束,她想把手机放进包里,铃声再次响起。

"灵音,你到底怎么了?"是母亲,刚才一阵大哭,她似乎通透了些,声音稍清晰了,"有什么事不能跟我提?你还是不是我女儿?"

高灵音觉得,比起刚才的痛哭,她更害怕母亲这样的追问,她捂着额头的手微微颤抖,极力稳定声音:"妈,我只是想换条路子走走,没什么大不了的,不会饿死冻死,再说,不是还有你们吗?"最后半句话,她试着用以往撒娇的口气轻松一下气氛,但她再也找不到那种口气了。

"遇到什么事你得先回家,一切好办,我和你爸都在,你大哥二哥也在。"母亲顺她自己的思路说。

高灵音喝了大半杯凉水,尽力稳定着情绪,她得好好跟家里人说,这个坎终究要过的。她开始陈述,事后,她惊讶于自己的陈述,对肖一满半开过玩笑,说她的嘴巴不单是唱歌的料,还有演说家的煽动力。

"妈,你听我说,这次我不是任性。这件事我想很久了,也做了很多准备,还拿到政府部门盖了章的通知。就像爸爸说的,是正规行为,走这条路是我的选择,我已经这个年龄,懂得选择了,也有选择的权利。说实话,我以前过得太好,好到都不知道生活是什么样子,有点空虚。来到这里,我看到很多以前没看过的,懂得很多以前不懂的,我已经不是以前的灵音。你们别再为我担心了。"

"那种地方很难吧! 灵音你这是何苦?"母亲又要抽泣。

"这是你们的偏见了,教书而已,有什么苦的? 我又不是在建筑工地挑水泥,你们这种样子才是何苦。没错,工资是低到极点,能不能按时发还不知道,可你们又不指望我给家里挣什么钱,至于我自己的花费,大哥二哥不是一直在寄钱吗? 只能让他们继续寄了,反正那点钱对他们不算什么,谁让大哥二哥是有钱的主? 就让他们先养着穷妹妹吧,不愿意也得愿意。"

最后几句玩笑话让母亲轻松不少,她让了步,问:"你会在那里待多久?"

"我也不知道。"

"我让你大哥去看看你,给你带点东西,你给我地址。"

"千万别,让我清清静静走这条路。再说,我这学校的孩子一年半载见不着父母,吃得差穿得差,我倒要大哥来看,你们想愧死我? 这样吧,我半个月给你传一张照片,保证越来越壮。"

"你有多少路可以选,做什么选这条路?"父亲接过手机,"灵音,别再任性,你也不小了,做什么事都要好好想一想。"

"我好好想了,这是我的决定。"高灵音再次强调。

"这是好好想想出来的路吗?"父亲的话又带了火气。

"为什么这就不是好路? 我是违法还是害人呀?"高灵音也激动了,"我就是到山里支教,怎么就差到这程度? 好像我做了什么见不得人的事。我选这条路有那么悲惨? 变得不像生活了? 不是人过的了? 这事总得有人做,你们有没有看过这里的孩子? 他们活该被扔在这里吗? 他们的路就不算路?"

这是高灵音第一次对父亲用这样的口气说话,还是这样的话,她猛地咬住唇,脑门痛得一抽一抽的。她忽然想起小时候一些事,家里条件一向不错,父亲母亲虽娇惯着她,但对她的引导一直是很正面的,每个学期带她到邮局寄爱心包裹。有一段时间,父亲管着镇教育部门,常常跟她讲乡村偏僻学校的故事,若有机会,还会带上她到那些极偏极小的学校走动,让她和乡下的孩子接触,让她体验生活,在体验中珍惜生活。父亲赢得了一心扑在教育事业上的好名声,也让她得到最具体最直接的教育。高灵音猛然明白自己决定到这里,这样快融入这里的最深最初的根源,是父亲给她种下的。那时,她不知听过父亲多少关于教育的讲话,那时她很小,但模模糊糊听懂了一些,都很激昂,很动情,要关爱这些边缘孩子,要为他们做出努力,等等。现在,她突然反应这么激烈,源于一种说不清的撕裂感,不管怎么样,这些话不该从父亲的嘴里说出来。

但刚发过脾气,高灵音就后悔了,她有什么资格跟父亲赌气? 她是做了见不得人的事才会在这里,现在她却将自己的动机净化成这样。父亲一向是撑着她的后背,她把背伤了,可她又无法道歉。

父亲沉默良久,闷着声说:"照顾好自己。"

母亲接过电话问:"那你唱歌的事怎么办? 真放弃了? 那么好的机会。"

这次轮到高灵音沉默了,但她很快笑起来:"我继续唱呀,唱歌随时随地都可以,不就是自己开心吗? 在哪里唱都一样。"

结束与家人的通话,高灵音走出办公室,学生们都休息了,校长和刘老师的房间透出一抹朦胧的光,万籁寂静,抬头,群星闪烁,她的世界是完全不一样了。

十

高灵音的后背被捂得黏腻发烫,被捂成烟蒸腾至脑门,又被帽子扣住,她感觉若再继续走,血液也要发烫了。早饭后她就下山了,可感觉走了半天,往下望,还有很长的路。她在路边挑块草地坐下,坐下之前,确保四周没有尖利的石块和斜伸出的树枝。排除被划伤的一切可能性后,她瘫坐下去,小心地拿下帽子,翻折竖起的领子,又脱了手套,微风从皮肤上滑过,凉爽得直打战。想着接下来的夏天都得这么捂,她几乎要做噩梦,噢,不单是夏天,以后的日子都得捂着,忧伤笼罩了

她，弄得她忍不住抽咽了一声。活该，这是她该受的，她咀嚼着痛苦里
一丝变态的快乐。

　　高灵音准备到镇子去，至少得下山走到某个村子，还得是山脚边
的村子，才能找到摩托车，请人带她上镇子。以后的日子里，高灵音每
隔一个星期或两个星期会到镇子去一次，买一些生活必需品，顺带给
孩子们带点东西，当然，也取点钱，大哥三番五次在电话里骂她，边骂
边往她卡里汇钱。开始一段时间，她还交代城里的朋友定期给她寄化
妆品，那段时间，她保持着城里化妆的习惯，后来，只要最基本的保养
品。扔掉最后一套彩妆的空瓶子，第一次素脸走出办公室时，她体验
着一种新奇的感觉，这在之前她是不敢想象的，只要有家里人之外的
人，不管是谁，她一定带妆见的，就算晚上准备休息了，若突然有客来，
她也要重新化妆，以"真面目"示人让她感觉不舒服，甚至莫名地恐慌。
但在山上，带妆示人，却慢慢地有些不好意思，感觉到说不清的造作和
多余。

　　除了买东西，更重要的事是寄信，负责把刘小竹和陈六月写给杨
月亮的信寄出去。下山之前，她和刘小竹一起在信封上填地址，贴邮
票。陈六月总是自己先把信封好，再交给刘小竹，立在远远的地方看
高灵音她们做着最后的工作。高灵音假装没发现他侧身躲在门外，她
发现自己的招呼会惊吓他，慢慢地，他一只脚会伸进办公室门槛。高
灵音让刘小竹把贴好邮票的信拿去给他看看，告诉他，几天后，这信就

会进城,送到杨月亮同学的手上。她发现,这个描述让陈六月的脸现出光彩,甚至有极淡的笑意。

回来时,高灵音再去山下小卖部取杨月亮寄来的信件。高灵音和杨月亮约定过了,让杨月亮把陈六月的信件内容念给她听,她知道这从一定程度上来说不够厚道,但她实在太想了解这个小男孩了。

除刘小竹和陈六月的信,高灵音自己也有信要寄出。自己写信是前两天晚上突然想到的,她准备把在这里的一切都写出来,包括看到的、想到的、平日里的活动。这里的日子对她来说完全是颠覆性的,从出生到现在,她第一次往内缩,转过身,面对自己。写下的这些信寄给谁,高灵音是费了心思的。开始,她完全想不到收信对象,家里人是排除在外的,她在众多朋友中扒拉了一圈,发觉没有一个适合收这些信的。有一瞬间,她想到了洪子健,当然极快地甩开了这念头,但她惊诧地发现,自己对他的恨意不如当初强烈了。

终于想到收信对象时,高灵音极兴奋,她当即翻身起床,连夜写了一封长信。从那以后,每当刘小竹和陈六月给杨月亮寄一封信,她也写了一封信寄出去,下一次去拿信时,她也总能收到信,这些信积起来,装在皮箱最底层。

高灵音摸出袋里的字条,重新过了一遍,看有没有漏掉什么事情,下一趟山不容易,该办的事该买的东西要一次办齐买齐。对了,还有校长和刘老师交代的关节药,他们早上刚交代的,她没及时写进字条,只在心里念叨了两遍。为了保险,高灵音从小皮包里摸出笔,把校长和刘老师要的关节药药名添上。

这个牌子的关节药不容易买,校长和刘老师交代高灵音到镇上最大的药店才买得到,要她务必记得。上次到镇子时那家药店刚好断货,等到现在,他们的关节已经被折磨了大半个月。刘老师叹:"人老了就是没用,摊上这个病痛不说,还得认这种药。"开始,是儿子从城里带回来让他们试试的,很有效,就一直用,别的药都不如这个好。

高灵音很奇怪,直通通地对刘老师说:"干什么不让你家孩子寄?他在城里,买这种药方便得很,让他一次性多寄点。"

"让他们带又得啰唆,说这说那的。他们问起,我说都好了,不用再吃药了。"刘老师支吾着,反正镇上有卖的,没必要让他们寄。

高灵音大概了解是为什么,她记起村支书隐隐提过校长的儿子要校长夫妇进城,校长夫妇却放不下学校,为这事还闹得不太愉快。她没再说什么,只记好了药名。

休息足了,高灵音忍着闷热重新扣帽戴手套竖起衣领,继续下山。手机响了,是郑记者,高灵音按断电话。前几天郑记者也来过电话,不断追问高灵音在哪里,发生了什么事,真的要放弃省赛那样难得的机会吗?有些人削尖脑袋也进不去的。

"我在某座山某间学校某个办公室,正在备课,有点忙。"高灵音只说了这一句。

事后,郑记者还不停来信息,请她具体说一说,言下之意,不太相信高灵音真的在支教。高灵音没管他,只删了信息。既然选这条路了,就要和以前完全断开,高灵音知道该换掉手机号的,可不知怎么的,一直没换。很久以后,她才对自己承认,自己仍等着洪子健的消息,不忍断了最后的希望。

高灵音拿起手机,对着群山拍了几张照片,又给自己的运动鞋拍了照,传给郑记者,附了一句话:这是我现在工作的地方。

郑记者信不信跟她无关,从今以后她不会管他了。高灵音往山下走,展着双手,难得地轻松。

十一

高灵音从镇上回来,天气骤变,山头压着黑云,风胡乱拉扯着树梢。高灵音的眼里入了细沙,拿手背抹了一会,再睁开眼,四周灰暗了一层。她拿不定主意是否继续上山,就算她速度再快,也无法保证赶在大雨之前回到学校,何况还买了这么多东西,肯定走得不轻松。可不上山的话,到哪避雨?最近的村寨是村支书的村子,在前面那座山的半山腰,爬上去也要时间。再说,雨什么时候会停?得避多长时间?风大得她有些失措,脑子都被吹乱了。

正在路上转来转去,听见有人唤她,竟是村支书。他把她拉到稍挡风的山脚。村支书背了一大包东西,他也刚从镇子回来,专门给校长和刘老师买东西的,他也要上山,把东西送到学校。

　　每个星期,学生星期一上学时自带米、干菜、腌肉之类的,偶尔也有家长帮忙送去豆子和瓜类。校长和刘老师的吃用则每个周末下山买,备足一星期的分量,有时在山下小卖部买,但小卖部东西实在太少,大多数时候得到镇上去。近些年校长夫妇关节不好,村支书常帮堂兄把东西买上山,就是自己没法上山,也会在村里托一个人帮忙送。

　　村支书问高灵音要不要到村里歇一歇,高灵音说,再拖天就要黑了,还不如赶紧上山,反正现在有村支书做伴,她胆子壮了很多。高灵音还担心着山上的刘小竹和陈六月,若一会儿大风大雨,会不会吓坏,虽然校长和刘老师也在,但他们腿脚不好,这种天气若真有什么事,完全没办法。

　　村支书说本该请她到村里休息的,但他也想把东西送上山,明天就是星期一了,他怕校长夫妇的伙食不太够,他们俩还得顾着刘小竹和陈六月,这两个孩子基本没有人送食物。

　　"我们现在就走。"高灵音收拾了下头发,说。

　　往山上爬,比想象中更难,似乎人随时会被风带走,走一小段要歇一歇。风厉害的时候,人摇晃起来,高灵音扭头往山下看了看,山虽然不高,但望下去也有那么点险。她想,如果这么摔下去了,对她来说或许是最轻省的路,是她一直找的那种后路,可以这么自然而然。但她突然害怕了,不甘心了,她抓紧路边的树梢,拼命站稳,她还有很多事要做,甚至刚刚开始。

雨变大时,高灵音和村支书正好扑入学校的篱笆门,两人只有肩膀湿了一小片。刘小竹欢呼着迎上来,喊了一声高老师后却带出了哭腔。高灵音笑,哭鼻子的话,戴发夹就不好看了。高灵音给刘小竹买了一个粉色的发夹,给这个孩子戴发夹的瞬间,她莫名地有些激动。

这个粉色发夹从此一直戴在刘小竹头上,直到她小学毕业,到镇上念初中时,在下山时摔断了。她一直收着断掉了的发夹,进城打工还带着,她同宿舍的工友看见了,嘲笑她收这么老土的破东西,已经长大的刘小竹说:"这是高老师给我的,高老师长得像我妈妈。"

"你妈妈长得好看吧?"舍友捏捏刘小竹的腮,"才生了你这个好看的小妖精。"

"我不知道,不记得她长什么样了。"

"那你说那个高老师长得像你妈妈?"

"跟我妈妈一模一样。"刘小竹出神了,"我妈妈就是那个样子。"

"那个高老师呢?"

"她不在了。"

"不在了? 去世了吗?"

刘小竹摇头,再问她什么也不说了。

高灵音给陈六月带了一个塑料玩偶，是一个超人，她记得侄子们都极喜欢。看着高灵音举起的那个玩偶，陈六月的表情果然亮了，但他缩在门边，不过来接玩偶。高灵音也不为难他，把玩偶给刘小竹，让她转交到陈六月手上。

村支书在学校吃饭，准备当晚在教室将就一夜，他在校长夫妇的办公室坐了一会就去休息，刘小竹和陈六月很早躺下了。办公室里闷得很，高灵音半打开窗稍探出脸，外面哗哗一片雨声，让人错觉整个天地都充满了风雨，好在风是从学校后面的方向来的，窗子尽可以大开，不会泼进一丝雨。

高灵音开着昏黄的电灯，坐在窗边，呆呆看着外面——噢，她什么也看不到——听着风声雨声，无穷无尽的样子。她突然被寂寞包围，这寂寞漆黑而厚重，把她隔在世界之外，她莫名地觉得极委屈，泪流下来，止也止不住。

电是突然停的，几乎同时，天边划过极亮的闪电，一个锐利的霹雳随着炸响，高灵音的尖叫破喉而出。很快，办公室门被推开，一个小小的影子蹿进门，抓住她颤抖的胳膊。高灵音仍陷在最初的恐惧里，没有精力注意那个影子。

校长、刘老师和村支书都赶来了，村书点亮打火机，刘老师找到蜡烛点上。高灵音发现最先冲进办公室的是陈六月，在校长他们进门时，他溜退到门边，村支书的打火机亮时，高灵音只来得及看见他小小的后背冲进雨里。后来,刘小竹告诉高灵音,陈六月一直没睡,躺在床上,拿着玩偶在黑暗里玩,听到她的尖叫就跑出去了。据刘小竹说,陈六月是整个学校里跑得最快的一个。

高灵音余惧未消,脸色苍白,刘老师很担心,要陪她一夜。高灵音倒不好意思了,没想到会吵醒大家。后来刘老师说从没听过那样的尖叫,比雷电还怕人,高灵音弄不明白自己到这种地步还惧怕什么。

校长让高灵音放心,这些山土质比较硬,极少发生泥石流。学校几间平房虽然破旧,但当年建房时乡亲都下了大力气,地基和墙都是用心打出来的,不会那么容易倒的。再说,学校背靠一道缓坡,足够挡风,又不会高得让人担心泥沙。

高灵音不好意思地解释,是因为自己太久没这样近距离见过风雨了,城里刮风下雨时不是待在楼房里就是藏在车里,一时失态了。谢绝了刘老师的陪伴,她让大家放心去休息。

办公室再次静下来,窗外的雨仍成片倾倒,高灵音想打电话回家,极想,想跟父亲母亲说说话,甚至哭一哭,但她忍住了。

十二

杨宇汉进门时,王明媛等在客厅,一边的杨月亮吃着热腾腾的小笼包。王明媛起身说:"我买了鱼和排骨,煮排骨鱼片粥吧。"杨宇汉想让王明媛把东西提回去,想说他冰箱里准备了猪肉和青菜,和女儿简单吃点就成,王明媛不该总把自己的日子和他牵扯在一起。

王明媛没要他的回答,径直走进厨房淘米熬粥。杨月亮凑上前,夹一个小笼包塞进杨宇汉嘴里:"好吃,爸爸吃几个,明媛阿姨买的。"自从知道高灵音在干什么,杨宇汉和高灵音又通了电话后,杨月亮对王明媛的态度明显转好,在她的眼里,明媛阿姨还是明媛阿姨,她很喜欢的那个。

喝粥的时候,王明媛说她是专门过来请杨宇汉父女的,这个周末她有个小型聚会,让杨宇汉带杨月亮七点之前到她家。

"周末我要加班,你们聚好了,我不习惯参加什么聚会。"杨宇汉想也没想就回答。

"现在才周二,就知道周末要加班了?"王明媛放下筷子,看着杨宇汉,"要是真得加班,到时我先把月亮接到我那儿,你晚点过来也成。"

"周末想休息,你们聚你们的吧。"杨宇汉坚持自己的意思,"月亮放学回家就好,到时我不用再去接。"

"周末是我生日。"王明媛说,低头喝着粥。

杨宇汉筷子停住了,他不明白这么多年了,自己为什么还是记不住。从小时候到王明媛的家搬进城那些年,和杨宇汉的妻子去世后到现在这几年,这两段时间中,王明媛的生日几乎都是和杨宇汉过的,按她的说法,家里人或朋友们给她过的是交际性生日,她自己安排的才是真正的生日。每年她都想些节目和杨宇汉在一起,成年之前多是邀他骑自行车去游玩,请他吃冰、看电影,成年后多是请他喝茶、吃饭,杨月亮必跟着,有蛋糕吃,能到游乐场玩耍。每次都是王明媛自己记得那个日子,每次都提醒杨宇汉明年要记得,但他从来记不得,实在觉得不好意思,就辩解说他连自己的生日都不记得的。

对王明媛有愧,但杨宇汉还是不想再参加王明媛的生日聚会了,他甚至不打算送礼物了,他和王明媛都得习惯另一种状态,两人间越明晰越好。他咬咬牙说:"你们聚吧,你多邀几个朋友,玩得开心点,我就不去凑了,我算什么?"

王明媛故意支杨月亮去拿绘画作品给她看,等杨月亮走开,对杨宇汉冷笑:"你怕这个? 放心,就算有朋友,也没人八卦到去理你算什么。我也不会让朋友以为你是什么,你自己也没必要想歪,没必要有心理负担——奇怪,你想得实在太多。"

周五,王明媛到学校接杨月亮,打电话给杨宇汉,问:"真的得加班?"杨宇汉没出声,王明媛接着说,"下班了直接到我那边,月亮我先带过去了。"

杨宇汉到的时候,只有王明媛和杨月亮在。他在客厅沏茶,杨月亮一头扎在王明媛新买的童话书里,王明媛在厨房做蛋糕,她说买最好的材料自己做的蛋糕,有买不到的健康和美味。杨宇汉连喝两泡茶,王明媛将精美的蛋糕端出厨房,惹得杨月亮一阵阵欢呼,仍没见别人的影子。杨宇汉问:"你的朋友呢?"

"你们不就是吗?"王明媛指挥杨月亮拿彩色小蜡烛。

"不是说聚会吗?"

"我们三个不能聚? 我只专门请你们俩。"

杨宇汉低头沏茶,他不想继续这个话题,一不小心,又谈深入了。

王明媛凑近前,弯腰端茶时低声说:"你就这么庆祝我的生日? 我让你为难了? 委屈了? 你没必要做什么道德楷模,我的决定也从来不用别人负责,你把一些莫名其妙的东西压在身上做什么? 负什么莫须有的责任? 这是我的事,你要愁成这样,不免自作多情了,简直跟我妈一样。我告诉你,我妈也是自作多情的,还是没用的情,烦透了。"

杨月亮完全没意识到两个大人的不对劲,兴奋地插上彩色小蜡烛,并从书包拿出给王明媛的生日礼物——她自己制作的一个小手工。

吃蛋糕之前,杨月亮打开饭厅所有的灯,给蛋糕拍了不同角度的照片,笑眯眯地说要发给妈妈。王明媛看了看杨宇汉,问杨月亮:"你们还经常打电话?"

"那当然。"杨月亮脆答,"有时妈妈那边信号不好,我就发信息,她有信号了就收到信息,我这边会有回执,就赶快给妈妈电话——对了,妈妈拍照片给我了,明媛阿姨看看。"

"妈妈漂亮吧?"杨月亮打开高灵音传来的照片,递给王明媛。初眼看去时,王明媛吓了一跳,倒真有点像杨月亮她妈妈,细看才知只是脸形身形发型相似,加之在打扮上故意和杨月亮的妈妈拉近,提高了相似度,一个长发的年轻女子,披发,戴了茶色眼镜,椭圆形,白衬衫牛仔裤,镜头拉得比较远,五官看不太真切。

王明媛侧脸看杨宇汉,示意有话要和他说。

杨月亮留在饭厅吃蛋糕,王明媛和杨宇汉到客厅喝茶。刚坐下,王明媛就低声问:"月亮和那个'妈妈'熟到这地步了?现在连照片月亮都认了,你准备继续撒谎?"

"现在没别的办法。"

"有办法的,只是你不愿意试,或者说不敢试。"

"月亮这一段时间很开心。"杨宇汉说。

"现在越开心,以后会越伤心,甚至有可能变成恨。"后半句话,王明媛咬咬牙出口了。

杨宇汉垂着脑袋,不出声。

"这个谎再不戳穿,以后真的无法收拾,你想好了没有,到时准备怎么办?再说,月亮那个'妈妈'能陪月亮演一辈子戏?"

杨宇汉猛地抬起脸,惊恐地看着王明媛,好像他是首次意识到这问题。

"这样吧,今天就趁这个机会跟月亮讲清楚。"

"别……"

"当然,孩子肯定会伤心一段时间,但我们陪在她身边,好好照顾她,她会慢慢好起来的。她还小,时间会让她忘掉一切,她很快会长大的,会变得更坚强。这一天总归要来的,先解决总比拖着好。"

杨宇汉和王明媛向杨月亮走过去,杨月亮转脸朝他们笑着,嘴角鼻尖沾了奶油,让杨宇汉给她拍照片,她要发给妈妈看。

杨宇汉额头冒汗,他想转身往回走,但王明媛碰了碰他的胳膊,提醒他别停,一直往前走。

十三

王明媛用眼光示意杨宇汉开口,杨宇汉脑里的词语搅成一团,他努力挑拣着最合适的词语,既能把事情说清楚,又不太锐利,不让女儿太疼痛。半天后,他出嘴的话却是:"月亮,和你打电话的不是你的真妈妈。"

杨月亮木呆呆地对着杨宇汉,嘴里塞满奶油,目光并未聚在杨宇汉身上,显然她未将那句话转化成任何意义。

"月亮,你其实没有找到妈妈。"走到这一步,杨宇汉决定豁出去了,"现在和你打电话的不是你妈妈,她原先不认识月亮,爸爸也不认识她。"

杨月亮双眼用力睁了睁,嘴巴机械地嚼着,慢慢地,往两边拉,接着颤抖起来,那颤抖一直持续着,将嘴巴越拉越大,脸一层层变紫变黑,似乎要窒息了。

　　王明媛开始不停地说话，边尽量软化杨宇汉那两句话，边把杨宇汉的意思说得更加清楚。杨宇汉被女儿吓坏了，拥住她，发现她全身抖得肌肉坚硬，他不住地拍她的后背，晃着她的肩膀，试图让她放松。

　　尖厉的哭声终于破喉而出，杨月亮嘴里的奶油喷出来，鼻涕眼泪一起涌出，脸变红了。王明媛整间屋子被杨月亮的哭声塞满了，杨宇汉再也找不到任何词语，只是揽着女儿，手足无措地轻拍着她，抚着她的肩背，好像女儿碎成了块，需要重新黏合。

　　两个钟头后，王明媛开车载杨宇汉父女回家。路上，杨月亮靠着座椅，身子随车晃来晃去的，时不时抽泣着，小脸苍白，累到极点的样子。

　　王明媛只送到楼下，没有像往常一样跟上去，她在车内看着杨宇汉挽了杨月亮走远，杨宇汉的腰松垮了，肩头缩着。她突然有点恍惚，这就是她从小到大跟着的宇汉哥吗？他这么走着，要走向哪里？

　　刚进门，杨月亮的哭声再次决堤，她一路上肯定努力忍着，现在哭得委屈极了。她质问杨宇汉为什么骗人，那明明是妈妈，怎么说不是？为什么不认妈妈？

　　"爸爸，你不要妈妈了吗？"杨月亮扯住杨宇汉的胳膊，哑着嗓子嚷，"爸爸为什么不要妈妈？"

　　"爸爸不可能不要妈妈。"杨宇汉蹲下身，捧住女儿的脸，反复强调这句话，这句话是真的，只不过，他嘴里的"妈妈"和杨月亮认为的不一样。

杨月亮渐渐被这句话安抚,杨宇汉还得照她的意思保证,以后经常和"妈妈"通电话,她终于被哄着进房间休息。

杨宇汉坐在客厅,深陷在自己挖的坑里,无路可出,无路可退。

王明媛来电话了,先问了杨月亮的情况,接着鼓励杨宇汉继续往前走。她的意思是,已经走出了第一步,杨月亮最激烈的反应已发作了,也就是说,最强烈的刺激已经过去,接下来应该让她一点点知道真相,现在不能退,退了就前功尽弃,以后会变成更大的难题。

从某种程度上说,杨宇汉同意王明媛的看法,他自己也急于摆脱这个谎言,但他实在没有勇气再对女儿开口。

"这是你缠下的结,除了你,无人能解。"王明媛说。她语调冷静无比,这份冷静感染了杨宇汉,结束通话后,他去了杨月亮的房间。

杨月亮还没睡,在黑暗里睁着眼发愣,杨宇汉坐在床沿,拉住女儿的手,所有语言突然在嘴里嚼碎了,没有一句成形。

杨月亮突然说:"爸爸,我不大喜欢明媛阿姨了。"

杨宇汉把那些话的碎片吞下去,他摸摸女儿的头发,让她早点休息,默默退出女儿的房间。

接下来那几天,杨月亮一直很正常,杨宇汉渐渐放松,或许女儿真的还小,很多事可以很快忘记。他又开始考虑王明媛的建议,寻找着合适的机会和方法。

周六早上,杨宇汉加班,因为周日才学舞蹈,杨月亮留在家里做作业、看动画片。中午,杨宇汉回家时,杨月亮不见了,他的腿脚瞬间没了力气,扶着沙发背颤着手打杨月亮的手机,手机是通的,但没人接听。

杨宇汉一阵眩晕,在空空的客厅呆站半天,终于想起打电话给王明媛,王明媛也慌了,下午她跟一个朋友逛街,没去接杨月亮。她立即开车到楼下,拉了杨宇汉四处找,到两人猜测的各种地方找,边找边打杨月亮的手机,仍是通着,仍无人接听。杨宇汉甚至打电话给王正宏,旁敲侧击地探问,确认杨月亮不是被他接走了。

找了一个多小时后,杨宇汉已经失去思维能力,胡乱指挥着王明媛,让她的车在街上乱转。王明媛把车靠在路边,要他冷静下来。侧过脸一看,杨宇汉已经满脸泪水,情绪失控。

就在这时,杨宇汉的手机有信息提示音,竟是杨月亮的。

杨月亮让爸爸别担心,她要去找妈妈,现在在车上。她说带了刘小竹和陈六月的信,信封上有他们那个学校的地址,她还说把平日积下的钱都带在身上了,足够她用一段时间的。

杨宇汉抖着手回了条信息,恳求杨月亮接电话,说他要急死了。

杨月亮终于接了电话,先跟杨宇汉道歉,接着让他放心,她带了钱和衣服,已经问清了去妈妈那个学校的方式,坐什么车,得转几次车,她现在已经坐公交车到汽车总站,正在等去往信封上那个县的长途汽车。

杨宇汉边和杨月亮通话，找着话题拖延时间，边示意王明媛，王明媛加速往长途汽车总站开去。

到高灵音所在那个县县城的汽车每天只有两趟，杨月亮等的那一趟还得一个小时后才到，这让杨宇汉得以赶到车站截住她。他突然想起这几天女儿暗中收拾着什么，但他让她独立习惯了，没放在心上。

杨月亮不肯跟杨宇汉回家，硬要去找妈妈，她说妈妈没法来看她，她可以去找妈妈，让杨宇汉帮她请几天假，她甚至认为可以试着在妈妈所在的学校念书。

"月亮不要爸爸了吗?"杨宇汉说，他没想到自己会哽咽。杨月亮呆了，有点无措，急着解释，但仍不想改变主意。

杨宇汉最后只能打电话给高灵音，让她帮忙劝说。他走到一边，略略说了事情大概经过，没想到高灵音很生气，说向月亮坦白的事怎么不跟她商量，她对于杨宇汉当然是陌生人，但对于杨月亮不是，杨月亮的事已经和她有关系了。

对高灵音的质问，杨宇汉哑口，他突然感觉自己过分了，他是一直将高灵音排除在外的。没错，这件事，他是不能绕过高灵音的。

十四

肖一满又来了，除了自己背上的大包，身后跟着的两个村民也挑了很多东西。他的帐篷、行李占了两个大包,其他的都是给学生们带的,书、学习用品、各种吃的、各种常用药、各种古怪的用具。高灵音帮他清理时,他摆出几个野外太阳能灯,得意地打个响指:"这几个酷吧,可都是进口的东西,山上别的没有,阳光有的是,白天摆在操场晒一晒,晚上就能用,还要什么电池呀。"肖一满说还有很多衣服,他在亲戚朋友中一提,大堆大堆地搜出来,都高兴得很,愁着没地方扔,收了太多,没法带,出发前到邮局寄了,到时去镇邮局领就是。

高灵音笑:"没想到你还挺细致,挺有良心的。说实话,这些东西确实有用。"

肖一满鼻子哼了一声,但高灵音发现他脸上闪过一丝羞涩,这令她惊讶不已。

高灵音让肖一满把东西都放在厨房,由校长和刘老师统一安排,作为学生平日的生活用度,再挑一些作为学生的奖品。在这里待了一段时间,校长和刘老师使她渐渐明白,尽量别让学生无缘无故伸手拿东西,该让他们有尊严地得到帮助,并懂得要付出什么。高灵音转达这个意思时,肖一满沉默了好一会,他突然羞愧起来,莫名地想起拿钱给兄弟时甩在桌上的场景。

看见肖一满自己带了那么多行李,高灵音疑惑不解:"你带这么多做什么? 要多待几天? 这附近你不是早走遍了,不是嫌弃没什么好逛的? 到别处驴行的话也没必要带这么多东西的。"

"谁说我来就一定是旅游的。"肖一满吹着杯子里漂浮的茶叶,说,"这次我要待一段时间,嗯,很长的一段。"

"待?你?这里?"

"没错,我。"肖一满挺直腰背,"只有你能待在这?我也是作为一个志愿者来的,我到这换换角色,要知道我演过电影的,这次演个真的。"

高灵音哧哧地笑,她完全不相信他能在这里待得住,她突然想起什么,敛了笑说:"我的事不用你管,你找找别的事情做做吧,那还有意思些。"

"这次还真不是因为这件事,这次你自作多情了。"肖一满摇头,"说正经的,以前跟来跟去的,把你看得像犯人一样,还怕让你钻了空子,现在觉得不用了,你好像有了别的主意,这可是我难得出口的正经话。这算不算我的功劳?算吧算吧。"

高灵音很快转移话题:"那你待在这做什么?"

肖一满连喝半杯茶才开口:"实话吧,这个说不定得你帮忙了,我想过了,暂时想不到。我登山不错,可这不需要登山队,再说这些山里孩子爬山不比我差。教书更不用说了,读书的时候我从没觉得分数有什么用,也就从没有过什么分数。按你们的话说,会把这些祖国的花朵带坏的。"

高灵音拍手笑:"学校里倒缺一个砍柴做饭的,刘老师每天要忙着上课,腿脚又不好,做饭炒菜很吃力,忙不过来,你要是替了这位置,可是大大有用。"

"天啊,噩梦。"肖一满双手高举,夸张地嚷,"不,这是噩梦里也不可能发生的。做饭?是什么东西?以前,打架就是我的家常便饭,我不用再做。"

"打架?"高灵音念头一闪,问,"记得你提过常上健身房,身手也不错,你倒可以当个体育老师。校长年纪大了,我和刘老师没法上体育课,学生们体育课只能在操场跑跑步,玩玩跳绳。"

"体育?"肖一满双手一拍,"没错。算你有点头脑,这个小菜一碟,说不定还能来点武术,对了,我让城里的兄弟弄点体育器材,总不能用那几条破绳子对付吧?"

听说肖一满愿意当体育老师,校长很高兴,自从陈老师走后,孩子们就没上过一节正经的体育课。当下他就把孩子们召集到操场上,郑重介绍肖一满——他们的新体育老师。孩子们啪啪啪地鼓起掌,成片的目光朝肖一满罩去,肖一满竟有些扭捏,笑意怯怯的。

学生们散后,校长高兴地对肖一满说:"以后孩子们也可以像城里孩子一样做课间操了。肖老师,烦你先教他们一套广播操。"

肖一满还无法适应"肖老师"这称呼,胡乱地摆着手。他转过身冲高灵音吐舌头,低声说:"别的都成,独独广播操不会。"上学时课间做广播体操时他是躲在厕所抽烟的。

"这个你得自己想办法,体育老师。"高灵音学他的样子耸耸肩。

肖一满当即就去找笔记本电脑,去镇上上网下载了广播操的视频,一遍遍地看。中午,高灵音喊他吃饭时,他仍在学,说不相信干不了这点小事。高灵音笑,这就是当初不好好学习的下场。

肖一满仍住帐篷,他称学校左侧的小树林是他的根据地。但若是风雨夜,他便把帐篷搬进教室,里间是学生宿舍,外间的课桌挪到一角,腾出空间。

周末时,高灵音到镇上,肖一满必跟着一起去。不单是周末,肖一满平时也总想去镇上,他说到镇上沾点人气,要不他会被这些山这些树生生闷死的。但镇子实在太远,若不是周末,他没办法下山,只好在学校所在的山上乱转。

陈六月很喜欢去肖一满的帐篷边,立在不远不近的地方看着,但肖一满一招手他就往后缩,甚至跑掉。刘小竹对高灵音说陈六月很想进帐篷内看看,高灵音不敢答应,去跟肖一满商量,肖一满不让学生进他的帐篷,下意识里还是嫌他们脏,高灵音笑他作,他说:"这是我的地盘,没我点头,神仙都不能进。"

高灵音冷笑:"当初进入别人的地盘倒大摇大摆的。"

"你那个破屋?"肖一满哧哧地笑了,"我肯进去是你荣幸。再说,想想我为什么进去,不进去说不定早出什么事了。"

肖一满一提这个,高灵音就不出声,她不想谈这个话题。

高灵音把刘小竹转达的陈六月的愿望告诉肖一满,本以为他会一口回绝,没想到他却沉吟了,一会儿,说:"想看就让他看,他对帐篷很感兴趣。"

"对你这个人也应该挺感兴趣。"高灵音说,"他喜欢远远跟着你。"

"我人气旺嘛,魅力挡都挡不住,一向是这样。"肖一满仰了仰下巴。

肖一满又说:"不过,我让他看,他不定敢来,这孩子胆子太小了。"

肖一满说得没错,刘小竹把这个好消息告诉陈六月后,他只是远远站在一棵树边,抱着树干不肯动。肖一满说:"先别管他,给他点时间,他自己会过来的。我这帐篷吸引力可是大大的,连专业户外活动者也要眼红的,我看他能忍多久。"

高灵音看着抱树的陈六月,对肖一满说:"若照我妈的说法,这孩子应该跟你有缘。我发现这孩子长得跟你很像,难怪一开始看到他就觉得面熟。"

"这很简单,帅哥总是有共同之处的,我是大帅哥,那孩子是小帅哥,虽然黑点脏点,但好眉好眼在那。"肖一满仰头微笑。

十五

肖一满和高灵音在帐篷前喝咖啡。简单的折叠矮桌、折叠帆布凳子、咖啡杯,都是肖一满自带的,高灵音刚从厨房提来的开水。陈六月立在不远处,半倚着树干,半躲着身子,长时间地看他们。

"这个孩子——陈六月是吧?是不是哑巴?"肖一满朝陈六月的方向举了举杯子,没见过他说话。

"我不知道。"高灵音说,"反正我从没听他说过话,做什么事都比手势,有时连手势都不比,靠那双眼睛。我也怀疑过他没法说话,问过刘小竹,可她也说不大清楚,只说陈六月不说话。他也没读过课文,不知是不想说还是不能说。"

提到陈六月不说话时,刘小竹反复向高灵音强调,陈六月什么都知道,课文也是懂的,他在心里读,别人喊他他在心里应,似乎怕她批评陈六月。

校长来了,原本高灵音是邀他和刘老师一起喝咖啡的,但校长和刘老师喝不惯咖啡,校长自去端个茶杯,品尝肖一满带的好茶,说刘老师在忙。

肖一满问起陈六月的事,校长摇头,放下茶杯:"我也不敢肯定他会不会说话。"

校长和刘老师也从未听过陈六月说话,他们曾千方百计引他开口,但从未成功,慢慢地也就随他去了。他从不惹什么麻烦,脑子灵活,学东西用心,帮学校干活勤勤快快的,说不说话似乎不影响他什么,学生们也习惯了他这种状态。但陈六月的奶奶提过他能说的,校长下山时碰见她,问过,她一口咬定陈六月没问题,但校长问她陈六月说过什么话时,她也支支吾吾。

"大概是跟家里的事有关。"校长说。

"家里的事?"肖一满追问。

"陈六月从小跟奶奶一起生活,奶奶年纪越来越大,身体也不太好,便把他送到学校。他的村子离学校远,下山后得再爬过两座山,陈六月连周末也住在学校。"

"陈六月的奶奶没法来接?"肖一满说,"就算让他和别的学生搭伴回去也好,不是完全没办法的,他就这样一直没回家?"

校长摇头。

"我也没见陈六月的奶奶捎过什么东西,他家里那么穷?"高灵音问。她记得,刘小竹的细叔还托人捎过一些青菜米面,说是瞒着她细婶捎的。

"主要是陈六月的奶奶不大喜欢他。"校长闷声说,"听人传过陈六月不是他奶奶的亲孙子。"

"不是亲孙子?"高灵音和肖一满几乎同时问。

校长却不再谈了,接下去一直沉默,只是喝茶。

晚饭后,高灵音终于忍不住好奇心,在肖一满的怂恿下,她把刘老师拉到办公室喝茶,打听陈六月的事。提到陈六月,刘老师就叹气:"这孩子的事扯不清,之前我们一直不愿提,可想想,你们也是学校的老师了，知道也无妨。"

陈六月的父亲叫陈福，早年进城打工，有一年春节回家，带了一个对象。听说那对象好看得像电视里走出来的，虽说原也是农村女娃，可比城里的女孩还白净。附近几个村虽然隔着山，可都知道陈福带了好看的对象，更让人印象深刻的是，陈福这个对象挺着大肚子，传言都最少有八个月了。

陈福的父亲早逝，是母亲带大他的。母亲原本极高兴，可儿子对象的肚子让她心里打了结。她儿子几个月前回过一次家，没提到和这个女孩相处的事，她相信儿子几个月前若和这个女孩在一起，不可能瞒她。她给儿子和女孩子办了婚礼，极简单，只请了陈福一个老叔和一个老婶。儿子的婚礼她想象了无数次，可这种情况却在她想象之外，她极不情愿，却不得不办。她很清楚，陈福老实巴交，长相一般，家境又差，若是正常情况，这女孩不太可能跟他，但儿子对女孩的心意让她又心痛又无奈。

陈福和女人结婚后在家里住了一段时间，两个多月后，女人生下一个男婴，那时刚好是六月，便起名陈六月。

陈六月四个月大的时候，陈福夫妇再次进城打工，把陈六月留给奶奶养。从那以后，陈福夫妇再没有回过家，连消息都没有。陈六月的奶奶托四乡八寨进城打工的人帮忙打听，那时，她才发现还不知陈六月母亲的姓和老家住址，只知道陈福叫她柳，说全名叫翠柳，她甚至怀疑翠柳是个化名。

　　这么多年间，陈六月的奶奶接到很多消息，或是拐弯抹角从某个人的口中传出来的，或靠想象力猜测到的。有人说陈福夫妇可能出事了，至于怎么出事，版本数不清，有人信誓旦旦地说在城里见过陈福，他已经和老婆分开，那个好看的女人走了，陈福则在四处找她。也有人说在城里看见过那个女人，穿着酒店的制服，出入高级酒店，陈福不见了……所有的消息都让陈六月的奶奶绝望，她的身体越来越差，也越来越不喜欢陈六月，她认定陈六月的母亲当初是带了别人的孩子嫁给儿子的，这个女人和这个孩子给自己家带来了不尽的霉运。

　　陈六月六岁的时候，奶奶将他带到学校，交给校长，说孩子该上学了，要求孩子周末也住宿。临走之前，她留下不小的一笔钱，说："我只能拿出这么多了，给这孩子当伙食费吧，这还是卖了我的金耳环和金戒指得的。"校长和刘老师不肯收，她挥挥手："收吧收吧，这是我留给孩子的，也算尽了良心了，以后再没法了。"

　　从此，陈六月一直待在学校，寒暑假时，校长和刘老师若有事留在学校，他跟着留在学校，若下山回家，也把他带回去，连过年过节也住在校长家。校长和刘老师曾提过要送陈六月回家，他只是摇头，不肯去，他奶奶从未出现过，也没提过要带他回家。别的事情上，他极懂事。刘老师说寒暑假她和校长两人待在家，城里的儿孙很少回，就是回也最多住几天，要不是陈六月在，还真是太寂寞了，很多跑腿的事，他们跑不动,也全由陈六月包了。

也难怪六月不肯去看他奶奶,他奶奶把他交到学校后,再没有来看过他,没有捎过一句话。刘老师叹:"可也不能怪那老人,当时为凑钱给陈六月,她不单卖了金耳环和金戒指,还卖了家里的大水牛。她自己也过得不易,开始是编一些竹箩竹筐到镇上卖,一些老亲戚老朋友时不时接济一下,后来投靠某个亲戚了。"

没人说话,办公室里只有蚊子嘤嘤的声响,高灵音很久没法调整好呼吸。

离开之前,刘老师说:"六月很喜欢听城里的事,以后和他熟了,多跟他讲讲城里的事。"

十六

星期六一大早,村支书来了,肖一满正在学校左侧树林里绕着树慢跑,迎上去,语调油滑地招呼:"支书呀,有空光临我们这里,不用处理政事吗? 你可是支书,村里第一把手,村民的领头人,百忙百忙。"

"城里人的嘴真厉害。"村支书笑,"村里能有什么事? 不是老头老太太就是小屁孩,老人晒太阳扯闲话,小屁孩追狗撵鸡玩泥巴,没别的了。我再不出来走动走动,骨头皮肉都要发霉了。"

村支书是来找堂兄校长的。校长边走出办公室,边拿毛巾搓着脸,村支书迎上去就说:"立成来了。"

高灵音看见校长停下搓脸的动作,脸色变了。

"昨晚到的,在镇宾馆住了一夜。"村支书说,"他先给我打电话,托我喊你回家一趟,要你们两个一起回,他们大概中午会到家。"

村支书进了校长办公室,刘小竹和陈六月到后山摘野果,高灵音提了水壶,带上杯子,去肖一满帐篷讨咖啡喝。

刚喝了半杯咖啡,村支书过来了,绕着肖一满的帐篷转来转去,这里摸摸,那里碰碰,很惊奇的样子,叹道:"城里人点子就是多,把房子也带出门了,还可大可小,夏天热吗? 冬天冻不冻?"

肖一满说:"夏天前后可开小窗,只留簿纱挡蚊虫,通风,很凉爽,冬天里面有棉睡袋,比屋子里还暖。"

"可以瞧个新奇吗?"村支书弯腰想找个缝隙看看帐篷的内部。

高灵音看得出肖一满是不大乐意的,他嘴角现出嫌弃的表情,不耐烦地搓着手。她朝他使眼色,肖一满瞪她一眼,不情愿地拉开小截拉链,说:"这里拉开就是帐篷的门。"

好在村支书只是探了探头,凑近拉开的小洞略略看了看,赞叹几声。肖一满放心地拉好帐篷。高灵音邀村支书喝杯咖啡,村支书点点头:"这东西苦是苦,却香,以前儿子给我带过一些。"

高灵音忍不住好奇他的来意,问:"校长的脸色很怪异,发生什么事了吗?"

村支书说立成是校长的儿子,昨天回家了,专门喊校长和刘老师进城的。

"让校长和刘老师进城?"

高灵音失声惊叫,肖一满整个人也立即呈绷紧状态。

"立成早就让他们进城了。"村支书啜着咖啡,心事重重的样子,"他儿子几年前就有出息了,在城里买了房子,还不算小,让他们二老搬进城住,顺便带孙子,可我堂兄堂嫂放不下这学校,一直推着。三个月前,立成生了第二胎,带到三个月大,这次又要让父母进城带,说大的孩子上幼儿园了,每天得接送。立成生意做得越来越大,媳妇得帮忙打理,两个孩子实在顾不过来。"

高灵音和肖一满对视一眼,很久没人说话。

"这学校哪离得了他们两个?本来就要散了,他们一走,还不全完了?"村支书摇头,"可立成那边也确实需要他们,让他们进城帮忙是天经地义的,我能为哪边说话?两头都没法说,让他们自己看着办吧。"

早饭后,校长和刘老师稍微收拾了一下,准备随村支书下山,走之前,把刘小竹和陈六月叫到跟前,反复交代要听高灵音和肖一满的话。刘老师嘱咐刘小竹要做好饭,连炒什么菜、炖什么肉都细细交代,高灵音在一边插嘴:"没事,做饭的事我会。"刘老师下意识地看了高灵音的双手一眼,那双手一直戴着手套,因为这双手套,刘老师平时很多活不让她插手,说她在城里长大,不习惯粗活,怕她弄伤。她说得很诚恳,完全把高灵音当女儿疼着,高灵音却很不是滋味,又不知怎么解释。

　　两个孩子被这种情景弄得有些疑惑,他们似乎意识到什么,情绪不是很好,闷闷的,校长和刘老师随村支书走远了,他们仍傻站着,呆呆望着远去的背影。高灵音的情绪也无法抑制地低落了,几个人立在操场,一时无话可说,跌落进怪怪的气氛里。

　　这种气氛一直持续到傍晚做饭前。

　　中午,肖一满从帐篷里搬了几盒泡面,又找了些火腿肠、盐焗鸡翅之类的,每人泡了挺丰盛的一碗。两个孩子吃得几乎把脸埋进泡面碗。吃面的时候,他们的脸亮起来,情绪很激昂,可吃过后,又变得低落。整个下午,刘小竹和陈六月都在教室做作业,高灵音在备课,但翻了半天课本,什么也没看进去。肖一满下山了,说再不去镇上走走身体里的骨头都要生锈了,他会赶在日落之前回校。事后,高灵音很感激他,若他那天晚上留在镇里,学校只剩下她和两个孩子,她不知自己情绪会灰暗到什么程度。

　　晚饭高灵音决定好好准备。按刘老师的交代,刘小竹要求自己动手,高灵音没睬她,戴了塑胶手套,指挥刘小竹淘米,自己择菜洗菜,还鼓动陈六月和肖一满帮忙,努力要弄出一点热烈的氛围来。肖一满开始不肯,说厨房是他的禁区,厨房的活会让他做噩梦,高灵音指着刀说:"肉你来切,我不敢切,你好意思让两个孩子动手吗?"高灵音这是鼓动,也是实话,就算戴着两层手套,她也不大敢碰刀。

　　厨房一时间热闹了,很快弄出两素一荤,像模像样的,吃饭的时候,气氛已经开朗了很多。

饭后,高灵音把教室里几张桌子拼在一起,让肖一满提来太阳能灯,拿出肖一满带的橡皮泥,鼓动其他三个人玩。两个孩子很快坐下,玩得入神,肖一满冷笑一声:"幼稚。"

"幼稚? 什么事不幼稚?"高灵音说,"你玩电脑游戏就深刻了?"

肖一满最终坐下了,耸耸肩说:"这个地方除了幼稚的事,还有什么好做的? 只能勉为其难了。"

高灵音出了个题,今天晚上,每人最少得捏出一个人或一样东西,要不就算输了,得给所有人泡茶。

刘小竹捏了两个人,一大一小,虽然五官模糊,但看得出都是女的,都扎了长长的辫子,大的拉着小的。她告诉高灵音,小的是她自己。

"大的呢?"

刘小竹咬着唇,很久不说话。高灵音猜到什么,不再多问。后来,杨月亮在电话里告诉高灵音,刘小竹写信说大人是妈妈,拉着她去玩。高灵音的猜测没错。

陈六月的作品不单让高灵音惊讶,连肖一满也不得不承认有创意。他捏了一个身材很壮的人,眼睛极大极圆,背后长了大大的翅膀,脚下踩着两道闪电。

"确实挺酷。"肖一满说。他捏了一个头像,五官极立体,说是他自己,帅哥的代表。肖一满和刘小竹凑过去看高灵音的作品,没来得及看,高灵音一把捏成团,说:"我不知要捏什么。"她突然心烦意乱起来,起身说认罚,给其他几个人泡茶去了。

十七

星期天早上,校长和刘老师回校了,陈六月最先听到他们的动静,放下碗就往外跑,等高灵音、刘小竹和肖一满他们跟出去,他已经在校长和刘老师面前拐了个弯,折回厨房了。

校长和刘老师都提了很多东西,高灵音他们灿笑着云接,招呼校长和刘老师进厨房吃东西,不敢多问什么。她和肖一满看得出,校长和刘老师虽然笑着,但脸色还是不太对头。

高灵音和肖一满以为那事过去了,可午饭后,学校里来了一个男人,城里人打扮,径直往校长和刘老师的办公室去。高灵音才发觉这个男人有着校长的眉眼和刘老师的鼻子,应该是何立成了。

陈六月和刘小竹到后山玩——校长和刘老师回来后,他们变得很安心——高灵音和肖一满在操场摆弄几盏太阳能电灯,将它们摆放在光照最充足的地方。男人走进校长和刘老师办公室时关了门,高灵音和肖一满离办公室的窗口很近,他们没有离开,仍摆着灯,把一件能很快做完的事拉得极长,耳朵朝校长的办公室侧着,他们认为,何立成和父母的争论是他们无意中听到的。

"爸,妈,我们真得你们帮忙。"何立成说,"阿墨刚上幼儿园,阿可刚三个月,我们两人要忙生意,你们不进城,我们怎么办?"

"这里的孩子怎么办?"校长的声音,"几十个学生,他们退路都没有,比起来,哪里更缺不得? 你当年也是从这里出去的。"

短暂的沉默。

"爸,妈。"何立成声音稍低了些,变得恳切,"你们在这待了大半辈子,做得足够了,也早过了退休的年龄,该由别人接手、由别人操心了。"

"谁来呢?"刘老师声音有些哑,"立成,这里的情况你不是不知道,谁能来? 谁肯待在这? 今年是很幸运的,来了两个城里老师,孩子们刚高兴起来,我们这时候怎么能走?"

"妈,你们走,乡里才会考虑让别人替上这空缺。你们老待在这,他们高兴得很,才不会费什么心思。这么多年了,你们还没看清楚? 对这个地方,他们什么时候不是睁一只眼闭一只眼? 不,是全闭着眼扔开的。"

"我们不拿这个赌气。"校长干脆地说,"这不是我能操心的,我们只想学生,怎么放手? 他们得罪谁了? 你运气好,走出去了,阿墨和阿可将来有机会在城里念书。若你没办法让他们留在城里,他们也得到这学校念书,若他们也在,你会怎么想?"

又是短暂的沉默,高灵音和肖一满对视一眼,很快互相避开,都很害怕跟对方交流什么。

"爸，妈。"何立成更加恳切，"你们身体不好，关节酸痛肯定是越来越厉害了，还骗我说好了。也不让我买药，不跟我联系，连手机都不用，就怕我喊你们进城——妈，堂叔都告诉我了，再这么拖下去，小病要成大病，到时自己都顾不了，更别说顾学生了。"

"我们尽力就是。"校长说，"现在想不了那么多，到时再说，能走一段是一段吧。"

"要不这样。"何立成突然想到什么，语调昂扬了，"你们先跟我进城看医生，把身上的老毛病全调养好了，到时想做什么事再做，我保证不再拦。"

没听见校长和刘老师应声。

何立成继续说："这种情况跟乡干部说，报到镇教育局去，让他们赶紧派人来，要是你们不好开口，我去开口，这就下山找人。"

"不许你插手。"校长突然大喝一声。刘老师低唤了何立成一声。

长久的沉默。

再开口时，何立成口气不好了："你们做这些，没人当什么，你们看看上面那些人，谁有空回头望这个地方？都在拼命往前钻往上跳。"

校长和刘老师没搭话。

"爸，妈，你们的贡献是够了的！大半辈子的日子都给了这里，你们还想贡献什么？"

"立成,我们哪里想这么多?"刘老师半叹着气。

"没你说的那种大道理,习惯而已。"校长说。听起来他怒气已消,话里也含了叹息的味道。

那个叫何立成的男人很快走了,校长和刘老师脸色一直不太好。午饭时,高灵音想了想,终忍不住问了刘老师,刘老师的孙子怎么办?在城里没人带是麻烦事。

"没事,亲家母会去带的。"刘老师笑笑,"亲家母两个儿子比女儿大得多,孙子都上小学了,这两年一直闲着,身体又好,媳妇其实早想让她带孩子,又能待在身边。他们的房子不算小,亲家公也会一起过去,有地方住,是合媳妇心意的。"

"可是……"

"儿子的心思嘛。"刘老师拍拍高灵音的手背,"是想让我们进城,看看外面,歇一歇。怕我们身子受不住,又说大半子窝在这,没过过好日子,老要拖我们出去。"

高灵音松了口气,脱口而出,这么说:"校长和刘老师不会走的。"说完觉得自己过分了,校长和刘老师是得歇歇了,他们凭什么得把一辈子都扔在这里?

"尽量做着吧,除非我们做不动了。"刘老师说,"老头子说得没错,我们都习惯这里,习惯这种日子了。"

刘小竹突然跑进门,说:"六月不高兴啦。"

高灵音才发现两个孩子早早吃完，不知什么时候跑出去了。

陈六月藏在宿舍床上，用被蒙着头。校长说这孩子心细，不能让他这样，会胡思乱想。校长和刘老师去宿舍喊他，高灵音和肖一满也跟去。

陈六月缩在床角，不肯露出脸，听见几个人的声音，缩得愈紧。刘老师示意其他人先退出宿舍，她坐在床沿，轻抚他的肩背："六月放心，我们不会走。"

劝了好一会儿，陈六月慢慢抽出头脸，磨蹭着跟在刘老师身后出门，高灵音看见他脸上擦得不够干净的泪水。

校长说："六月你操心这个做什么？我们不是都在这吗？说了不走就不走。"

陈六月突然蹦跳几下，双手狂乱地挥舞、比画。刘小竹说："六月讨厌城里。"

高灵音想起和杨月亮的一次通话，杨月亮念了陈六月给她写的一封信。在信里，陈六月不停追问城里是怎么样的，他想进城看看，说等他长大了，就会到城里去。

十八

已经挺晚了，高灵音在读一本乐谱，办公室的门被敲响，是肖一满。肖一满进来往椅上一坐，说高灵音不是有趣的聊天对象，也不是对他口味的,但这个地方这种时候还能找谁呢? 只好和高灵音随便聊聊了,总比对着树自言自语好些。

高灵音冷笑,她知道肖一满无聊了、空虚了,但想了想,没有嘲笑他,他能在这里住这么长一段时间,已经让她很惊奇了。高灵音完全想不到他真的一本正经教起体育,一套新版的广播操教得挺有模样,学生们学得很兴奋,又教了打球等运动,课余甚至教男生摔跤。

"你以为只有你屈尊?"高灵音说,"跟你对话我也就一般般满意。"

两人相互取笑了一阵,肖一满突然问高灵音那段时间为什么念念不忘走绝路。他变得一本正经:"你虽然不是多优秀,也算不差了,又刚好得了个什么冠军,听说一点后门都不用走的。多少人认定你前途光灿灿,到底发生了什么事?"

高灵音不搭话,哗啦啦地翻着乐谱。

"上次回去,不少小报写你的小道消息了。什么歌唱冠军神秘消失,歌唱女神突然退赛,如花女孩子放弃大好前途,歌手不为人知的秘密……乱七八糟的,大概都是闭着眼睛编出来的。"肖一满说,"我跟你说,家里什么破烂报纸都有,我从来不看的。上次想起你的事,故意去翻,费了我多少时间,你说我多冤,拼命拦着你,倒要到什么烂报纸上找原因。"

高灵音完全不接这个话题,把肖一满和他的声音当空气。

"好吧,不提那件事,说说洪子健吧。"肖一满拍拍手,"那个洪子健跟我也有点关系的,我打听点旧同学的消息总可以吧。"

"我不知道这个人。"高灵音冷冷地说,头没有抬。

"你不单知道,肯定还熟得很。"

"你这是探八卦,不是聊天。"高灵音放开乐谱,盯着肖一满,"想聊的话好好聊,比如你的富二代生活之类的,对这个板块我不熟,倒有点好奇。"

"看来喜欢探八卦的不止我一人。"肖一满耸耸肩,"照目前这种情况,我们做着差不多的事,一起在这个烂地方过日子,我请你喝了不少咖啡,你也请我喝了几次茶,算是我兄弟了,可你完全没有我其他兄弟那么义气。"

"义气?"高灵音哧哧笑,"千万别把我跟你那些所谓的兄弟放一起,他们那是义气吗? 你以为他们言听计从是真对你好,真心服你? 是因为利益吧。"

肖一满唰地起身,摔门而去。高灵音意识到自己过分了,其实更过分的话她是吞回去了的,她不想追出去,肖一满娇气惯了,没资格一直这么娇气的。她继续看乐谱,却再也静不下心,肖一满的问题把她又扯回那团麻一样的事情里。

半晌,门再次被敲响。肖一满回来了,端着杯子,带了两包奶茶和两包咖啡,说刚才两人话都太多了,留着嘴巴喝点好东西吧。

　　高灵音惊讶极了,她想不到肖一满能主动退一步,忙柔和了表情,准备杯子,给他泡咖啡,自己则泡了奶茶。

　　肖一满问高灵音晚上都怎么过的,备课需要那么久吗? 白天也有时间,晚上还得备这么晚? 说他打游戏打得要吐了。肖一满带了两个笔记本电脑,备了好几个充电宝,周末就到镇上找地方充电,供他用一个星期。电脑里还存了很多电影,但他也看得失去了兴趣。

　　"你看什么?"肖一满凑近前,拨拉着高灵音的乐谱。

　　"这种你不会喜欢的,也看不进去。试试看看这个吧,也只有这个了。"高灵音抽出一本童话书——杨宇汉寄来的——说,"别看是孩子的书,我前些天读过,简单是简单,可是很有趣,也很美好,看着看着会安静下来的,里面的世界让人自在。故事里的人比我们自由得多,也有活力得多……"

　　肖一满一把抽过去:"不就是儿童书吗? 扯这么多大道理,有趣的事都被说得没趣了。"

　　他随手翻着书,随即大笑起来:"就看这种小儿科? 我还不如去打游戏,大不了把肚子里的东西吐完再打。"

　　书被扔回办公桌,肖一满端着杯子离开了。但很快,他倒退进办公室,伸手把书扯过去:"算了算了,这种地方,也只有这种货色能看了,我当催眠品吧。"

　　高灵音捂嘴直笑,半侧开身,不敢让他看到,怕他一羞又把书扔回来。

回到帐篷,肖一满耐着性子看那本童话,他发现没想象中的那样小儿科,也比想象的有趣,但不知为什么,他看着就是不舒服。故事里往往好人坏人分得清清楚楚,好事由好人做,坏事由坏人做,多么直截了当。他莫名其妙地想起父亲,起了奇怪的念头,父亲该怎么归类?父亲那些朋友该怎么归类?思绪越走越远,甚至下意识地想到自己和那些兄弟该怎么归类?完全是模糊不清的,这让他抓狂,他丢了童话书,无法安坐,他归结于帐篷内太闷,走出帐篷。

不知为什么,今夜空气很凝重,帐篷外也没有一丝风。肖一满绕着帐篷周围的树跑起步,四周全是黑暗,他在黑暗里一直跑,一直绕,绕得有些恍惚,好像跑进另一个空间里去了。在那个空间里,他失去了所有特征,包括富二代、帅气、霸道等等,变成另一个人。

几天后的清早,肖一满敲开高灵音的门,对着睡眼蒙眬的高灵音说:"这个地方我待不下去了。"

高灵音没有及时消化这句话,她探头往外面望了望,疑惑地问:"还早呀,今天是星期六呀。"

"我待不下去了。"肖一满说。他的表情又游离又陌生,高灵音盯了好半天,想从他脸上找到一丝开玩笑的痕迹。

"我东西收拾得差不多了。"肖一满又说。

高灵音跑出门时撞了他一下,她跑向学校左侧的树林,帐篷已经收好了,成了一只黑色的硬邦邦的大背包。

"你什么意思?"高灵音对肖一满低吼,她怕校长和刘老师听到,更怕陈六月和刘小竹听到,尽力压着声音,"这是你玩的地方? 你想来就来,想走就走?"

"这不是我待的地方,再待下去我会疯的。"

"你打算怎么跟校长和刘老师说,怎么跟孩子们交代?"高灵音冲他的肩膀推了一把,"你当这事好耍是吧?"

"校长和刘老师你跟他们说吧。"肖一满垂头拉背包,"六月和小竹去树林里拾柴火了,我现在就走,他们看不到的。"

"看不到就成了?"高灵音冷笑,"想不到你这样自欺欺人,你让他们怎么过这个坎? 让我怎么开口?"

肖一满没回答,他将最大的包背好,双手又提了两个,转身慢慢走开。

"你这样,还不如不来!"高灵音冲着他的背影嚷。

肖一满站了一下,又往前走,下山的步伐越走越急。

十九

当刘小竹和陈六月每人拖回一小捆木柴时,肖一满大概已经下到半山腰了。刘小竹冲高灵音喊:"高老师,肖老师在哪? 我和六月发现一朵特大的蘑菇,保证他想拿相机去拍照。"

高灵音尽力掩饰着慌乱,含糊地说:"肖老师下山了。"

"那等肖老师回来再拍。"刘小竹噢了一声,她没再问什么,陈六月也没意识到什么,肖一满周末总要下山去镇上,他们习惯了,等着他傍晚又会带回什么小玩意儿。等他们放好柴火,高灵音将他们引到教室,做作业、捏橡皮泥,一整个上午,让他们没有机会去学校左侧的树林,她觉得自己很傻,这能补什么事? 可她还是忍不住尽力拖延着。

做饭时间到,高灵音又让两个孩子到厨房帮忙。吃饭时,三个大人有些默默的,两个孩子却吃得很有兴致,很快吃完,放下碗就要往外跑,高灵音想拦,校长冲她轻轻摇头,他认为孩子们该早一点知道,这是他们必须面对的。

早上,高灵音把肖一满的事告诉校长和刘老师,他们五官僵了好一会儿,脖子弯软下去,什么也没说,直到现在仍表情僵硬,弄得高灵音没着没落的。

他们很快听见陈六月和刘小竹奔跑回来的声音,刘小竹边直着嗓子喊:"肖老师,肖老师……"

两人孩子立在门边,脸面红涨,急喘着气,陈六月用受惊的眼光问,刘小竹用受惊的声音问:"肖老师……肖老师的东西不见了,全部不见了。"

三个大人不约而同地闪开目光。

两个孩子变得惊慌失措,刘小竹扑过来扯高灵音的胳膊。高灵音看了校长一眼,是他决定让孩子们知道的,这件事该由他说吧。但只一眼,高灵音就知道校长没有勇气说真相。

"肖老师有事,得进城。"高灵音胡乱编着话。说完暗骂,该死,又撒一个谎。

"什么事?肖老师进城多久?"刘小竹晃着高灵音的手臂,陈六月凑得很近,盯紧了高灵音。除了那个风雨夜,这是陈六月第一次靠她这样近,有跟她交流的意思,为这,高灵音曾努力过无数次,现在高灵音却想转身逃掉。

"肖老师城里有事,那件事很要紧,得赶回去把那件事办好。"高灵音编织另一个谎言来弥补之前的谎,说,"什么时候办完,我也没问,肖老师走得太急。"

"星期一能回学校上课吧?"刘小竹喃喃着,不知是问高灵音还是自我安慰。

下午,陈六月和刘小竹一直待在学校篱笆边,或站或坐,望向下山的路,几个大人让他们那样待着,这件事只有孩子自己能处理,想办法过去。高灵音立在办公室门口,拿手机拍下他们的背影,远方的山一座一座寂寞地连在一起,近处的篱笆边,两个瘦瘦的背影,有种让人疼痛的忧郁和虚弱。高灵音忍了很久,才没把照片发给肖一满,她只是发给杨月亮,杨月亮立即来电话,问出了什么事。高灵音略略说了肖一满的事,杨月亮长久地沉默后,突然说:"妈妈,我想你,可是我不会叫你走的,你让小竹姐和六月哥别害怕。"

高灵音用力捏住鼻子,她差点脱口而出:"我也待不了多久的。"

晚饭后,高灵音把孩子引到教室,把校长和刘老师也喊来了,拿出笔记本电脑,很庆幸,上个星期托肖一满到镇上充电后,这几天都没用,而且,电脑里还存着几部不错的动漫电影。电脑放在讲台上,几个人在课桌排排坐下。

两个孩子情绪虽然不好,但很快被动漫大片吸引了,校长和刘老师的好奇心也比高灵音想象的强很多,看得不眨眼,像极了两个孩子。一个多小时的电影之后,沮丧的情绪再次罩住每个人,但夜晚至少短了一些,至少不会那么难挨了。

第二天周日,除了吃饭,陈六月和刘小竹仍待在学校篱笆门边,高灵音突然害怕了,剩下的小学时光,他们会不会就这样待着等下去。

周日下午,学生们陆续回到学校,肖一满离开的消息很快传遍了。孩子们似乎都不敢也不想相信,不断跑来问高灵音,她就不断重复对陈六月和刘小竹说过的谎话,一次比一次说得含糊,到最后几乎得咬着牙才能挤出声音。低落的情绪弥漫开去,随着夜色加深越来越浓稠。

周一早上第三节就是高年级的体育课,高灵音舍不得取消他们的体育课,跟校长沟通了,校长说,和以前一样上吧,让孩子们到操场活动活动,好在肖老师带了不少体育用品,鼓动孩子们玩玩。

高灵音冲学生挥了下手,喊:"上体育课。"学生们愣了一下,高灵音说:"活动活动,跟以前一样。"

学生们走出教室,开始排队、整队。校长说的"以前"是肖一满来之前,学生们理解的"以前"是肖一满在的时间。接着,高灵音呆了,学生们整队后开始做操,带操员立到队列前带操,做完操后玩两个集体游戏,游戏结束后,体育委员喊了两个同学搬出体育用品,各自活动,或跳绳,或拍皮球,或踢毽子,或打羽毛球。操场不大,他们各自选一角地方。校长敲响下课铃时,体育委员便喊着集合,整个过程完全按照肖一满平日上课的模式。

集合后本该分散休息,但学生们不散了,有人开始抹眼睛,有人抽泣起来,学生们的情绪立即受了传染,一片低泣声。

高灵音录下这段视频。

当低年级的学生下课走到操场,也跟着抹眼泪时,高灵音终于忍不住,把小视频发给肖一满。事后,她又有些后悔,觉得自己有点绑架肖一满的味道,肖一满跟这里原本毫无关系的,他突然来到这,孩子拥有体育老师又失去,起因都是自己,而自己是被逼无奈才来的,她也随时会离开,她有什么资格呢?

晚上,高灵音再次冲动地想发信息给肖一满,信息已经编写好:晚饭后,孩子们都在操场待着,可没人玩,你知道,以前晚饭后是他们玩得最疯的时候。

她最终把信息删掉了。

二十

杨宇汉和杨月亮刚吃过早饭，王正宏就来了，事先没有招呼过。杨宇汉愣在门边，王正宏径直走进客厅，拉住迎上前的杨月亮："今天天气多好，我们出去玩。"

"王老板，月亮得完成作业。"杨宇汉插嘴，"而且老这样也不好。"

"作业！上了一个星期课，周末就是要轻松的，一年级就有那么多作业，以后还不得拼命。"王正宏很不耐烦，"怎么不好了？我没把月亮带好？别忘了，除了我，还有肖凌，还有聪城，三个人还不能照顾好月亮吗——月亮，你跟我们玩得好不好？开心吗？"

"好开心。"杨月亮脆声应道，实话实说。

"那就收拾东西呀，只收两套衣服。记得要选最漂亮的两套，配得上我们月亮的。"

杨月亮灿烂的笑让杨宇汉吞下想说出口的话，这个周末有空，他本想和女儿好好处一处的。自上次他想说真相后，一连好些天，杨月亮赌着小脾气，他用和高灵音连续通话两个星期的诚意来换月亮开心。

正犹豫着，杨月亮已经带了小背包走出房间，杨宇汉不好再说什么，只能交代女儿独立点。

　　王正宏选定的这个景点,特色活动是湖边钓鱼和山脚下烧烤。杨月亮在王聪城的指导下,钓了几条小鱼,兴奋得大喊大叫。烧烤的时候,她的兴致突然变得低落,只吃了一个烤翅和一个面包,就在离烧烤摊远远的树下坐着,有些闷闷的。

　　"月亮,不喜欢这里?"王正宏走过去,递给她一根火腿肠。

　　月亮摇摇头:"想妈妈。"

　　王正宏轻轻拥了下她,说:"妈妈也会想月亮的,她在很远的地方看着你。"

　　"六月和小竹他们都找不到妈妈,他们没有很多东西吃,也没有很多玩具。"杨月亮若有所思地咬了口火腿肠,说,"要是六月和小竹能吃到这么香的东西,肯定高兴,正宏叔叔,我要用你给我的零花钱买好多好吃的给他们。"

　　"六月? 小竹?"王正宏疑惑了,"月亮的同学吗? 他们家里很穷吗?"

　　"不是同学,是我的朋友。他们很穷很穷,住在很远很远的地方,那个地方全是山,学校很小很破,没有很多好吃的。我们写信做朋友。"

　　"我知道了,笔友是吧。月亮真棒,能写信交笔友了,还能照顾笔友——你的零花钱自己用,要买什么告诉正宏叔叔,我来准备,他们是农村的小朋友吧。"

杨月亮点头,说:"我还有他们的照片,王叔叔你看。"

这次,杨月亮收拾衣服时顺便带了手机,她点开手机屏幕,将陈六月和刘小竹的照片给王正宏看。看到陈六月时,王正宏笑了:"嗯,一个帅笔友,虽然有点黑。"看到刘小竹时,他睁了眼张了嘴,喉咙里嘎地一响,抢过手机,将照片拉大,眼睛凑得极近,杨月亮连喊几声他都没听到。

王正宏握着手机奔到妻子肖凌身边,把她扯出人群,扯到一棵树下,将手机塞给她,颤抖着说:"聪棋,我们的聪棋找到了。"

又发病了,肖凌胸口一沉,她没看手机,盯住王正宏。王正宏拉大了照片,将手机屏幕贴在她眼睛前。

肖凌吓了一跳,忙接过手机,细看了一会儿,闭眼甩头,一副想让自己清醒的样子。手机屏幕上是一个女孩的脸,稍黑,有着甜甜的笑,清秀的眉眼,确实和聪棋有几分相像。她关了手机屏幕,盯住王正宏的眼睛说:"这不可能,不是我们的聪棋,你别再胡思乱想了。"

"我们聪棋你也不认得?"王正宏有些激动甚至生气,但很快控制住自己,他想起肖凌的病,她或许是不敢面对,又该带她去看看心理医生了。

王正宏回去找杨月亮,杨月亮仍在疑惑中。

"月亮,你说她叫什么?"王正宏又打开那张照片。

"叫小竹,刘小竹。"

"她住在哪里?"

"在大山里,很远很远的大山。"

"具体地址呢?"王正宏急切地问,扬高了声调。

杨月亮被他吓住,只管看着他,忘了回答。

王正宏努力调整自己的情绪,忍住焦急问:"月亮,你给这个朋友寄信时用什么地址? 你们怎么通上信的? 怎么认识的?"

"她的地址和妈妈一样,是妈妈的学生,妈妈让我们通信的。"

"妈妈? 谁的妈妈?"王正宏一团迷糊。

"就是我妈妈呀!"杨月亮笑起来,"她在大山里的学校当老师。小竹姐和六月哥都在那间学校里,他们都找不到妈妈。那学校可苦了,妈妈要照顾他们。"

"你的妈妈? 这个刘小竹找不到她妈妈?"王正宏绕着树转,转不出半点头绪。他当下决定,先回云。把妻子、儿子和杨月亮带回家,自己掉头往杨宇汉家去,向杨宇汉追问。

"你重新结婚了?"杨宇汉刚开门,王正宏劈头就问。

杨宇汉茫然地摇头。

"月亮的妈妈已经去世几年,她怎么又有个妈妈? 这个妈妈在哪里教书,月亮那些笔友怎么回事?"

杨宇汉费了很大的力气,才让王正宏讲清怎么看到照片,怎么听杨月亮说起妈妈的事。

杨宇汉想了想,说:"那是月亮妈妈的老同学,在一个山里学校支教。月亮的妈妈去世后,她疼惜月亮,认月亮做干女儿,和月亮的感情很好。"

后来,杨宇汉和王明媛提起这些,王明媛叹气,说杨宇汉的日子全在谎言里转,越绕越深,怕再也绕不出去了。杨宇汉垂下头,摊开双手:"我有更好的法子吗?"

王正宏恍然,提起杨月亮那个叫刘小竹的笔友。

"这女孩是我的女儿聪棋。"王正宏说,"聪棋九岁时失踪了,我一直找不到。为这个,肖凌生了很重的病,得长期看心理医生。聪棋失踪那年,我有半年留在家里照顾她,公司都没怎么打理。"

杨宇汉突然明白一直以来悬在心里的疑惑。当年,杨宇汉妻子去世,王正宏为什么对着月亮流泪,杨宇汉也隐隐明白了他这几年为什么那样疼爱月亮。老板突然有了另外一副样子,杨宇汉慨叹不已。他问:"你确定月亮那个朋友是你女儿?"

"是的,我没看错,她只是黑了点。"王正宏掏出杨月亮的手机,颤着手指找那张照片,"生活在那种地方,谁都会晒黑。她当年肯定是被拐走的,卖到这样的小山村里……"

杨宇汉很怀疑:"有这么巧?"

"月亮的干妈支教的地址在哪里? 我要去找聪棋。对了,你跟我一起去,月亮的干妈是聪棋的老师,你一起去好说话一点。我是个陌生人,怕他们不相信,会惹什么麻烦,到时反而会伤害聪棋。"

"这,行吗……"杨宇汉隐隐觉得没这么简单,说,"至少要查一查,验证一下吧。"

"我们什么时候去——明天吧,明天周末,肖凌会照看月亮的,我们两个人去。我先去准备一下,聪棋的资料,她小时候的照片之类的,都得带去。聪棋一定能记起来的,九岁的孩子,什么都记得,对吧?"

王正宏没睬杨宇汉,匆匆出门而去。

二十一

王正宏走后不久,门又被敲响,竟是肖凌找上门,杨宇汉脱口而出:"王老板走了。"他想起王正宏的话,她有病,很重的心理疾病。

"他果然来过这里了。"肖凌径直往屋里走,这点和王正宏倒有些像,说,"我不是来找他的,我找你。"

这次,杨宇汉镇定多了,他请肖凌坐下,沏茶,希望安抚她的情绪,防止她在这里发病。

肖凌先打听王正宏刚才的来意,杨宇汉老实说了。听完后,肖凌静静地喝茶,喝了几杯后,说:"你是月亮的爸爸,月亮也算我们半个女儿了,我跟你说这事不算唐突吧。"她开始讲述那件往事,中间好几次停下喘气,调整呼吸,杨宇汉始终沏着茶,保持绝对的安静和耐心。

事实上,王聪棋不是失踪了,是已经死了。

王聪棋小时候，王正宏的公司正处在扩大阶段，经常在外面跑业务、应酬，很少有时间陪在女儿身边。晚上回家时女儿也总已入睡，他经常在女儿床边长时间静坐。

王聪棋五岁开始学钢琴，周末的钢琴课大多数时间是肖凌接送，王正宏偶尔有时间，会去接。有一天，肖凌身体不好，给王正宏打电话，王正宏说会去接。

那天，王正宏和几个朋友相聚，订了个包厢喝咖啡，谈经济形势、谈未来、谈生意，聊得很投机，甚至当场就谈成了一些生意。几个人越说越兴奋，王正宏完全忘记了时间，或者说忘记了接女儿这件事。

等王正宏和朋友告别时，天色已经有点暗了，他猛地想起女儿。王聪棋的钢琴课早已结束，她按平日的习惯在钢琴中心楼下大门等着，平时肖凌是跟她约好的，在固定的时间等在这，肖凌肯定会准时到来，若她突然有事，会事先给钢琴老师打电话，让王聪棋在钢琴培训中心等，先不下楼。但今天没有电话，肖凌把具体时间给了王正宏，为了保险，不单在电话里说，还给他发了一条信息。

王聪棋等了很久，时间久到让孩子失去了耐心。她开始在大楼前走来走去，在大楼前的台阶跳上跳下地玩，跳着跳着，她走下台阶，踱到路对面，慢慢往前走，看能不能遇到妈妈或爸爸的车。

王聪棋越走越远，边走边伸着脖子探看路上经过的车，身子侧出去，脚步随着跨出去，没有意识到渐渐接近的危险。王正宏到的时候，正好看见女儿偏离路边,被一辆车撞倒。

"还没来得及送医院,我没有和聪棋说上一句话。"肖凌双手抓在胸口,眼珠子要瞪出眼眶的样子,脸上带了狰狞的表情,"那天,我睡得昏昏沉沉,醒来后就听到这样的事。不对,我是做了个噩梦,一辈子在这个噩梦里出不来。"

肖凌停下,连灌几杯茶,才接着讲。

"我怨他,是他害了我的女儿聪棋,所以我常常发脾气。我不发脾气怎么受得了?他倒说我病了,精神有问题,带我去看心理医生。是他自己精神出了问题,他不承认女儿死了,女儿下葬那天,他都没有去送,他开着车出去找女儿了,说他那天去接的时候,聪棋就不见了,到处找不到,说附近店面有人看见她被一个中年女人带走了。他不停地发寻人启事,报上发,网上发,电视上也发,开着车到处找,找了半年。那半年里,他没怎么管公司的事,不怎么回家,找聪棋的时候只记得聪城,如果在城里,就每天去学校看聪城,如果到外地找聪棋,就打电话给聪城的老师,确认他待在学校,怕聪城也被拐走。"

杨宇汉隐隐想起来,几年前,王正宏有半年几乎不到公司走动,很多时候靠电话和公司员工联系。但对这半年,王正宏和肖凌各有各的解释,杨宇汉不知该信谁。

"聪棋出事当年九岁,月亮那个朋友看起来也就九到十岁,怎么可能是聪棋。"好像看出杨宇汉的疑惑,肖凌说,"正宏认定那女孩就是聪棋,他是糊涂了。"

杨宇汉认为肖凌说得有道理些。

临走前,肖凌反复交代杨宇汉,别带王正宏去找那女孩,别惹出些麻烦事,她更担心的是,这会加重王正宏的病情。

肖凌走后,杨宇汉又疑惑了,弄不清王正宏夫妇谁说的是真相,谁真病了,到底该不该带王正宏去找那个叫刘小竹的女孩。他在客厅坐了半天,傍晚时,他打电话给王正宏,约王正宏见个面。

"去你家就成,月亮在我这,你家方便,我现在就过去。"王正宏急急地说。结束通话后很久,杨宇汉仍没法把他与王老板联系起来。

王正宏以令人吃惊的速度到来,杨宇汉怀疑他刚刚根本不在家里,而是就在附近转。

王正宏问杨宇汉是不是安排明天找人的事,让杨宇汉不要有什么顾虑,公司的事他会安排,月亮肖凌会照顾,他家帮忙的阿姨也会照顾。

"我的意思是先别急着找人。"杨宇汉说。

王正宏猛地立起身:"她明明就是聪棋,到时可以问的,当年被拐走的时候,她已经九岁了,什么都记得。"

王正宏来之前,杨宇汉已经把话整理得差不多了,他不紧张,话也很有条理,让王正宏别急在一时,既然刘小竹在那个学校念书,是不会走的,得先打听清楚,如果真的是,做好各种准备再去认人,确保事情顺顺利利。若没有准备好，莽莽撞撞去寻人，惊动了孩子那边的亲戚好友，这事怕就难办了。"再说，聪棋被拐走时九岁了，当然会记得你，可万一不是——你别急，我说是万一，没什么事能百分之百保证的，有这种可能的，你要先做好这种准备，你准备好了吗？如果是的话，当然很好，可太突然的话，有可能会吓到孩子，导致孩子不敢说，那样事情就麻烦了。还有一个，这件事最好和聪棋她妈妈商量好，免得如果真是聪棋回来，她又不认，那对孩子的伤害就更大了……"

杨宇汉说了不少，王正宏慢慢冷静，最后，他答应让杨宇汉先请杨月亮的"干妈"打听留意，他回家先整理当年聪棋失踪的各种证据，并说服肖凌。

后来，杨宇汉认为自己当时能说服王正宏，是因为当时王正宏的脑子已经乱了。但当王正宏离开后，杨宇汉的脑子也乱了，他突然意识到自己又扯上一件不知如何收尾的事。

二十二

肖一满回到城里的第一件事，就是开车四处飞窜，灯光、人影、车流、楼群扑面而来，瞬间把他从另一个世界拉回。他一头扎进城市的洪流里，好像他是一条鱼，因某种原因被大海抛弃，现有了归海的机会，拼命往深处远处游，努力要融进海里，这会让他忘记某些东西，得到某种安全感。

连续开了几个小时，他才停下，开始联系城里的兄弟和所有记得的女孩，通知他们，他将举办一个聚会，地点选在他舅舅开的酒店里，已经订了最大的包厢。

兄弟们和女孩们来得差不多的时候，肖一满走进包厢。此时，他已经在酒店房间洗过澡，休息过，换过衣服，到酒店附近做了发型，整个人有一种勃发的时尚感。包厢里一阵欢呼，夹着尖叫，他立即被围住，大家对他这段时间的消失有各种疑问，各种打趣，各种猜测。

"我有自己的事，为什么得公布，再说跟你们也说不上。"肖一满摊手、耸肩，潇洒又神秘。

又是一阵尖叫，他的一切都是有性格的。

肖一满叫了足够的酒、食物，歌喊起来，酒倒起来，小吃糕点随便吃，骰子掷起来，狂欢开始，这帮朋友，最擅长的就是狂欢，整个包厢瞬间震动了。他们给肖一满塞了话筒和酒，把最中间的位置让给他，毫无疑问，他是狂欢的主角，每次都是。肖一满放下东西，说要跟舅舅谈点事，抽身出了包厢。事实上，没人听得见他说什么话，包厢里说话都得嚷着，还得凑在耳朵附近嚷，有人干脆拿了话筒说话，他们只是打着手势让他早点回。

关上包厢的门，肖一满站在那团喧闹的外面，突然不想再进去，他交代服务员，里面要什么尽管添，自己则大步走出酒店。

仍然开车，他冲动地想开到郊外去狂飙一阵，最终掉了头，往家里的方向开。家里很闹,和往常一样,坐满了访客,都是父亲的客人,在他们家硕大而辉煌的客厅里高谈阔论,一待就到深夜。母亲和阿姨每天晚饭后就要开始准备,清洗好茶具,摆好杯子、烟灰缸,削切各种水果,肖一满小时候起就这样。

开始,他们的房子没有这么堂皇,小区没有这么高档,客厅里的人不多,多是自家一些亲戚。接着,他们家换了较大较高档的房子,来的人比之前多,除了亲朋好友,添了一些陌生的面孔。后来,他们家套房变成了独栋别墅,小区的价位"傲视"全城,拜访的人肖一满很少有认识的了,对他来说,他们只是一些标签,某局长部长,某老板经理。小时候,肖一满晚上经常在客厅跑来跑去,接受来客的各种称赞,慢慢地他不再喜欢去客厅,偶尔不得已经过,也侧着身子,快速跑过,但每次总被眼尖的客人捉住,被迫留下接受一番赞叹和品评。

肖一满想转身已经来不及,阿姨和母亲发现了他,惊喜地招呼:"一满你回来啦!吃了没有?想吃些什么?"

客人们的目光纷纷网住他,父亲唤他,他不情不愿地走进客厅,站在那圈客人中间,任他们点头微笑,赞他生得好。父亲谦虚着:"没出息啊。"他帮肖一满逐一介绍,肖一满逐一点头走过,走过去那一瞬,他就把父亲介绍的脸和名字忘记了。介绍完之后,有人询问起肖一满的情况,父亲再次谦虚:"没出息啊,自己做着点小生意,打理着几间小店铺,我不睬那个,由他去扑腾吧。"

父亲口中的那几间小店铺都是他自己投资的,他把它们当成肖一满的生意。肖一满不自在了,甚至对父亲的介绍变得烦躁,不得不努力控制自己,才没有当场给他们脸色看。

"好啊,年轻人自己创业。"客人们大赞,"自己去闯路子,有勇气,有前途。"

仍然是这些称赞、感慨,肖一满急速离开,他无法确定再慢一点自己会有什么言语和举动,想爆的粗口已经到嘴边了。

肖一满进了自己房间,脱了那层闪亮时尚的外衣,一头扑进被子里,蒙头大睡。这一觉,肖一满足足睡了两天,中间除了半眯着眼摇摇晃晃上厕所,喝点水之外,未吃任何东西。母亲把食物端进房间,坐在他床边,以惊人的耐心呼唤他,他两天后醒来却毫无印象。

两天后,肖一满起床,大吃一顿,又开车出门。他想起自己"管理"着的几个店,饰品店、服装店、鞋店、化妆品店,他太久时间没去管了,突然想去看看。

先去了最近的服装店,守店的几个女孩看见他,似乎很惊讶,但很快笑着迎上来。他稍稍问了几句,店长很认真地回答了,生意很不错,最近进了很多新款,较高档,店里正准备慢慢提高档次,拉住消费水平较高的老顾客,由他们带动新顾客……她打开电脑,点开近期的销售记录,报告给他。他几乎要打呵欠了,都安排得那么好,那样有想法,还跟他说干什么,他都不用提什么意见,就算提了,她们也不一定照着做。

　　肖一满起身,绕着衣服架子慢慢走,查看衣服的款式,对衣服的流行趋势,他很敏感也很有眼光,偶尔一次他起兴致了,会跟着去拿货,拿来的款式总挺受欢迎的。看起来,货拿得还不错。他突然想给高灵音拿几件衣服,长袖衬衫,牛仔长裤,高灵音总是这样穿,因为她本人条件不错,穿着也还不错,但未免太单调,他不明白是为什么,她总捂得很紧。在城里时,他以为是怕被记者认出,但进了山她也那样,只有墨镜不再戴。他开始猜测是不是手上或腿上长了记号或疤,但后来否定了,一些小报上出现她以前的照片,还有网上她参加比赛的视频,都是穿裙子,无袖的、极短的裙子。

　　走出服装店后,肖一满突然对自己生起气来,给高灵音带衣服这事让他又想起那个学校,他不会再去了,衣服寄去吗? 那个地址让他不舒服。

　　肖一满打消了原先的计划,没有再去其他几家店,完全没必要,这些店铺和他有什么关系呢? 都是父亲投资的,父亲专门雇了一个经理管着,进货时肖一满高兴了一起去,不高兴了也没人喊他。店面生意好了,肖一满不觉得多高兴,店面赔本了,他也不会多担心,那个经理自会处理,然后,报告给父亲,当然,同时也会报告他,程序性的。

　　肖一满向城郊开去,疯狂飙车。

二十三

　　肖一满走后几夜，孩子们在操场始终玩不起来，低落的情绪弄得空气也似乎发闷了。其实夜风微微，繁星闪烁，是极好的夜晚，高灵音和校长他们也不敢劝，怕提起话头，孩子们心情更差。照刘老师说的，只能尽量不提，时间久了，就悄悄过去了。

　　望着星星，高灵音随口哼起老歌《鲁冰花》，开始有孩子跟着哼，越来越多的孩子唱起来，很快变成合唱：天上的星星不说话，地上的娃娃想妈妈……这首歌高灵音教他们唱过，她想不到能唱出这种效果。

　　好半天，孩子们一直唱，反反复复地唱，没人停下，变成惯性般。高灵音几乎不忍再听，这首歌有这样的面目她完全料不到。以前，她无数次唱过这首歌，觉得好听，词也写得好，是首好歌，那时，她讲究演唱的技巧，讲究用声。没错，之前她是演唱，努力演好这首歌，她第一次知道怎么叫唱，直接从心灵流出来的声音和旋律。高灵音一向看不上煽情的情节和场景，可她今晚沉浸在这样的场景中而不自觉。

　　高灵音再次跟学生们合唱，自觉比她在任何一个舞台上唱得都好，她突然莫名地羞愧起来，感觉到之前在舞台演唱时的造作，意识到之前声音的空洞。

　　高灵音无法整理这种又混乱又新鲜的情绪，她想跟谁谈一谈。洪子健的名字是下意识出现的，她掏出手机，从联系人目录中找到洪子

健的名字,但很久没拨出去。当时,她认为自己的恨意还很浓,但后来
她发现自己害怕,如果那个号码仍如之前那样,是个空号,她与他的最
后一点联系便彻底消失了,如果他接了,她能对他说话吗?说什么?

最终拨通了母亲的号码。母亲又高兴又心疼,问她过得怎么样,
住得好不好,吃得好不好,工作很辛苦吧。

"我在唱歌。"高灵音截断母亲的话,她怕母亲再说下去,她就不想
再说了。

"唱歌?"母亲惊喜,"灵音,你回去参加比赛了?"

"不是,还在这里,我跟学生们唱。"

"噢。"母亲无法掩饰她的失望。

高灵音说:"这里星星很多,四周都是山,我们在山上唱歌,和在舞
台上唱很不一样,有完全不同的味道和感觉。"

"那就好,灵音,你要顾好自己。"母亲说,像小时候敷衍她对得到
一朵红花的惊喜。

高灵音后悔极了,打给母亲敬什么,母亲什么都不明白的。

接下去每天晚上,学生们都聚在操场上唱歌,高灵音教一些新的
歌曲,校长和刘老师也饶有兴致地参加,这渐渐变成一项活动。为了
这项活动,放学后,孩子们除了给刘老师帮忙,便各自完成作业。几个
老欠作业的懒虫竟不拖作业了,因为刘老师吓唬他们,不好好完成作
业,晚上就不让他们参加唱歌了。高灵音把儿时学的歌都记起来教给

学生,但唱起来似乎都跟儿时不一样了。

学生们集体唱歌的时候,陈六月站在低年级班那群学生中,高灵音很好奇他有没有开口唱歌。操场是黑的,她借口要看歌谱,提来了太阳能电灯。她将灯提到低年级组,突然开了灯,灯亮的那一瞬,她似乎看到陈六月的嘴在动,等她细看时,他的嘴合上了,她疑惑了,弄不清这孩子是不是在唱歌了。

关于陈六月的问题,高灵音私底下问过刘小竹,唱歌时,刘小竹是坐在陈六月身边的。刘小竹说她没听见陈六月唱歌,但她又向高灵音强调,六月心里是会唱的,所有的歌他都知道,都记得住,他还抄在本子上呢。

歌曲渐渐把孩子们从低落的情绪里拉出,高灵音教些调子欢乐的歌时,他们唱得又调皮又昂扬,唱完了绕操场追着玩。刘老师走到高灵音面前,笑说:"还是你们年轻人脑子灵活,想得到这法子,你看,又让孩子们开心,还能让他们学东西,我们两个老东西只会陪他们闷坐,越坐越闷。"

高灵音很羞愧:"我没想什么办法,不小心那么唱出来,孩子们就跟着唱了,这是音乐的力量吧。"

音乐的力量。高灵音有些呆,这几个字她在各种场合说过,在舞台上说,对着报纸记者说,对着电视台的摄像头说,每一次都说得无比真诚,此时,她却发现自己以前完全不了解这几个字。

　　高灵音最终没忍住,又给母亲打了电话,先聊了些无关紧要的话,她一直犹豫着要不要和母亲聊聊,最终,母亲的关切让她心软了,她想了想说:"妈,我这里也可以搞音乐,不一定得在大城市里,也不一定赢个比赛就有水平,我现在不觉得当个歌手就怎么样。"她知道,母亲对她放弃音乐始终耿耿于怀,希望母亲听进她这些话,不那么在意,甚至奢侈地希望母亲能为她高兴。

　　"在山里搞音乐?"母亲问,"山里怎么唱歌?你收集山歌吗?这个近来倒挺流行的,可是唱给哪个听?外面谁会知道?你碰到有音乐天赋的学生了?想培养学生?可你自己还没成气候,教了也难出头。再说,山里的孩子哪有条件学音乐……"

　　"妈,我想休息了,你也休息吧。"高灵音不让母亲再说下去。

　　高灵音再次后悔跟母亲谈这些,但母亲倒提醒了她,收集山歌?没错,这山里或许有自己的歌曲或童谣,她怎么没想到?明晚让学生们唱一唱,教一教她。

　　学生们休息后,高灵音在办公室里坐不住,她立在操场中央,看着四周的山影,看着天上的星光,无法安静,胸口涌动着一种新奇的激情,她想写歌。

　　写歌也是高灵音的梦想之一,她为此曾去参加过专门的学习班,但练习中写下的一些歌总是很平淡。连洪子健也不客气地说:"你写的歌比你的声音差多了。"

当时,高灵音有点生气,说那些歌费了她很多精力,害她死了很多脑细胞。

"就是这样才不成。"洪子健说,"歌其实不是写出来的,是心里流出来的,写的时候越用力可能越没味道。"

那时,高灵音嘲笑洪子健装文艺,洪子健没争辩,现在,她突然悟了他这句话。她扑进办公桌,抓出纸笔,笔下的音符源源涌出,整个过程,她双手颤个不停。

二十四

肖一满和兄弟喝酒,突然问兄弟们:"我当老师怎么样?"

兄弟们静了片刻,笑起来:"老大又想拍电影? 这次演老师? 那有什么劲? 老师是最没用的,又酸巴巴的。还是演英雄吧,上次老大演的英雄就不错,酷毙了。要不,这次演个超人吧。对了,需要打手的角色记得喊我们,让我们也过过瘾。"

"不演电影了,我不是演员,也没想过当演员。我说的是真实的老师,比如体育老师,怎么样?"

兄弟们笑了,笑得肆无忌惮:"噢,老大,你怎么啦? 你说过,小时候最爱捉弄的就是老师了,你不会想来个认罪什么的……"

"够了。"肖一满捶了桌子,"没干过这个,图个新鲜不成吗?"

兄弟们敛了笑,但嘻嘻哈哈的神情没褪干净,他们说:"这个真不适合你,你还是当我们老大最适合。"

"为什么我就是老大?"肖一满问。

兄弟们摊手,耸肩:"这是明摆着的事。"

肖一满追问:"你们凭什么认我是老大? 因为我比你们厉害? 哪里厉害了? 有个能办事又有钱的老爸? 能办事的是我老爸,钱也是我花他的,你们认他做老大吧。"

肖一满把兄弟留在酒吧,出门开车狂飙。

"老师,老师……"直开到城郊,灯渐少,周围渐静,一连串声音追着他。

肖一满把联系人目录划拉了一遍,选定一个女孩,隐隐记得这女孩有那么点背景,似乎没正经上过班的。电话给她,女孩果然说有空,欣喜地问他有什么事。

"旅行。"

"就我们两个人?"女孩问。

"去不去?"肖一满说,"就我们两个。"

"当然去。"

第二天,女孩一早按约定等在车站,去哪里她没问,肖一满说自会安排。

肖一满随便选了个旅游点,一路上女孩兴致勃发,他总绷着脸,五官无法伸展的样子,女孩千方百计挑话题,逗他高兴,他只是蔫蔫的。

以致女孩开始了各种想象,问:"你身体不舒服?家里出事了?碰到什么烦心事?"

晚饭时,肖一满对女孩说他有事要先走,问女孩还要不要继续玩,要的话,尽管多玩几天,费用他全出,如果不玩,就自己先回家,路费也由他出,他还会给她买纪念品的费用。说完,他在女孩哭出来或骂出来之前离开,以极快的速度到酒店退房,坐车离开。

肖一满转了两趟车,到县城时已经是隔天早上,他在县城里逛了一圈,买了很多东西。下午时车到镇上,喊了一辆三轮摩托,直骑到路无法再前进为止。

肖一满先到村支书家,他需要稍歇一歇,吃一碗支书老婆做的汤面,再让支书叫两个人帮忙挑东西去学校。

"肖老师又来啦。"见到他时,村支书脱口而出。

肖一满想不到自己双颊瞬间涨红,他记不起到学校之前那些岁月自己什么时候因为羞怯而红过脸。

"这没什么。"村支书见怪不怪的样子,"你这样的城里年轻人,已经是难得的了,至少还待了段时间,更想不到现在能回来。以前上面分配过多少老师,不少还是本地的,到学校转了一圈就走,连公职也不要了。"

晚饭准备好之前,高灵音把课桌搬到操场,趁着太阳的余晖,辅导低年级的学生做作业。她抬头伸展发酸的脖颈时,看见肖一满和两个人远远朝学校走来,她在学生发现并反应之前快步迎上去。

"又来旅游吗?"高灵音语气带了质问。事后,她向肖一满道了歉,说她没资格质问他。

"城里住不下去。"肖一满一改平日的嬉皮笑脸和无所谓的语气。

"你在这里也住不下去的,你知道的。"

肖一满说:"我想再试试。"

"这次会待多久?"

"我不知道,但肯定比上次要久。"肖一满实话实说。

孩子们围上来,高灵音转身,说体育老师回校了。孩子们欢呼,叽叽喳喳地问肖一满去哪了,怎么没告诉他们就走了,那件事办好了吧。

高灵音建议先让体育老师休息,交代几个学生让刘老师多做点吃的。

肖一满走进校长办公室,校长立起身,握住他的手,他呆了呆,一时不知如何安置表情。高灵音进门,说孩子一直在打听肖一满离开的原因,想问他会不会留下。肖一满似乎很怕面对这问题。高灵音想了想,说之前他离开时,她对孩子们解释体育老师是有事回城,仍这么说吧。就说现在事情办完,所以回了,以后如果有事,还得再"进城办事",意思是要为肖一满留条后路。

肖一满觉得高灵音脑子不错,同意这个说法,让自己下了台,也让孩子们容易接受。但校长不同意这个,他若有所思地摇头:"不要对孩子们编借口,孩子们该学着面对现实,这个学校会碰到很多这样的情况,孩子们能懂的。"

晚饭的时候,校长让学生们静下,说:"肖一满老师是自己到学校当体育老师,专门来帮助大家的,但肖老师是自由的,也有自己的事情要做,他随时能走,就像大家念到六年级,会到乡里的中学去,然后到镇上念高中,再然后考大学。你们很多人长大后想进城,也是自由的,没有人硬要你们回老家,守在这个学校。所以,肖老师在,我们要高兴,肖老师以后如果要做别的事,我们要为他高兴。"

孩子们点头,似懂非懂,虽然气氛有点凝重,但似乎都想通了些什么东西。

因为肖一满回校,晚上操场的歌唱显得格外昂扬。肖一满很惊讶,没想到还有这样的娱乐,说:"你们倒挺会想招的。"

合唱了一阵后,高灵音问起本地的山歌,没想到孩子们极踊跃,几乎所有的孩子都会唱一些,连校长和刘老师也想来几首。高灵音安排了一下,接下来每晚由几个人唱本地山歌,能想到什么唱什么,唱错唱漏的别人帮忙补充,她负责记录。只是遗憾没有好一点的录音设备,只有手机。

肖一满展示出他的高级手机,说效果比高灵音的好几倍。他先把歌记下,录音机可以缓一缓,等他去搞一套像样点的设备,孩子们稍微排练一下,录起来更有效果。

二十五

晚饭后,孩子们自动聚集在操场,歌声很快响了。肖一满围绕学生们走来走去,似乎仍处于惊讶中,他对高灵音说:"没想到我才走几天,你搞出这么大动静了。"

"别净在一边说闲话,你也唱唱。"高灵音鼓励他,"唱唱就不会觉得这里的夜无聊了,比你那些游戏有趣得多。"

"我不唱这种小儿科。"肖一满耸耸肩。但孩子们唱得热情时,他忍不住跟着哼,高灵音教的这些儿歌小学老师都教过,虽然他从未用心学过,但光听都无意识地记住了。等肖一满意识到自己在唱歌时,已经哼了一大段,这种唱歌的感觉从未有过,跟唱卡拉 OK 完全不一样,同一首歌出现两种完全不同的面目,类似之前演电影,肖一满沉浸到某种陌生的情绪里。

之后很长的一段日子里,肖一满不止一次整理这种情绪,咀嚼这种情绪,这是他生命里从未有过的。他突然极想找个人谈谈,可他的家人里、兄弟里、交往过的女孩子里,没有一个可以谈的,最后,他敲响了高灵音的办公室,没头没尾地说了一句:"唱歌感觉不错。"说完转身就走,把高灵音留在云遮雾绕里。

接下去一段日子,合唱之后都有这个环节,孩子们主动走出来,立在升旗台旁唱一首本地歌曲,高灵音用本子记下曲调和歌词。这是孩子们的第一个舞台,为了加强效果,高灵音和肖一满在升旗台旁放了两个太阳能灯,用几张课桌围出半个长方形,唱歌的孩子立在半围中间,周身发亮,唱着从小就熟悉的歌谣,声音纯净、羞怯、昂扬。

"这才是唱歌。"高灵音对肖一满说,"人类最初的歌唱是最纯净最美好的,以前,声乐老师对我说这些,我不理解也不以为然,现在懂了。"

"我不懂。"肖一满耸耸肩,羞于交流什么的样子,但自此后,孩子们唱歌时,他总不自觉地想起高灵音这句话。

除了合唱,高灵音开始给学生们分组分声部,教他们二重唱、三重唱、男女或高低年级对唱,孩子们几乎唱得上了瘾。肖一满对高灵音说:"你可以办个音乐培训班了。"

"已经办着了。"高灵音笑,"没想到这么快从刚出道歌手变成音乐导师,我也算一步登天了。"

校长和刘老师说这是建校以来最不寂寞的时光,唱歌以后,孩子们的面目好像变了,不再显得可怜兮兮的。

每天清晨,除了早读,孩子们多了一项内容,练嗓子。开始是高灵音一人在练,教孩子们唱歌后,她想起以前练嗓子的习惯——因为那件事中断了——发现山上是练嗓子的宝地。起床后,她爬上学校后面的山坡,站在高处,冲着空旷的山谷练嗓子。刘小竹跟来了,学着她,捏着嗓子嚷,陈六月也来了,半躲在不远处的一棵大树后,久久地看。

　　跟来的孩子越来越多,慢慢地,几乎所有的学生都到了。高灵音和校长商量了一下,规定想练嗓子的学生早起十五分钟,在操场或左侧树林里随高灵音练。

　　第二天,所有的学生都早起十五分钟,围在高灵音周围,刘老师也在,高灵音惊奇地看了她一眼,她说:"放心,我饭煮好了,一会儿炒点青菜和花生米,不会误了早饭的。我也来喊喊吧,提提神,听说城里的老人跳什么广场舞,我唱唱歌。"

　　周五,校长安排了一天时间实施高灵音想出来的一个方案。高灵音列出这段时间记下并操练过的歌曲,写成节目单,根据节目单安排合唱、对唱、二重唱、三重唱。在操场上,学生们排列各种队形,在学校后面的斜坡上,顺斜坡站成阶梯形,在学校左侧树林里,根据树木,学生们或散或聚地站,日光从清晨到黄昏,慢慢游走,或从正面直照,孩子们满脸粲然,或从树叶间射进,在孩子们身上落下斑驳,或落下山后,变成孩子们暖色的背景。像排一部音乐剧,高灵音当总指挥,肖一满负责录制视频。

　　上个周末,肖一满专门回了一趟城,找来高档的摄像机,并临时学了些摄像的皮毛,摄像机的质量大大弥补了他拍摄技术的缺陷。

　　照高灵音的意思,肖一满回城需要三四天,最好跟孩子们说一声。他是周六早上走的,刘小竹和陈六月守在篱笆门边,静静看着他,肖一满第一次被人看得发虚,他对两个孩子笑笑:"我回城找摄像机,下周就回,最慢星期二。"

刘小竹和陈六月对视了一眼,仍转回目光看他,不动。

高灵音说:"肖老师是去拿摄像机,把你们唱歌的样子记下来。城里的摄像机好,能把你们拍得漂漂亮亮的,他去几天就回。"

校长说:"肖老师的帐篷收在我办公室里,不信你们去看看。"

肖一满往山下走,刘小竹和陈六月跟着,不远不近的,高灵音想拦,校长摇摇头。果然,跟了一会儿,两个孩子就慢慢往回走了。

等肖一满回来,整整拍摄了一天,又在里面挑了十五首歌曲。肖一满又回了一次城,找了个工作室,剪制成碟片,从头到尾,他亲自守着把关。

肖一满带了半袋碟片回学校,碟片一块块摆在课桌上时,校长和刘老师的呼吸凌乱了,孩子们的呼吸兴奋了。碟片有着精美的包装盒,翻开盒子,碟片闪闪发亮。

"我们的歌就在这里面吗?"一个孩子小心翼翼地问。

高灵音说:"还有你们的样子,我们的学校,山上的树和花,远处的云和山头。"

孩子们瞪大了眼睛盯着碟片,肖一满很懊恼,这个地方没有碟机,孩子们什么也看不到。

后来,校长想起镇里有有线电视台,说或者可以拿到那里去放。镇上的小学每年元旦有文艺会演,都是这样制成一张张碟片,拿到镇有线电视台放的。可以约定个周末,到时学生们回家,都能在家里电视上看到,陈六月和刘小竹他们,刘老师会带到村支书家里看,当然也邀请高灵音和肖一满。

"不过,是要交钱的。"校长最后低声说。

"钱不是问题。"肖一满说,"我现在就去镇上。"

那个周末,整个乡里充满了学校孩子们的歌声,除了亲眼看到,无法描述孩子们和家人们看电视时的表情。

高灵音对肖一满说:"你是导演,比当演员高级多了。"

"你讽刺人的能力越来越高了。"肖一满耸耸肩,但随即微笑了。

二十六

周六晚上,风雨大作,高灵音和刘老师领着两个孩子把教室的桌椅叠到一角,肖一满在校长的帮忙下将帐篷搬进教室。夜里风雨来得又凶又突然,早晨又停得很彻底,还不到中午,树林里的地就干得差不多了。校长看了看天,预言接下来几天都是好天气,肖一满准备把帐篷搬进树林。

高灵音走近肖一满,朝立在门边的陈六月点点下巴,示意肖一满喊他帮忙搬帐篷,她低声说:"六月对你那帐篷很有兴趣,小竹说他暗暗画过那顶帐篷,题目叫:会走的房子。你趁热打铁。"

"有脑子。"肖一满竖竖拇指,"是该趁着昨晚的好势头。"

昨晚,风雨很大,高灵音和肖一满陪两个孩子在教室里。高灵音想了些节目,搬出之前肖一满带来的彩纸,备了剪刀、胶水,各人剪制一幅作品。肖一满说,"你们剪吧,我做裁判,谁剪得好,我那顶酷酷的太阳帽就做奖品。"

两个孩子立即投入,很拼的样子。

和上次捏橡皮泥一样,陈六月的手很灵活,很快有了作品,剪出一只燕子状的风筝,他出人意料地主动把风筝慢慢推到肖一满面前。肖一满和高灵音惊喜地对视了一眼,高灵音极快地点着头,肖一满高声宣布,陈六月第一个完成作品。

那只燕子确实剪得很好,活灵活现,刘小竹忍不住拍起手,忘了她极渴望的那顶帽子。奇怪的是,燕子双脚踩了云状的东西,肖一满和高灵音研究许久,不得其解,他们再三问陈六月,燕子踩这两朵云想飞得更高吗?燕子本身就会飞啊!陈六月只是安静地半垂着头。直到后来,高灵音才从他写给月亮的信中得知,这两朵云是给燕子休息的,它飞累了可以在天上歇一歇。

陈六月得到了那顶黑色的太阳帽,在肖一满和高灵音的鼓舞下,他竟肯戴上帽子,羞怯地笑了一下。高灵音转身对肖一满眨眼,一脸兴奋的表情。看到帽子在陈六月头上,刘小竹笑着说好看,又止不住有些失落,肖一满答应让城里的朋友寄一顶粉红色的帽子给她,刘小竹欢呼,高灵音看见陈六月的笑容绽开了,虽然很快收敛,但笑得很明显了。

　　后来,应刘小竹的要求,肖一满讲起城里的事,陈六月凑得很近,仰脸盯住肖一满。两个孩子睡觉后,高灵音对肖一满说:"六月这孩子好像不那么爱躲了,我们多制造点机会,说不定真能把这孩子拉出来。"

　　于是现在照高灵音的提示,肖一满朝门外的陈六月喊:"快来帮忙,我要把帐篷搬回树林。校长和刘老师腿脚不太好,高老师和小竹没什么力气,你是男子汉,得帮忙。"

　　陈六月犹豫在门边。

　　"快点,帐篷有点重。"肖一满催。

　　刘小竹跑过去把陈六月拉进教室,陈六月也就扶住收成团的帐篷一头,跟肖一满一人一侧将帐篷搬出去。他半侧着脸,肖一满也不看他,只时不时提醒他注意脚下,注意帐篷边角别被钩到。

　　搬了帐篷,肖一满又要求搬东西,因为是和刘小竹一起搬,陈六月不再犹豫,两人奔跑着去收拾。

　　跑了两趟,两个孩子基本把肖一满的东西收齐了,刘小竹帮忙整理,肖一满发现陈六月没了影子。刘小竹往帐篷一侧指指,肖一满轻步过去,陈六月正入神地看着一本书。那是肖一满出门必带的书,有全国各地的旅游景点,包括热门的冷门的,每个风景点都配有地图,陈六月正凝神看着封面的中国地图。

肖一满不惊动陈六月,让刘小竹先把高灵音喊来,在这方面,他不知觉间已相信高灵音有某种经验。

"六月,你喜欢这书吗?"高灵音立在几步远的地方,轻声问,陈六月仍吓了一大跳,猛地抬头,立起身,书滑落到脚下,想跑的意思。

"六月。"高灵音急唤,"书面上就是中国地图,这本书里面全是中国的好地方。"

陈六月立住,显然想听高灵音说下去。高灵音慢慢走近,捡起书,翻着,问:"刚才,六月有看到特别喜欢的地方?"

陈六月嘴巴动了动,肖一满和高灵音屏了呼吸等着那张嘴发出声音,对陈六月这张嘴,他们研究过多次了,在集体歌唱的视频里,肖一满和高灵音发现陈六月的嘴曾张合出奇怪的嘴型,但不知是否发出声音了。肖一满下了定论,这孩子会说话,得让他开口。高灵音半信半疑的,问他凭什么,他竟说是直觉。

陈六月的嘴啪地合上,转身就跑,高灵音喊都喊不回。

下午,刘小竹对肖一满说陈六月还想看他那本有中国地图的书。高灵音正好在帐篷前喝茶,拿了就要递过去,肖一满拦住了:"小竹,你让六月自己来拿。他是男子汉,这里又不远,做什么让你帮忙,他自己来借才礼貌。"

刘小竹跑开后,高灵音担心地问:"他会来吗?别把他吓跑了。"

"他本来就要跑,该让他追一追了。"肖一满说。

高灵音笑:"哟,也有想法了哈。"

"跟校长学的。"肖一满耸耸肩。

等了许久,肖一满和高灵音失去希望时,陈六月竟真来了,磨蹭着,犹犹豫豫的,肖一满朝他扬扬书:"六月,书在这。"

陈六月走近矮桌,书就在矮桌上,他的目光被封面的图片粘住了。高灵音极好奇,这孩子到底在想些什么呢? 她想把书递给陈六月,肖一满的脚在桌下轻踢了她一下,她缩回手。肖一满问:"六月,想要书?"

陈六月点头。

"六月,你得说。"肖一满坚持,"你得跟我说想借书,这是礼貌。"

"六月,你跟肖老师说,想借他的书,肖老师才高兴。这是肖老师最喜欢的书,只借给好朋友。"高灵音跟着鼓动。

漫长的等待,其间,陈六月退了几步,最终,他被那本书牵引近前,嘴唇抖动了好一会儿,吐出含含糊糊的声音:"借、借书……"说完,抓了书便跑。肖一满和高灵音高声欢呼时,陈六月已跑进学校篱笆门。

陈六月会说话!

肖一满和高灵音知道了,校长和刘老师知道了,刘小竹也知道了,但约好暂时对其他学生保密。因为怕把陈六月的声音吓回去,他们需要将他的声音一点一滴引出口。

利用肖一满那本书,高灵音接近陈六月,趁机给他讲自己走过的地方,告诉他世界比他想象的大得多。一段时间的努力后,高灵音知道陈六月那么想要那本书的原因,而且是从他的声音里得到答案的:他想找找肖一满住的那座城市在哪,他听说自己的爸爸妈妈就在这座城市打工。陈六月的话极简单,断成几截,但已经足够。

高灵音鼓励他去问肖一满:"肖老师从小生活在那座城市,城市里的很多事他都知道,所有的地方他都找得到。不过,你要自己问,那才有礼貌,他才高兴说。"

二十七

周五晚上,天气很闷,校长说天要变,明天肯定有大风雨,他和刘老师的关节都疼痛不已。肖一满到校长办公室转了一圈就走,经过教室,他看见高灵音、刘小竹、陈六月各人趴一张课桌上,都埋头写着什么,三个人间隔着几张桌子。

"你们考试吗?"肖一满走进教室,开玩笑。三人同时抬脸望他,脸上都有一种恍惚的表情,明显他们都沉浸在自己手头的事情上。刘小竹和肖一满打了个招呼,埋头继续写。高灵音说:"都在写信。"说完也低头继续写。陈六月和刘小竹跟杨月亮通信的事肖一满知道,高灵音周末会到镇子去寄,有时托他去寄。但高灵音给谁写信,肖一满很好奇,她自己的信从来自己寄,不让他帮忙。

肖一满有些无趣,转身回去,扔下一句话:"你们写好再说吧。"

高灵音完全忘掉了周围：

亲爱的朋友：

祝你保持健康，健康是多么重要！这是我给你写的第十封信了吧？我想对你说的话太多了，所以有时一个星期你会收到两三封信。

现在天气很闷，校长说，明天会有大风雨。一有大风雨，特别是晚上，我心情就变得糟糕，会突然想到那件事，不知它会什么时候找上门，这种无着无落简直要把我逼疯了，现在我也只能跟你说说了。我特别害怕有一天，身上某个地方就开始烂了，接着烂掉的皮肉越来越多，这种事我在电视里看过很多。我总是做噩梦，梦见发病了，身上烂出一个又一个洞，又恐惧又恶心，我站在镜子面前，看见自己完全不成样子了，连我自己都不敢认自己。现在，我强迫自己把这些写出来，尽量写得很细，我发现写出来后反而不那么害怕了。这种事迟早会发生的，我怕也没有用，不是吗？但我会把握好时间的，一旦开始有苗头，我就会结束自己，这点自由是我目前最大的安慰了。

对了，忘了告诉你，我每天穿长衣长裤，整日戴着手套，要走窄山路时还包围巾、戴帽子和眼镜，校长他们以为我是城里的千金，怕晒黑了皮肤怕弄粗了手，娇气。我吃饭的时候自己备着塑料饭盒和筷子，每次吃饭用公筷把菜一次性夹到饭盒里，自己的筷子不伸进菜盘，校长他们以为我洁癖，嫌他们脏。我没法解释，可好在他们都很由着我，完全不妨碍我的习惯，好像我是他们的小女儿。你放心，我有自知之明，不会弄破一点皮，会把病好好地捂在身上，不会跑出一星半点。

不知哪天我就该走了，以前我急着要走，想尽办法走，可现在我想多待一待，希望上天能多给我一点时间，多久我才满足，其实我也不知道。

吐了这么多烦心事，说说好消息吧。亲爱的朋友，我以为音乐完全跟我无关了，我也不用再想走什么唱歌的路了，可现在我又把音乐拾起来了。我在这里唱歌，还教孩子们唱，很奇怪，现在我不费心钻什么技巧、流行之类的，我就是唱歌，张嘴便唱，感觉从未有过地好。我现在理解的音乐和以前完全不一样。怎么不一样，我没法写出来，你知道，我到这里才学写信的，很多想法和感觉不知怎么变成字。

还有一个好消息，那个叫陈六月的孩子会说话了，不，他原本就会说，只是不说，现在，他慢慢开口了。我觉得这比以前赢了一场比赛还高兴，感觉很像我小时候在阳台上种出第一个西红柿。这孩子该是受了多大的打击才会变成这样？他才几岁啊。以前，我老觉得全世界欠了我很多东西，现在才知道是我欠了世界很多东西，所以我现在是在还吧。

　　我答应陈六月，暑假带他进城，我知道他主要想找爸爸妈妈，但我想让他看看城市，感受另一个世界，也不知道这样对他是好还是坏，只能试一试了。

　　再过段时间，我再回那座城应该没问题了，肖一满说上次回去还看到很多小报对我的事胡编乱造，这一段时间几乎没看到了。等省赛过了，别人就会把我忘掉的，没有人再记得我这个所谓的歌唱冠军。原本就是这样，什么冠军呀名气呀，稍静一段时间，都会很快被忘掉，城市里新奇的事情新鲜的面孔太多了，人们记不住太多东西的。

　　亲爱的朋友，实话跟你说，在发生这件事之前，我从来没有想到死这回事，好像我会永远永远地活下去，永远永远地顺利下去。可是它就那么到面前了，我没办法接受，这怎么可能？可这是事实。

　　事实就那么到眼前了，这段时间我一直想这事。最近，我冷静了些，其实就是死的时间提前了，也许没有想象的那么悲惨。对不对，亲爱的朋友？

　　原本我想当一个明星的，心很大，天后级别的那种，还希望是创作型的天后。我以为这样的路是理所当然的，可世上哪有什么是理所当然的？现在想想，就算真的当了天后又怎么样。亲爱的朋友，我不知这样想是不是自我安慰，反正这样随便扯扯之后，我暂时轻松了很多。

祝安好。

灵音

高灵音写完，督促两个孩子休息后回到办公室，肖一满来了，问她写给谁，这年头还有朋友用写信联系的？嘲笑她又寒酸又老土。

高灵音冷笑："我是寒酸是老土，敢问这位高雅新潮的男士，你有没有这样一位朋友，可以通通信说说心里话？你纯粹是酸葡萄心理。"

"饶了我吧。"肖一满夸张地喊，"让我写信？我又不是演穿越电影，手机是摆设吗？说不定过几年手机也过时了。"

"好吧，那你用手机给朋友打电话。"高灵音被肖一满夸张的样子弄得冒火，赌气地说，"找一个朋友，说说心里话，我们写信可以谈很私人的话，什么都能倾诉的，你找那样一个朋友，打一通长电话吧。"

"莫名其妙地说什么？"肖一满想耸耸肩的，但不知怎么的突然很在意，说，"又没有什么事情，打电话做什么？"

"我们写的信里不全是什么事情。"高灵音说，"就是想说话，随便聊。我说的就是这种朋友，能互相倒倒废话，最隐私，看起来最没有用的那种话。"

肖一满果真很用心地想起来，边想边划拉着手机通信录，他找了很久。最后,他收起手机,起身慢慢走出去,他的背影失去了高傲的样子。

高灵音突然后悔了,觉得自己太残忍,不该嘲笑肖一满,她又有什么资格? 自己就有那样的朋友吗?

二十八

杨月亮打电话给高灵音,说早上收到陈六月和刘小竹的信了,陈六月这次的信很好玩。

上次的信里,杨月亮对刘小竹和陈六月讲到城里的游乐场,陈六月对摩天轮很感兴趣,不停追问杨月亮,人真的坐在轮子上? 轮子真的在半空中转? 人真的不会掉下来? 轮子转得太快的时候,会把人甩到天上去吗? 他希望游乐场还有另一个更有趣的项目:穿隐形衣。人穿上隐形衣后,谁也看不到他,可他可以看到外面所有东西。他说,他穿上隐形衣就可以在城市里四处跑,看很多东西,可没人发现他,那该多么自由自在。

高灵音和肖一满谈过这事,说:"六月这孩子就这样,对外面的世界又好奇又害怕。很怪,他跟月亮从没见过面,可什么心里话都愿意对她说。"

"就是因为没见过面,他才觉得安全。"肖一满说,"跟我们网上聊天会更放得开一样。再说,他和月亮是同龄人,容易说上话。"

陈六月还提到高灵音答应暑假带他进城,他很高兴。

"是吗?"高灵音很惊喜,没想到这话他真放在心上了,笑说,"这小子,表面风平浪静,鬼心眼这么多。"

"妈妈,六月高兴,我还更高兴呢。"杨月亮喊,"妈妈到时带六月哥和小竹姐来,把他们接到我们家吧。太好啦,暑假要到了,我就要见到妈妈了!"

高灵音愣了,意识到出现了致命的漏洞,想改口已经来不及。

还未及反应,杨月亮突然想到什么,问:"对呀,妈妈,以前的暑假和寒假为什么不回家看我呀?"杨月亮的声调里含了委屈和疑惑。

高灵音脑门发凉,手心发热,她支吾了一会,说:"我、我先喝杯水。"

喝几口水的时间内,高灵音脑子高速运转,她感觉自己揪着一根线,这根线揪着一大网事情,稍不小心,那一网事情就会纷纷零落,无法收拾。

高灵音没想到自己仍编得下去,她先尽量说得拖拖拉拉,边整理着词句。

"月亮,是这样的,这个学校的学生和你们学校的不一样,他们的爸爸妈妈在哪里你知道的吧?"

"在城里,在我住的这个城市里打工。"杨月亮顺着高灵音的思路走了,"他们爸爸妈妈老不回家,有些就没有爸爸妈妈了。"

"是的。"高灵音说,"放暑假寒假的时候,你们多高兴多喜欢,可这里的学生不喜欢。他们爸爸妈妈都不在家,回去了更难过,有的爷爷奶奶身体不好,没法照顾他们,很多学生还想住在学校。你说,妈妈能回去吗?"

高灵音觉得自己接近于无赖了。

沉默了许久,杨月亮说:"妈妈还得在学校陪他们,给他们上补习班是吗?"她的委屈浓重得要滴下来了,但听得出在极力控制。

有一瞬间,高灵音心软了,无法再说下去。

"他们的爸爸妈妈一天都不回家吗?"杨月亮压着哭腔,"过年也不回吗?打工不能放假的吗?"

"有些回有些不回,总有学生得照顾。"高灵音咬咬牙,编下去,"有些爸爸妈妈不是不回,是没法回,他们钱寄回家养老人养孩子,剩下的不够车费。月亮,你还有爸爸天天在身边,有疼你的王正宏叔叔一家,还有个王明媛阿姨一直照顾你,你比他们强多少了呀,所以……"

"妈妈,月亮听话。"杨月亮的口气像个小大人。

没想到这样拙劣的借口杨月亮也深信不疑,高灵音本以为会松口气,但毫无轻松之感。

说再见后,杨月亮忽然又精神了:"妈妈,这个暑假你就会带六月哥和小竹姐到城里来,其他学生让校长和刘老师照顾是吗?小竹姐说校长和刘老师很好的。"

　　高灵音再次陷入困境,含含糊糊地应付:"嗯,暑假还离得很远,到时再计划看看吧。"她实在拿不出精力和杨月亮周旋了,"月亮,我累了,想休息一下,以后再说吧。"这一句倒是实话。

　　幸亏高灵音早和杨月亮约定过,不向刘小竹和陈六月透露她和高灵音的关系,她们间的对话也保密。对于这点,杨月亮没怎么追问为什么,只是觉得神秘、好玩,爽快地答应了。

　　喝咖啡时,高灵音把事情跟肖一满提了,说:"一时失口答应带六月进城,没想到他当真了。"

　　"我们也得当真。"肖一满说,"陈六月慢慢肯开口说话了,这个承诺肯定有关系,你打算骗他? 让他把话压回去? 你说谎说上瘾了?"

　　高灵音很吃惊,肖一满极少用这种口气说话,表情也很陌生,她辩解:"我不是这意思,我是担心暑假带六月进城,真得去见月亮吗? 到时该怎么办?"

　　肖一满捏着下巴想了一会儿,突然拍拍桌沿:"干脆你真当月亮的妈妈成了,见面的事倒不用担心,那孩子不是好几年没见妈妈了? 未必认得出,只要到时你和孩子她爸爸装得像样些——对了,不如你和那孩子爸爸凑成一对好了,这样一来,所有让人头疼的谎就都破掉了。"

　　高灵音在桌下狠踢了肖一满,顺便给他个白眼,他又变回嬉皮笑脸的样子,说:"反正你当了这么久孩子的妈,看着挺上瘾、挺顺手的啊。"

高灵音不睬他,只顾想着心事。不过,肖一满说到月亮的爸爸倒提醒了她,不管接下来该怎么办,目前先应付过去再说。高灵音给杨宇汉打电话,就她为什么以前的寒假暑假没回家和他统一口径。

"又得说谎,然后怎么办?"高灵音问杨宇汉,她理解和自己一样陷入谎言困境的杨宇汉,想问问他有没有想过解决办法。

杨宇汉沉默,高灵音还是问:"总要面对的,将来月亮该怎么面对?"

"希望月亮快点长大。"杨宇汉突然说。

二十九

杨宇汉把杨月亮送到舞蹈培训班,王明媛来电话了,杨宇汉握着电话犹豫了好一会儿才接通,他有段时间没跟王明媛联系了。王明媛的目光好像跟着信号过来了,说:"不会连我电话都不接了吧。"杨宇汉吓了一跳,王明媛似乎越来越清楚他在想什么。

"见一面吧。"王明媛说。

杨宇汉想问问有什么事,但没出声,他认为王明媛不会有什么事。

"今天真有事。"王明媛说,"你一定得过来。"

"有事现在谈吧。"杨宇汉咬咬牙说。

"这事我们两人办不了。"王玥媛语调不变,"天雅茶吧6号包厢,我等你。"

杨宇汉推开包厢门时,看见王明媛也看见她的母亲,杨宇汉下意识地收了脚步,王明媛的母亲也愣了愣。王明媛指指桌对面的座位:"来啦,坐吧。"

"王阿姨。"杨宇汉招呼了一声,莫名地有点怯,小时候对王明媛母亲的亲切感无影无踪。王明媛的母亲点点头,目光在他的脸上和王明媛的脸上跳动。

直到服务员把茶具和茶点安排好,包厢内一直沉默着。王明媛帮忙安排茶具,泰然自若,杨宇汉不自在地半垂着脖子,王明媛的母亲绷着脸。茶具安排好时,杨宇汉习惯性地接过茶壶和茶叶,王明媛自然而然地递给他,杨宇汉胸口有什么一动,这些年,他们两人间养成了很多习惯。

喝过一杯茶,王明媛开口了,杨宇汉感觉那些话她肯定准备了有段时间,她冲杨宇汉和母亲说:"有什么话,今天都说开吧。"

杨宇汉和王明媛的母亲下意识地对视一眼,又极快地调开,他们不明白有什么要说开的,又隐隐感觉到是什么事。

"那我说吧。"王明媛示意杨宇汉继续沏茶,转向母亲,"妈,你找过宇汉哥吧?专门说我的事。"

王明媛的母亲猛地看住杨宇汉。

"妈,是我自己猜到的,他不可能跟我说这种事,你应该知道。"

"既然这样,今天就说开,你们都在这,正好。"王明媛的母亲坐直身子,盯住他们,"你们到底是怎么回事? 说说吧,至少给我说清楚。"

"我们怎么回事没必要跟妈报告吧。"王明媛的脸色无波无澜,"妈,你先别生气,我到这年龄了,有些事确实可以不报告了。我的事和宇汉哥没有关系,和任何人都没有关系,嫁不嫁人是我自己的事,不可能为了个什么人就改变。"

"宇汉哥,这事也与你无关。"王明媛示意杨宇汉别插嘴,"你把自己抬得太高了,好像能影响我的人生什么的。也没必要老这样躲躲闪闪,好像多联系几次就罪恶深重,这都是什么社会了。说不好听点,你这样是在可怜我吗? 这种做法太幼稚了,对我也太不尊重了。"

王明媛的母亲和杨宇汉刚才都急着说话,现在反而不发一言。

"你们都说说看法吧。"王明媛摊摊手。

"明媛,你这是什么意思? 拿自己的大事开玩笑吗?"王明媛的母亲理了理情绪,理不清,忧虑和怒气把她弄得眉目变形。

"我就是太看重自己的大事了,才不想让别人指手画脚,也不让别人耍来耍去。"

"别人? 明媛你说我是别人?"

"妈,你知道我不是这意思,抠这点字眼有意思吗? 不是找气受吗?"

王明媛的母亲干瞪着眼发呆。

　　杨宇汉想辩白自己完全没有耍她的意思,但对着王明媛的母亲说不出口。

　　王明媛挪着点心盘:"吃点东西吧,这家的小吃很不错。"母亲不吃,杨宇汉也不吃,王明媛很自在地吃,吃了几块点心后,对母亲说:"妈,以后我的事你找宇汉哥没用的,因为跟他没关系。当然,找我的话也未必有用,但你找我我还是得接招的,找宇汉哥就让人笑话了。"

　　"我上辈子定是造了孽,生了你这个冤家,又把你惯成这个样子。"王明媛母亲的语气里有掩饰不了的沮丧。

　　"妈,您也别把责任老揽在自己身上。"王明媛开起玩笑,"照我看,完全不是你的错,也不是我的错。现在这社会就是这样子,只是我懂得随社会前进,您还在过去里呼呼大睡。"

　　王明媛的母亲被气坏了,不想再跟王明媛住,要直接回家。王明媛也不留她,给大哥打了电话,一个小时后,王明媛的母亲跟儿子回去了。杨宇汉也要走,王明媛留下他,说还得跟月亮谈清楚。

　　"跟月亮有什么好谈的?"杨宇汉莫名其妙。

　　"你着急什么? 怕我会跟月亮说什么?"王明媛冷笑,"跟月亮谈更重要,这点你心知肚明。还有,我们的事,你有时间的话就想一想吧,问问你自己,如果真的毫不在意,我不会缠着你不放;如果有那么点想法,没必要骗自己。"

　　杨宇汉避开王明媛的目光,虽然这么多年了,她的直接他仍不习惯,和妻子太不一样了,这时想起妻子令他惊慌失措。

"不管是哪一种,我们都没必要有意疏远,那样反而奇怪了,不是吗? 谁没有一两个好友,可以帮着撑撑日子,路不是好走得多了吗?"

王明媛和杨宇汉一起等杨月亮下课,看见他们在一起,杨月亮的表情有点变,一点也不晓得掩饰,低着头不出声地走。王明媛将他们带到杨月亮最喜欢的餐厅,杨月亮立在餐厅门口说要回家。杨宇汉弯下腰,附着她的耳低声说:"已经到了,就该进去吃,这样走不礼貌。"杨月亮听了爸爸的话,但服务员立在面前,她不肯出声也不肯点菜。

"月亮,今天阿姨有话跟你说。"王明媛小心开口了,"不管你有没有找到妈妈……"

"我找到妈妈了。"杨月亮很快插嘴。

杨宇汉要开口,王明媛用眼神阻止他,说:"那恭喜月亮了,明媛阿姨会一直是你的阿姨,月亮小时候开始就是这样,你忘了吗? 你不喜欢明媛阿姨吗?"

杨月亮抬脸,咬着唇。

"月亮是喜欢明媛阿姨的,是吧?"王明媛轻轻拉住月亮的手,"因为阿姨也喜欢月亮,我知道月亮在想什么,月亮什么也不用害怕,月亮不想发生的事就不会发生。"

杨月亮盯住王明媛,似懂非懂,但又很惊奇,说:"明媛阿姨知道?"

"当然知道。"王明媛笑了,装出很骄傲的样子,突然又变得委屈,

"可是月亮不知道明媛阿姨,生着我的气——还有,对你爸爸来说,你最重要,妈妈也最重要。"

杨月亮仍是似懂非懂,但最后一句话让她高兴,她转头看杨宇汉,杨宇汉的目光让她安心,她笑了。

"明媛阿姨和你爸爸是好朋友,就像你和六月哥哥是好朋友一样。"王明媛保证般对杨月亮说了这句话,说完,她身体内什么地方抽痛起来,从此以后,这种痛感总是时不时地袭击她。

杨宇汉突然有些失落,他竭力掩藏这份失落感。

三十

周六早上,高灵音做着下山去镇上的准备,她发现自己突然像个孩子,对周末的镇上之行又欣喜又期待。肖一满昨天下午放学后就下山了,带着他所有的电子设备,说要到县上给它们充满电,也给自己充满电。他提过帮高灵音寄信,要什么东西他顺便带,免得高灵音还得跑到镇上去,高灵音谢绝了,说有些私人东西要买。细想想,其实没什么特别需要的,她只好承认在这山里闷久了,想去镇上的街道走走,过过逛街的瘾。

她往窗外探了下头,刘小竹和陈六月还没有来。两个孩子缠着要跟她下山,吃一碗有很多肉丸的汤面,买一本有机器人封面的笔记本,这是高灵音早答应过的。当然,主要是刘小竹缠,陈六月不开口,错开一段距离，紧盯着高灵音，看到她点头眼里就浮起笑意。

高灵音没看见孩子，看见一个陌生人，身边跟着村支书，走进学校的篱笆门，她迎出去的同时，校长也朝他们走过去。

"高老师，你朋友来了。"村支书朝高灵音招呼，是你朋友吧？

高灵音疑惑不解，下意识地回头看校长，校长也正看着她，比她更疑惑的样子。那个陌生人径直走向高灵音，这是个中年男人，一眼看得出从城市里来的，个子挺高，表情严肃甚至有些忧郁，但努力带着笑意。

"高老师？"他冲高灵音点点头，"你就是高老师？我是王正宏，月亮的王叔叔。"

他提到月亮的时候，高灵音光然明白了，但对他的到来还是疑惑不解。她已经跟杨宇汉说过，那件事是不可能的，王正宏肯定搞错了，难道杨宇汉没跟他讲清楚？

前段时间，杨宇汉给高灵音打过电话，略略讲了王正宏的事，说王正宏怀疑刘小竹是他走失几年的女儿，硬让他向高灵音打听消息，托高灵音问问刘小竹。高灵音暗中探问过刘小竹，当然没有直截了当地问，怕吓了孩子，只是拐弯抹角地探听。根据探听的信息，高灵音明明白白地告诉杨宇汉，刘小竹是本地人，从小在山里长大，更主要的是，王正宏的女儿几年前走失时九岁，而刘小竹现在才九岁，肯定是王正宏认错人了，她以为这件事就这样过去了，也没跟别人提。

看高灵音疑惑,村支书忙说在山下小卖店碰到这位客人,向他借问这个学校,请他带路,村支书问找谁,他提到高灵音,还提到刘小竹,村支书想都没想就带他上山了。高灵音忙点头,说:"是认识的,一个朋友。"校长立即满脸绽笑,将人让进办公室。

王正宏说他昨晚在镇上住了一夜,今天凌晨就出发,感叹这学校真难走。高灵音脑里理着思绪,想着怎么简单地跟校长和刘老师讲清整件事。这时,刘小竹和陈六月匆匆跑进办公室,各人提了小半袋青草,原来两人找这个去了。据刘小竹说,这种青草在镇上很受欢迎,可以卖一点钱。

"高老师,要走了吗?"未进门,刘小竹就喘着气喊。

谁也想不到王正宏的反应,他放下水杯,扑过去,抓住刘小竹的双肩,颤着声音喊:"聪棋!聪棋你在这!"

刘小竹吓坏了,拼命挣脱开,扑到高灵音身边,扯住她的胳膊:"高老师,那人做什么?"

王正宏想抓刘小竹的手,高灵音忍不住扬高声:"王先生,她是刘小竹。"

王正宏猛抬起脸,愣愣看着高灵音,校长、刘老师和村支书半张了嘴,大睁了眼。高灵音拍拍刘小竹的肩,让她和陈六月先出去玩。王正宏看着刘小竹跑开的身影,脖子往门口侧伸,长时间保持那个姿势。

高灵音用极简短的话解释了事情来龙去脉,刘老师对王正宏顿时满脸怜惜,拉儿子般把王正宏拉到椅子上坐下。

"她是我的女儿聪棋。"刘小竹的身影已经不见了,王正宏转脸看刘老师,恳求般:"我找了她好几年了,是她,只是黑了点。"

"这不可能的,小竹一年级就在这学校里,来学校时才六岁,今年九岁。"校长跟王正宏解释,"而照你所说,你女儿失踪时已经九岁了。"

"不,当时带她来的人肯定谎报年龄,就是她。"王正宏表情游离,"除了黑一点,都一样,这几年营养不良,个子都没长。"他话里含了哽咽。

"小竹这几年是长了个子的,还长得不慢,我们看着这孩子长大的。"校长轻声说,轻拍着王正宏的肩。

村支书也帮着劝,几个人轮流说,解释、劝说、举例、做证,王正宏全听不进去,坚持认为刘小竹就是他女儿,他得带回城,如果带不回,就让公安部门帮忙,他说他当年在派出所备了案的。

高灵音越来越感觉王正宏不对头,悄悄走出门给杨宇汉打电话。杨宇汉说了王正宏的怪异,他也没想到王正宏会自己找上门,让高灵音这边尽量拿出有力证据,证明刘小竹是本地人,他会通知王正宏的妻子,让她想办法。

高灵音想到刘小竹的家,孩子父亲不在了,母亲找不到,这是比较麻烦的。校长说孩子的奶奶在,细叔细婶从小看着她长大的,算极有力的证据了。

　　于是他们一起下山，到刘小竹细叔细婶家。

　　校长刚略略说了王正宏的来意，刘小竹的细婶大声嚷："笑话！你们的意思是我们拐孩子？这话可就没谱了。"

　　高灵音忙赔笑着，将她拉到一边解释王正宏找女心急，脑子有些糊涂。

　　刘小竹的奶奶将刘小竹拉在怀里，说："我们家小竹出生时我在的，还是我请的接生婆，我从小把她拉扯大的。"

　　所有的话都听不进去，王正宏只是看着刘小竹，目光无法挪开，他不停地晃着一张照片："你们看，这是聪棋。"

　　照片里的孩子确实和刘小竹极像，只是白嫩得多。

　　王正宏的照片提醒了刘小竹的细叔细婶，他们跑进里屋搜了一阵，拿出两张照片，都是家里的合照，里面有刘小竹，一张刘小竹三岁，一张刘小竹五岁。刘小竹的细叔说："小竹从小到大没什么变化，一眼就看出的，你们家女儿走失时不是九岁吗？肯定不是小竹。"

　　王正宏愣了，拿照片的手无力地垂下去，高灵音有些难受，她希望王正宏清醒，慢慢接受现实，但王正宏的目光没有离开刘小竹，屋里一时静默至极。

　　许久，王正宏起身走出去，高灵音他们跟出去，以为他要走了，但他走到寨外小卖店，买了一堆东西，提回刘小竹细叔的屋子，说给孩子吃。

　　刘小竹的奶奶不敢收,说:"我们小竹承不起,不能无缘无故要东西。"

　　"就给小竹吧。"王正宏恳求着。校长冲刘小竹的奶奶点点头,老人收下了东西。刘小竹的细婶一下子变得极热情,要留他们吃午饭,说谢谢大家一直照顾他们家小竹。

　　王正宏似乎接受刘小竹不是王聪棋的现实了,但仍不愿意走,先到镇上买了大堆东西,又回到学校。他在学校里走来走去,一会跟校长说要重盖教室,一会说想给孩子们买床买被,一会说要弄一个基金,作为孩子们的伙食专款。校长都不敢答应,他觉得王正宏内心深处还是将刘小竹当成女儿,怕他越陷越深,以后难以收拾。

　　王正宏和刘小竹很快开始合拍,王正宏对她极好,刘小竹又一向容易依赖人,她跟高灵音说王叔叔很好。王正宏问刘小竹想不想去城里看看,刘小竹脆声应道:"想! 六月要进城,我也要进城。"

　　"没错,我带你进城。"王正宏又恍惚了。

三十一

　　整个周末,王正宏没回城,当一满那两夜留在县上,王正宏就睡他的帐篷。其间,王正宏下山去了一趟镇上,买了很多东西,从吃的到用的再到玩的,雇两个人送上山,交代分给学校的孩子们,说他在这里打扰了。校长和刘老师很为难,暗中问高灵音他什么时候会走。

高灵音也毫无办法,王正宏对于她是个陌生人,再说,他看刘小竹的样子让她不忍说狠话。

周末很快结束,周一一大早,王正宏下山了。高灵音以为他离开了,没想到下午放学时,他又回来了,不仅又买了东西,还带了一顶帐篷,搭在肖一满的帐篷旁边。高灵音和校长他们都蒙了,他想在这长住?

好在第二天早上,又来了一个人。

是王正宏的妻子肖凌,准备把王正宏带回去的。她到的时候正好放学,学生们被她新潮的打扮吸引,围在篱笆边看她,王正宏则指着刘小竹向她示意。

顺着王正宏的手指,肖凌看到刘小竹,她呆了呆,慢慢朝刘小竹走过去,刘小竹慢慢后退,高灵音凑上去低声说:"小竹,别怕,因为你长得像他们家的姐姐。他们家的姐姐不见了,他们看见你就想起那个姐姐,他们喜欢你。"

高灵音将肖凌和王正宏引到校长办公室,王正宏对妻子说:"是不是?是不是?就是聪棋!"

听了这话,高灵音又担心了,王正宏似乎又分不清现实和想象了。

"像,太像了。"肖凌喃喃着,眼睛望着窗外,想在一群学生中寻找刘小竹的影子,"但不是我们家聪棋。"

肖凌很清醒,高灵音稍稍放心。

"聪棋当年被拐的时候,就是这么高,聪棋她……"

"聪棋不在了,你别找了,回家吧。"肖凌截断丈夫的话。

"聪棋现在可能……"

"聪棋没了。"肖凌失态地喊,"我们的女儿没了。"

屋里没有声音,高灵音紧盯着王正宏和肖凌,怕他们夫妻有什么极端的举动。王正宏表情极缓地摇着头,良久,说:"不,聪棋好好的,她是被拐走了。"他的语调坚定而冷静,有一种奇异的令人信服的力量。

肖凌抱住头,身子蜷缩成一团,好像要把一切扔开,不管不顾。

王正宏低声对高灵音和校长说:"因为女儿失踪,我妻子受了打击,精神状态一直不太好,这些年一直在看心理医生。"

但等王正宏离开,肖凌说她丈夫王正宏的病越来越严重了,当年因为他误了时间,导致女儿出了车祸,结果他总不承认。为了这个,我经常找心理医生咨询,心理医生说他的病已很严重,但他就是不肯走进心理医生的房间。

高灵音他们被这对夫妇弄糊涂了。高灵音打电话向杨宇汉了解,杨宇汉说他也搞不清楚,他曾经在一个难得的机会借问过王正宏的大儿子王聪城,王聪城也说不清楚,这几年父母各说各的。当年王聪棋出事时,聪城被父母送到一个亲戚家,等他回家,妹妹没了。

王正宏和肖凌在学校侧面小树林里搭帐篷住着,白天偶尔下山去镇上,回来总带很多东西,好像他们的伤能用这些东西安慰。校长很为难,想让他们回城又不知怎么开口,毕竟,他们没有打扰学校,总是很小心的样子,但又实实在在影响了学生,学生们总忍不住分神盯着他们。高灵音和学生们排练歌曲时,他们静静坐在一边,几乎听得入迷,但有时王正宏会站起身用力鼓掌,并冲进学生群里,大声夸奖刘小竹唱得好。

对王正宏夫妇,刘小竹开始有些害怕,但高灵音跟她解释之后,加上这对夫妇待她的亲切,她很快和他们熟悉了。高灵音对肖一满说:"小竹这孩子,只要对她一点点好,她就会拼命想留住,好像这样才安心。"

"应该是极度缺乏安全感。"肖一满说,"她爸爸去世,妈妈又丢下她。"

"可六月又成了另一个极端,外人极难走近他,也是极度缺乏安全感吧。"高灵音说。

肖一满说:"他更夸张,失去父母失去得莫名其妙,连有没有父母都不清楚。"

这天黄昏,肖凌在厨房帮忙时,高灵音终于忍不住问:"你们打算怎么办?真在这里住下去?"不知怎么的,虽然王正宏夫妇互相说对方心理有病,高灵音还是愿意跟肖凌说心里话,莫名地更相信她。

肖凌摇摇头:"我也很乱,也急着回去,儿子虽说住校,但隔些天会回家。可如果我走了，我怕正宏被那个固执念头揪住，谁劝都没用。"

这时，刘小竹跑进跑出地搬柴火、拿青菜，肖凌的目光随着她来来去去，突然说："这孩子确实像我们聪棋。不单长得像，连声音和性格也有些像，都黏人，好问东问西。"

"可她现在没爸没妈，几乎是个孤儿。"高灵音叹，"她奶奶很老了，以后不知还能不能顾得上她，校长和刘老师也不可能长期顾着她。"

"老天真不公平，她没了父母，我们没了女儿……"

肖凌突然停止说话，愣愣地看着刘小竹，接着双手一拍："我们不如认这孩子为干女儿，若能收养更好——高老师，这是不是我们和这孩子的缘分？"

高灵音很惊喜，忙不迭地点头："若能成，对小竹也好。"

肖凌冲出去跟王正宏商量，根本不用商量，王正宏当下就要跟刘小竹说，肖凌拦住他，让高灵音先去提，说别吓了孩子，事情反而难办。

"我有爸爸妈妈。"刘小竹一开始说，对这个主意反应不过来，甚至有些害怕。

"你可以多一对爸爸妈妈。"高灵音说，"小竹你看到了，他们多喜欢你。"

刘小竹小大人般沉吟了好一会，问："我原来的爸爸妈妈还是爸爸妈妈吗？"

"当然了，只是现在多一个爸爸多一个妈妈来照顾你。"

"我还要奶奶。"

"当然,傻孩子。"

"细叔细婶也要。"

"放心。"

"他们会带我进城吗?"

"当然,只要你愿意,他们都想把你接到家里去了。"

"进城了我要找亲妈妈。"

"他们全都同意。"

多一对父母,刘小竹是喜欢的,接下的问题是刘小竹的家人,准备下山到去征求意见,高灵音跟着,肖一满自告奋勇也要去,高灵音笑:"你什么时候这样热情了?"

"这事来得刚刚好,校长和刘老师有一天终归照顾不动了,那时刘小竹若还未长大,怕后面的路难走。"

肖一满的表情和语气都一本正经的,高灵音不敢再开玩笑,问:"你去了怎么劝? 两边都不熟,我和校长、村支书跟着去就是了。"

"你们自有你们的优势,我自有我的办法,两种方法并行,保证事情能成。"

高灵音笑:"你所谓的办法不会又是老一套吧? 高灵音打了个数钱的手势。"

"你小看这办法?"肖一满耸耸肩,"告诉你,绝大多数情况下,这是最简单最有效的办法,能使事情不拖泥带水。特别是小竹那个细叔细婶,虽然我没见过,但单靠平日听到的一些,就知道这招肯定比什么都有用。"

"轮不到你吧,那个王正宏看着身家挺足的。"

"那是他的事,我出力是我的事。"

事情办成了。刘小竹的奶奶起初不肯,高灵音将王正宏女儿的事情讲给老人听,让老人知道,刘小竹将有人用心照顾,未来将会多一份支撑。王正宏想要的就是偶尔来看看孩子,暑假带孩子出去玩玩,在孩子以后需要的时候,随时提供帮助。当然,如果她同意,他们甚至愿意养孩子……

老人突然问:"他们确实是好人? 小竹能交给他们?"

高灵音稍愣了一下,对王正宏夫妇她几乎不了解,但她用力点了点头:"确实是好人。"她说不清自己是相信杨宇汉,还是相信为了女儿变得迷糊的王正宏夫妇。

刘小竹的细叔细婶也点了头,他们说:"老人同意,他们当然听老人的。再一个,小竹多些人照顾,是孩子的福气。"

但肖一满和高灵音都很清楚,肖一满暗中塞给刘小竹细婶的一个厚厚的信封起了很大的作用。

三十二

刘小竹多了对爸爸妈妈,看得出陈六月很羡慕,然而高灵音问什么他都不怎么反应,只是心事重重的样子。刘小竹告诉高灵音,陈六月想知道她进城找到妈妈了还会不会回这里,有了新爸爸妈妈,这个老家还要不要。

"他这样问你了?"高灵音很惊喜,自上次陈六月开口后,所有人对他的每一次开口都很期待。

"反正六月是这样想的,我知道。"关于陈六月的事,刘小竹经常这样回答,她几乎不在陈六月身上用"说"这个字,高灵音他们也无法弄清楚两个孩子是怎样沟通的。

不管怎样,高灵音了解了陈六月的想法。周末的晚上,她开始给刘小竹和陈六月讲《有彩色眼珠的孩子》,两个孩子被迷住了,特别是陈六月,高灵音怀疑每晚从她开始讲到结束,他的眼睛没眨过。令人惊奇的是,肖一满也跟着听,一本正经地听。高灵音倒有些不习惯,说:"你不是听过了? 也帮着讲两段吧。"

"你讲你讲。"肖一满忙摆手,"我不是没听完整吗? 这个故事倒挺合我的胃口,我都想跟那个孩子一样了,找找妈妈。我家里当然有个妈妈,可我没有有妈妈的感觉。"

高灵音转过脸看肖一满,确定他不是在开玩笑,黄蒙蒙的灯光下,肖一满的表情让人捉摸不定。

讲到故事结尾的那个晚上,高灵音将手搭在陈六月小小的肩膀上,说:"六月会找到爸爸妈妈的,还会自己长大。"

这次,陈六月没有缩开身子,他甚至朝高灵音羞涩地笑了一下。

陈六月越来越多地去帐篷里找肖一满,他是第一个走进肖一满帐篷的孩子。高灵音惊奇不已,肖一满竟不嫌陈六月黑乎乎的手脚和几乎失掉颜色的衣服。课余,陈六月很多时间跟肖一满待在一起。

"这孩子和你有缘。"高灵音对肖一满晃头,"奇怪,跟你处得这么好,你这样的人。"

"我是怎么样的人?"肖一满仰起下巴说,"我的潜力还大得很。"

刘小竹认王正宏夫妇为干爸干妈后,刘小竹就时时把将进城找妈妈的话挂在嘴边,陈六月也对进城真正动了心思。

"我要进城。"一天晚上,陈六月钻进肖一满的帐篷,说。

陈六月开口总令人高兴的,肖一满放下玩得正在兴头上的手机游戏,说:"当然,我早答应过你了,会带你把整个城市走透,好好体验城市的生活,比这里新奇得多。"

"找爸爸妈妈。"陈六月咬了咬嘴唇说。

"没问题,我在城里有很多朋友,到时会帮忙。"肖一满说,"你确定他们在我住的那个城市?只要能确定,没有我们找不到的。"

陈六月双眼发亮,拼命点头。

　　肖一满想想也有道理,那个城市是南方最繁华的新兴城市,也是离这个县最近最大的城市,邻近几个县进城打工的十有八九奔那个城市去了。这么想着,肖一满也认真了,刘小竹已经找到稍有点希望的后路,若真能帮陈六月找到父母,也算了了校长和刘老师的一桩大心事。

　　肖一满告诉陈六月:"那个城市很大,人极多,如果有你爸妈的照片或名字,我的朋友们就更容易打听。"

　　陈六月没出声,转身跑出帐篷,扔下疑惑不解的肖一满。

　　陈六月很快回来,握了一个本子,他喘着气,在肖一满面前小心翻出本子,里面夹着一张照片,是张双人照,一男一女,应该是农村传统的结婚照。肖一满拍了下陈六月的后脑:"好小子,有点心思呀,你一直把照片放在身边——嗯,我让人把这照片再翻拍一下,放大,多洗几张……"肖一满拿起照片,凑近,他的嘴巴张大了,声音凝固了,表情板结了。

　　肖一满记不起自己愣了多久,只知道陈六月晃他的胳膊时,他的眼睛已经瞪得发酸。

　　"这是你爸爸妈妈?"肖一满问,声音发干。

　　陈六月点头。

　　"你妈妈叫什么名字?"吐出这几个字似乎费了肖一满极大的力气,他挣得脖颈发红,喘气不止。

陈六月将照片翻转过来,照片背面写着:陈福,翠柳。

"翠柳,柳柳……"

肖一满喃喃念叨,恍惚着。

"你爸爸妈妈进城打工后就没回家?"肖一满问。

陈六月点头。

"一次都没回?"

陈六月仍点头,点完后就让头垂在胸前。

肖一满找了高灵音,问:"陈六月的父母到底怎么回事?"

"没人知道怎么回事。只是这样传的,那年两人说是外出打工,一去没了消息,家里也失掉了联系。"

"听说六月的奶奶把他放在这里后,没来看过,他奶奶老得走不动了?"

虽然夜已深,完全没有必要,高灵音还是压低了声音:"听说六月不是他爸爸亲生的,当年他妈妈是带着他嫁给他爸爸的。当然,这话是暗中传的,没人知道真假,也不敢让六月知道,你平时说话注意点。"

"你知道陈六月的生日吗?"肖一满双眼向外鼓突。

"六月的学生手册上倒是填了个日期,我去翻翻。"

高灵音把陈六月的学生手册翻出来时,肖一满一把拿过去,揣在怀里,转身走出去,高灵音在身后一迭声地问什么,他头也没回。

星期四,上完课后,肖一满说要回趟城,有件事得办。陈六月跟到学校篱笆门外,肖一满双手按在他肩上,说:"我的帐篷收在高老师办公室里,行李也都在,下个星期就回校,我不说假话——你想要什么,我帮你带。"

陈六月摇摇头,慢慢放开手。

一到家,肖一满绕过惊喜迎上前的母亲,一头扎进房里,去角落翻他的"百宝箱"。箱里多是儿时限量版的玩具,长大后限量版的鞋子、碟片,首版的手机、MP3。肖一满搜到那只滑盖式手机,居然连充电器都在。

手机依然完好,当年他第一次拥有它时,不知在多少场合摆过派头。后来他换手机时,把它当古董收藏了,为了完整,内存卡也留在手机里,新手机换了新卡。

手机充着电,肖一满灌着阿姨端进来的一碗什么汤,眼盯住手机。很快能开机了,手机里仍存着大量短消息,肖一满查找信息的时候,无法控制手指的颤抖,他对自己骂了句粗话,略略定了定神。

那个信息仍然在:晚上八点,我在滨江公园秋千园等你。如果你不来,就永远见不到我,见不到你的孩子。

三十三

肖一满不断重看信息,好像这信息他刚刚发现,他拨了发信息的号码,已成空号。他抱住脑袋,努力想着那一年那一天,他看了这信息后做了什么,脑子里没有半丝痕迹,肯定什么也没做。他思绪散开想,脑里终于闪烁过一个点:白茶。

白茶是发信息者最好的朋友,记得她是因为白茶这个名字,他甚至记得自己经常开玩笑叫她黑茶。

肖一满在旧手机里搜白茶的号码,也还留着,拨出去时竟然通了,但接听者是个老太太。问起白茶,老太太说:"我不买茶,儿子刚给我寄了好几斤。"

肖一满再次抱住脑袋,其间,母亲两次开门进房,问他要不要吃点什么,他烦躁地挥手。第二次冲母亲挥手时,肖一满想起另一个朋友,去年还在酒吧碰见过,他曾经是白茶的男朋友,曾经想和白茶生死不离,当然最后还是离了,而且两人都好好的,只是肖一满那朋友时不时地要念叨一下白茶。肖一满给朋友打电话,那朋友果然仍和白茶联系着,报了白茶现在的手机号码。

不到一分钟,肖一满就在电话里听见白茶的声音,他一下子记起那个声音,自己几乎不敢相信。肖一满报出名字,那边沉默了一下,声调往下沉,问:"什么事?"看来,对当一满也还不陌生。

"你知道柳柳在哪吗? 有没有她的电话?"肖一满半屏着呼吸问。

白茶挂了电话。

听着电话的忙音,肖一满很久回不过神,记忆里,没有女孩挂过他的电话。他重新拨打白茶的号码,不停地拨,第五次拨通时,白茶接了,说:"别打了,我不认识你。"

"认不认识我没关系。"肖一满耍起赖,"我朋友很多,会让所有朋友帮我打这个电话,不停地打,直到你认识为止,你要不准备好足够的电池,要不准备换号码吧。"

"不愧是富二代,霸气惯了的。"白茶冷笑着,"你只有这样的处理方式吗? 这样有意思吗?"

这次,肖一满没有被激怒,他低声下气地说:"柳柳到底在哪? 我是真想知道。"

听得出肖一满的态度让白茶稍感意外,但她没有转变态度,冷冷地哼了一声:"那是你的事。再说,现在还知道做什么,有什么意思呢? 太晚啦。"

白茶又挂断了电话,肖一满再打,拨一通电话发一条信息,信息内容是:告诉我柳柳在哪里。

白茶终于再接肖一满的电话时,干笑几声,说:"肖少爷现在真有耐心,半夜出太阳哪,难得你还记得柳柳,我替她感谢你哟——噢,你真想找她?"

"想找。"肖一满耐着性子。

"那拿出点诚心,亲自来问我吧。"白茶说,"我现在已经离开原先那个城市,到隔省发展了,我一会发地址给你,你想问的话就照地址找,别打电话了。"

隔天中午,肖一满出现在白茶面前,那时,白茶刚刚走出公司。她指头点着肖一满,半天发不出声音。

"是我,肖一满,一起吃个饭吧,我猜你刚下班。"

白茶什么也不说,跟着肖一满走。十年了,肖一满外表几乎没什么变化,但神情和以前不一样了。冲着他那神情,她吞下想冲出嘴的大骂,跟他走进一家饭店。

肖一满要了个包厢,刚坐下,就直截了当地问:"柳柳在哪?"

"如果十年前能这么紧张就好了。"白茶叹,"算柳柳倒霉,碰见十年前的你。"

"她到底在哪?"肖一满的焦急无法再掩饰。

"我不知道。"

"不知道?"肖一满站起身,半俯视着白茶,姿势和语气都是逼视的样子。

"是真不知道。"白茶说,"我没心思开玩笑,我和柳柳也好些年没联系了,她跟所有的朋友都不联系,没人知道她在哪,或许在老家吧。"

肖一满四肢的气力似乎被突然抽走,身子变得软塌塌,他瘫坐下去,双手抓着桌沿,皱着眉,用力想记起点什么线索。

"你这样算什么? 找她做什么?"白茶冷笑,"柳柳最难过的时候,你去哪了?"

肖一满不敢抬头,他无法回答白茶的问题。白茶开始叙述十年前的事,那些事肖一满全知道,但她仍细细地说,好像为了把肖一满更彻底地拖回去。她成功了,十年前的一些片断突然变得清晰、锐利,在肖一满的脑子里磨割、搅拌。

那段时间,柳柳每天都在找肖一满,肖一满不接她的电话,不回她的信息。柳柳也无从知道他的家、他的朋友,只能等在他经常去的酒吧门口,他们当初就是在那间酒吧认识的。肖一满去的酒吧很多,柳柳花很长时间才能偶尔等到他,看见他就扑上去哭,说有话想跟他说。肖一满烦了,在兄弟们面前也没面子,拉开哭喊的柳柳,让她别再打扰他,直接告诉她自己还有别的约会。

肖一满突然想起他上车的时候,从车窗看出去,看见柳柳哭得软倒在白茶怀里。他摇上车窗,开车,在她们身边绕了一圈,扬长而去。

后来,肖一满还是见了柳柳一面,因为白茶找了她的男朋友,她男朋友找了肖一满,在一间茶吧要了个包间。柳柳进门的时候,嘴唇就开始颤抖,肖一满不耐烦地指着她:"够了,别哭,再哭说不成话了。"

接下来的整个过程,柳柳一直忍着哽咽,憋得双眼发红。柳柳不断重复,她是真心的,想好好和肖一满在一起的。那时,肖一满认为这是废话,他早看出来了,柳柳是真心太过,缠人了,不识趣了。他就是玩玩,柳柳会不知道吗?

柳柳说的话其实都是之前无数遍在电话或信息里说过的,她有他的孩子了。

"打掉。"肖一满也重复说过无数次的话。

"我想养,这是孩子,不是东西。"柳柳坚持。

"那随你,不关我的事。"

"怎么不关你的事?是你的孩子,你是孩子的爸……"

"够了!"肖一满喝住她,他推过一个信封,"这钱拿去,要怎么处理,随便你。"信封是牛皮纸的大信封,肖一满认为已经足够大足够厚了。

柳柳竟摇头:"你得养孩子,你是孩子的爸……"

"出门后,我就不认识你了。"肖一满起身打开包厢门。没想到柳柳速度比他更快,飞快地闪身而过,冲出包厢,牛皮纸信封留在桌子上。肖一满正考虑要不要将信封收起,跟着跑出去的白茶跑回来,拿起信封,冲肖一满扬了扬,说:"这是柳柳肚子里的宝宝该得的,你是浑蛋。"

如果白茶不是女孩,不是柳柳的好友,照那时肖一满的脾气,他会出手打白茶的,他认定柳柳的死缠烂打也有她的煽风点火。

几天后,肖一满收到那条信息:晚上八点,我在滨江公园秋千园等你。如果你不来,就永远见不到我,见不到你的孩子。肖一满没理睬那条信息,那天晚上,他认识了一个新的女孩,像海报上的明星,有身材有脸孔,他们在舅舅的酒店里待了一整夜。

从那以后,柳柳没再联系过肖一满,也再没有消息,肖一满乜未联系过她,他曾很庆幸终于甩掉了她。

"柳柳没再跟你们联系?"肖一满不知是不相信,还是抱了最后的希望,问白茶。

白茶说:"那时,她所有的希望都没有了,还要我们做什么?"

三十四

肖一满开着车,车窗半开,在街上绕来绕去,毫无目的,好像一转头就能突然找到柳柳。开到最后,他在熟悉的城市里失去了方向感,这让他又恐慌又无措,他把车停在路边,强迫自己冷静下来,冷静之后又变得绝望。

所有的猜测得到了证实。白茶说,和肖一满谈崩后,柳柳回去打工,后来一个工友走近了她,照顾她,她嫁给了那个老实的工友。那个工友就叫陈福,正是陈六月那张照片上的男人。

所有的线索也失去了。柳柳说死也不能打掉自己的孩子,她不敢回家,父亲母亲会打死她的,留在城市打工也不成,再过几个月,肚子显出来,工厂就会不要她,她也没脸待下去。就在那时,她认识了陈福,愿意娶她,即使知道她肚子里有孩子。于是,她跟陈福回陈福老家结婚,结婚后两人都没再回工厂,从此断了联系,她的手机号码换了,没有人找得到她。

坐了一会儿,肖一满开车回以前那间酒吧,酒吧重新装修了,那块巨大的广告牌也换了,但仍装在那个位置,柳柳以前就站在广告牌下等他,对他说有了他的孩子。他和柳柳也是在这家酒吧认识的,那时,肖一满还在上大学。

那天晚上,肖一满是被一个朋友邀去的。那朋友就是白茶后来的男友,他告诉肖一满,将有比较特别的女孩来。肖一满笑,女孩就是女孩,只有漂亮和不漂亮的,哪有什么特别的?

当白茶把柳柳拉进酒吧时,肖一满对那个朋友扮鬼脸:"是挺特别的,打工妹呀。我的女朋友队伍里确实缺个打工妹,刚从农村出来的,傻得很可爱又土得掉渣的这种。"

朋友笑:"主要还是那张脸不算赖吧。"

"这是最基本的。"肖一满耸耸肩。

柳柳原来叫翠柳,当朋友介绍出这个名字时,肖一满拼命忍住才没有大笑起来,他的喉咙咯咯响了一阵说,这名字真像老电影某个女配角。但翠柳的脸绝对不比他以前交往的那些叫莎丽、婷娜之类的女孩差,还是素面朝天的,因此,他给了她灿烂的笑脸,那个笑脸阳光得令人难以置信,从此以后,肖一满脸上那层阳光成了翠柳的错觉,她认定那层阳光将照亮她的生命。

肖一满发现柳柳——那时还是翠柳——在酒吧震耳的音乐声和扭动的舞影中很无措,她缩坐在桌子边,手脚没处安放的样子。这时,他扮演了绅士的角色,凑到她耳边大声问:"没来过这里吗?"

她显然不太习惯和一个男子这样亲密,稍缩了缩身子,摇摇头:"没来过,不太适应。"

"不喜欢?"肖一满嚷。

"歌不太好听。"柳柳不得不提高声调。

肖一满凑得更近,说:"这里面是太闷了,又吵死人,我也不喜欢,我们出去走走?"

起初,柳柳不理解他的意思,他指着门的方向,做出透气的样子,大声喊:"散散步?"

这是翠柳喜欢的,而且,这样的环境里,肖一满这样的兴致让她感觉到特别,她不知道自己在那一瞬已经死心塌地了。她点点头,随在肖一满后面走出酒吧,他几个朋友看着他们的背影笑:"这小子,泡妹子又有新花样了,真会看菜吃饭。"

肖一满带了翠柳顺路边的绿地走,走到一处街心公园,选一张石凳坐下,石凳边是一排矮矮的花丛,看得出翠柳很喜欢这里,眉眼带了笑,半眯着眼,轻轻抽动鼻子说:"花真香。"那一刻,肖一满认为自己是动心的,事后,他和朋友谈起,笑骂:"见鬼了,那打工妹倒有点像怀旧电影的女主角,我们整个是在拍一部爱情文艺电影。"

既然是文艺电影,肖一满就学文艺电影里的男主角,将手轻按在柳柳的手背上,柳柳垂下头,嘴角现出一丝羞涩的笑,肖一满突然想起她的名字:翠柳,他又想大笑了。

"你的名字不好。"好不容易控制住笑的欲望后,肖一满说。

"嗯?"翠柳疑惑地看着他,说,"这是我的名字,我爸帮我起的,说柳好看。"

"不好听,配不上你。"肖一满干脆地说。

翠柳有些惶恐,像做错了什么。

"别叫翠柳了,"肖一满任性地说,"老土。叫柳柳好了,电影女主角的名字。"

肖一满是随口乱说的,他想不到翠柳竟听进去了,认真地点点头:"柳柳?嗯,真好听,好,以后我就叫柳柳。"肖一满倒愣住了。

从那以后,翠柳就把名字改为柳柳了,她不厌其烦地告诉所有朋友,让朋友们都喊她柳柳,一次又一次纠正朋友因习惯而喊她翠柳的口误。白茶说:"翠柳,你没必要这样吧,交个男朋友把自己都丢了。"

"茶,叫我柳柳。"

白茶只好做晕倒状。

最初的新鲜劲过后,肖一满很快倦了,他对朋友们发牢骚:"妈的,还从来没有谈恋爱谈这么累的。"他找到柳柳,心平气和地说:"分手吧,我们走得够长了。"

柳柳相信自己听错了,相信肖一满是口误。肖一满只好一次次重复,并用实际行动证明他已经完全不在乎她。柳柳开始反应过来了,她认定是噩梦,而肖一满认为理所当然,他很惊讶,几乎难以相信柳柳会把他当靠山。他怎么能当人的靠山?永远和一个女孩在一起的事怎么可能发生?

就在柳柳慢慢认清事实,准备放弃时,她发现自己怀孕了。将这个消息告诉肖一满时,她一次次强调,他是她第一个男朋友,而且是唯一一个。肖一满则不明白柳柳说这些有什么意义。

完全没有柳柳的消息,肖一满回到学校,陈六月远远地朝他飞奔过去,他一直在篱笆边等着。看见陈六月,肖一满突然有些惊慌失措,他避开陈六月的目光,让陈六月帮忙拿东西,自己先匆匆走向学校篱笆门,弄得陈六月疑疑惑惑的。

放下行李后,肖一满突然抱住陈六月,说要带他进城。问陈六月想要什么,想要什么他就给买什么,想干什么就带他干什么。

"要爸爸,要妈妈。"陈六月说。肖一满无力地松开他。

三十五

周六早上,肖一满突然说要带陈六月和刘小竹到镇上逛逛。高灵音暗中看了他很久,吃过早饭后,高灵音悄悄跟出去,低声问:"你没事吧?"这样问的时候,她紧盯着他的眼,而他不看她。

"就是带他们逛逛。"肖一满吾气风轻云淡。

"这不是你的风格。"高灵音摇摇头。肖一满下山从不带陈六月和刘小竹,以前提过让他带,他耸肩撇嘴,说周一到周五困在这里已经要疯了,周末去放松还带两个拖油瓶?如果他的脑子没出问题,这种事是不可能发生的。他说这些时,高灵音称之为"富二代病"的感觉就表露无遗。陈六月和刘小竹似乎也明白什么,肖一满下山时从来不敢跟,高灵音下山,他们则常有随行的念头。

高灵音仍用心看着肖一满,自她的生活发生了那个拐点以后,她发现自己有了观察人的习惯与耐心,看到很多以前从未看到过的东西,这种感觉很难说清楚。如果在以前,肖一满细微的变化绝对不会在她眼里,她也不会去费心。现在,她觉得是那么明显,已到无法忽略的地步,肖一满自星期二从城里回来后,就心事重重,甚至连性情也有些变了,有那么点忧郁。

肖一满突然望了高灵音一眼,语气变得极差:"我想改改风格,怎么了?你管得也太宽了吧。"

高灵音也突然怒火中烧,没来由地委屈起来,以更差的口气回敬:"改就改,关我什么事?我逼你改了吗?"

若不是极力控制,高灵音会爆发,疯狂地发泄一通,她咬住舌头,想不到任何借口,她还能有什么借口?有什么资格找借口?她的路不是自己两只脚踩出去的吗？踩了死路，还要怎么样？她极快地走向办公室，关上门的瞬间，眼泪就下来了，那件事又变得无比清晰，之前她用无数办法让它淡化，忽略它的纠缠，背对它，但似乎所有的努力都失效了。

肖一满和两个孩子回到学校时，天差不多黑了。吃晚饭时，刘小竹兴奋地讲述着坐在肖老师摩托车上是多么有趣，陈六月双眼烁烁地盯着刘小竹，时不时微微地点下头，似乎这样就强调了刘小竹的话。高灵音和刘老师下午在树林里谈了半天，情绪平复不少，暗中看肖一满，他长久不出声，表情更凝重，忧郁更深了，不知是不是灯光的关系。

两个孩子睡觉后，肖一满敲了敲高灵音的门，高灵音应了一声，他进门，拖过靠椅坐下，长时间不出声。高灵音发现他握着两袋咖啡，接过去，泡好两杯咖啡，放在桌上，等他开口。

肖一满端起咖啡，轻轻晃着，半侧着身，以免正对高灵音，他开始讲述了。

关于多年前那个叫柳柳的女孩，关于陈六月拿来的照片，关于自己的猜测，关于前些天回城里的验证……

"六月是你的儿子！"高灵音低声惊叫。

肖一满杯子在桌面上一顿，高灵音住了声。

"我该不该认六月？"肖一满突然问，他转过身，抬起脸，看住高灵音，急切地想要一个答案。

这次轮到高灵音避开他的目光了，她没有回答，只是问回去："你敢不敢认？这不是认了就完的事，儿子，是一辈子的事。"

肖一满没有回应。

高灵音又问："六月肯不肯认？他要怎么接受？怎么理解当年你和他妈妈的事情？这孩子受过一次打击了，已经成那样，能再承受一次吗？"

"真奇怪，我有个儿子。"肖一满避开高灵音的问题，喃喃地说，"以前，我对'儿子'这词没概念的，现在也没有，我怎么就有儿子了？"他说一句喝一口咖啡，好像咖啡能帮他释疑解难。

接下来长长的时间，高灵音和肖一满以及两个人的影子全都缄口不言。肖一满喝完那杯咖啡后，默默走出去。高灵音不由自主地起身，看着他走出办公室，背影一点点融进夜色里。

高灵音睡不着，趴在床头给她那个朋友写信。

亲爱的朋友，我想跟你说说话，除了你，我不知该跟谁谈了。

实在难以相信，六月竟然是肖一满的儿子。看起来肖一满记忆里原本完全没这个儿子的，可他莫名其妙地跑到这里，莫名其妙地见到儿子，又莫名其妙地翻出那么遥远的事，这到底该怎么解释？这是报应？像我，以为命都顺着我，可以随便挥霍，结果，命给我个大转脸。肖一满以为永远老子第一，结果命给他一个永远甩不去的负担。

　　我在说什么呢？好像在咒骂肖一满。朋友，自那件事以后，我的心理好像变得很怪异。可除了报应，这些事还能怎么解释？最近，我经常想起奶奶的话，并有一点相信了，要知道，以前奶奶说那些话我就哈哈大笑，像逗孩子一样逗她，笑她单纯也笑她迷信。

　　奶奶说，有一双眼睛或者类似眼睛的东西盯着人间的，任何时候发生的事都被记下了，任何角落的事都不会落下，种什么因得什么果。她说因果自有一双手或者类似手的东西安排着，一切公公正正的，没有人逃得掉。她说，有那么一双眼和一双手，只要好好做人，安安心心过着就成。奶奶是多么坚信这些，所以她才那么心安理得吧。

　　可是真的是这样吗？朋友，以前我觉得好笑，根本谈不上相信。现在我是不敢相信，有那么简单吗？可是，不相信的话，为什么我会碰上这样的事，在最高的山峰摔进最深的谷底？为什么肖一满无缘无故就绕到这里？我真想像奶奶那样坚信，那样的话会轻松很多吧？可如果这些是真的，人还能干什么？作为一个人，被那双眼看着，被那双手安排着，又多么不甘心。

高灵音突然发现自己写了一堆问号，她的脑门一抽一抽地痛，放下笔,深吸口气,努力将自己从杂乱的情绪里抽离。她写一个问题就发一阵呆,这么拖着,夜慢慢过去了。

她拍着僵硬的肩膀爬起身,想喝杯水,外面突然传来一声惊叫——是刘老师。

三十六

刘老师摔伤了,她到学校后面搬柴火时绊了一跤。高灵音冲到的时候,校长已经把她扶起来,刘老师就那么被扶着,无法动弹,龇着牙吸冷气,校长和高灵音一时不知她伤在哪。好一阵,刘老师才慢慢透过气,说:"脚能走,只是腰有点痛,没大事。啊,手!老何,你别动我的胳膊!"

刘老师被送到镇医院,她的胳膊摔折了。村支书要给校长的儿子何立成打电话,被刘老师喊住了,校长也摇摇头:"让他知道就别想回学校了,这时够乱了,别再生出枝节,千万别让他知道。"

"以后他若知道了,会怪我的。上次走之前,立成交代我好好看顾你们,有什么事要第一时间跟他通气的。"

"你不说的话,他怎么会知道?"校长挥挥手,"通气做什么?通了气胳膊就能好得快点?明天是周一了,现在得想想孩子们上课的事,别的事不要提了。"

"我来吧。"高灵音在一旁接口。

肖一满说:"大不了多上几节体育课,多教一套健身操。校长,你多布置些练习什么的,我看着那帮小鬼做还是没问题的。"

陆陆续续有人来看望刘老师,都是邻村的,多是老人,学生的爷爷奶奶,提了鸡蛋、腊肠、白糖、猪肉,很快堆满病床头的小桌。他们围在刘老师床前,不停地问这问那,拿手指轻碰刘老师夹了木板缠了绷带的胳膊,忧心忡忡地讨论以后还能不能写字。刘老师笑着说是左胳膊,不耽误教孩子们写字,那些老人又担心她能不能自己将胳膊弯进袖子里。

高灵音低声跟肖一满说:"奇怪,这些村子散落在各个山脚或山腰,都离得很远,他们怎么就都知道了? 他们都通着电话?"

"心灵感应吧。"肖一满耸耸肩,突然说,"我要有一天摔坏胳膊或腿的,有这么群人提了东西来看望,感觉倒不错,可惜他们都太老了,没半个好看的年轻妹子,学生们就没有个把姐姐之类的?"

高灵音白了他一眼:"肯定有,但也肯定都进城打工了,其中有些会碰见你们这种公子哥儿,你不是就哄骗过一个? ……"

高灵音意识到说漏嘴时,话已出口,肖一满当下变了脸色,抿紧了嘴,很长时间没有笑意。

人们送的东西,校长和刘老师都留下了,让村支书喊两个人送到学校。校长要高灵音和肖一满先回学校,学生下午就回校了,下个星期的课只能先交给他们两个。校长到镇书店买了两本练习题,一本适合高年级,一本适合低年级,让肖一满抄题给学生们做。

"让我抄题?"肖一满说,"这就为难我了。"但他很快想了办法,让校长将要抄的题折出来,他跑到复印店,复印了几十份,说直接发下去就成,还能当考试卷。

高灵音笑:"真是有钱人的办法,不过,这办法不错。"

学生们都到了,差了校长和刘老师两个人,学校就感觉很空。高灵音和肖一满都有些无措,迎接学生后,立在篱笆门边发了很久的呆,直到刘小竹过来提醒该做晚饭了。

做饭一向是刘老师主导,高灵音打下手,刘老师让做什么就做什么,很多时候,因为她戴着手套,刘老师还不让她做。现在,没了刘老师的指挥,高灵音好一阵理不清头绪,很努力地想菜谱。

刘小竹和几个高年级的同学很鬼,在一边不断提示:"高老师,该淘米了,该起炉了,该择菜了……"边提示边分工各自承了一份活。

肖一满立在厨房门槛边笑:"谁是老师呀?"

看见他笑,高灵音放心了,她一直后悔今天脱口而出的话,她将肖一满一扯:"进来,你的任务不是说风凉话,而是烧火——小竹,你闪开,肖老师烧火。"

肖一满刚接手没一会儿,炉子灭了。

刘小竹呵呵笑:"炉子不听肖老师的话。"

"你肖老师本事太大,把火都吓灭了。"高灵音笑。

肖一满赌气,趴下去使劲吹,火苗呼地冒出灶膛,舔了他额前那缕打了发胶的很昂扬的头发,他猛拍灭火时已经晚了,额前缭绕着一缕青烟,几个学生笑得捂肚子。但这样的欢乐很短,吃晚饭时,学生们出奇地安静,所有的动作被过滤了一般,无声无息。菜很不错,有从医院提回来的肉和鸡蛋,分量也是从未有过地足,大家却心事重重地吃着。高灵音想逗某个学生说话,得到的都是简洁到干枯的回答,一问一答就显得愈加突兀。

饭后,高灵音指挥学生们练歌,要肖一满帮忙整队形,说:"别让他们无事可做,都老头老太似的闷着头。"

学生很听话,认真地唱,但太认真了,歌调里染了淡淡的忧伤,高灵音极力鼓动,学生们的歌声也无法活泼起来。

"算了,别唱了。"高灵音突然大喝,"这是唱歌吗?"

学生们不知所措,高灵音丢下他们,径直回办公室。肖一满挥挥手:"别练了,去玩吧,做游戏。"

肖一满走进高灵音办公室,高灵音端着水杯不停喝水。

"你跟水有仇?"肖一满说。

高灵音继续喝。

"有件事,我一直很奇怪,为什么我没有过要泡你的念头?"肖一满突然说,"照理说,你这条件还成,不至于让我没感觉。"

高灵音嘴里的水吐回杯子,鼻子嗤了一声,说:"莫名其妙,你脑子短路了?"

肖一满却很认真,说:"直到前几天,我明白了,你就是我可以谈私话的朋友,所以没那种念头了。这比当女朋友好,我第一次和女的这样正经谈话。"

高灵音简直不知怎么反应。

"好的,我又想跟你说说严肃的事了。"肖一满话题一转,说,"如果,我是说如果,校长和刘老师再也不能回学校,这学校怎么办?"

"不知道。"高灵音说,"这问题我不想答,连想都不愿去想。"

"妈的,这是上面的事,是什么教育局该管的。"肖一满骂,"我们操心些什么?轮不到我们操心。"

他们不再说这话题,但谈话变得小心翼翼,无法再继续。

最后,肖一满还是忍不住问:"要是校长和刘老师真没回校,我们得守在这?这关我们什么事?我们想走就走,能不能走掉?"

高灵音绷着脸不应声,肖一满气呼呼走了,好像他们相互得罪了对方。

三十七

肖一满早上起床后走出帐篷时看见校长的头,从倾斜的山路远处移动过来,慢慢地露出肩和上半身。肖一满大步迎上去,扬声喊:"校长,真早啊。"说完,他冲自己暗骂,比见了亲爹还高兴,头脑有问题。

学生们很快拥出学校,跑出篱笆门,他们欢呼着,大笑,笑着笑着,有些学生哭了。校长一巴掌拍在学生肩上:"哭什么哭?还有个学生的样吗?"

"刘老师怎么办?"高灵音很快从兴奋里清醒过来,她昨天还在医院,家里人又不在身边。

校长说刘老师在村支书家,有村支书夫妇照顾着。

"刘老师她……"

"她没事,一只手还能动,吃饭是没问题的。"校长笑,"一个星期后去换药,到时我有空就下山去一趟,没空堂弟自会带她去,我待在那里有什么用?她好了自己会回校,就是这段时间,上课大家要辛苦一些了。"

校长还有一个好法子,一些练习题让高年级的同学给低年级的同学讲解,说对高年级的同学是最好的锻炼,练他们的胆量、表达能力和组织能力,还能顺便复习整理旧知识,最重要的是能带来荣誉感。对低年级同学来说,增加新鲜感,还有榜样的力量,他们会听得更用心。

肖一满竖拇指:"校长真是教育家,理论一套一套的。这法子刺激,以后低年级由我来,我发练习题给他们做,做完了高年级抓个尖子一讲,完事了。"

校长笑:"这是没办法的办法。有时,我和老刘确实忙不过来,就用这法子,总比老让学生自学好一些。刚才说的是有些道理,但也是自我安慰。"

校长向学生们保证,刘老师很快就回学校,到时第一个先听听他们唱得怎么样。

安排学生休息后,杨月亮来电话了,压低了声问:"妈妈,那边的哥哥姐姐休息了吧?"杨月亮已经很准确地掌握了这边的作息时间,很乖巧地配合这边的节奏。

"刚刚休息,月亮算得很准,我这个时间听电话最好了。"

杨月亮的语调立即变了:"妈妈,我想你。"

她一说这话,高灵音就沉默,不知怎么应,也不敢随便应,那将有可能引出杨月亮一堆想法和话来。

"妈妈,你到底什么时候能回家?"杨月亮已经陷进情绪里,高灵音的沉默越来越无力,转换话题也无法再敷衍她。

"月亮,你知道,这里有很多孩子要照顾,我能走掉吗?"高灵音将问题抛给杨月亮。

杨月亮稍顿了顿,说:"可是,妈妈要照顾到什么时候?"这应该是她最近突然想到,并一直想着的问题,"学校里是老有学生的,妈妈就要老待在那儿吗?"

高灵音愣了,这孩子又出难题了,她咬了咬牙,问:"那月亮说怎么办? 把他们丢在这里吗? 我走了,他们连课都没法上了。"

"可是,妈妈,"杨月亮带了哭腔,"学校是一直有学生的,一直有的,妈妈就老回不了家吗?"

"我能丢下他们吗?"高灵音重复这问题,"会没有人照顾他们的。"

"他们的爸爸妈妈老不回吗? 为什么老不回家?"

"他们的爸爸妈妈进城了呀。"高灵音狠着心继续说,"在山里他们找不到工作,会活不下去,可他们在城里工作很苦,没法照顾孩子,又没有房子,孩子跟着进城也找不到地方住,只能把孩子留在山里。所以,月亮,你说我能把他们丢下吗?"

杨月亮哇地大哭起来,高灵音感觉到自己的残忍,她试图提起《有彩色眼珠的孩子》安慰杨月亮,毫无效果,孩子的号啕完全止不住,高灵音甚至听出了绝望,她的胸口开始胀痛。

杨宇汉终于接过电话,高灵音略略讲了事情经过,说:"我真不知该怎么回答月亮,她慢慢长大,很多事瞒不住了,我们的谎言漏洞也越来越多。我想试着狠下心让她失望一次,看她能不能慢慢习惯。"

"没有妈妈,月亮没法习惯。"杨宇汉说。

高灵音和杨宇汉的对话再次停滞不前,每次谈到这问题,他们就各自站住,垂下头,各自侧身避开摆在两人中间的问题,好像那问题是有形有影的。

除了写信,高灵音想不出任何透气的办法。

亲爱的朋友，今晚我真的是又残忍又自私，把自己也完全没办法回答的问题丢给月亮，她那样小的孩子，我让她承受那样的负担，那些完全不关她的事，有什么理由让她面对？可是到底关谁的事呢？我吗？我承受不起。烦死了，先不说这些吧。

说点高兴的，校长回来了，我和肖一满都没想到他这么快回校，看得出，肖一满一整天都很兴奋，好像害怕校长不再回来，这里就成了他的事，他得永远待在这。他哪里待得住？哪里承得起？唉，我又想发牢骚了。其实，肖一满挺可怜的，原先那么不可一世的公子，突然发现有个儿子，现在又完全没有办法，我很奇怪，他为什么不跟家里人商量一下？他对父母到底什么想法啊？不过，最重要的是陈六月这孩子，他刚刚从上一件事中慢慢走出来，刚刚好一些，没人敢随便再打扰他。

不说别人了，说说我自己，校长不在的时候，我也很害怕，怕学校剩下我和肖一满两人，肖一满是随时可以走的，我呢？当然，现在，只要我身体还好好的，身上皮还好好的，我就待在这，待得越长就算赚得越多。小竹问我能在这儿留多久，我说能多久就多久，那孩子很高兴，她哪知道我的意思？朋友，我又说了一个谎。

如果，我是说如果，我的身体突然完全好了，我还会待在这儿吗？天，我不知道，到那个时候，我可能又要想很多东西了，会觉得这里无法忍受了吧。我是什么人哪？到这里原先就是想逃，这样看来,肖一满倒比我好得多。可是,我也不相信自己能就这么甩手走……

朋友,我写不下去了,今天先到这吧,我累了。

三天后,刘老师也回学校了,胳膊吊在脖子上。她说闷坏了,说自己是劳累的贱命,没法整日闲坐闲话吃闲饭,反正右手能写字,也就能上课,几天后再下山换药。

三十八

晚饭后唱歌已经变成一个习惯,成为固定项目。高灵音教的一些歌学生已经唱得很熟练,也能简单地分几重唱了。本地的山歌唱得更好,山风起的时候,歌声缭绕回旋。高灵音觉得这才算天籁,以前她在舞台上尽力投入情感,想着按导师讲的技巧唱,简直是造作。

高灵音提了个建议——斗歌,这让孩子们一头扑进游戏里,自导自演。高灵音自去寻找肖一满,他在操场上随便转了一圈后,拐出篾笆门往左侧小树林的方向走,若是以前,他肯定是去打电脑游戏的,现在,高灵音知道肯定不是,她跟住他。

肖一满靠着帐篷不远处的一棵树站下,仰着脸,高灵音昂起头说:"树叶这么密,看不清楚星星啊,要看树叶又看不到,全是黑影。"

"你来做什么? 不去唱歌?"肖一满很明显吓了一跳。

高灵音知道他在想陈六月的事，她本想跟他谈谈陈六月，听听他有什么打算，但看了他这样子，她觉得现在最好不提，再怎么提也想不出什么好方法。

两人一时沉默，高灵音靠了另一棵树站着，听孩子们斗歌的声音，他们从刚才一对一地斗，变成一班对另一班地斗，气氛很热烈了。

"真想不到我会在这里教学生唱歌。"高灵音不知是感叹还是没话找话。

"歌星嘛。"肖一满耸耸肩，他走到帐篷前，拿出活动矮桌打开，高灵音跟着过去，打开两张帆布矮凳。

"没错，以前我是想当歌星的。"高灵音触动心事了，"从小喜欢唱歌，想当天后级的歌星。上初中时，家里开始给我找音乐老师，后又念了艺术学校，进城闯荡到酒吧唱歌，再去参加歌唱比赛，一切是朝歌星的路子奔去的。那时，觉得自己成为歌星是理所当然的，只是时间早晚的事，做梦都经常梦见变成超级歌星，录了属于自己的专辑。"

"歌星有那么好？"肖一满说，"什么明星歌星的？我见过不少，也没觉得怎么样，女孩都爱那么出风头吧。"

"什么出风头？首先，我喜欢唱歌，就像你喜欢打电脑游戏，更重要的是，我想让自己的声音留下。我很清楚自己的声音，算很特别的，希望以歌声的形式留住。就像周璇、阮玲玉一样，她们死掉那么多年了，可现在世上还留着她们的歌声，还能让那么多人感动。"高灵音声音有些缥缈了,"要是能那样,不是很有意思?"

"这些话真高大上,听着像什么思想家。"肖一满笑着说,"难怪我不敢泡你,你跟我不是同一个空间里的人。"

高灵音不睬他,继续说:"要不,这么活着活着死掉了,谁知道你这个人? 别的我还能留下什么? 要是想得太透,做人真没意思。"

高灵音的声音伤感得有些变形,她似乎被自己的伤感弄得无措,侧过身抹了下脸。事后,她在信里写:"朋友,那件事以后,我想的东西越来越多,以前是绝不会想这些的,就是有那样的念头,也会让它们轻飘飘地消失掉,不会这样一本正经去面对,弄得这么沉重。到底是因为那件事,让我看到了死这样近,还是因为小时候奶奶老跟我说些怪怪的话,不知不觉影响我了?"

"那就当歌星嘛,就你的情况来说,根本不难。什么比赛冠军,什么著名导师的学生,什么电视台报道、报纸跟踪,还能引起记者的兴趣,引起些八卦,这不就是当歌星的前奏吗? 你那个什么比赛再继续下去,肯定成为什么新人,为什么突然放弃了?"

高灵音不出声也不动。

对高灵音的事,肖一满再次产生强烈的好奇心:"说说嘛,到现在还不能说? 你放心,现在,你的事你自己管,我有自己的事了,还是让人头大的事。"

"我改了。"高灵音简单地说。

"改了？你所谓的理想怎么说改就改了？"

"现在成空想了,不改也没法。"

肖一满猜测大约与那个城市、与洪子健有关,她大约不想再露面之类的,以至于到了病态的地步,要不不会这样把自己包起来,整天长衣、长裤、手套、围巾、帽子。他不再缠问,说:"专辑可以做呀,不当歌星,照样可以把声音留下。照你说,到了这里,声音更纯净了,做专辑不是更有利了？"

高灵音苦笑了:"你以为专辑是拿手机录音？那需要专业的录音棚,拍摄团队,才能录出效果。而且,做成后得发行,总不能自己录几张碟听着玩,或像上次给孩子们录的,到乡里电视台放一放,过过瘾。那不如不做,声音就得让人听到,这是留下并传下去最基本的前提。"

"这个我倒可以做。"肖一满说。

高灵音哧地一笑。

肖一满拍拍矮桌,示意高灵音好好听他讲,他说:"我是认真的,你不是对我是富二代有偏见吗？这次,富二代该发挥点作用了,我出资帮你录专辑。别忘了,我是投资过电影、拍过电影的,认识一些制片公司,只要有钱,找正规团队没问题,发行我当然也算拿手的。"

高灵音身子往肖一满这边倾,她几乎有些动心了。

"没错。"肖一满激动起来,"到时就叫'山里的无名歌手'或'上天遗落的声音'之类的。我拍过电影知道的,这样的名字有卖点,能让人莫名其妙地感动,说不定到时专辑大卖,我还能赚上一笔,所以你不用感谢什么的。从另一个方面讲,我可以把这当作第一桩生意,没错,由我自己做成的生意,说不定这是一条路子,由这里打开一个缺口,从此,我要有真正的事业了……"

肖一满越说越远,高灵音敲敲桌子:"能不能清醒点?"

"我很清醒。首先,专辑是可以录的。重点倒是你,得着手准备歌曲了,用不用我找人帮你写歌?"

这时,学生合唱起了,歌声骤然响亮,高灵音双手一拍,大喊:"录这个! 这才是真正上天遗落的声音,我和孩子们一起录,这个专辑肯定有意思……"

高灵音的手机响了,打断了她兴奋的叙说,她摸出手机一看,是母亲。

三十九

看见母亲的号码,高灵音脑里开始飞快转动,母亲又催自己回家的? 或又想让大哥来看她? 又要哭? 她这次找什么借口? 怎么说服她?

问题一起搅动,高灵音接通电话时一点头绪也没有。

一连串的生活过问之后,母亲仍是那个问题,什么时候回家? 佪这次她问得很小心,而且退让了:"灵音,暑假你总能回家的吧? 什么时候放暑假？对了,到时我刚好生日。"

"妈妈,暑假你就能回来看我吧。"高灵音听见杨月亮这样说。

"对了,妈妈,暑假我就可以去看你了。"杨月亮又说。

"谁知道我能不能活到那时候。"高灵音似乎脱口而出,她猛回过神,不确定是不是出声了,试探着唤了母亲一句,好在母亲的口气没什么异样。

暑假,都在安排暑假,高灵音看见暑假变成一道又高又宽的坎,横在她面前,她呆立一边,无法可想,不知该怎么迈过去。她真想缩在坎下边好好睡一觉,但她知道,她不迈过去的话,那边的人会纷纷越过这坎,找到她面前,她无路可逃。

高灵音不记得怎么跟母亲说的了,只知道母亲说了很多,结束通话时,夜已经深了,她累极了,躺倒在床上,闭眼就深睡过去了。

高灵音全身的皮肤变得紧绷绷的,好像皮下有风在鼓胀,皮肤有了裂痕,裂痕在皮肤上四处爬蔓,疼痛随着裂痕一寸寸咬她的皮肉,她的皮肉开始分裂成片状,皱缩、脱落。高灵音躺在床上,听着皮肤脱落的啪啪声,她的身体慢慢失去形状,她手忙脚乱捡拾着皮肤的碎片,试图修补好身体,但皮肤碎裂得更厉害,肌肉也渐渐脱落了。高灵音尖声大叫,身子一晃,跌下床去。

高灵音从梦中惊醒,发现自己掉落在地上,浑身汗湿,她急忙地检查身上的皮肤,幸好没擦破皮。她坐到办公桌前,对着桌上一张镜子,只看到脸,突然,梦中的情景在镜中再次出现。

高灵音打碎了镜子,但她不敢去收拾玻璃碎片。

好在还能写信,高灵音再一次为有那个朋友而庆幸。她翻出信纸,但只写了这么几句:亲爱的朋友,我该怎么办?暑假就要到了,那时,所有的事我都得有个交代,我能怎么交代?我不是想到最后的路了吗?为什么还有这么多操心的?还有这么多害怕面对的?

高灵音收起信纸,闭眼,想象那个朋友会怎么回答,但直到清晨的亮色爬进窗口落在办公桌上,没有任何头绪,她只隐隐听见那朋友说:对不起,这忙没人帮得上。

四十

晚饭后不久,肖一满帐篷前的矮桌就摆好了,他晚饭时就交代了高灵音,饭后过来,两人具体商量一下昨晚的事。他的表情认真得过分,甚至有些着急,高灵音定着眼睛看了他一会,笑:"你现在的样子真像一个模范学生,这种表情其实挺适合你的,在青春片里演个大学学霸没问题。"

肖一满说:"我告诉你,这事你给我好好配合,我一定要弄成。"

"哎呀,说话都有板有眼了。"高灵音继续逗他,"好吧,我肯定听从指挥,这可是你的事业,怎么敢马虎?"

"也是你的事业。"肖一满说,"你不这样认为?"

高灵音不出声了,接过肖一满两袋速溶咖啡,转身回办公室倒水。回来时,把冲泡好的咖啡递给肖一满,才出声:"我们一起把这'事业'弄好,都了个心愿。"

矮桌上打了盏太阳能灯,摊开一个本子,边商量边记,先制订一个大概的计划。

肖一满同意高灵音的意见,录学生们的歌声,但不单纯是孩子们唱,高灵音应该作为领唱人,还得有自己的独唱,也就是做成师生合集。他说:"支教老师和山里的孩子,这会很有卖点,适合城里一些闲人挥发多余的感情,虽然那感情有些造作,可还是有些实际用处的。"

"你很有生意人的潜质呀,不单懂市场,还懂人心。"高灵音既是开玩笑,也是真心话,她突然感觉肖一满在不停变化,似乎他身上原本背着好些壳,现在正一层一层地脱落。她开始胡思乱想了,如果没有这一切事情,他原先外面那些壳会一辈子背着吧。

"我早该有这么一件事情做做了。"肖一满的回答老实得让人吃惊。

"现在最主要的是选定歌曲。"高灵音也认真了,"这是极重要的,有时,一首好歌出去会引燃一场风暴,甚至会成为一个经典,被长久地传唱。"最后半句,高灵音的声调被兴奋鼓动得很昂扬。

"这就是你的事了,你就负责弄一首经典歌。"

"说起来倒容易,我只是个未出道的歌手,或许连歌手也算不上,哪有自己的歌？如果翻唱别人的歌就没意思了。"

"昨晚我不是说了，帮你找个写歌的。"

高灵音缓缓摇头："不算最好的办法，我跟那些写歌的不熟悉，他写的歌我不一定就能满意，更别说将我和孩子们的优势发挥到最高水平。再说，我们要的不只是一两首歌，短时间内要人家写出那么多合适的歌有难度，最好在暑假前排练好，尽量在暑假拍，早一点完成，我怕没时间……"

最后一句肖一满听不太清楚，他耸耸肩说："这算大问题？那你自己写歌吧！你之前不是写了一些？"肖一满看见高灵音双眉扬起来，笑了："对你心意了吧？"

"我自己写歌？我唱歌，还写歌？"高灵音立起身，绕着矮桌走来走去，双手一拍，"有意思，我以前倒是想写过歌，有过那么些灵感，这次听了孩子们的山歌更有感觉，对啦。"她双手猛地拍在肖一满的肩膀上，用力晃两晃，"我把流行歌和山歌两种味道结合在一起，这是好主意！"

"没想到我们高小姐还这么奔放。"肖一满跟着双手猛一拍，但他拍在矮桌上，让兄弟我给你壮壮声势吧。

"我说真的，这是个不错的主意。"高灵音盯住肖一满的眼睛说了一句，立即又陷进自己的思绪里，流行乐的时尚加上山歌的清澈和野味，会有新鲜的风格，肯定会给乐坛带进一股清风。

"听着有点意思,那接下来你就来好好招招这阵清风吧。"肖一满让高灵音坐下,提醒她恢复冷静,"我的任务是导演、制片、赞助。下星期我再进城,先找到拍摄团队,交代好配乐队。当然,最重要的是给几家店面好好清清账,先凑出首期的资金。"

夜深,高灵音又给她那个朋友写信:

亲爱的朋友,我的音乐路没有断,我就要有属于自己的专辑了,至少我和孩子们的声音会留下。对了,不单留下歌声,还会留下歌曲,我自己创作的歌曲。也就是说,不单我的声音会留下,我的想法也会留下。会有人在乎,有人感动吗?哎,先别想那么多,总会有的吧。

朋友,我有很多话想说的,可我写不下去了,我现在想写歌,音符在我脑子里跳来跳去的,我得先把它们记下来。先说到这吧,到时,你听听我的歌就够了,我想说的肯定全在里面。

那一夜,高灵音整晚处于半疯狂状态。在纸上拼命划拉一阵,立起身,闭眼,双手做弹钢琴状,想象音符串联出的旋律。写了一段后,又开门出去,在操场一圈一圈转着走,一会儿仰头看月亮和远山的影子,一会儿低头凝视自己在月下的影子。转了一阵后,回办公室,又埋头写一阵,再起身在想象中弹一会儿钢琴……

天亮的时候,她快步走到肖一满帐篷前,高声喊他起来,冲着爬出帐篷、双眼蒙眬的肖一满叫:"艺术家原来是这样的,痛快!"

"艺术有疯的和不疯的,你属于疯艺术家。"肖一满打着长长的呵欠。

"感觉很好,没想到我除了歌唱的天赋,还有创作的天赋。"高灵音仍沉浸在激情里,甚至得意扬扬。

她或多或少感染了肖一满,他说:"昨晚我也多了个主意。到时,举办个像样的发布会,请一些媒体,把这事当成公益宣传,为山里的留守孩子圆梦之类的。顺便鼓动人义捐,这是很有炒作热点的话题,捐款将会很可观。"

"我不喜欢做成这样,再说,我绝不露脸。"

"这有什么? 所谓的'慈善'我见多了,都是要这样弄得热热闹闹的,这叫策略,有钱人也喜欢这样热热闹闹地掏钱。你不想露脸可以,到时说你是神秘歌手,等唱片发行时在碟片里看,还能变成一个大悬念,说不定会拉动唱片发行。"

"这样捞钱算什么?"

肖一满冷笑:"你别假清高了,这算什么捞钱? 要相信,我们的唱片是最好的,卖唱片挣钱天经地义,卖得越多说明唱片越受欢迎。钱才是最实在的东西,到时这个学校说不定可以扩建一下,好好改善环境,弄点特别的福利给学校请几个老师。再说,让一些有钱人掏掏衣袋怎么了？拿来做点实际事才是真的。"

高灵音无话可说，她看见肖一满身上又脱去一层壳，露出另外一种样子。

肖一满说："你管好自己的分内事就成，好好写歌练歌，看来，进展巨大。"

高灵音看看手上握着的本子，说："一个人的力量毕竟小，要那么多歌，谁知我能榨出多少。"

若洪子健在，会有更好的灵感吧。高灵音被自己的念头吓了一跳，近期，这个名字总不经意出现。

四十一

几乎所有的课余时间，高灵音都带学生们练歌。校长和刘老师喜欢搬条长凳，并肩坐着，笑眯眯地看，偶尔起身给学生们整整队形。校长点着头感叹的样子好像是所有学生的爷爷奶奶："我们这山里终于不寂寞了，也特色了一次，歌唱特色学校。"他下山去镇子，遇到学生的家人就谈"灵鸟合唱团"——学生合唱团的名字，邀请学生的家人周末有空上山听孩子们唱歌。周末，果然有些老人上山，学校长和刘老师的样子，坐在长凳上，笑眯眯地坐一排，孩子们唱歌的兴头空前高涨。有时，那些老人会带来更古老的歌谣，不停地给高灵音灵感。

肖一满则进城几天，联系各种团队，从几家店家的营业额里抽钱。

这段时间,肖一满总这样突然长时间离开,又突然回家,还不许家人问。他每次回家,母亲好像是儿子失而复得,兴奋得有些夸张。但肖一满心事重重,母亲完全猜不透,只觉儿子变得很奇怪,不四处乱开车了,不随便带女孩子去他舅舅酒店了,也不惹事了。花钱倒是和以前一样厉害,甚至花得更多,但他不去酒吧了,不请人了,听他舅舅说也不带人去唱歌了,他到底花什么钱了?她和肖一满的父亲谈,这个在事业上一向得志意满的男人,除了叹气,拿不出一点办法。

晚饭很丰盛,肖一满的父亲推掉了应酬,专门回家陪儿子吃,肖一满吃得极慢,几乎不抬脸,一直想着什么心事,他偶尔抬头,就想象陈六月坐在桌子对面,六月肯坐在这好好吃饭吗?甚至会喊他一声爸爸?他一个激灵,弄不清是什么感觉。肖一满的父亲母亲不住地交换眼神,在彼此眼里看到疑惑和无奈。

肖一满放下饭碗就进房了,父亲在母亲示意下立即走向客厅,显得神神秘秘的,其实肖一满注意力根本不在他们身上。

"中午一满说过两天又要走,他最近怎么了?"母亲问。

"我怎么知道?"父亲突然抱怨,"你天天待在家,也不多看着点。"

"我能看得住还有什么要操心的,一满你又不是不知道。"

父亲不出声了。

"一满也不小了,如果成个家,说不定就能收收心,过两年生个孩子,也就成人了。再这么混来混去终究不成。"

　　父亲极少见地对母亲点头,同意她:"那你就安排安排,一满是不缺女朋友的。"

　　"那些女孩怎么能娶进家门? 我们一满得娶个正经人家的女孩,能撑门撑户的。"

　　父亲看了母亲一眼,感觉这女人平日头脑一般,这件事上倒想得周到。他首次用和软的口气向女人征求意见:"有没有看顺眼的?"

　　"你不是有个姓郑的朋友,说是什么电视台负责人? 记得以前他带女儿来过我们家,那时女孩虽然才十岁左右,但看得出长相不错,也文静懂事,比一满小两岁。不知那孩子嫁人没有,如果没有,又牵得成,倒是不错的亲家。"

　　"没错,郑台长家的千金。"父亲激动了,"前些天还跟他吃饭,他女儿未出门。"

　　"让两个孩子先见个面。"

　　隔天晚上,郑台长一家被邀请到家里晚餐,这种家庭请客是极少见的,但肖一满陷在自己的事情里,没有注意到。直到坐到餐桌边,看见对面用心打扮的女孩,加上双方父母极力的介绍和怪怪的表情,他才明白是怎么回事。

　　肖一满开始注意那女孩,女孩对他印象应该不错,眼睛里的笑意很浓。对自己的外表,他绝对有信心。女孩长得也还不错,如果在以前,他肯定和她调调情,虽然像父亲母亲想的结婚是不可能的,当一段时间的女朋友还是不错的,但现在他完全没了心情。

晚餐的整个过程,双方父母兴奋得有些过度,肖一满觉得如果自己再稍微配合一点,过几天他们就要给自己办婚礼了。

饭后,母亲叫阿姨做了酸奶冰淇淋、削了水果,放在小客厅,让肖一满和女孩吃着,他们去大客厅喝茶。肖一满觉得好笑,几个老辈人把他们几十年前的相亲方式弄出来了,女孩却不觉得不对头,嘴角仍带了微笑,眼睛亮着。

那个念头是瞬间产生的,事后,肖一满也弄不太清楚自己是恶作剧还是认真的,他突然看定女孩,说:"你有没有当后妈的兴趣?"

这句话显然在女孩的理解范围之外,她举着冰淇淋,看着肖一满,仍带笑。

"我有个孩子,男孩,九岁了。"

女孩慢慢放下冰淇淋。

"孩子的妈妈找不到了。"肖一满继续说。

女孩走的时候,那杯冰淇淋刚吃了三分之一。她冲出肖一满家的大门时,她的父母跟着冲出去,然后是肖一满的父母,他们冲成一串,好像房子里发生了火灾。肖一满喃喃地说:"那句话威力有这么大吗?"

事后,父亲冲肖一满发脾气了,几乎是唯一的一次,说当一满这次任性得过分了,这样的玩笑也可以开? 又冲肖一满的母亲发火,怪她惯坏了肖一满。还骂了很多,肖一满冷笑:"不就是面子问题吗?让你得罪那个什么郑台长了?"

父亲气得脸发紫。

肖一满不依不饶:"别弄什么政治联姻,强强联合,别拿我当什么政治资本,你资本够厚了,够强了。"

父亲举起手,虽然最终放下了,但肖一满本来差点想说的话永远吞回去了。

有那么一刻,肖一满想跟父亲母亲谈谈陈六月的,看看他们有什么法子,甚至能不能认下那个孙子,但那点冲动就那么过去了,肖一满无法再开口。

四十二

陈六月和肖一满走得越来越近,陈六月整日跟着肖一满转,成了肖一满的跟屁虫,他经常从肖一满的帐篷拿出各种新奇玩意儿、高级零食,分给要好的同学。每每这时,陈六月就很骄傲,他开朗了很多,有时,甚至愿意跟同学说几句话了。高灵音夸肖一满有成绩,说陈六月的变化他的功劳最大。

"也是因为我他才变成这样。"肖一满说,没有半点高兴的样子。

一谈到这个,肖一满就情绪低落。高灵音摇头:"以前那些别再想了,至少他碰到你了,又难得跟你亲近。你可以找机会探探孩子的心思,想办法过渡,说不定有一天事就解决了。"

陈六月总是肖老师肖老师地喊,有一天,肖一满突然说:"六月,能不能别喊我老师,我们都这么熟了。"

陈六月想了一会儿,说:"喊肖哥哥? 肖老师年轻,像哥哥。"

肖一满脸色发白,猛摇头:"别,别喊哥哥。"

陈六月想了一会儿,说:"喊叔叔? 小竹还有细叔。"

"算了吧,还是喊肖老师。"肖一满莫名地尴尬了。

肖一满已经答应,带陈六月进城找爸爸妈妈。陈六月念念不忘这事,时不时问:"肖老师,能找到吗?"

陈六月一问,肖一满就问自己,能找到柳柳吗? 谁知道她在哪,如果她离开那座城市,就连找的方向都没有了,但他向陈六月点头,肯定能找到。

如果真找到了,怎么面对柳柳——不,柳柳夫妇? 肖一满无数次试图想象,每一次都找不到头绪。他转而问陈六月:"找到爸爸妈妈以后呢?"

"带着我。"陈六月双眼发亮,"爸爸妈妈带我。"

"到时你不要肖老师了?"肖一满故意问。

"要,肖老师。"陈六月很疑惑,不知道要肖老师和要爸爸妈妈有什么矛盾。

肖一满往陈六月的心里挖去,追问:"你不恨爸爸妈妈? 这么多年,他们都不管六月?"

"他们肯定是有事,我快点长大,他们就不用照顾我。"陈六月咬了一会儿唇,拐个弯回答肖一满,肖一满被挡在孩子的心灵之外。

"如果他们还不想带六月呢?"肖一满继续想往前走,忽略陈六月的表情。

"我不用他们带。"

陈六月的坚强出乎肖一满的意料,但已经走到这里,肖一满不打算放弃,拐到另一个方向,接着探问:"如果一直找不到他们呢？城市那么大,人那么多,没人知道他们在哪里。"

陈六月沉默了,这次沉默拖了两天。就在肖一满开始担心时,陈六月跑来表明他的意思,还是要找,等再长大一点,他自己赚钱找。

"你自己赚钱找?"

陈六月已经安排好了,他告诉肖一满,再往山里走,有很多又高又深的山,山上有很多野生的药材,城市里的人可喜欢了,能卖不少钱。他准备上山采药卖钱,赚了路费就去找爸爸妈妈。小学毕业后就开始,现在校长不让他去,那些山太高太陡,他甚至交代肖一满别告诉校长。看来,他这小算盘打了不止一天了,这两天的沉默大概是犹豫能不能透露给肖一满。

事后,肖一满将这段对话告诉高灵音,说:"我是不是该陪他上山挖药材?"

　　"那是最好的。"高灵音半开玩笑半认真地说,"现在最好的办法就是陪伴,也暂时只有这办法。你也太残忍,六月只是个孩子,你什么都甩给他……"她突然想起自己对杨月亮的追问,猛地住了嘴。

　　陪上山挖药材还比较遥远,肖一满先陪陈六月回了一次家。

　　周五的晚上,陈六月待在肖一满帐篷里,很晚了还不走。高灵音催他去休息,连续几次后,他怯怯地告诉肖一满,想回家看看。

　　"回去做什么?"肖一满直截了当地答,"家里不是没人了吗?"

　　陈六月说:"看看房子,很久没回家。"口气像一个多年未归的老头子。

　　陈六月家的房子摇摇欲坠,旧木门和窗户上布满蛛丝和灰尘,门的小锁头锈得失掉原本的颜色。陈六月在房前走来走去,时不时往门缝和破窗探,好像能找回一点回忆或家人的影子。肖一满任他看着,这时候,他无能为力,一种说不清的忧伤袭击了他,令他极不习惯,不得不用不断咳嗽和清嗓子驱赶这种感觉。

　　陈六月终于从房子前退开,他走到肖一满面前,说:"想找奶奶。"

　　陈六月的奶奶投靠了一个亲戚,亲戚家里办着一个小工场,陈六月的奶奶给工人做饭,干点打扫之类的杂活,养活自己。后来她告诉肖一满,说想挣点棺材本,儿子儿媳都没了,怕死了都没棺材躺。

　　陈六月不知道那亲戚家怎么走,但知道亲戚村子的名字,那村子接近镇子。肖一满到村支书家开了摩托——他的摩托车一直寄在村支书家。快到的时候,陈六月掏出几块钱,结结巴巴地说:"给奶奶买吃的。"那是他卖青草得的钱。肖一满买了一堆东西让他提着,他不敢接,肖一满说:"以后挖药材赚大钱再给我买吃的。"他才接了。

陈六月的奶奶小跑着出门,但很快立住,看了陈六月一眼,又疑疑惑惑地看肖一满:"你是老师?我没法带六月,真是没法。"她往后退缩着。

她以为肖一满把陈六月送回家的,肖一满忙说:"六月想看看你,一会儿我就带他回学校。"

陈六月缩在肖一满身后。

陈六月的奶奶猛抱住陈六月,哭,停也停不住,陈六月挣扎了一会儿,脸靠在奶奶肩上,肖一满不住地用眼神和嘴形示意,让他喊奶奶。陈六月极力张着嘴,没有声音发出,肖一满比画着催促他,陈六月终于含含糊糊喊了句:"奶奶。"

老人的哭声戛然而止,扳着陈六月的肩,愣愣地看他:"六月?"

"六月在喊奶奶。"肖一满强调。

连催几次,陈六月再喊:"奶奶。"声音很低但很清晰。

陈六月的奶奶号啕大哭:"会说话,六月会说话……"

回到学校时,高灵音问起,肖一满说:"怪怪的,还真像电影里的情节,以前我以为电影都是导演头脑发热胡想的。"

回学校的路上,陈六月突然告诉肖一满:"我想养奶奶。"

肖一满对高灵音说:"我想养陈六月。"

"你应该养陈六月。"高灵音说。

"怎么养? 他让我养吗?"

四十三

现在,王正宏请杨月亮到家里玩时,喜欢和她谈刘小竹。他不厌其烦地问刘小竹的事,让杨月亮带上她和刘小竹的通信,他细细看那些信,像高考生在复习,又像破案者想从材料中找出一点蛛丝马迹。看完了,他不过瘾,问:"月亮,就这些吗? 聪棋——噢,小竹还跟你说了些别的吗?"

"全部都带来了。"杨月亮认真地数了下信件,"小竹姐写的信都在,我们只写信,小竹姐没手机,有时,妈妈会说到她……"

"妈妈怎么说她的?"王正宏紧盯杨月亮,"把你妈妈说的告诉我。"

杨月亮一时不知怎么讲述,想了好一会儿,说:"妈妈说了好多,我记不大起来。反正小竹姐好,喜欢和妈妈在一起。"

"小竹姐有没有跟你妈妈提到以前的事?"王正宏引导着,"她很小时候的事?"

"妈妈说小竹姐很小的时候就没有爸爸了,妈妈也不见了,小竹姐只和奶奶一起住。"

"还有吗？小竹姐有没有在别的地方住过？"

杨月亮疑惑不解："小竹姐为什么要在别的地方住？"

肖凌忙岔开话题："月亮哪记得那么多？想想暑假带月亮和小竹去哪里玩吧。"

"小竹姐要来？"杨月亮兴奋了，"小竹姐老说想进城里看看。"

"会带她进城，月亮先想好要去哪。"肖凌说。她看着丈夫，他仍想着什么，她凑过去，轻碰他的胳膊："正宏，你又胡想什么？证据已经很明显，刘小竹不是我们聪棋。你要分清楚。"

"我就是问问。"王正宏的脸色不太好了，"清楚得很，倒是你，得清醒清醒，别再咒我们聪棋。"

"我咒聪棋！聪棋不是我女儿吗？"肖凌声音凌厉了，五官开始绷紧。

王正宏转身对阿姨示意，让她给肖凌拿药。

"我没病，病在你身上。"肖凌喊，跳着脚。

"爸，妈。"王聪城喊了一声，王正宏和肖凌猛地静住。

"王叔叔，肖阿姨，你们别吵。"杨月亮对两人摆手，我给你们冲奶茶喝。对王正宏和肖凌间一触即发的争吵，杨月亮几乎习惯了，不知是哪一天，她站在两人中间，说了这句话。王正宏和肖凌看着她这个小小的人，真的结束了争吵，肖凌脸上瞬间挂笑，帮杨月亮泡奶茶，王正宏忙点头，交代奶茶别太甜。从那以后，王正宏和肖凌争吵，只要杨月亮在场,就会立到中间,要给他们泡奶茶。

王正宏配合地坐下,等着杨月亮泡的奶茶。

杨月亮往杯子里倒奶茶粉,王聪城加水,杨月亮仍记着刚才的话题:"王叔叔,小竹姐怎么进城? 坐汽车还是坐火车,她那儿好远吗?"

"傻月亮。"肖凌尽力笑着,让五官柔软,"到时,我和你王叔叔去带小竹姐过来。"

"王叔叔和肖阿姨要去小竹姐的学校?"

"暑假就去,接小竹姐进城。"

"啊,我也要去我也要去。"杨月亮蹦上沙发,又跳下去,"我可以去找妈妈,妈妈没空回家,我可以去呀! 王叔叔,带着我成吗? 小竹姐会高兴的。"

当晚,杨月亮回到家里就将这个"好主意"告诉杨宇汉:"爸爸,我们去找妈妈,妈妈没办法回家,我们去呀。"

杨宇汉感觉谎言再次摇晃了,他几乎不知该怎么支撑了,含含糊糊地说:"月亮,爸爸忙,没有暑假寒假。"

杨月亮的精灵远超过杨宇汉的想象,她笑着说:"没事,爸爸,我和王叔叔说好了,他会让爸爸放假的。"

"就是王叔叔让请假也不好,月亮,这是工作。"

"那我跟王叔叔去。"杨月亮说,"爸爸放心,我懂事的,不给王叔叔和肖阿姨添麻烦。以前我小,我现在上小学了,可以去看妈妈了,有彩色眼珠的孩子也是自己去找妈妈的,找到妈妈我一定听话。"

杨月亮休息后,高灵音给杨宇汉电话,说杨月亮准备暑假去找她。

"月亮跟我提了。"杨宇汉说,似乎完全不知道高灵音的意思。

"暑假很快到了。"高灵音说,"到时怎么办？月亮真的认不出我？认出来了怎么解释？若认不出,谎还继续着吗?"

杨宇汉没搭话,这些都是他烦恼过无数次而没有答案的。

高灵音也没再问,说了些别的闲话后就结束通话,好像早知道他没有答案。打电话给他只是说说烦恼,这烦恼,对方都是最大的共鸣者。

结束通话后,杨宇汉不知第几次深陷于谎言的沼泽里,他已经越陷越深,无力再拔脚脱身。他关了灯,坐在黑暗里,试图理清思绪,但越理越焦躁不安。他突然极想跟人说说话,一阵无力解脱的孤单包裹了他,他拿出手机,在通信录里翻了几次,最终停留在"王明媛"三个字上。

王明媛来电时,杨宇汉吓了一跳,四下望着,神经质地怀疑自己挑出的号码被不明电波侦察到,传到王明媛那边去了。等他清醒,铃声已经停了,他想拨过去——这次有充足的理由了——王明媛的电话再次追来。

"休息了?"王明媛问。

"没,刚才去厨房准备明天的早餐了。"杨宇汉顺嘴撒谎,完了又对自己习惯性的撒谎痛心不已。

王明媛说:"很久没联系了,现在我们真无话可说了吗?"

王明媛的口气是极大的鼓励,杨宇汉想也没想话就出去了:"有件事刚想跟你说说。"

"月亮的事吗?"

杨宇汉将脑子里搅着的烦恼倒出来,王明媛听后,沉默了半晌,说:"这事我真的没主意,我们也谈过不止一次了。"

杨宇汉啊啊应着,他和高灵音一样,没想过要王明媛给什么办法,只是想说说,好像这样就分一些烦恼出去,能换得暂时的轻松。

"到楼下喝杯咖啡吧。"王明媛说。杨宇汉搬到杨月亮学校附近后,王明媛发现他们楼下有间小咖啡馆,经常邀杨宇汉去坐坐,因为离房子极近,杨宇汉对家里比较放心。

王明媛到的时候,杨宇汉等在咖啡店了。王明媛点了两杯咖啡,两人不出声地喝着。喝过半杯咖啡后,王明媛放下杯子:"你能不能先把别的事放下,包括月亮的,先想一想自己?比如这个时候,就享受一下咖啡吧。"她直视着杨宇汉,看得杨宇汉也放了杯子。

"日子留一点点给自己。"王明媛说,"你还不到四十岁,怎么就把自己完全排除在生活之外了?"

"我过着……"

"你知道我的意思,你自己,完全的自己。女儿当然很重要,可你自己也有生活的,你准备就这么下去吗?因为几年前那次意外,你把自己都放弃了?"

除了喝咖啡,杨宇汉没有任何表示。

告别王明媛回到家里,杨宇汉坐在床头,拿起妻子的照片,想跟她谈一谈,但妻子变得很遥远,他找不到与她对话的方式。

四十四

录专辑项目似乎越计划越大。根据高灵音初步确定的十二首歌曲——有些歌曲还未成形,只有题目和灵感——肖一满请的团队拿出了初步的方案,准备参考音乐电视的形式做,尽量做得"高大上"。这建议肖一满极赞成,他又进城走了一趟,将孩子们的身高尺寸和照片也带到城里,请人设计、定做合适的服装。回学校时,还带了两个人,在周围山上走了一圈,熟悉地形,初步挑选拍摄背景。

"做得这么正儿八经的。"高灵音说,"弄得我也紧张了。"

"当然是正经的。"肖一满说,"要做就做像样的,要公开发行的。再说,像在做导演,这感觉很爽。我说了,这不单是我事业第一步,也是最重要的一步,说不定就成了我飞黄腾达的第一步。有朝一日,我成了什么了不得的人,什么报纸电视台来做专访,这一段是要重点讲的……"

"清醒吧,白日梦专家,现今,你有更重要的事。"高灵音嘲笑。她仰仰下巴朝远处示意,陈六月和刘小竹在树林远处玩耍。

　　肖一满眉眼猛地绷紧,高灵音有点后悔又说多了,两人一时沉默着,望向学校。透过学校稀疏的篱笆围墙,能看到刘老师正忙着,在教室里进进出出的,一会儿拿出几件衣服晒,一会儿提水壶进去。她的胳膊已经不用再夹板,不用吊在脖子上,但仍缠了纱布。离得远看不太清楚,但高灵音知道,刘老师的动作比以前迟钝了不少,好像是因为受伤了,又好像跟那只受伤的手没有关系。

　　厨房里很多活,刘老师不得不让高灵音和孩子们干,肖一满也得帮忙,他烧火已经烧得很有样子了。有一天,他烧着火,高灵音炒着菜,他抬起脸,叹气:"以前,我肖一满做梦也想不到自己会沦落到这地步,算了算了,英雄落魄,让一个女孩指挥了。"

　　"省省吧。"高灵音冷笑,"怎么就是落魄了?这应该是像人了,有用了,以前的肖一满就是一摆设。"

　　"我这形象千万不能让兄弟们看见,不然的话,脸没法再露了。"

　　这种时候,刘老师坐在一边,老想插手帮忙什么。肖一满和高灵音不让她干,她便有些失落,四下望着,想找点什么活,却总被刘小竹和陈六月及时发现,及时替她干了——这是高灵音交代好的。

　　那天,刘老师终于找着机会起身去摆碗,不知怎么的摔了一个碗。高灵音忙奔过去,却不敢去捡,让肖一满和孩子们打扫,自己夫了刘老师,四下查看,怕她又伤了手。刘老师喃喃说自己没用,表情惶惶然,高灵音越安慰她似乎越难过。一整夜,高灵音都很不好受,她突然意识到刘老师六十出头了,感觉莫名地慌张,比发现母亲老去更无措。

校长走出办公室,绕操场慢慢走,大概在散步,他的背有些驼,腿有些无力。其实照高灵音和肖一满离校长的距离,是完全看不清楚的,但他们感觉到了。

前几天,校长发烧了。刚开始,还想撑着上课,但实在烧得厉害,最终还是躺倒了,烧得迷迷糊糊的,仍坚决不下山打针,只吃些感冒冲剂之类的。后来,是肖一满打电话给村支书,让他请一个医生上山,给校长打吊针。发烧后下床,校长瘦了一圈,突然明显能看出骨架了,现出虚弱状。他自己也意识到了,笑着说:"我发烧从未这样严重的,这次伤了身,得好好休息一段日子。"但高灵音和肖一满都明白,不单单是病的关系,校长老了。之前,他拼命将老塞在身体深处,撑出年轻力壮的样子,终于撑不住了,老气渗漏了,接着会哗哗啦啦地来,以越来越快的速度淹没他。

高灵音和肖一满的视线离开校长,对视了一眼,极快地避开,因看到对方的想法而不安。晚上,高灵音在信中写到了他们这次对视:

　　亲爱的朋友,那一眼,我和肖一满想到同一个问题,校长和刘老师都撑不了多久了,但我们都不敢承认。朋友,那一天终归要到的,而且我敢肯定不会太远。这座山,校长和刘老师快爬不动了，这几间破房子他们也快撑不住了，可是孩子总是有的，只要他们的父母想进城。

朋友，那件事以后，我变得爱想东想西的。以前，我从不这样，一心想着自己的事，不觉得有什么不对头，可是现在很多想法止都止不住，这到底是好是坏？唉，我都这样了，还管什么好坏，已经坏到底了，其他还有所谓吗？对不起，朋友，我又跑题了，说着说着又扯到自己的事情上。

你说，他们进城到底是想找到什么，钱吗？那么多进城的人，大都是干苦力活的，一年到头没见挣了多少。为了生活吗？可进城后，他们原先的生活全乱了，夫妇一起进城的，好的有一角出租房住，差的窝在地下室，长年跟孩子分开。为了未来吗？这样打工有什么未来呢？他们自己的未来，还是孩子的未来？朋友，我是想不明白，想想当这些孩子慢慢长大，他们有几个能闯出路去？大多数肯定像他们的父母一样，早早进城打工，就这么打下去，会一直有工可打吗，他们的后代呢……我都不敢深想了。

我看不到一点前景，可是，不打工他们能怎么办？留在山里种田吗？那不单不用提未来，连日子也很难过下去吧，这个地方已经养不了他们了。所以，我是站着说话不腰疼，只会抱怨，一点办法一点用处也没有。

朋友，你肯定觉得我变了，在那件事发生以前，要是听到别人操心这些,我会觉得那人傻,会觉得这是政府该管的事,更不用说自己想这些,说这些了。我自己也很吃惊,人怎么会变得这样厉害,好像人是有几层皮,披了哪一层皮活着都不像真的自己。我又乱说了。

　　说真的,我不知道自己能在这里待多久,我看肖一满也很迷糊,那时候到底该怎么办,我们要怎样走呢?

四十五

　　高灵音写歌进展得出奇顺利,每每半夜写到激动处,难以自制,在校场一圈一圈绕行。有天半夜,她写了一段极满意的旋律,走出办公室,繁星满天,她极想找哪个人说说。往左侧小树林的方向望了一眼,帐篷没有一丝光亮,她打消了叫醒肖一满的念头,想了想,打电话给母亲。信号很好,很快接通了,但母亲很久才接,她先是迷迷糊糊,然后猛地清醒:"灵音,你怎么了? 出什么事了?"

　　"妈,我写歌了,刚刚完成一首歌,我敢肯定是首好歌,会有人喜欢的。"

　　"噢,好,这么晚了你还不休息?"

　　"妈,这歌结合了国外乡村音乐和这里的山歌特色,很特别的,我试唱了一下,很适合我的嗓音,这一首我要独唱。"

"如果参加省赛有这样一首原创,肯定能打响名头,灵音,你……"

"妈,我们不谈这个。"高灵音打断母亲,"这首歌我自己真的很喜欢。"她希望母亲开口,要她唱一唱,母亲对歌曲有种难得的直觉。但母亲对她这首歌没表现出半点兴趣,她打了个呵欠说好好好,赶紧睡吧,让她别熬夜,把身体熬坏了,皮肤熬差了,她知道高灵音极重视皮肤。

结束和母亲的通话,高灵音失落极了。她仰头看星星,脚步拖沓了,想回办公室又不甘心,干脆在操场边坐下。

有个人出现在篱笆边,向高灵音一步步走近,高灵音发现他背了吉他,她正想惊叫,已经看清那张脸,洪子健,在星光下浅笑着,说:"哼哼你的新歌吧。"

高灵音将要出口的大堆话吞回去,哼了一遍刚写的那首歌,洪子健的吉他轻轻配起节奏。一曲终了,高灵音呼了口气,像了了一桩心事。

"这首歌我喜欢。"洪子健说。

"我也喜欢,我还写了别的歌,一起去看看。"高灵音伸出手,抓了个空,周围除了星光就是自己的影子。

我为什么会想起他?事后,高灵音在给朋友的信里写。

这天晚上后,高灵音经常看到洪子健。她领学生练歌时,他在一边,或绕着学生走,偶尔指点一下学生,或抱着吉他伴奏。她写歌时,他坐于一旁,或提点什么意见,或弹奏她新写的旋律,或入迷地听她哼新旋律。

洪子健现在安好吗?

这是突然想起的,是高灵音拿到那张检查单后第一次想到这个,洪子健和自己一样,身后是绝路。

高灵音第一次在信里谈到洪子健:

> 朋友,我很担心,洪不知怎么样了?不知为什么,我以为会恨他一辈子,可现在我担心了。之前我只想着自己的事,自己的难处,一点也没想到他的,是我现在变了,还是我以前太自私了?他病发了吗?怎么处理的?
>
> 我想他回来,不提那件事,和我一起写歌,一起排练,如果他在,我写的这些歌肯定会有更新鲜的东西,他肯回我身边吗?

他到底在哪,还在不在……

高灵音扣了信纸,无法再继续,她摸出手机,拨了那个曾打过无数次的号码。

您拨打的号码是空号……

高灵音继续拨,一次又一次地拨,赌气般。洪子健把她删除了吗?

"你会永远在吗?"高灵音问过洪子健。

　　洪子健手机里的联系人极少,高灵音很奇怪,洪子健走过的地方很多,就算每到一处只交极少的几个朋友,手机通信录也该很满的。洪子健说他每离开一个地方就删除一些人的联系方式,因为那些人都只是泛泛之交,很表面的交往,他离开以后,在他生命里一般不会再出现。高灵音认为他冷漠,洪子健淡淡地说:"就算存了联系方式,也不会联系。时间长了,连记忆都消失了,名字和脸孔都是模糊不清的,这样的号码存着有什么意义? 你翻翻通信录,有多少电话号码存储之后从未联系过。"

　　高灵音承认这是事实,但不同意洪子健的观点,总归是朋友,说不定哪一天就因为什么事需要联系,如果删了,哪里再找去?

　　"没有谁是缺不了的。"洪子健说,"很多时候,某个人对你,或你对某个人,没有想象中那么重要,该消失的总会消失。"

　　但高灵音偏偏问:"你在我这是重要的,你会永远在吗?"

　　像所有热恋中的人,她当然希望洪子健给一个肯定的答案,最好满脸深情地给个保证,甚至下意识地希望他信誓旦旦,就是做个样子也是好的。

　　但洪子健只是看她,很用心地看,答非所问地说:"灵音,你该知道的。"

　　高灵音不知道,那一刻,她对洪子健完全琢磨不透。

　　洪子健说:"我手机里的号码只有爸妈和姐姐是永远存着的。"

　　高灵音真不知他这句话是想安慰她还是想伤害她,但她仍很执着于自己的希望,问:"那我的号码呢,你也会永远存着吧?"高灵音认为,如果洪子健不是蠢到不可救药,会点点头的,又不是要他表现什么,敷衍一下有多难,存一个号码有多难,甚至还省了他动手删除的麻烦。

　　但洪子健对高灵音摇头:"这是说不定的。灵音,你完全可能也是我的过客。谁知道以后会发生什么,我们能一起走多长的路,没人敢保证,但你绝对会在我的记忆里。"

　　失望?生气?无奈?很长一段时间,高灵音无法安顿自己的情绪,她像所有恋爱中的女子,她质问洪子健:"在你眼里,我到底算什么?"

　　"你是高灵音,你自己。灵音,你不用管我的眼里你怎么样的,那不重要。"

　　高灵音语塞。有几天,甚至闹着脾气,但后来,她发现自己忘不了的正是那样的洪子健。

　　你拨打的号码是空号……高灵音仍固执地拨打那个号码,好像要用执着感动信号,帮忙把她的呼唤送到洪子健耳朵里去。她想,我已经成为他的过客了吗?又觉得自己很蠢,这是明摆着的事实,那么,记忆呢,他的记忆里,她是什么样的?他担心过她吗?愧疚过吗……

　　高灵音开门透气,走出校门,走进左侧小树林,肖一满的帐篷还亮着,他是在打游戏,还是烦着陈六月的事?

高灵音将肖一满喊出来,问他是否有洪子健的消息——她知道,有段时间,肖一满在四处找他。

肖一满摇头:"没有,不找了,现在没必要找他,我有自己的事。你想找他了?"

高灵音不出声。

"你们到底怎么回事?"肖一满问,"现在还不能跟我说吗?"

"没法说,永远。"

四十六

高灵音接了个陌生电话,因为离城市远了,时间也久了,她不再警惕什么记者。有瞬间,她莫名地猜测到洪子健,但声音是陌生的,却对她知根知底的样子,开口就问:"你是高灵音吧。"

"请问你是?"

"你很喜欢唱歌,也唱得很好?"对方很小心地确认着什么。

高灵音也小心了:"做什么?"

"你知道洪子健的联系方式吗?他现在在哪?"对方急切了。

"你是洪子健什么人?"高灵音直了声音,比对方更急,"你知道他在哪?"

"知道的话我还问你。"对方口气不太好,"我是子健的好友林培。"

"噢。"高灵音有些失望,但随即又高兴起来,好友,那肯定知道洪子健一些情况,也算那么一点线索吧,至少比之前一片空白要好。她理了下思路,决定好好和这个林培谈谈:"你什么时候认识子健的?什么时候失去他的消息?之前,他跟你说过什么吗?有提到我?"

林培似乎口气一直很差,但高灵音处于兴奋中,也没太注意,不停地追问。林培开始讲述,事后,高灵音才知道他一方面将自己当不合格的共鸣者,另一方面是想指责她。

林培和几个朋友组了个乐队,洪子健到那个城市的时候遇见了他们,很喜欢他们的风格,赞扬他们有属于自己的音乐感觉,有开创性。他们也喜欢洪子健,希望洪子健加入乐队,但洪子健一口拒绝,他从来一个人,随性又随意,就算是和志同道合的朋友在一起,也无法受一点点拘束。乐队排练的时候,洪子健经常和他们凑在一起,兴致起了就弹弹吉他给他们配乐,更多的时候是对他们的改编提出看法,有时只是单纯地欣赏,坐在一边听,整个下午不出一声。

乐队里,林培和洪子健走得更近,他是乐队的主唱,洪子健喜欢他的声音,私底下经常用吉他给他伴奏。后来,林培他们的乐队解散了,林培重新租了个地方,他女朋友不在的时候,洪子健就抱了吉他去,在他的出租房里留宿,两人通宵创作或改编一首歌。

林培和女朋友分手时,躺在床上不吃不睡。洪子健抱了吉他坐在床前,一曲一曲地弹唱,从自创自编的歌曲唱到流行音乐,从忧伤的俄

罗斯民歌唱到欢乐的乡村小调,甚至唱了小时候学的儿歌,唱了革命
歌曲……

几天后,林培慢慢爬起身,说想吃一碗汤面。洪子健放下吉他,煮
了一碗汤面,卧了两个荷包蛋,端到床前。林培说,吃过那碗汤面后,
他就把女朋友丢进记忆堆了,洪子健是他兄弟,他决定和洪子健四处
游唱。

"有一次,我连续几天打他电话,他先是不接,然后手机欠费,后来
说是照顾一个朋友,原来就是你!"高灵音忍不住高声插嘴,为很久以
前一次误会的消除而莫名高兴。

林培没回应高灵音,深陷在自己的思路里:"我们原本有了不错的
灵感,想写一组歌,作为一个系列的,可子健突然病了。"

"洪子健感觉不舒服,到医院检查,结果 HIV 呈阳性。"林培声音顿
住了。

高灵音也不出声,她差点就想问,他知道洪子健的其他女人吗,是
什么样的女人。忍了忍,没问,她害怕答案。

通话顿出很长时间的沉默。后来,林培先重新开口。

洪子健走了,事先没跟林培说一句,只在走之前给他一条信息,说
出租房里有一箱东西,多是些碟片和乐谱之类的,让林培去搬走,看能
不能用。林培赶过去时,洪子健已经退房,东西寄在房东处,林培电话
给洪子健,再也联系不上,只好把东西搬回宿舍,因为心情不佳,一直

扔在角落没动。

　　洪子健消失了,好像从来没有出现过,林培找了以前乐队几个人,问不出一点消息。前些天,他闲着无事,想起洪子健,去翻他留下的那个箱子,竟从箱子底翻出他的旧手机,手机里的卡还在。林培从那张卡里搜到几个号码,除了乐队几个人,还有别的几个人,包括高灵音。林培给那几个人电话,都不知洪子健的去向,只剩下高灵音的电话没打了。洪子健不止一次跟林培提过高灵音,特别提过她的歌和声音。

　　"他的家里人呢?"高灵音急切地追问,"那张卡里没有他家里人的号码?"

　　"没有。"

　　洪子健这次删了家里人的号码,不,不是删,他只带走家里人的号码,把她的号码丢掉了。高灵音愣神了。

　　"他怎么会这样?"高灵音不知是询问还是抱怨,"他怎么能这样?"那一刻,她对洪子健的恨意又浓重起来,她算什么,他到底给她带来了什么。

　　"这就要问你了。"林培冷冷地说。

　　高灵音没有反应过来,仍沉浸在自己的情绪里。

　　"你过分了。"林培忍无可忍,他控制不住地联想到女朋友挽着别人离开的那一刻,控制不住地将自己和洪子健放在共同的痛楚里,不,洪子健比他痛楚百倍,高灵音就是那个罪魁祸首,"高灵音,你太过分了。"

"谁过分!"高灵音猛尖声大叫,声音失控,"他从哪里惹哭的脏东西,还把我拖下去,完了把我丢开……"

"是你!"林培断喝,"子健从来只有一个女朋友,就是你,我都知道的。你还是他第一个女朋友,你根本不知道他多认真,我知道他是那样的人,你会不知道……"

林培后面说什么,高灵音听不见了。她头重脚轻,感觉人歪斜了,脚悬浮起来,头往下坠,林培的声音像烟,四散开去,无形无状,她下意识地反驳:"骗人,你骗人。"

"你是那种人!"林培歇斯底里,将高灵音从飘忽状态里扯出来,无法承受的沉重使她蹲下去,缩成一团,像肚子痛极了。

"他的病就是你传给他的……"

高灵音手机滑落了,呆呆地看着手机,她突然想起在洪子健之前,自己同时交着的几个男友。此时,她试图从中找出罪魁祸首,但那些脸孔飞快地旋转,旋成无数碎片,她一片也认不清,一串名字消融于碎片之中。为什么她从未想到自己,念头从不曾转到这种可能性上。

肖一满敲门进来,疑惑地看着蜷在办公室角落的高灵音,她抬起失去血色的脸,说:"我该死,我是真的该死。"

四十七

校长的儿子何立成又突然来了,看见刘老师的胳膊脸色就变了,当下就要把校长和刘老师接下山。校长盯住跟在后面的村支书,村支书忙辩解:"是家里老太婆打电话说漏了嘴。"

校长将自己和妻儿关在办公室里,开始长时间的交谈。半天后,何立成走出办公室,校长和刘老师紧跟着走出,几个人的表情都不太好。何立成走到学校篱笆门边时转过身,说:"爸,妈,就干到这个暑假吧,暑假我接你们走,到时,我会跟教育局说的。"

高灵音看见校长转身,刘老师低头,但他们两个的腰背那一刻都显得特别弯。

郑记者又打电话给高灵音,怕她断通话,一开口就说:"这次,我不是为了写新闻,高小姐,我想和你谈谈,私人性质地谈。"

高灵音不开口。

"请你相信,没有你的允许,我们的谈话不会有半个字出现在报纸上。你就当我是好奇吧,我真想听听你的事,可能对这事跟踪久了,对自己没有个交代,心里老是过不去。"

"交代?"高灵音喃喃着,对自己交代?她突然清清嗓子,对郑记者说,"我给你讲个故事吧。"不等郑记者答话,她顾自讲起《有彩色眼珠的孩子》,郑记者没插话,静静地听着。

一口气讲完后，郑记者说："我很喜欢这个故事，是关于孩子的故事，可是大人也会喜欢的。"他不再多问，似乎意识到这次高灵音会自己开口。

高灵音说："现在，我身边就有这样一些孩子，他们的手没人牵着，我想试着牵一牵他们，或者说是他们牵着我。我也是那样一个孩子，正找着门路让自己长大，想好好看看自己，以前，我什么也看不到的。"

事后，高灵音认为自己会这样跟郑记者"掏心掏肺"，是因为他是不相干的人，像肖一满说的，足够陌生，在自己的生活之外。

郑记者说："我懂了。"

"你相信我说的吗？郑记者，我放弃原拥有的一切，整个改变生活，就是为了这不成理由的原因。"

"我愿意相信。"郑记者说，"不，我想相信。"说出这一句，他自己莫名地受了感动，隐隐感觉到一种很久未触碰到的东西，说不清道不明，但实实在在涌动在胸口上。

"我能去高小姐那边看看吗？"郑记者小心地问，"我是说，我以驴行的名义去走一走，就是走一走而已，我确实很想去。"

高灵音微微一笑："欢迎郑记者。"

与郑记者结束通话后，高灵音给杨月亮打电话："月亮，你不是说暑假要来？"

"是的，妈妈，我要去。"

"好,放假就过来。我们这边录专辑,有好几首合唱,到时,月亮也参加吧,月亮唱歌跳舞都是不错的。"

"太棒啦,妈妈,我就要看到你了!"月亮太开心了。

高灵音无声地笑。

"妈妈,王叔叔他们也要去,要接小竹姐进城玩呢。"

"都来吧,一起,我们等着。"

高灵音又联系杨宇汉:"暑假和月亮一起来。"

"可是……"

"面对吧,总有一天得面对的,你得面对,月亮也得学着面对。"高灵音突然风轻云淡了,"不管月亮看到我是什么反应,都得让她过这一关,对我们,她要怨要恨,也是应该的,我们也得过这一关。"

杨宇汉想着什么。

高灵音说:"你有更好的办法吗?"

"我暑假带月亮过去。"杨宇汉最终说,结束通话前,杨宇汉又加了一句,"谢谢。"

高灵音还给家里打了电话,父亲母亲哥哥都说了几句,母亲试着说:"你暑假若没时间回,让你大哥去看你吧。"

"好。"高灵音干脆地答应,母亲倒很久回不过神。

晚上,高灵音到肖一满的帐篷前,捧着一个铁盒子,说有事要交代,肖一满认真盯了高灵音一会儿:"你没事吧?"

"如果我出了什么事,麻烦把这盒东西和我葬在一起。"

"你演电影?"

高灵音将盒子塞给肖一满,说:"暑假要到了,我怕时间不太多了,可能不会再有来信了。若真的还有,我再拿给你,添到这盒里。"

"高灵音,你说清楚,不说清楚我不会帮你做这种莫名其妙的事。"

"我记得你以前总问我有什么事,总想帮我做点什么,就这一件,对我极重要的事,你不会这点能力也没有吧?"

"到底出了什么事?"肖一满抓住她的手腕。

"我说的是如果,连我也不知道的,怎么告诉你?"高灵音挣扎着手腕,语调一变,"现在,我只有你可以交代了。到时候,记得这件事,别让我爸妈知道。"

"我怎么知道到时候是什么时候?"

肖一满有些惊慌,想把盒子塞还给高灵音,但她躲闪开,后退几步,好像她不想再触碰盒子:"到了那个时候,你自然会知道。"

肖一满想再说什么,高灵音却转身走了,一步一步走进暗夜,背影怪异而模糊。

■ 月亮一直在

　　这部小说最初的念头是某个夜晚仰望月亮临时起的,但当真正动笔时,我知道这是心底长久以来的愿望。敲下《我的月亮》的最后一个字时,我变得轻松无比,但也比创作时更加空落落的。创作这个长篇想述说的,或用更官方的说法,想表达的,都已述说已表达,但很多东西又悬而未决,很多故事依然没有最终的交代,很多人物仍然前路茫茫。我内心深处是希望有完整结局的,希望书中的人物——所有人物都是我所疼爱的,让我牵肠挂肚的——都有一个明晰的未来,但我也知道,真正的生活里,希望常常是落空的。我将这空白与未知留着,还给生活本身,也还给人物本身,或许他们最终追寻到属于自己的月亮,或许仍然是水中捞月,或许原地绕圈,一切没有定数。

　　月亮在尘世之外,但又给尘世以梦——美丽的梦。月亮于我是某种指代某种愿景式的东西,我珍视所有奔波于尘世而未忘记抬头望月的心灵。小说里的人物都在追寻属于自己的月亮:女孩月亮对母亲的寻找,高灵音渐渐学着直面灵魂,肖一满对自我与价值的确认,王明媛将杨宇汉当成某种执着,杨宇汉对女儿未来别样的守护,山里那群孩子对未知的想象与梦想……这让他们的烟火有了光芒,在追逐中一点一点转身面对自我,一步一步走向生命深层,一层一层积攒起自我剖析的勇气,追逐本身成为某种意义和结果。因此,追逐是否有尽头,或者尽头是什么变得不那么重要。这几乎像某种谎言,如同可以感受月亮的银辉四射,然而月亮可望而不可即。

　　整部小说被写成一部谎言,小说中的人物因种种缘由撒谎,一个谎言引出另一个谎言,谎言中套着另一种谎言,但所有的谎言似乎都是理所当然的,带了暖意,亮成光点,闪烁于整部小说之中,形成一张有无数光点的网。这种谎言同时成为某种力量,小说中的人物用这种力量扶持了别人,同时也被另一双手所扶持,相互勾连。这种勾连也是这部小说的目的之一,至于勾连出什么样的面貌,我愿意将之交给读者,交给读者的智慧,交给读者的愿望。

　　我很明白,月亮遥远而不可捉摸,但我也很确信,月亮是有的,它一直在,不管能否看得见。